신일본어학총서 80

近代日本語の待遇表現の研究

-社会言語学的な観点から-

房 極 哲

Publishing Company

目　次

第三部
明治期における一、二人称代名詞 / 131

第四部
明治期の女性語について / 293

第五部
韓日両言語の対照研究 / 387

近代日本語の待遇表現の研究

-社会言語学的な観点から-

序章

1. はじめに

　明治期は徳川幕府が崩壊して明治新政府が誕生し、江戸が東京と改称されて、言葉の上にも様々な変化が生じるいわゆる近代国家が成立した時期である。江戸語の痕跡を脱して、新たに東京語が形成されていったのが、この時期の特徴である。また、明治期は地方語の混入と外来語からの影響の時代でもある。外国語の翻訳に基づく新しい漢語の発達(多くの新語が誕生すること)も著しい時期である。江戸語から東京語へと新たな言語体系が作りあげられていく過程において様々な要素が関わってくるが、その重要な役割を果たす要因の一つに、待遇表現の変化を挙げることができる。

　日本語における待遇表現の歴史は、古くから多くの研究者に注目され、研究成果が積み重ねられてきた。しかし、研究の多くは、いわゆる敬語の諸形式の持つ待遇価値の等分を使用者の敬意の度合いや、相手との身分差によって固定的に捉えて記述する研究であった。そのよ

うな研究は、江戸時代のような固定的な身分制度の社会の中での待遇表現の記述には有効であったと思うが、明治時代のような身分制度の激変の時代における待遇表現の実態や変化の把握には必ずしも成功してこなかった。そこで、本研究では日本語待遇表現の歴史的考察において、社会言語学的な方法を適用し、考察を試みる。

　本研究の目的は、社会言語学的な視点から近代日本語の待遇表現の研究を行うことである。具体的には人称代名詞(一人称・二人称)と文末表現形式、終助詞などを中心に取り上げ、これらが主に社会階層(social stratum)と性差(gender difference)によって、どのように使い分けられているのか、どのような相関関係があるのか、といった点について社会言語学的な観点から考察を行い、明治期の待遇表現体系を実証的に記述することを目的とする。また、これらを対象に考察した結果に基づいて、最終的には、それぞれの諸形式の待遇価値を論じる。

　本研究は、明治期における待遇表現の研究であるため、考察の対象とする時代的範囲は基本的に明治期とするが、必要に応じて明治期と直接関わりのある前後の時期に言及する場合もある。

　従来、明治初期は、文学史の上では開化期とか啓蒙思潮の時代と言われている。この時代の言葉についてみると、東京語の形成期に当たる。松村(1998:87)では、明治10年代終りまでを東京語の形成期として捉えている。これとほぼ同じく明治初期という時代について、進藤(1981:153)によると、話しことばの歴史では、東京語の形成期に当たっているという。辻村(1974)にも第一期の形成期(明治初年から十年代の終わりまで。明治前期)と認めている。

　明治初期は東京語が次第に形成されつつある時期であったと言えるだろう。そして、言文一致すなわち現代口語文が明治20年代に起こり、明治30年代になるとほぼ成立し、東京語は確立されていくのである。

　従来の研究者たちが注目している東京語の形成期を特徴づける出来

事として、待遇表現、敬語がいろいろ変化したことが考えられる。対話敬語として「丁寧語」の発達と接頭語「お」の多用などが挙げられる。

　そこで、ここでは明治期内、待遇表現に関わる内容について、いくつか述べておこう。

　まず、「です」などが今日と同じようになったのは明治20年代以降のことである[1]。明治初期には例えば、仮名垣魯文著『安愚楽鍋』(明治4-5)を繙いてみても、「です」はまだ一般化されていないことが分かる。しかし、明治20年代の若松賎子訳の翻訳小説『小公子』(明治23年8月—明治25年1月)には、「です」「ます」が多く用いられている。そして明治30年代になると、内田魯庵著『社会百面相』(明治35年)を見ると、「です」「ます」などが一般化され、丁寧語が発達したことが大きな特色である。

　現代の丁寧体の表現は、いわゆる「です・ます」体が、最も一般的な形だが、明治のころは、「—です」よりもむしろ「—であります」の方が普通であった。

　明治期の「です」について、数多くの先行研究がある。「です」が持っている卑俗な語感を嫌う、批判する言説も多く見られる。これは後、放送用語でも「です」を使うことに長くためらっていた。「であります」を基調とし、その状況は昭和30年まで続いたのである。「です」を標準的な丁寧体としてのし上げたのは、1904年(明治37)から使われた、最初の国定教科書『尋常小学読本』がそれまでの教科書に少なかった「です・ます体」を全面的に採用したことである[2]。

---

1) 田中(2002:494))は先学の諸研究から「です」が現在と同じような「活用のあるデス」を使い始めたのは、幕末期の江戸の町人男女であるとしている。そして「です」を武家風のことばを尊重した、明治の教養層からは、卑俗なものとして、長く退けられていたとしている。すなわち、明治の初期まで「です」の使用が、教養層の間で少なかったことは待遇価値の低い言葉であったからであろう。

　現在、普通に使われている敬語形で、明治期にはあまり使われていなかったものとして、「お―になる」「ご―になる」の形がある。これらの形式は明治の終り頃に普通使われるようになる。「いらっしゃる」の補助動詞としての用法も一般化するのは明治期の終り頃である。また、謙譲の表現「お―する」の形が一般化するのも明治30年になってからである。

　このように見ていくと、現代日本語の敬語形式のほとんどは、明治の終り頃に広く使われた形式であることが分かる。したがって、明治30年代から明治の終り頃が待遇表現、敬語の大きな変化の時期であると考えることができる。

　そこで、本研究では今から約100年くらい遡って、明治後期に当たる明治20年代から明治の終りの20世初頭という時代(松村明の云う東京語の確立期に該当するが)に注目ながら、現代の敬語表現の中核ともいうべき、広い意味で「待遇表現」の研究を行うことにする。待遇表現を考察するに当たって、有効的な社会言語学的な視点を積極的に取り入れて、考察するのは言うまでもない。

　従来、国語学で云う位相語として捉えている概念、すなわち、社会階層、性差(男性語、女性語、ジェンダー)、世代差(年齢差)といった尺度も非常に重要である。さらに、金水敏氏が提唱した役割語という捉え方も待遇表現の分析において、示唆する点が少なくないだろう[3]。これらは広い範疇で捉えた場合、社会の中で、社会の構成員が、それぞれその場において、いかに適切な(円滑なコミュニケーションを保つことができるか)言語表現を選択するのか。その際、何がどのように考慮

---

2) 詳細は田中(2002:493-495)を参照されたい。
3) 位相語の役割語的な性格については、金水敏(2000)を参照されたい。また、明治期の女性語として使われていた「てよ」「こと」も、戦後はほとんど使われていない。感動、感嘆文で使う「てよ」「こと」を、金水敏(2003)は「女性語から出てきた役割語」=<お嬢様言葉の指標>としている。

された結果、そのような表現が使われたのか。これについては、社会言語学的な手法で研究を行ったほうが、より的確に言語の変化なり待遇表現の研究に有効な答えが期待できる。なおかつ体系的な近代日本語の待遇表現の研究が可能であると考えるのである。

本研究は、明治期の待遇表現を社会階層、性差との相関のもとに捉え、日本語待遇表現の歴史的考察において、社会言語学的な方法の有効性を実証してみせたい。近年、社会言語学は、人間社会における言語の役割を把握する上で大きな貢献をなしてきたと思われる。しかし、もともとの問題意識と方法というのは現代の言語コミュニケーションの解明にあったために、社会言語学的な観点を歴史的研究に積極的に適応した例は少なかった。本研究は、この点において、意欲的に社会言語学的な方法を取り入れようとした。これからの待遇表現研究に対する社会言語学的な方法の極めて有益な先例となるものと思われる。

2. 先行研究と問題の所在

従来多くの研究者が関心をよせてきた分野の一つに待遇表現の研究（狭い範囲の敬語研究も含む）があり、数多くの研究成果が残されている。しかし、時代的に見て現代日本語の待遇表現の様子・実態に近いと思われる明治期の状況に関しては、必ずしも研究が十分ではない。例えば、坪井(1978)は、「敬語の体系全体がどのように移り変わってきたかを明らかにすることが今後の大きな課題であり、（中略）いまだ充分研究の進んでいない時代（例えば、幕末から明治にかけて）の敬語の記述的研究は、今後も継続されていかなければならない」と指摘し

ているが、今日に至るまでその状況はほとんど変わりはないように思われる。

待遇表現の歴史的な研究は数多くあるが、明治期の場合はほとんど江戸期の延長線で研究されてきたと見ていいと思われる[4]。具体的な先行研究として松村(1957)、辻村(1968)、小島(1974)(1998)、土屋(1974)、飛田(1974)、小松(1971)(1996)、田中(1983)(1998)などがある。序章においては、これらの先行研究の内容を個別に紹介・指摘することはしないでおく。

待遇表現の研究が江戸語の延長線で処理されている中で、とりわけ明治期を対象とした研究成果としては、林四郎・南不二男編『明治大正時代の敬語・敬語講座5』(1974)が注目される。ここには、五人の研究者によるそれぞれの論考が収められている。これらの研究は明治・大正期の文学作品に着眼し、その作品中に観察される待遇表現を緻密に考察している。しかし、これらの研究は、現代の待遇表現が生まれてくる経路を考える上で一つの手がかりを提供してくれるが、社会言語学的な視点からの記述を充分に費やしていない。

このように従来の数多くの先行研究では、主に個々の語史や敬語の語彙的体系を中心に分析しているため、社会言語学者が関心を持っている社会的な要因(例えば、社会階層、性別、年齢など)を中心的に取り入れた考察は案外少ない。すなわち、従来の研究では、熊井(2001)が指摘したように、語彙レベルで敬語の用法・分類に関するものや、言語形式の使い分けに関するものが中心であった。そして、高度に発達した体系を精密に記述しようとすることに関心があったといえる。つまり、言語を抽象的なシステムとして捉える従来の狭義の敬語研究

---

4) 従来の先行研究では、江戸期の延長線で明治期の研究が行われているものが多く、必ずしも明治期に焦点を当てた研究が十分であるとは言えないのが現状である。

では、待遇表現が人間行動の中でどのような機能を持ち、それが社会の中で生きた動態を明らかにすることが不十分であったと思われる。こういった意味で最近の敬語研究の中心が静的に捉えた言語表現自体の研究から、実際の言語使用の中でこれをダイナミックに捉えようとする言語行動へ移行している現状は望ましいといえる。このような意味からも社会言語学をはじめ、語用論や談話分析などといった研究領域の中で、待遇表現研究が必要であろう。

いずれにせよ、従来の研究では、待遇表現研究の捉え方として社会言語学的な要素への比重があまり置かれていないように見受けられる。こうした研究の流れの中で、近年、任利(2006)『現代日本語性差表現の成立に関する研究』の研究がある。ここでは、性差表現形成の解明を目的に近代明治期以降現代までの小説を調査し、文末表現形式を考察している。その中で、例えば、明治35年『社会百面相』の文末表現(終助詞が中心)を分析し、明治30年代は性差表現の成立期であることと、《女性性》《男性性》という「度合いの差」という概念で性差を捉える視点が有効であることを述べている。

本研究では、大きく以下の2点を先行研究の問題所在として捉えて考察を進める。

① 従来の研究は江戸語の延長線上で処理した研究が多い。そこで本研究では、これらの先行研究では不十分であった明治期を研究対象とする。
② 従来の研究が社会言語学的な視点に重点があまり置かれていない点に着目し、社会言語学的な研究方法を中心としつつ考察する。

以下、社会言語学的な方法を根幹としながら、明治期の待遇表現を記述していくことにする。過去のある時期の待遇表現を記述的に研究しようとする際に考えなければならないのは、ある一時期において待

遇表現と認められていた語(言語形式)は何であったかを客観的に捉えることが前提となるだろう。そして、なぜ、それがその時代において待遇表現として存在したか、ということを明らかにする必要があると思われる。

3. 本研究の構成

　本研究は、大きく次の五部より成る。各部は、それぞれ次のような見出しで構成されている。

<序章>
　第一部　明治期と待遇表現
　第二部　『社会百面相』における待遇表現
　第三部　明治期における一、二人称代名詞
　第四部　明治期の女性語について
　第五部　韓日両言語の対照研究

　以下、各部の目的と内容について述べる。
　従来の研究は、江戸語の延長線上で待遇表現(敬語)を処理した研究が多い。そのため、明治期の待遇表現の研究はいまだ不十分であり、今後も待遇表現の記述的な研究が継続されねばならないことを、<序章>で論じる。
　第一部「明治期と待遇表現」では、待遇表現研究の歴史及び研究の方法、時期区分、言文一致の運動、新社会階層など待遇表現と関連して述べる。
　待遇表現研究の歴史及び研究の方法では、待遇表現研究の歴史的研

究を紹介するとともに待遇表現研究における社会言語学的研究の意義について述べる。そして、待遇表現の定義をめぐっての先学の諸説を概観し、本研究における待遇表現の定義について言及する。

明治期日本語の時期区分と待遇表現では、先学の論考を中心に明治期日本語の時期区分と待遇表現に関する諸問題について考察した後、本研究の立場について述べる。とりわけ言文一致の運動で待遇表現の処理が問題となったという指摘とともに、新社会階層と待遇表現との相関性について論じる。

本研究は、明治時代のような社会的な変動の激しかった時代における待遇表現の変化の動態把握のため、社会言語学的な成果を着実に踏まえ、明治期に台頭した新しい社会階層の言語に注目し、明治期の待遇表現の実態と変化を動的に捉えようとした。

第二部「『社会百面相』における待遇表現」では、明治期における待遇表現の記述的研究の一環として、男女ともに多様な人物が登場しているという点で待遇表現の研究に好条件を備えている内田魯庵著『社会百面相』(明治35年、東京博文館)を取り上げ、人称代名詞(一人称・二人称)と文末表現形式を話し手の社会階層と性差という観点から論じる。

例えば、『社会百面相』における文末表現形式を調査し、社会階層との相関関係をさらに分析・考察する。明治30年代前半期には、例えば、「デゴザル」「デゴザリマス」「デゴザンス」「デゲス・デガス」などの、ある階層特有の文末表現形式が存在しており、階層と文末表現形式との間に相互関連性があることを論じる。

また、「ダ」「ヂャ」「デス」「デアリマス」「デゴザイマス」などのように、現代日本語でよく使用されている文末表現形式は多様な階層に用いられ、階層による偏りを持たない形式であることを述べる。

本研究の成果として、『社会百面相』という、従来の日本語史研究

があまり注目してこなかった文献資料を発掘して、明治期の日本語資料としての有用性を実証してみせたことである。本資料は、明治20-30年代の世相風刺小説であり、明治になって新しく生まれた新社会階層の人々の言葉遣いを適切に活写したものである。本資料に着眼したことによって、本研究は明治期の待遇表現の実態把握に大きく寄与できると思われる。

　第三部「**明治期における一、二人称代名詞**」では、明治期人称代名詞の形成、明治期の一人称代名詞「ワタクシ」と「ワタシ」、「ボク」と「ワガハイ」、「ワシ」と「オレ」について、社会言語学的な観点から述べる。そして、明治期の二人称代名詞「アナタ」「オマヘサン」「オマヘ」の使用実態を話し手の社会階層と性差に注目しながら体系的に記述することを目的とし、これらの語が持っている待遇価値について考察する。なお、「小公子」における一、二人称代名詞について述べる。

　本研究の具体的な研究成果は、現代日本語で使われる「ワタクシ」、「ワタシ」、「ボク」、「オレ」、「アナタ」「オマエ」「キミ」などが、明治期においてどのような形で一般化していったかを、従来の研究を踏まえ、社会言語学的な観点からより精密に記述できたことである。

　第四部「**明治期の女性語について**」では、まず女性語の歴史について述べる。そして、具体的に特定の作品若松賎子訳「小公子」（明治23年）と三宅花圃著「藪の鶯」（明治21年）を調査し、情意表現と終助詞について考察する。とりわけ終助詞「わ」「な」「よ」などを性差の観点から分析する。

　次に東京語における終助詞の男女差について考察する。明治20年代から明治40年代にかけて刊行された小説を取り上げ、この期間の各終助詞の変遷に男女の間でどのような差異・変化が観察されるのか、と

いう点を考察する。例えば、この期間の終助詞「よ」「な」の変遷には男女の間で差が見られ、男性では大きな変化が見られないのに対して、女性では「よ」「な」の使用の減少傾向が「お+動詞連用形+よ・な」と「敬体の命令表現+よ・な」のような命令表現形式に観察されることを述べる。

第五部「**韓日両言語の対照研究**」では、20世紀初期の韓日両言語における待遇表現の対照研究と最近の韓日大学生の敬語使用の実態調査を敬語教育の観点から述べる。

日本の明治末期と韓国開化期(1876―1910)末期を対象とし、その当時に発表された小説を調査する。具体的には待遇表現の根幹をなしている文末表現形式を分析・対照することにする。この時期の文末表現形式の使用実態を調査することによって、両言語の待遇表現の歴史の一部分を明らかにし、待遇表現の対照研究に寄与するのが第5部の目的である。

また、本研究の最後は韓日の大学生の敬語使用における実態調査を行い、韓国人日本語学習者に現代日本語の敬語運用を習得させる際に応用することを目的とした。とりわけ敬語教育の観点からアンケート調査を実施し、両国の大学生の敬語使用の実態を対照分析した(ハングル版)。

本研究の第五部「韓日両言語の対照研究」では、両言語の文末表現形式を中心に述べてきた。今後現代韓国語と現代日本語の源流となるそれぞれの近代期の待遇表現を中心に言語生活について社会言語学的な方法で体系的に記述していきたい。

近代語における両言語の対照研究の一貫として、近代新聞5)の中で

---

5) 日本の明治期の新聞(読売新聞、朝日新聞、毎日新聞など)と韓国の開化期の新聞(独立新聞、漢城週報、漢城新聞、万歳報など)を対照研究し、言語生活の実態を詳細に考察する必要がある。

は、言語生活がどのように行われているのか。その背景にはどのような社会的、文化的な諸要因が関わっているのか、などを明らかにしたい。両国の新聞では、どのような表現とどのような手法で男性像と女性像を描いているのか。そして新聞では、どのような相違点や類似点があるのかについて考究したい。とりわけ新聞を対象とする近代日本語の研究は、韓国の開化期の新聞と日本の近代新聞などを比較・対照しながら今後続けて考察していく考えである。

■ 参考文献

金水敏(2000)「役割語探求の提案」『国語論究8・国語史の新視点』佐藤喜代治編　明治書院

_____(2003)『ヴァーチャル日本語役割語の謎』岩波書店

熊井浩子(2001)「敬語研究の視点-包括的な待遇表現理論の構築を目指して-」『国文学解釈と教材の研究』46-2　学灯社

小島俊夫(1974)『後期江戸ことばの敬語体系』笠間書院

_____(1998)『日本敬語史研究後期中世以降』笠間書院

小松寿雄(1971)「近代の敬語Ⅱ」『講座国語史5・敬語史』大修館書店

_____(1996)「江戸東京語のアナタとオマエサン」『国語と国文学』73-10

進藤咲子(1981)『明治時代語の研究―語彙と文章―』明治書院

田中章夫(1983)『東京語-その成立と展開-』明治書院

_____(1998)「特集:近代語から現代語へ-敬語表現の変化」『日本語学』17-6　明治書院

_____(2002)『近代日本語の語彙と語法』東京堂出版

辻村敏樹(1968)『敬語の史的研究』東京堂出版

_____(1974)「明治大正時代の敬語概観」『明治大正時代の敬語・敬語講座5』明治書院

土屋信一(1974)「江戸語の「れる・られる」敬語小考」『国語学』96集

坪井美樹(1978)「敬語研究の歴史」『増補国語国文学研究史大成15・国語学』三省堂

中村通夫(1948)『東京語の性格』川田書房

松村明(1957)『江戸東京語の研究』東京堂出版

_____(1998)『増補江戸語東京語の研究』東京堂出版

林四郎・南不二男編(1974)『明治大正時代の敬語・敬語講座5』明治書院

飛田良文(1974)「明治初期作品の敬語」『明治大正時代の敬語・敬語講座5』明治書院

任利(2006)『現代日本語性差表現の成立に関する研究』筑波大学大学院博士学位請求論文

第一部
明治期と待遇表現

第1章
待遇表現研究の歴史及び研究の方法

1. はじめに

　日本語の敬語に関する体系的な研究が始まったのは明治期の後半からである。近年、敬意をより広い意味で捉えている待遇表現という言い方が広まっている。待遇表現は、敬語以外にも「非敬語」まで含む概念として使われている。現代は多くの研究者の間で「待遇表現」という用語が用いられて定着しているが、両用語の間では必ずしもきちんとした用語の区別は行われていない。

　本章では、敬語をより広い範疇として捉える待遇表現の観点を念頭に置きつつ、その歴史的研究及び社会言語学的な視点からの研究を取り上げて、研究者たちがどのように待遇表現を意識し、待遇表現の研究が行われてきたかについて述べる。

　待遇という述語を用いたのは、明治期の松下大三朗の『日本俗語文典』(1901)からであろう。松下は敬語を扱い、主体、関係、対者の各待遇に分けた上、それぞれ尊遇、卑遇、不定遇に分けるという方法を

取っている。つまり、松下の敬語論は敬意の対象がどこにあるかということを基準としたものである。続いて、山田孝雄の『敬語法の研究』(1924)は敬語のみを対象とした最初の研究書として敬語研究史上注目される。山田は敬語が特に人称と深い関係があることに着目して、この点から敬語を敬称と謙称とに二分している。山田は二、三人称に呼応する敬称に対し、一人称に呼応するものを謙称と呼んだ。このように山田の敬語論は、敬語が称格的働きをする点を強調し、それを基準として体系化したところに大きな意味を持つ。しかし、すべての敬語を「称格」との関わり方によって説明できるかに関しては疑問が残るが、以後、敬語を人称と関連させて考える研究は多くなる。例えば、金田一京助『日本の敬語』(1959)が代表的である。

　辻村敏樹の「敬語の分類について」(1963)は、時枝説[1]に従って、敬語を素材敬語(時枝の詞の敬語にあたる)と対者敬語とに二分している。辻村は素材敬語の一つとして挙げられているいわゆる「美化語(美称)」が注目される。

　次に待遇表現を広く捉えている大石初太郎の「待遇語の体系」(1976)は、広義待遇語は大きく狭義待遇語と品格語(美化語=上品語、及びぞんざい語=下品語)とに二分され、さらに品格語を話し手自信の言葉の品格に主として関わるものとして、狭義待遇語とは別系列のものとして扱っている点に特徴がある。大石は、尊敬語や謙譲語の中にも聞き手に対してのみ用いられるものがあることを述べ、それらを尊敬語B(例:アナタ)、謙譲語B(例:ワタクシ、小生)と分けており、他の一般の尊敬語、謙譲語とを区別すべきだとしている。このような大石の研究は、待遇表現全体にわたって、その体系化を試みたものである。

---

1) 時枝(1941:458)は「第5章敬語論」で、「敬語はもっぱら語彙的事実として研究されなければならない」と述べ、従来の敬語の文法的な事実を否定する立場で語彙的事実を主張している。

　菊地康人の『敬語』(1994)は待遇表現のタイプを広く捉え、その使い分けに関する社会的、心理的諸要因が待遇表現の使用に関係していることなどから、待遇表現の選択までの使用モデルを提案している。また、菊地は待遇表現の中の中心である敬語はどのようなものなのか、ということについて考察を行い、現代敬語の仕組みを解明しようとしている。方法として、敬語をまず＜話題の敬語＞と＜対話の敬語＞とに分けて、いわゆる尊敬語、謙譲語は＜話題の敬語＞に、丁寧語は＜対話の敬語＞として捉えている。特に、敬語の仕組みを、1)語形2)機能3)適用の三つの観点から考察し、その仕組みと使い方に関するアンケート調査でそれを裏付けているので、理解しやすい。

　以上見てきたように、敬語の範疇より広い待遇表現は非常に多くの要素が関連していることが分かる。従って、待遇表現の体系は決して単純ではなく、複雑な体系を持つことから全体を包括した普遍的な理論的枠組を目指す方法への研究が必要であろう。

2. 待遇表現の歴史的研究

　待遇表現の歴史的研究は、ふつう過去の特定のある時代の待遇表現についての研究、あるいはそれら各時代の研究の集積である。このことは、まだ統一的な全体的待遇表現史についての研究がほとんどないことでもあるから、時代ごとに着実に待遇表現の実相を追跡すること自体が意味ある作業であると考えられる。

　本研究では、現代の待遇表現を論じる際、重要な基盤となる時期は江戸後期(幕末)から明治期にかけての時期であると考える。以下では、この時代の論考を中心に概観していく。

　ここでは、先行研究として引用されている代表的な論考にしぼり、いかなる研究が行われてきたか、研究の流れを把握するために、基本的に発表された論考順にみていく[2]。

　湯沢幸吉郎の『増訂江戸言葉の研究』(1954)は、後期江戸言葉の敬語の使用事実を解明しようとした。その後、松村明、山崎久之、辻村敏樹、小島俊夫、田中章夫、小松寿雄などの学者によって研究が活発に行われた。

　山崎久之の『国語待遇表現体系の研究近世編』(1963)は、膨大な資料を調査しており、待遇表現を広く捉え、前期上方語を詳細に分析し、近世語の待遇表現の実態を考察している。山崎は、近世の敬語研究資料について、全体を通して待遇表現の対応関係に焦点をしぼって精査しており、敬語の対応による五段階分け(一段階:大敬語から、五段階:ののしり段階まで)を試み、一連の記述的研究を行っている。

　辻村敏樹は『敬語の史的研究』(1968)の中で、主に江戸時代の敬語の変遷を辿るという立場にたって記述している。例えば、「貴様の変遷」、「近世後期の待遇表現」、「浮世風呂・浮世床の敬語」などいずれも江戸時代から現代へかけての史的変遷を述べている。全体をとおして語彙の研究が目立つものの、その他の方面にも広がりを持つものとして重要な研究である。

　小松寿雄は「近代の敬語Ⅱ」『講座国語史5・敬語史』(1971)の中で、江戸時代の社会の状況を説明しつつ、敬語を概観している。「江戸と上方」「町人と武士のことば」「江戸の敬語」などの項目をたてて、これらを考察している。また、小松(1996)は、近世後期から東京

---

　2) 本研究では、江戸後期以降の時代と明治期を見ていくことにするが、通時的観点からの研究のうち、古代から現代までの厳密な意味で待遇(敬語)通史になっているものは、対象外とする。よって、各時代ごとに時間的に限られた範囲に関する研究だけを取り上げる。

語にいたるアナタをオマエサンと関連させて、江戸語対称の最高段階の推移を見て、このような推移を生じさせた事情、上方との相違、化政期以降東京語に及ぶアナタの変遷を考察している。

　小島俊夫は『後期江戸ことばの敬語体系』(1974)の中で、とりわけ人称代名詞を中心に近世後期の敬語体系を明らかにしようとしている。自称、対称の代名詞を「最上級の敬意」から「ののしりことば」まで六段階に分け、それらを主語とする場合とそれぞれに対応する述語の段階づけを試みて、各段階に属する人称代名詞の待遇価値について論じたものである。さらに、小島は『日本敬語史研究後期中世以降』(1998)の中で、東京語の敬語体系について論じ、「十九世紀後半の東京語の敬語体系は対称代名詞による主述呼応が＜敬語行動の場＞を流動的に多様に反映し、身分の上下を厳密に固定的に捉える制約では必ずしもなくなった」としている。すなわち、小島は江戸語における敬語体系の性格が当時の身分の枠組での位置づけから、明治時代の市民社会における身分制度の崩壊と生活基盤の急変によって、個人の新しい流動的な個々の関係に規制される敬語体系へと変わっていたという見解を示している。小島の一連の研究は、敬語、敬語表現を広義として捉えているため、待遇語、待遇表現とほぼ同様のように見受けられる。こういった点を考えると、小島が述べた通り明治期(十九世紀後半)の東京語の敬語体系の性格は、江戸語とは異なっており、明治期の待遇表現を考察する際、非常に重要な手がかりを提供しているといえよう。

　田中章夫は「近代語から現代語へ──敬語表現の変化」(1998)の中で、明治期に使われた敬語形が現代語へどのような過程を経て変化・確立していたかについて論じている。例えば、「オ(ゴ)─ニナル」の一般化、「オ(ゴ)─スル」の成立、「デアリマス」から「デス」へなどを取り上げ、現在行われている敬語法が確立するのは、どんなにさ

かのぼっても明治30年代20世紀初頭ということになるという見解を示している。

　以上見てきたように、明治期の場合、ほとんど江戸期の延長線で研究が進められてきたといえるだろう。そして明治期は江戸時代とは異なる基準で分析する必要性があることと、明治30年代の時期の重要性も見過ごしてはいけないと集約できる。

3. 本研究の方法

　本研究では、基本的な研究方法として社会言語学的な視点から考察を進めていく。社会言語学的なアプローチにも様々な方法があるが、論点を明瞭にするため、中心的な尺度として、「社会階層」と「性差」に焦点を当てて考察する。しかし、本研究の各論において「社会階層」と「性差」だけでは議論が不十分な場合には、それぞれの章において必要に応じ、適切な尺度(例えば、年齢差、親疎など)を加えて分析する。さらに、言語行動は場面がいつも関わっているため、「場面」という概念を文脈から類推してすべての用例の解析に際して考慮するよう心がける。本研究のこのような立場は、社会言語学でいう言語使用域(Register)や広義の文体(Style)に関する問題を実質的に含むことになる3)。ただし、本研究では特別にこれらの用語や概念を用い

---

3) S.Romaine(1994:21-22)は、地域方言と社会方言に加えて、社会言語学者がよく議論する変種に、言語使用域(Register)とスタイル(Style)がある点を指摘している。S.Romaineによると、レジスターという概念は、典型的には使用者よりもむしろ用い方による言語の変異に関わるものであって、語彙の違いは異なる言語使用域を区別するのにもっとも重要であるという。
　また、S.Romaineはスタイルというのは、レジスターと関係のある概念であって、社会的な背景、当事者の関係、社会階級、性別、年齢、物理的な環

ず「社会階層」「性差」「場面」という枠で議論を進める。

「社会階層」と「性差」を主な考察の尺度とする理由は、次節「待遇表現研究における社会言語学的研究の意義」で、「社会階層」と「性差」が、それぞれ言語使用・待遇表現と密接な相関関係を持っていること、また待遇表現研究において、社会言語学的な研究方法の有効性が明らかであったという点を踏まえ、本研究の方法の根幹とする。

なお、本研究で中心資料とする『社会百面相』は、明治後半の各社会階層の典型的な人物が登場し、その人物像を通して、社会階層と性差という観点から待遇表現を考察するのに有利な作品であるという点が重要である。

待遇表現の中核をなす敬語に関して、多くの研究者の間でほぼ共通していると思われる基本的な概念として、辻村(1974)で述べられているように、「敬語は人間関係の認識に基づく言語的変容」であるということが挙げられる。そして辻村の「人間関係の認識は時代の思想や身分制度といったものによって大きく相違する」という指摘からも分かるように「身分制度」が重要な役割を担っている。この身分制度は大まかにいえば「社会階層」とほぼ同様であろう。このように考えると、話し手の人間関係の認識は社会階層によって異なり、待遇表現・敬語自体が相違する要因となる。したがって、待遇表現の相違を考察する尺度としては「社会階層」が鍵となる概念であり、有効であると考えるのである。

次に待遇表現と性差との関連に関して、文献に見られる特徴は、真田他(1992:19)によると、「会話における日本語は、文字にした場合でも、話し手が男性であるか女性であるかが分かるのがふつうであるとされる」という。時代を遡って明治期にはどのような言語表現、とり

境、話題などによって、あらたまったスタイルからくだけたスタイルにまでわたる、と述べている。

わけ待遇表現にどのくらい性差・男女差が反映されていたのか。社会
階層と同様様々な社会言語学的調査の結果からも、性差が見られるも
のは多い。

　本研究では、以上述べてきた諸事実に基づき、なおかつ待遇表現の
論点を明瞭にさせるために現代社会言語学的な考察方法の中心である
「社会階層」と「性差」という大きな尺度を中心とし、その尺度から
見た待遇表現について考究していくことにする。なお、本研究は、明
治期の文献を用いた歴史的研究であるため、現代語の談話研究のよう
な生きた談話を資料として採取することはできない。したがって、例
えば、談話途中のコードの切替え(Code-Switching)4)のような微妙な
問題は興味ある問題ではあるにしても、本研究では二次的な扱いとな
らざるを得ない。

4. 待遇表現研究における社会言語学的研究の意義

　本節では、社会言語学的な視点が待遇表現の研究においてどの程度
有効であるのか、について述べるため、社会階層と性差がそれぞれ待遇
表現研究とどのような相関関係にあるのかといった点について考えてみ

---

4) コード・スイッチングに関する詳細はS.Romaine(1994:55-63)を参照された
　い。S.Romaineの指摘では、スコード・イッチングに関する最近の研究には
　二つの傾向がある。一つは、発話のなかのどこで言語の切り替えがおこりう
　るのか、その文法的制約を明らかにすることに重点がおかれている。もう一
　つは、言語の切り替えを行う話し手の側の理由を調査し、言語の切り替えは
　談話の中の現象として扱うべきであるということである。待遇表現研究の立
　場からコード・スイッチングを利用しようとすればS.Romaineのいう後者が
　有効であろう。しかし、自然談話とは異なる作為されたものである限られた
　文献資料の中から、この問題について議論するだけの充分な資料を得ること
　は困難である。

たい。

　近年、二・三〇年ほどの間に急速に社会言語学的な研究が進んでおり、いろいろな角度から研究されるようになってきた。社会言語学の中心には敬語研究、待遇表現の研究があって、その研究成果も現代日本語においては、少なくないのも周知の事実である。しかし、歴史的な研究になると、社会言語学的な方法からの考察はほとんど行われていない。

　日本語における社会階層によることばの違いは年齢差、性差による違いとともに顕著なものがあったといわれる。封建体制が確立した江戸時代はいうまでもなく、明治期にも階層によってはっきりした言葉遣いの相違があったことは先行の論考によって指摘されている。例えば、真田他(1992)、真田(1998)は福沢諭吉が書いた『旧藩情』(明治10年5月)を挙げながら、ことばの変異のありようが社会階層という背景の違いにパラレルに関係していることを述べている。『旧藩情』は、旧藩制下の社会の実情を詳細に記録して、後日のために残しておこうとする意図をもって著したものである。これは、九州中津旧藩士の階級差別の実状を記しており、中津藩での士農商の「言語のなまり」から、階層によって使用する言語にははっきりした区別があったことが窺える。さらに、次のように呼称にも階級各層による区別の意識が読みとれる。

　　　又言葉の称呼に、長少の別なく子供までも、上士の者が下士に対して貴様と云へば、下士は上士に向てあなたと云ひ、来やれと云へば、御いでなさいと云ひ、足軽が平士に対し徒士が大臣に対しては、直に其名を云ふを許さず一様に旦那様と呼で、其交際は正しく主僕の間の如し。
　　　　　　　　　　　　　　　　　（『福沢諭吉集・明治文学全集8』p.266）

　このように福沢自らが緒言で「本書は専ら中津旧藩士の情態を記し

たるものなれども、諸藩共に必ず大同小異に過ぎず」(p.265)と述べて
いるように、他の地域もほぼ同様な状況であったと思われる。

　さて、社会階層によって言葉遣いが具体的にどのように使い分けら
れていたのか、という点について考察してみる。田中(1999:15)による
と、「言語の位相に、最も大きな影響をもたらすのは、やはり、一つ
の社会階層や社会的集団の形成と消滅である」という。田中が指摘す
るように、社会階層の様相と言語の位相差とには密接な関係がある。
明治以降は表面上には階級制度が崩れて四民平等になったとはいえ、
一方では新社会階層が生まれてくる。このようなことは、当然言語の
位相(社会方言)に差異をもたらすようになったと考えられる。明治期
は地域による言語差、すなわち、地域方言や階層による言語差・社会
方言を超え、いわゆる共通語が次第に出来上がっていく時期でもあ
る。しかし、明治期は共通語が定着するだけでなく、社会階層の違い
による異なった言語、とりわけ待遇表現が行われていたことも忘れて
はならない。

　ここで、言語と社会階層・社会階級5)という関係を社会言語学的な
視点から論じているP.TrudgillとR.Wardhaughを中心に改めて考えて
みたい。R.Wardhaugh(1986)は、

　　Whereas regional dialects are geographically based, social dialects
originate from social groups and depend on a variety of factors, the principal
ones apparently being socialclass, religion, and ethnicity.(p.46)

と述べている。すなわち、社会方言は様々な要因によって決まるのだ
が、社会階級(social class)が重要な要因となることが分かる。

---

　5)　本研究では、基本的には社会階級(social class)が一つの層をなし、言語的に
　　特有の変種を持った似通ったグループの職業の集合体という意味で「社会階
　　層(social stratum)」という用語を用いることにする。

　また、イギリスの社会言語学者であるP.Trudgill(1974)には、言語の中には社会階級方言(social-class dialects)と呼ばれる変種が存在するのだが、「Different social groups use different linguistic varieties」(p.34)と述べているように、社会的集団が違えば、その人が使う言語変種も異なるという考えを示している。さらに、P.Trudgillには、言語には標準変種(Standard Variety)と非標準変種(non-Standard Variety)があり、これらの変種は地域性によって規定されているのに加えて社会階級(social class)によって規定されているという指摘が見られる。

　P.TrudgillとR.Wardhaughの両者ともに社会方言や言語の変種に影響を与える要素の説明として「社会階級(social class)」がキーワードとなっている。社会方言や言語の変種の形成において、社会階級・社会階層が重要な位置を占めているので、社会言語学者が言語生活や待遇表現使用を調査する方法・手段の一つとして「社会階級」ないし「社会階層」が有益な尺度であることは確かである。

　なお、柴田(1978:12)は、「敬語使用の解明は必ず社会言語学の一般理論に寄与するだろうと思われる」と述べているが、社会階層は待遇表現使用と強い関連があり、社会言語学的な研究において、社会階層が待遇表現にどのように反映されているのか、どのような相関関係があるのだろうか、といった点と関連づけながら考察していくことは重要である。

　以上述べてきたことから分かるように、社会階層が言語と強い関連性があることがいえる。とりわけ社会階層と待遇表現は密接な関係がある点を踏まえ、本研究では、明治期の新社会階層の人々が、待遇表現をどのように用いていたのか、新社会階層と待遇表現がどのような関わりを持つのか、について個別の形式を取り上げながら、考察していくことにする。

　次に性差と待遇表現について述べる。

　日本語はことばの上での性差がかなり大きい言語である。そして話し手、相手の属性により言語形式の著しく異なる日本語では言語のバリエーションを生み出す要素として年齢、職業、地域などと並んで性差が言語生活の実態調査の中でたびたび指摘されてきた。

　待遇表現と性差との関連に関しては、従来の待遇表現の使用に関する実態調査の結果より、だいたい女性の方が男性に比べ、より丁寧な表現を使用しているという。例えば、井出(1982a)と井出他(1985)は現代日本語において性別による言語形式の各待遇価値の相違を指摘している。井出の研究結果の一つは、同じ言語形式を使っても女性は男性より丁寧度が低いと意識していることである。こういった性別による待遇価値の相違は、待遇表現(待遇価値)の究明において注目される。

　近年、社会言語学の分野で注目されるようになったのは、R.Wardhaugh (1986)も指摘しているように、特定・個別の言語を使用する際に用いる構造・語彙や使用法と、その言語を話す男女の社会的な役割との間には何か関係があるのか、ということである。このような意味で言語と性差との関係を捉え直す立場から、現代社会言語学で性差に着目した研究が盛んに行われている。

　現代日本語における性差に着目した研究も少なくない6)。しかし、男性語と女性語の両方を対照的に研究したものや男女の言語使用に関する言語行動の実態を調査し、考察を加えたものは少ないようである7)。本研究が対象としている明治期における言語現象を、性差とい

---

6) 森田(1991)によると、性差が濃厚に語彙選択に反映していることの一つとして人称代名詞を挙げている。寿岳(1979)では、女性による男性語の使用の現象を指摘しており、とりわけ若い女性たちが一人称代名詞「ぼく、おれ」を使用していることを指摘している。また、杉戸・尾崎(1997)も中高生の自称詞に女性が男性語を使用するということを述べている。

7) F,Cパン編(1981)は、幼児から成人までの言語行動を録音したものを資料に

う観点から考察した研究は案外少数である。とりわけ日本語において男女差が明確に存在する人称代名詞や終助詞についていえば、東京語・標準語が成立した明治30年代前後に関する研究がいまだに不十分のようである。

5. 待遇表現の定義をめぐって

　日本語における待遇表現の概念規定をめぐっては、多くの研究者の間で様々な論議が行われてきた。しかし、これが最も一般的な定説だといえるほどのものが確立されていないように見受けられる。そもそも待遇表現は様々な要素が立体的に絡み合っているので、これらを包括した普遍的な定義として確立しがたい概念ではないかと考えられる。

　そこで、ここでは先学の代表的な待遇表現の定義を再検討しながら、従来から待遇表現の鍵となる概念として捉えられている性質を捉え直し、さらにこういった分析を通して待遇表現に観察される共通点を整理することにする。

　まず、辞典の定義を繙いてみよう。待遇表現という単独の項目は見られないが、『言語学大辞典』(第6巻・術語編)では、「広い意味で敬語的表現を考える場合には、「待遇表現(speech levels, linguistic politeness)」とよばれていることが多い」とし、ふつう敬語と呼ばれるものを定義をすれば主に南不二男(1974b)(1987a)(1987b)に基づいて、次のように述べている。

用い、各言語特徴についての性差の存在を実証的に示した研究として注目されよう。

　　話し手が言語行動を行なう際に、相手および話題の人物との人間関係、言語
　行動が　行なわれる場面(話題の人物以外の第三者の有無、そのあり方や場所柄
　など)、話題となる事柄の性質など、に対する顧慮によって選ばれる表現形
　式。(p.324)

　なお、待遇表現と呼ばれる術語が本格的に使われるようになったの
は、第二次大戦以後のことであると思われる。したがって、以下で
は、戦後の主な論考を中心に待遇表現がどのように捉えられてきた
か、また、いかなる点が注目されてきたかについて考察する。

　待遇表現という用語を本格的に取り上げた山崎久之(1963)以後の論
考を中心に、それぞれの論考で、待遇表現がどのように捉えられてき
たか、また、いかなる点に重きが置かれてきたかについて検討する。

5.1 山崎久之の定義

　山崎(1963)は、近世語(上方)の待遇表現を体系として把握し、その
表現体系を実証的に究明し記述しようとした。その中で、待遇表現に
ついては広い意味での捉え方をしており、定義が多少曖昧であるよう
に見受けられる。

　　話し手がある特定の人について(対して、又は関して)表現する時、その人に
　関する諸種の条件を考慮して、その人にふさわしい言語上の待遇を与える。こ
　の配慮はその人に関する事物にも及ぶ。このような表現を「待遇表現」と呼
　ぶ。(p.3)

　すなわち、山崎は「待遇表現」という名称を敬語と同様に用いるこ
ともあるが、より広く、人と人との関係が言語表現に表れている一切
のものを指しているのである。

5.2 小島俊夫の定義

　小島(1998)は、敬語・敬語表現の定義について広義の捉え方をして
いるため、論じている内容自体は待遇語・待遇表現と考えることがで
きる。小島のいう敬語とは、連続的に流動する敬意の反映に＜かた
ち＞を与える言語記号群相互の間に潜む関係(の総体)である、とし、
次のような定義をしている。

　　敬語とは、敬意を反映することばであり、敬語表現によって、誰かに対して
　の、何ごとかについての、どんな関係からかの、話し手の敬意が反映される。
　その＜敬意の表現＞には、単に人をうやまい、へりくだる言い方(態度)ばかり
　でなく、人をさげすみ、ののしる言い方(態度)、さらに、うやまうのでもな
　く、さげすむのでもない、いわば、両者の間にはさまれた言い方(態度)までも
　含まれる。(p.8)

　このように、小島が述べている＜敬意の反映＞はかなり広い意味を
含んでおり、待遇表現の定義と考えてよいと思われる。とりわけ、小
島は基本的には山崎の＜論の進め方＞に批判・賛成しかねるという立
場に立っており、言語研究は言語の個人的側面をできるだけ排除し、
言語の社会習慣的な＜型＞を体系として構築することにある、という
見解を示しているのである。

5.3 南不二男の定義

　南(1973)(1974b)(1977)(1987a)の一連の敬語研究の中で、南は敬語を
広く捉えているため、述べている内容自体は待遇表現とほとんど変わ
りはない。いわゆるふつうの敬語以外にマイナス敬語(「軽卑表現」
や「卑罵表現」)も含めており、さらに付随的な非言語的な表現まで

も視野に入れている。南のマイナス敬語まで入れると、「待遇表現」、非言語的な表現までを考慮に入れると、「待遇行動」と呼ぶことができよう。

ここでは、南(1987a:4-10)が挙げている常識的な意味での敬語(または狭い意味での敬語)に共通した一般的な性格を取り上げる。

① 話し手又は書き手(一括して「送り手」という)のなんらかの対象についての一種の顧慮があるということである。
② そうした顧慮は、つねに送り手のなんらかの評価的態度を伴っているということ。
③ そうした顧慮、評価的態度に基づく、なんらかの対象についての扱い方の違いがあり、その扱い方の違いを反映した表現の使い分けがあるということ。

このような南の定義のポイントは最終的には③にまとめられよう。とりわけ南の評価的態度に基づく表現の範囲を拡大すると(例えば、マイナス敬語を視野に入れること)、待遇表現の定義として考えられる。

5.4 宮地裕の定義

宮地(1976)は、もし話題に関わるものにも何らかの待遇配慮があった場合には待遇表現として捉えていいという見解を示し、待遇表現について次のように言及している。

言語表現のうち、主として人間関係の敬卑にかかわる待遇配慮にもとづくものを「待遇表現」というが、これまた普通のことである。したがって、ものごとや感情・感覚の叙述・表出のような言語表現にも、なんらかの待遇配慮がくわわっているとすれば、待遇表現と無関係な叙述や表出というものはないというべきであろう。

5.5 柴田武の定義

柴田(1979)は、「卑罵語」を用いる場合は「敬語」という名称が不適切だとし、「卑罵語」を包括した概念として「待遇表現」という術語を用いている。そして、待遇語と待遇表現を、次のように定義している。

　「待遇語」は話し相手または第三者あるいは両者との社会的心理的距離に応じて使い分けられる特別な言語形式と定義する。特別な言語形式を用いるか否かの選択的表現を「待遇表現」という。

5.6 井出祥子の定義

井出の一連の研究(1982b)(1987)(1990)から待遇表現の定義は、だいたい次のようにまとめられよう。

・話し手が相手(聞き手および発話に登場する人物を指す)との間の社会的心理的距離に応じた心理的態度を表わす言語手段である。(1982b)
・円滑なコミュニケーションのために話し手が相手に示す心配りの言語的側面(1987)
・円滑なコミュニケーションのための適切な言語使用 (1990)

とりわけ対照研究の視点から捉えた井出(1987)の定義は、Brown,P.and Levinson,S.(1987)の有名なポライトネス理論の枠組の中にポライトネス(丁寧さ)の定義を日本語の待遇表現に応用しようとしている。すなわち、丁寧さは、円滑なコミュニケーションのために話し手が聞き手に対して示す配慮である。人間関係を円滑に保つための

言語行動としての「ポライトネス」を広い意味の待遇表現として捉えている。

　さらに、井出(1990)は「円滑なコミュニケーションのための適切な言語使用」という定義をしているが、これは対照研究の立場で捉えた待遇表現の概念である。しかし、これは日本語の待遇表現のうち、尊大表現や卑罵表現などのマイナスの待遇表現は除外した定義である。また、待遇の鍵となる概念として抽象的な概念である「距離」と「面子」を挙げている。要するに、「距離」に応じて相手を適切に遇し、「面子」を守るために使われる言語表現を待遇表現としているのである8)。

　このように井出は、「ポライトネス」理論を導入した一連の研究から視野を広げて日本語と他の言語とを対照することによって、多くの言語表現においてポライトネスに関わってくる言語使用のメカニズムの解明を試みている。

5.7 菊地康人の定義

　菊地(1989)(1994)は、従来の待遇表現の定義で直接言及がなかった「場面」を考慮する点が注目される(ただし、南の敬語の定義には場面が見える)。以下に引用してみよう。

　　基本的には同じ意味のことを述べるのに、話題の人物/聞き手/場面などを考慮し、それに応じて複数の表現を使い分けるとき、それらの表現を待遇表現という。(菊地1994:21)

---

8)「面子」に関して、Brown,P and Levinson,S(1987:62-69)は、人間にはみんな、面子(face)というものがあるとし、面子には2種類:「消極的な面子(negative　face)と積極的な面子(positive　face)」があるとしている。そして、このような面子の概念を応用して、ポライトネス(Politeness)を説明し、面子を脅かす行為(FTA:face-threatening act)をするとき、私たちはよくそれを埋め合わせたり取り繕うための言葉遣いをすると述べている。

　菊地(1994)は、待遇表現の中の中心である敬語はどのようなものなのか、ということについて詳細な考察を行い、待遇表現のタイプを広く捉えている。そしてその使い分けに関する社会的・心理的諸要因が待遇表現の使用に関係していることなどから、待遇表現の選択のモデルを提案している点は待遇表現の使用メカニズムの解明において重要な研究成果として位置づけられよう。

5.8 その他の定義

　その他の重要な論考を紹介しておく。

　文化庁『待遇表現』(1971)では、教師が待遇表現ということを意識化して捉え、それにかかわる問題について、基礎的な力を身につけることができるようになることを目的としている。ここでは、待遇表現の教育に重きが置かれており、基本的に待遇表現を広義の敬語法(待遇表現)として認めた。そして敬語は待遇表現の一部を占めるものであるとしている。

　大石(1983)は、「待遇表現」についての定義は見られないが、広い範囲のものを考えているようである。つまり、「待遇語」という用語を使用しており、「待遇語」の上層は敬語であり、下層は軽卑語である。そして両者の間に対等語を想定している。待遇語はとりわけ心理的、社会的関係の側面に注目する捉え方を要求する言語要素であると説いている。

　杉戸(1983)は、待遇表現を「話し手が周囲へ気配りをした結果選ぶ、その気配りにもっとも適した表現」と説いている。そして杉戸は気配りには二つの段階があるとし、①「みなしの段階」と②みなしにふさわしい「扱いの段階」とを設けている。この気配り(みなし・扱い)というプロセスを経て待遇表現となるのであるとしている。

　辻村(1984)は、各先行研究における待遇表現の定義を紹介した上で、待遇表現を以下のように優劣、利害などの用語を用いながら定義している。

　　表現主体(話し手または書き手)が表現受容者(聞き手または読み手)或いは表現素材(話題の人物)と自らとの間に尊卑、優劣、利害、親疎等どのような関係があるかを認識し、その認識を言語形式の上に表したものである。

　最近の研究成果としては、蒲谷他(1998)を挙げることができる。ここでは、待遇表現としての「敬語表現」を考えていくことを目標として総合的に捉えた新たな枠組みを示しており、「敬語表現」を次のように定義している。

　　「敬語表現」とは、ある「表現意図」を持った「表現主体」が「自分」「相手」「話題の人物」相互の「人間関係」や、「場」の状況を認識し、「表現形態」を考慮した上で、その「表現意図」を叶えるために、適切な「題材」「内容」を選択し、適切な敬語を用いることによって「文話」(談話あるいは文章)を構成し、「媒材化」する、といった一連の「表現行為」である。(p.39)

　ここでは、＜「人間関係」や「場」に対する「表現主体」(話し手・書き手)の配慮に基づく表現＞として敬語を扱うという考え方に基づいている。
　以上、従来、待遇表現が言語研究の中でどのように扱われてきたのか、各学者の諸説を検討してみた。これらの諸説を踏まえて、だいたい共通している概念に注目して待遇表現の定義を捉え直してみると、以下のようになる。

　1. 待遇表現の中心をなすのは敬語である。すなわち、敬語は待遇表現の一部分である。

2. 待遇表現は、とりわけ社会的、心理的関係の側面に左右される性質を持った言語表現(言語形式)である。
3. 各学者によって待遇表現の定義は重点の置き方が違っており、詳細な部分では異なっているが、全体的に共通している点は、話し手が相手に対する何らかの待遇的配慮によって使い分ける一種の選択的な言語表現という点である。
4. 現在の待遇表現では、基本的に話し手と相手との人間関係・社会的関係が重要視される。その上、言語行為が行われる場面も深く関与する。

　以上のように発表された論考順に検討してみたが、待遇表現の定義について従来の研究者の間でどのような定義がどのような背景から行われ、それがまた、どのような違いがあるのかを考察するべきであろう。すなわち、本来ならば学説史として考究されねばならない。ここでは、今まで述べてきた先学の諸説から大まかに見て、大きく三つの流れを指摘したい。

① 伝統的な国語学の中で、敬語体系の記述を目指す山崎、辻村、小島などの研究。
② 言語行動を取り入れた南の研究。
③ 対照研究、談話分析やポライトネス理論を背景にした井出の研究。

　今までの定義を総括してみると、大体①→②→③のような流れによって、待遇表現の定義が行われてきたと考えられる。すなわち、体系的な捉え方から言語使用の行動を経てポライトネス理論を応用して捉えようとする動きが現在に至る傾向として指摘できる。

<本研究における待遇表現の定義と立場>

　ここでは、前節で見てきた従来の待遇表現の概念規定を踏まえつつ、本研究で取り扱う待遇表現の範囲と本研究での立場を述べる。次の3点を考慮した上で、本研究の待遇表現の定義として捉えたい。

　① 場面依存性 ② 待遇表現の変動可能性 ③ 心理的要素の評価の困難性。まず、① 場面依存性について考えてみよう。最近は「待遇表現」ということば(用語の定義)に「場面によって使い分ける表現」という場面性が考慮され、広い意味づけが定着しているようである。もちろん、言語行動は場面の想定がないままでは成り立たないので、既存の研究においても場面を無視しているわけではない。しかし、従来多くの研究では話し手と相手との人間関係・社会関係などの考慮に重きが置かれ過ぎて、場面が鍵となる概念は見過ごされがちであるように見受けられる。

　お互いにコミュニケーションが行われる言語行為自体は何からの形で場面と関わりながら、最終的には待遇表現(待遇行動)と関係を持つことになる。そこで、待遇表現という概念について、どのような視点でどのような範囲までを扱っていくかが問題となる。

　② 待遇表現の変動可能性についてみると、社会構造の変化、それに伴う社会的意識の変化によって待遇表現は変動すると思われる。例えば、小島(1998)によると、江戸語の敬語体系の性格は身分の枠組みでの位置づけが、明治時代の市民社会では身分制度の崩壊と生活基盤の急変によって、個人の新しい流動的な個々の関係に規制される敬語体系へと変わっていったという。ここからも分かるのだが、待遇表現の実態を正確に捉えるためには、その言語が使用された当時の詳細な社会状況及び言語変化の明確な認識あるいは知識が要求される。この

ような基本的な問題とその答えを考えながら、待遇表現を定義していくことが先決である。

③　心理的要素の評価の困難性をめぐっては、従来数多くの研究で心理的要素に関わる定義(例えば、気配り、心配り、心理的距離などに応じる言語表現)が一つの物差しとなっている。しかし、心理的要素は言語表現上において評価が非常に困難であるため、必ずしも客観的に計りきれない難点がある。心理的要素によって使い分けられる性質を考えるのは当然であるが、これはあくまでも背後の要因であり、ある意味で派生的な要因として捉えられる。したがって、心理的要素は他の尺度からの検討が考えられなければならない。本研究では、明治期の待遇表現を記述する際、文献資料の性格上その客観性をできるだけ保持するために、現代の内省に大きく頼らざるを得ない心理的な要素に関する定義は扱わないことにする。

本研究では、基本的に上記の三点を考慮した上、従来の待遇表現の定義を捉え直したい。

このような意味で従来の南(1974b)(1987a)(1987b)、菊地(1989)(1994)は場面を話し手と相手と対等・同等に扱っており、場面性がよく反映されるとともに少なくとも表面上には心理的要素が排除された定義として位置づけられよう。したがって、本研究における待遇表現の定義は、基本的には南(1974b)(1987a)(1987b)に基づいた『言語学大辞典』の定義に従うことにする。

・話し手が言語行動を行なう際に、相手および話題の人物との人間関係、言語行動が　行なわれる場面(話題の人物以外の第三者の有無、そのあり方や場所柄など)、話題となる事柄の性質など、に対する顧慮によって選ばれる表現形式。　　　　　　　（『言語学大辞典』第6巻・術語編p.324(再引用)）

近年、場面との関わりの中でさまざまな言語研究が行われており、

　場面が一層重要な役割を担っている点は待遇表現の研究においても同様である。つまり、社会言語学的な研究をはじめ、語用論や談話分析などの領域と同一線上で敬語・待遇表現を変動可能な動的なシステムとして捉えようとする、いわゆる言語行為の中で実際の待遇表現の定義あるいは使用モデルを考えるべきであろう。

■ 参考文献

石坂正蔵(1944)『敬語史論考』大八洲出版

井出祥子(1982a)「言語と性差」『月刊言語』11-10 大修館書店

_____(1982b)「待遇表現の男女差の比較」『日英語比較講座5・文化と社会』大修館書店

_____(1987)「現代の敬語理論」『月刊言語』16-8 大修館書店

_____(1990)「待遇表現」『講座日本語と日本語教育12』明治書院

_____(1992)「日本人のウチ・ソト認知とわきまえの言語使用」『月刊言語』21-12 大修館書店

井出祥子他(1985)『女性の敬語の言語形式と機能』文部省科学研究費研究成果報告書

井出祥子他(1986)『日本人とアメリカ人の敬語行動-大学生の場合-』南雲堂

宇佐見まゆみ(2001)「二一世紀の社会と日本語-ポライトネスのゆくえを中心に-」『月刊言語』30-1 大修館書店

遠藤織枝・尾崎喜光(1998)「女性のことばの変遷-文末・コト・テヨ・ダワを中心に-」『日本語学』17-5 明治書院

大石初太郎(1976)「待遇語の体系」『佐伯梅友博士喜寿記念国語学論集』表現社

_____(1977)「敬語の研究史」『岩波講座日本語4・敬語』岩波書店

_____(1983)『現代敬語研究』筑摩書房

荻野綱男(1980)「敬語における丁寧さの数量化-札幌における敬語調査から(2)-」『国語学』120集

_____(1997)「敬語の現在-1997」『月刊言語』26-6 大修館書店

蒲谷宏他(1998)『敬語表現』大修館書店

樺島忠夫(1966)「ことばの男女差についての意識」『遠藤博士還暦記念国語学論集特集』京都大学国文学会

川口容子(1987)「まじり合う男女のことば-実態調査による現状-」『言語生活』429-8

菊地康人(1989)「待遇表現-敬語を中心に-」『講座日本語と日本語教育1』明治書院

_____(1994)『敬語』角川書店

北原保雄(1969)「敬語の構文論的考察-動詞の敬語法とそのアスペクト-」『佐伯梅友博士古希記念国語学論集』表現社

北原保雄編(1978)『論集日本語研究9・敬語』有精堂

金田一京助(1959)「日本の敬語」『金田一京助全集3・国語学II』三省堂1992年所収

熊井浩子(1988)「現代日本語における「敬語誘発」について」『国語学』152集

_____(2001)「敬語研究の視点-包括的な待遇表現理論の構築を目指して-」

『国文学解釈と教材の研究』46-2
国語審議会報告(1995)「新しい時代に応じた国語施策について」『国語年鑑』
　　　　1995年版所収
国立国語研究所編(1957)『敬語と敬語意識』秀英出版
＿＿＿＿＿＿＿(1971)『待遇表現の実態-松江24時間調査資料から-』秀英出版
小島俊夫(1974)『後期江戸ことばの敬語体系』笠間書院
＿＿＿＿(1998)『日本敬語史研究後期中世以降』笠間書院
＿＿＿＿(2001)「後期江戸語敬語体系における言語行動の＜場＞」『日本語と日本
　　　　文学』33
小松寿雄(1963)「待遇表現の分類」『言語と文芸』27
＿＿＿＿(1971)「近代の敬語Ⅱ」『講座国語史5・敬語史』大修館書店
＿＿＿＿(1988)「東京語における男女差の形成-終助詞を中心として-」『国語と
　　　　国文学』65-11
＿＿＿＿(1996)「江戸東京語のアナタとオマエサン」『国語と国文学』73-10
佐竹久仁子(1998)「「女ことば/男ことば」規範をめぐって」『ことば』19
真田信治(1973)「越中五ケ山郷における待遇表現の実態」『国学学』93集
＿＿＿＿(1998)「江戸語はいつ共通語になったか」『月刊言語』27-1 大修館書店
真田信治他(1992)『社会言語学』桜楓社
柴田武(1978)『社会言語学の課題』三省堂
＿＿＿＿(1979)「敬語と敬語研究」『月刊言語』8-6 大修館書店
寿岳章子(1979)『日本語と女』岩波新書
杉戸清樹(1983)「＜待遇表現＞気配りの言語行動」『講座日本語の表現3・話しこ
　　　　とばの表現』筑摩書房
杉戸清樹・尾崎喜光(1997)「待遇表現の広がりとその意識-中高生の自称表現を中
　　　　心に-」『月刊言語』26-6　大修館書店
鈴木英夫(1998)「現代日本語における女性の文末詞」『日本語文末詞の歴史的研
　　　　究』三弥井書店
田原圭子他(1966)「敬語法研究文献総覧」『国文学解釈と教材の研究』11-8 学灯社
田中章夫(1966)「階層と敬語」『国文学解釈と教材の研究』11-8 学灯社
＿＿＿＿(1998)「特集:近代語から現代語へ-敬語表現の変化」『日本語学』明治
　　　　書院 17-6
辻村敏樹(1961)「敬語研究の歴史」『国語国文学研究史大成15・国語学』三省堂
＿＿＿＿(1963)「敬語の分類について」『言語と文芸』27
＿＿＿＿(1968)『敬語の史的研究』東京堂
＿＿＿＿(1974)「明治大正時代の敬語概観」『明治大正時代の敬語・敬語講座5』
　　　　明治書院
＿＿＿＿(1984)「待遇表現」『研究資料日本文法9・敬語法編』明治書院
＿＿＿＿(1992)『敬語論考』明治書院

坪井美樹(1978)「敬語研究の歴史」『増補国語国文学研究史大成15・国語学』三省堂

時枝誠記(1941)『国語学原論』岩波書店

中野信彦(1991)「江戸語における終助詞の男女差−女性による「な」の使用について−」『国語と国文学』68-4

林四郎・南不二男編(1974)『敬語の体系・敬語講座1』明治書院

＿＿＿＿＿＿＿＿＿＿(1974)『明治大正時代の敬語・敬語講座5』明治書院

＿＿＿＿＿＿＿＿＿＿(1973)『行動の中の敬語・敬語講座7』明治書院

飛田良文(1974)「明治初期作品の敬語」『明治大正時代の敬語・敬語講座5』明治書院

福沢諭吉(1966)『福沢諭吉集・明治文学全集8』筑摩書房

文化庁(1971)『待遇表現・日本語教育指導参考書2』大蔵省印刷局

堀 素子(1988)『日本語の敬意表現』城西大学女子短期大学部

松下大三郎(1901)『日本俗語文典』誠之堂

＿＿＿＿＿＿(1924)『改撰標準日本文法』中文館(昭和49年勉誠社復刊)

南不二男(1973)「行動の中の敬語」『行動の中の敬語・敬語講座7』明治書院

＿＿＿＿＿＿(1974a)「現代敬語の意味構造」『国語学』96集

＿＿＿＿＿＿(1974b)「敬語」『現代日本語の構造』大修館書店

＿＿＿＿＿＿(1976)「敬語」『現代日本語』朝日新聞社

＿＿＿＿＿＿(1977)「敬語の機能と敬語行動」『岩波講座日本語4・敬語』岩波書店

＿＿＿＿＿＿(1987a)「敬語」岩波新書

＿＿＿＿＿＿(1987b)「敬語表現の構造」『月刊言語』16-8 大修館書店

三矢重松(1908)『高等日本文法』明治書院

宮地裕(1976)「待遇表現」『日本語と日本語教育(文字・表現編)』国立国語研究所

森田良行(1991)「語彙現象をめぐる男女差」『国文学解釈と鑑賞』56-7 至文堂

森野宗明(1991)「女性語の歴史」『講座日本語と日本語教育10』明治書院

文部省(1952)「これからの敬語」昭和27年4月14日、第一期国語審議会建議14回総会文化庁編「ことばシリーズ1敬語」1974年所収 大蔵省印刷局

山崎久之(1963)『国語待遇表現体系の研究近世編』武蔵野書院

山田孝雄(1924)『敬語法の研究』宝文館

山西正子他(1974)「敬語研究文献解説(日本1.2.外国)」『敬語研究の方法・敬語講座10』明治書院

湯沢幸吉郎(1954)『増訂江戸言葉の研究』明治書院

渡辺友左(1977)「階層と言語」『岩波講座日本語2・言語生活』岩波書店

渡辺実(1971)「敬語体系」『国語構文論』塙書房

F.C.パン編(1981)『日本語の男女差』東亜受話学会

J.V.ネウストプニー(1983)「敬語回避のストラテジ−について」『日本語学』2-1 明治書院

Brown, P.and Levinson,S(1987) Politeness, SomeUniversalsofLanguageUsage, Cambridge UP

Lakoff,R.(1975)Language and Woman'sPlace, 『言語と性』かつえ・あきば・れいのるず訳1985 有信堂

Leech,G.N(1983)Principles of Pragmatics,『語用論』池上和彦・河上誓作1987 紀伊国屋書店

Romaine,S.(1994) LanguageinSociety, AnIntroductiontoSociolinguistics, OxfordUniversity Press Inc,1994 ,『社会のなかの言語』土田滋・高橋留美訳1997 三省堂

Trudgill,P.(1974)Sociolinguistics:An Introduction,Penguin Books Ltd

Wardhaugh,R.(1986) An Introduction to Sociolinguistics,Basil Blackwell Ltd

<辞典・事典>

『言語学大辞典第6巻・術語編』亀井 孝、河野六郎、千野栄一編 三省堂 1996

『国語学大辞典』国語学会編 東京堂 1982

『国語学研究事典』佐藤喜代治編 明治書院 1977

『日本語教育事典』日本語教育学会編 大修館書店 1982

第2章
明治期日本語の時期区分と待遇表現

　ここでは、明治期日本語の時期区分について主に戦後の先行研究が
どういう点に注目して時期区分を行ったか、その内容を簡単に検討
し、本研究の時代区分の立場を述べることにする。とりわけ明治期に
おける日本語の変化の中で待遇表現のあり方と関係してくると思われ
る諸要因・出来事の時期を具体的に取り上げて検討し、それぞれの時
期において、何がいかなる点で注目されてきたか、について論じるこ
とにする。

　次に、第3章では時期区分に重要な位置を占める言文一致の運動の
際、先学たちが待遇表現の処理に悩んでいた具体的な例として、対話
敬語と文末表現形式を取り上げて考察する。そして第4章では、明治
期の新社会階層と待遇表現との関連性について検討することにする。

　以上のような明治期日本語の時期区分と待遇表現について考察し、
捉えなおすことによって、本研究第二部で主に使用する資料『社会百
面相』を待遇表現の観点から考察する有効性と意義がより明らかとな

るであろう。

明治期日本語の時期区分について

　ここでは、代表的な先行研究を取り上げ、各先行研究が明治期日本語の時代区分に着目した出来事とその内容を検討してみる。

　本研究では、戦後に発表された代表的な論考を中心に検討を加え、整理しておく。

　なお、先行研究の多くは明治期の時期区分を目的としているわけでなく、明治以降現代に至るまでのいわゆる東京語の展開を論じている。本研究では、先行研究のいう(東京語の内実に関わる)議論は保留しておく。

　中村(1948)は東京語の性格を決定するに最も重要な時期であったと考えられる明治初年の東京語に注目し、東京語の性格がこの期にいかにして形成されたかについて論じている。その中で、中村は言文一致と口語文典を念頭に置き、次のような分類を試みている。

　　　明治初年は東京語にとっては芽ばえの時代であり、一面こんとんの時代であって、東京語はかゝる時期を経て、言文一致の多く試みられた明治二十年代にようやく統一の機運に向かい、口語文典の続出した明治三十年代に至ってほゞその骨格を明らかにするのである。(pp.51-52)

　ここでは、明治初年、20、30年代と区分された記述となっている。

　また、松村(1957:87)は、明治から現代までを次のように五つの時期に区分している。

第一期 明治前期 <形成期>(明治初年から明治十年代の終わりまで)
第二期 明治後期 <確立期>(明治二十年代の初めから明治の末まで)
第三期 大正期 <完成期>(大正初年から大正十二年の九月の大震災まで)
第四期 昭和前期 <第一転成期>
　　　　　　(大正十二年の関東大震災後から昭和二十年八月の終戦まで)
第五期 昭和後期 <第二転成期>(終戦から今日まで)

　この五つの区分のうち、明治期に当たる第一・二期の特徴について
みると、第一期においては江戸語から東京語へと新たな言語体系がつく
りあげられていく過程で、地方語の混入、外来語の影響、待遇表現の変
化などを指摘している。その後、第二期については、次のように述べて
いる。

　　第二期になると、東京語の確立期とも言うべき時代である。言文一致の多く試
　みられた明治二十年代になると、それまでの雑然としていた東京語もしだいに統
　一の機運に向かい、口語文典の続出した明治三十年代の頃に至って、ほぼ東京語
　としての独自の性格を明らかに示すようになる。この時期に東京語の確立に深い
　関連をもった事実として、言文一致の確立、口語文典の盛行、国定教科書の編
　修、ならびに小学校における標準語教育の促進などがあげられる。(pp.96-97)

　上記のようなことから、松村も基本的には中村とほぼ同じ見解を示
しており、口語文典が多く出現した明治30年代に至って東京語独自の
性質を持つようになったと解釈できる。
　また、辻村(1974)は、松村の分類を根幹とはしているものの、若干
の修正を加えた。つまり、辻村は東京語を中心とする共通語の敬語に
ついて述べ、明治期についてさらに三期に分けている点が松村と異
なっている。すなわち、第一期の形成期(明治初年から十年代の終わ
りまで。明治前期)、第二期の成立期(明治二、三十年代。明治後期)、
第三期の完成期(明治四十年代から大正十年代まで。大正期)と分類し

ている。第一期の形成期は松村と全く一致する。しかし、辻村は明治
20年代と30年代を同じ時期として扱い、40年代以後と区別している点
が特徴的である。

　一方、飛田(1992)は、東京語の成立過程について、従来の代表的な
先学の諸説を紹介・検討した後、これらの諸説をふまえて東京語の成
立過程を考えるには、言語生活の視点から分析する必要があると主張
する。

　つまり、飛田(1992:25-26)は、いつから文字の影響が話しことばに
現れるかが、東京語の成立過程とかかわってくるとし、書きことばが
話しことばに影響を与えるようになるのは、国定読本が行われること
になった明治37年と考えるのが穏当ではないか、という見解を示し
た。そして、飛田は明治初年から明治37年3月までを東京語の成立
期、明治37年4月から昭和24年3月までを定着期とする。従来とは異
なった言語生活という観点から捉えて、広い時代区分の設定を試みて
いるのである。

　さらに、西田(1998:283)は、東京語について、「待遇表現がデス・マ
ス体になったことが江戸語のおもかげをいっそう稀薄にした。そして
全国的には学校教育における教科書などの書きことばを通してひろ
まっていった」と述べている。西田は東京語の正確な時期区分は設定
していないが、東京語が独自の性格を持って確立するのは明治30年代
であるとした。

　なお、先行研究において、国語教育面での歴史的出来事が注目さ
れ、時期区分にも関わってきている。本章の最後に明治期の国語教育
について簡単に触れておくことにする。

　教育の面に注目すると、政府主導による小学校義務教育の実施が重
要である。明治新政府は、近代国家を形成させようと国民を教育させ
ることが急務であった。その出発点として明治5年(1872年)学制発布に

よって小学校義務教育が実施され、国民皆教育への第一歩が踏み出された。これは、今までの将軍、藩主への忠誠を天皇への忠誠に集中させるために行われたもので、明治政府にとって国民教育は時代的な要請でもあったのである。そして明治政府は国家が管理する教育の制度を各地に作りあげた。それがいわゆる公教育制度であった。

明治39年(1906年)以後、義務教育は国定教科書を用いて標準語で教育が行われた。明治6年の小学校の就学率は28.13%で、明治33年(1900年)には義務教育の就学率が80%を超え、90%に達するのは明治35年のことである。このような小学校の就学率の急伸張を考えると、少なくとも明治30年代半ば頃には、著しい教育環境の変化とともに公教育制度がすでに定着した時期であるといえよう。

さらに、明治政府は明治40年には尋常小学校6年を義務教育と定めた。学校の義務教育において、全国民が同一の国定教科書で学習するなど次第に実用の言語生活にも学校教育の影響が反映されたと考えられる。

以上、見てきたことをまとめてみると、明治期日本語の時代区分の諸要因として先行研究で主に取り上げられたのは、①東京語・標準語の成立の時期、②言文一致運動の時期、③口語文典の成立の時期、④公教育実施の時期である、という四つの出来事として大きく集約できる。

第3章
言文一致の運動と待遇表現

　本章では、言文一致の問題点は待遇表現・対話敬語の処理にあったという点に注目し、その理由は何か、明治期の待遇表現のあり方を視野に入れて述べる。以下では、先学の議論を紹介し、先学たちが工夫した問題点と解決しようとした方法について検討する。

　いわゆる言文一致の運動は、日本の話しことば(口頭言語)と書きことば(書記言語)とがあまりに隔たりすぎているのを、話しことばの方に統一して言語生活を合理化しようという、実利的な主張としてスタートした。その反省の契機となったのはヨーロッパの言文両者の近さであったといわれる。つまり、言文一致は西洋文学と西洋文明からの影響を受けて生起したものだといえよう。

　話しことばを基に書きことばを統一しようとする当時の文壇を中心とした言文一致の運動は、明治初年から20年頃までは全国に通じる東京語に基づいて試みられた。言文一致の運動が日本人の表現の革命として本質的な意義を持つようになるのは＜かなのくわい＞(明治16年7

月)、<羅馬字会>(明治18年1月)が結成されたいわゆる鹿鳴館時代である。<かなのくわい>の幹事は「言文一致」(明治19年)で、話しことばと書きことばが全同する点を、次のように説いている。

> たとへ、はなす様に、書いたとて、はなす様には、ゆかぬ故に、別して、書き方には、気をつけねば、なるまい。それ故にはなす様に、書きとりて、なるたけ、わかり易く、するがよからう。

さらに、彼は「日本語には、敬語が多いから、口でいふ通りを、書いてゆく時は、文章が長がたらうなるといふ、心配も、あるで、ありませうが、」という。このような指摘から察してみると、敬語(待遇表現)処理が言文一致の際の問題点となり、書くとき(書きことば)においては、敬語(待遇表現)の処理自体が邪魔な要素ともなったと考えられる。

真田(1991:88)が、言文一致の文章について言及した中で、「文章は書く以上はどうしても文章語形式に拘束される面がある。したがって、実際の東京の話しことばとは合致しない点がいくつか存在するわけである」と指摘しているように、話しことばと書きことばには違いがあり、根本的な不一致は避けられない難問であったのである。

ここで、まず話しことばと書きことばとの違いについて考えてみる。話しことばは相手に対して、場面や話題に応じて行われる談話による伝達の言語である。これに対して、書きことばの方は、考えたり、あるいは感じたりする内容を書き手の内面の世界において客観化する一種の認識の言語である。このように、話しことばと書きことばとは本質的に性質が異質のものであるため、言文の不一致が必然的に生ずるのである。これと関連して渡辺(2000)によれば、「話しことばは伝達の言語であり、特に日本語では聞き手に対する話し手の待遇意識や発話

の心構えなど主体的な意義を表わす言語形式をかかえ込んでいて、それが認識の言語として対象的な意義に徹すべき書きことばには邪魔な要素となるからである。したがって、言文一致運動は、むしろ話す通りに書かない方向に転換することでようやく成功する」という。

　このように日本語における話しことばの伝達と書きことばの認識との差は当然のことながら、どうしても待遇表現に関する処理に現れることになる。したがって、言文一致の大きな問題点として多くの人々を苦労させたのはこの待遇表現の処理にあったといえる。

　さて、当時の文壇で言文一致が活溌に行われたのは周知の事実である。当時の作家たちが普通の会話そのまま書かなかった(書けなかった)のは、書きことばを話しことばに近づけることはある程度可能であるとしても、談話に現れる言語的要素には書きことばとしては不適切なものと感じられるに違いない。作家たちは言文一致の限界を感じ、とりわけ日本語の待遇表現の処理にもっとも悩んだのである。これは、今まで述べたように日本語の話しことばが待遇表現に敏感であるに対し、書きことばは特定の相手に話すような待遇表現を伴うのが不適切した点と関連がある。待遇表現の悩み、工夫をこらした代表的な作家としては、二葉亭四迷と山田美妙が挙げられよう。

　二葉亭四迷の＜余が言文一致の由来＞(明治39年5月)には、四迷と美妙二人が敬語・待遇表現と関連して文末の処理にいかに悩んでいたかが読みとれる。四迷は文末・待遇表現の処理について、不服な点があり、坪内逍遥に相談したことがあった。つまり、言文一致になってはいるものの、「が……でムいます」調にしたものか、それとも「はいやだ」調で行ったものかと相談したのに対し、逍遥はただ敬語のない方がいいという説だったので、四迷は多少の不服の点があったというのである。このように四迷が直面した「だ」調か「ムいます」調かというのは文末の待遇表現をいかに処理するかという問題に他ならない。

　一方、美妙は、はじめは敬語なしの「だ」調を試みたが、どうも旨くいかないため「です」調に決めたという。美妙は、四迷とは異なる文末を志向したが、結局二人とも悩んだのは文末の待遇表現処理であった。

　また、島村抱月「言文一致と敬語」(明治33年)は、言文一致に伴い公的な文章において適切な敬語の処理がいかに難しいかを次のように述べている。

　　大体に日本の言葉は階級的に発達して居る分子が多い、随ッて相手を前に控へた、極私交的個人的の談話には、相手次第で高下自在に適当の敬語を用ひることも出来るが、文章などの如く、誰を当てともなく、寧ろ天下公衆を相手のものになると、うも適当な敬語、若しくは品格ある語に欠乏を感ずる、全く私交的であるか、左もなければ全く独語的になツて、天下公衆に対する平等的公共的な文章を書くことが極めて困難である、例へば「云々です」「云々であります」「云々でござりまする」のたぐひは、すべて私交的の敬語に傾いて、之れを其のまゝ文章にすれば、うも敬語に過　ぎたやうに感ずる、それかと言ツて、「云々だ」と言ひ放てば、独語的、すなはちの独りで、気エンを吐く格に聞こえて、おもしろくない、此の中間の、一層普遍的な辞法がどうしてもなくては納まらね、(後略)。

　このように島村は、公的な文章(書きことば)における適切な敬語の処理の難しさとともに、いわゆる普遍的、平等的な敬語の欠乏ということを言文一致に伴う第一の難点として取り上げている。このことは、文体の工夫はとりわけ言文一致の待遇表現の処理をめぐってなされたことを物語る。このような待遇表現の文末の処理をめぐった議論は当時他にも数多く見ることができる。

　例えば、明治39年坪内逍遥は「言文一致について」で、言文一致の荷厄介は敬語と語尾(ことばじり)であると述べている。逍遥が語尾に関して、「名詞どめもそう〳〵はうるさく、「だ式」「である式」共にあんまり自然でない。「です式」が一番口語的だと思へど、どうやら

読みなれぬせいかして女々しく、軽く、それに何だかさし向ひ式のやうにも聞こえる。この点は他日改めて思付きだけを述べて見ることもありませう。」というふうに述べたことから分かるのだが、文末がいかに処理しがたいことであったかを物語っている好例である。

さらに、言文一致が「である」調という演説の調子に文末の解決を求めたり(例えば尾崎紅葉「多情多恨」)、いわば必ずしも通常の談話のように書かないことによって成果をあげたのも重要である。これも言い換えれば待遇表現(文末)の処理の難点から生起した結果に他ならない。

以上、言文一致の運動と待遇表現について簡単に総括すると、次のようにまとめられる。

(1) 日本語の話しことば(言)と書きことば(文)は異質のものなので、一致させることが難しい。
(2) 話しことばと書きことばの違いがよく表れていたのは、対話敬語・文末表現形式の処理であった。
(3) 書きことばの文末表現、とりわけ待遇表現の処理には話しことばに一致させにくい難点があった。

そこで、言文一致は初期の方向とは逆に話すように書かない方向で成功した。

以上のようなことから考えてみると、言文一致の問題点は最終的に待遇表現の処理にあったのである。したがって、言文一致の運動の時期と直接関わりを持っている明治期(特に20年代から30年代)の待遇表現の分析は、文末表現の処理をめぐっての新しい文末表現形式の模索が行われている中での、待遇表現の形式の展開として重要な意味を持つのである。そして、待遇表現のあり方自体も新しい文章様式からの影響を受けている可能性も考慮に入れて考察する必要があると考えられる。

第4章
新社会階層と待遇表現

　明治期はいわゆる近代国家が成立した文明の開化期の時期である。本章では、明治時代という時代性の中での待遇表現の変化に注目しつつ、新社会階層と待遇表現との関連性を中心に概観していく。

　明治維新後、日本は四民平等の思想の中から、従来の士農工商という身分制度が崩壊された。そのかわりに新時代の階級制度がつくられ「皇族」と呼ばれる皇室を頂点とし、公家や大名は「華族1)」と呼ばれるようになる。大名を除いた武士階級は「士族」となり、それ以外の人々が「平民」とされた。いわゆる新社会階層が登場し、其の後身分が変動したのが明治期だった。華族の中には維新後に格上げされたことで華族という身分を得た「新華族」もいた。また、実業界の富裕

---

1) 明治期の日本の上流階級の真相について、黒岩比佐子(2008:72-85)は詳しく述べている。そのなかで、例えば、明治期に皇族に次いで高い身分とされていたのが華族だったが、華族という身分は明治維新の翌年に誕生し、戦後新憲法が施行された1947年(昭和22年)に消滅したとしている。

層が台頭し、富を蓄え、それに伴う社会地位を手に入れたのも明治期
だったのである。明治期は、近代国家の体制の形成に必要な新興階
級、官僚の登場や今までとは違う上流階級の人々が登場する多様化の
社会になりつつあった。

　このように明治期は社会身分の激変の時代である。したがって、明
治期に活躍した様々な社会階層の人々の世相を風刺した、本研究で注
目した小説「社会百面相」(詳しくは第二部1章で述べる)を分析するこ
とは大きな意味を持っている。これを分析することによって、明治期
の時代相を精密に把握することができる。なおかつ社会階層と性差か
らみた待遇表現の研究においても有効であろう。

　中村(1948:61-62)は、従来強調されてきた東京語の形成要素の一つ
して、社会制度の変革に伴う待遇表現の変化と対話敬語の発達を挙げ
ている。中村が述べていた社会制度の変革は身分制度の変動である。
彼は「かつて封建制度のもとで用を辨じていた待遇表現が、維新後の
あらたなる体制によって根もとからゆり動かされ、四民平等の考え方
によって変化を余儀なくされたのであって、その間特に高度の発達を
とげたのは対話敬語であった」と述べていることからも、身分制度の
変動が待遇表現(対話敬語)の発達と深く関連していると考えているこ
とが分かる。

　松村(1957:87)(1998:93再録)は、本研究の第一部の第2章で紹介して
いる明治初年から今日に至るまでを五つの時期に区分しており、その
中で、第一期に当たる明治前期「形成期」(明治初年から明治十年代
終わりまで)の東京語を特色づけるものの一つとして待遇表現の変化
を挙げ、以下のように述べている。

　　新しい時代になって社会制度が全般的にいちじるしく変革され、それにとも
　なって、待遇表現がいろいろと変化したことが考えられる。江戸時代の階級制

度が全部くずれて、新たな制度による四民平等の考え方によって、待遇表現も大きく変化を来たしたが、特に対話敬語としての丁寧語がいちじるしく発達した。「ます」や「です」の使用の一般化などがそれである。

すなわち、松村は中村と同様に明治初期に階級制度の崩壊によって待遇表現が大きく変化し、対話敬語が発達したことを述べている。また、明治時代の待遇表現について杉本(1988a:283-284)は、次のような注目すべき見解を示している。

> 士農工商の身分制度が解体したかわりに、新時代の社会制度として、四民平等の思想のなかから、華族と士族・平民に分ける新しい階級制度がつくられ、それと待遇法とが関係してくる。

このように新時代に応じて新しい階級制度が発生してくる中で、新しく生まれた新社会階層が待遇表現とどのような関わりあいを持っているのか、という点について究明することが必要である。

なお、待遇表現のありようを支える敬語意識や時代思想なども時代の変化によって可変的なので、これらの関係についても考慮する必要がある。例えば、古田(1966)は、敬語意識に関する見解を以下のように示している。

> 明治維新以後、こと敬語にかぎっても、そこには以前とは違った様相が生じた。士農工商の身分制度の廃止により、それに結び付いていたことばの言い方は、平均化されてくるようになった。また、中央集権制度の確立と学校教育の普及、さらにおくれて、印刷・放送等の影響も加わり、標準的・規範的とされる言い方は一般に全国に及ぶようになった。(中略)そして、このような平均化と一般化の傾向は、戦後になって、さらに大きい意識の変革を伴い、現在に至っている。

と述べ、さらに「明治以後の敬語の変遷について考えるとき、注意を

ひくのは、その敬語意識の変化である」という見解を示している。すなわち、古田は古い階級制度の廃止と教育の普及及び標準的な言い方の全国的な広がりによって、明治時代には敬語意識も変化していたと述べている。社会制度の変化によって社会生活の様式も変わる。そして人間関係のありようにも変化が生じ、次第に言語使用に対する意識が変化してくるのである。

　また、明治時代の待遇意識の変化は時代思想とも関係している。例えば、吉田(1952)は、敬語法と時代思想との関係を以下のように述べている。

　　　東京語が地方の方言に比較して都雅な印象を与える理由の一部は、確かに敬語法の発達にある。東京語の敬語法の発達は一面において時代思想の影響もあるので、明治以降、自由主義思想の盛行の結果、個人の人格尊重の観念が一般に養成され、その影響が言語に表れて、敬語法の発達を促したのである。

　吉田は社会制度の改変だけに敬語法の発達原因を求めるのではなく、時代思想、つまり新時代に生きる人々の意識・考え方の内部に目を向けている。人間関係の認識に基づく言語的変容というのが敬語(待遇表現)の基本的な性質であることを考え合わせると、待遇表現のありようにとって時代意識・思想との関わりはやはり重要である。

　以上見てきた明治期の新社会階層と待遇表現との関わりあいについてまとめると、社会階層という要素が重要な概念となり、新しい社会階層とそこに属する人々の時代意識が待遇表現と密接に結びついていることが分かる。さらに、新社会階層と関連した明治期の待遇表現の変化の中で注目される現象として、対話敬語(丁寧語)「デス」「マス」「ゴザイマス」などのような文末表現形式の一般化が重要な問題として挙げられる。

結び

　以上述べてきた先学の諸説の明治期日本語の時期区分はいわゆる「東京語」形成に関するものであり、必ずしも待遇表現史の観点からの分類ではないが、諸説をまとめると明治初年から明治10年代まで形成期とする点は、ほぼ共通の理解を示しているといえよう。しかし、明治20年代から明治末期までをめぐっては学者によって捉え方がやや異なっているように見受けられる。このように多少異なっている捉え方をしているのは各時期についての何をもって明治期日本語を区別・区分するかという点が、先行研究によって異なっている点である。

　そこで明治期の時期区分の際、先学たちがほぼ共通して基準として捉えている大きな出来事を改めてまとめると、次のようになる。

(1) 明治初年から10年代終わりまでの形成期
(2) 明治30年代の言文一致の確立や多くの口語文典の出現や学校教育・標準語の普及

　つまり、(1)の初期段階ではまだ明治期日本語の姿が形成されつつある時期である。そして、明治30年代になると、(2)のような具体的な諸要因から「東京語」が独自の性格を持って確立する時期である。明治期の待遇表現を考える上でも日本語に関して大きな違いが見られる30年代を境とする時期の(2)に挙げられる個々の事項は重要な意味を持つと考えられる。

　本研究では明治期を前期と後期に分けて考えることにする。ただし、東京語が独自の性格を持って確立する明治30年代以後を東京語・標準語が成立した時期だと判断するので、明治30年を時期区分の一つのポイントとする。したがって、明治初年から20年代までを前期とし

て広く捉えたい。そして、30年代以後から末期までを後期として捉え、考察を進める。本研究における主な資料の『社会百面相』(明治35)は明治後期の資料に属することになる。

　また明治期は時期的に短い期間なので、細かな時期区分はさほど大きな意味を持たない可能性もある。しかし、東京語・標準語の成立と関連して総合的に考えた場合、少なくとも明治30年前後がもっとも重要な時期のように見受けられる。

　本研究における明治期の時期区分は、基本的には前期と後期に二分して考えているが、各章において論じている内容の性質を考慮した上で必要に応じ、詳細に年代別に分けて考察を進める章もある。

　以上、明治期日本語の時期区分と待遇表現について先学の論考を中心に検討し、本研究の立場・見解を述べた。東京語が江戸語から離れて東京語本来の形態をとるに至った経過については、あらゆる視点から詳しく検討しなければならない。従来の先行研究でも指摘された通りに、待遇表現の観点から見た明治期は社会の制度と連動する待遇表現の変化、その具体的な事例の一つとしての「デス・マス」体の対話敬語の発達という点が注目される。そして言文一致における「デス・マス」体の対話敬語(文末表現形式)の処理への工夫、すなわち新しい書きことばにおける待遇表現の処理の困難さを乗り越える模索が行われたのである。

　このような明治期日本語の時期区分において、言文一致の運動や公教育実施や多くの口語文典などの出現した時期など総合的に考え合わせると、明治30年代以降の時期が東京・標準語の性格が明らかになる重要な時期のように見受けられる。この時期を中心に新しい社会制度の基に生まれた、新社会階層と待遇表現との相関関係についての考察を精密化していく必要があると考えるのである。

　そこで本研究では、以上のような諸事実を念頭に置きながら、近代日本語の待遇表現を社会言語学的な観点から分析・考察していく考えである。

■ 参考文献

上田万年(明治28:1895)「標準語に就きて」『帝国文学』1

亀井孝他(1965)『日本語の歴史6・新しい国語への歩み』平凡社

黒岩比佐子(2008)『明治のお嬢さま』角川選書 441

真田信治(1991)『標準語はいかに成立したか-近代日本語の発展の歴史-』創拓社

島村抱月(明治33:1900)「言文一致と敬語」『中央公論』15-2

杉本つとむ(1960)『近代日本語の成立』桜楓社

_____(1988a)『東京語の歴史』中公新書

辻村敏樹(1974)「明治大正時代の敬語概観」『明治大正時代の敬語・敬語講座5』
　　　　明治書院

坪内逍遥(明治39:1906)「言文一致について」『文章世界』1-4

中村通夫(1948)『東京語の性格』川田書房

西田直敏(1998)『日本人の敬語生活史』翰林書房

飛田良文(1992)『東京語成立史の研究』東京堂

二葉亭四迷(明治39:1906)「余が言文一致の由来」『文章世界』1-3

古田東朔(1966)「近代敬語の特質」『国文学解釈と教材の研究』11-8 学灯社

松村明(1957)『江戸東京語の研究』東京堂

_____(1977)『近代の国語-江戸から現代へ-』桜楓社

_____(1998)『増補江戸東京語の研究』東京堂

物集高見(明治19:1886)『言文一致』十一堂

森岡健二(1988)「言文一致と東京語」『国語と国文学』65-11

_____(1991)『近代語の成立文体編』明治書院

山本正秀(1979)『近代文体形成史料集成成立編』桜楓社

吉田澄夫(1952)「東京語の特色」『論集日本語研究15・現代語』土屋信一編(1983)
　　　　有精堂所収

渡辺実(2000)「近代文章の流れ」(2000年度(第174回)近代語研究会春季大会発表
　　　　要旨、於:東京共立女子大学)

第二部
『社会百面相』における待遇表現

第1章
資料『社会百面相』について

　『社会百面相』は、内田魯庵(慶応四年:1868-昭和四年:1929)[1]の代表的作品集の一つである。魯庵35才の明治35年(1902年)6月に東京博文館から出版された。当時博文館から発行されていた週刊グラフ雑誌「太平洋」に「社会百面相」というタイトルでほぼ毎週掲載されたシリーズの短編小説30編と、「鉄道国有」、「投機」、「電影」、「破調」、「犬物語」、「矮人巨人」、「天下太平なる哉」の7編の中・短編小説、それに附録として、評論「「破垣」に就て」を収めている。ここに収められている作品の多くは明治33年から34年の作品であり、「太平洋」、「太陽」紙に発表されたものである。この『社会百面相』のシリーズは、明らかに内田魯庵の時事小説、もしくは世相諷刺小説の実践と読みとることができる。どの短編もすべて明治33,34

---

1)　作家内田魯庵(江戸生まれ)について、『日本近代文学大事典』には、次のように記されている。評論、翻訳、小説家、随筆家。(中略)東西両洋の文化にわたる博識と旺盛な趣味好尚をもち、思想問題や女性問題にまで、多方面の発言をなにものにも拘束されぬ自由主義とピューリタン的モラリストの生涯を貫く文人にふさわしかった。

年、すなわち、二十世紀初めの日本社会の風俗絵巻として興味深い文明批評的小説である。

　なお、『社会百面相』は内容が多岐にわたり、その梗概を一々述べがたいが、全体の構成をざっと見ていくと、スケッチないし小品様のもので、上品な諷刺的内容を込めて世相を描いている点が目立つ。とりわけ『社会百面相』で内田魯庵が活写せんとしたものは、明治30年代に至るに及んで、社会の中に勢力を持ってきた種々の新社会階層の人々の生きた対話であり、その言葉遣いに典型として現れる人物像である。この点魯庵自身が、

　　　言語は大にしては時代の特徴なり小にしては個人の性格の発現なれば社会及び時代及び人間を描写せんとする小説家が言語を度外に置く能はざるや勿論なり。　　　　　　　　　　　　　　　　　（『社会百面相』p.539「附録」）

という認識を明言しており、したがって、会話を中心にして成り立っている『社会百面相』を言語資料とすることの利点もまた明らかである。ここには、明治30年代の世相を代表する社会階層の言葉が典型的に活写されているのである。ただし、資料『社会百面相』は、作家内田魯庵によって構築化された虚構の世界であるため、必ずしも当時の言葉遣いの実態をそのまま反映しているとは限らない。つまり、その当時の現実の言葉遣いの実態とは掛け離れている可能性(資料の限界性)を視野に入れておくのが穏当であろう。

　また、この『社会百面相』には内田魯庵のこのような言葉遣いへの興味を反映して、言語に関わる世相がよく反映されている記事がしばしば見受けられる。今、その内容の一端を紹介しておく。以下、姑が若い嫁(新妻君・高等官夫人)に話しかけている場面である。(下線は筆者)

　忌な風が流行るもんだ子。昔しは夫を有てば鉄漿を附けて眉を落し着物は成るべく質素に作つて目に立たないやうにし、人中には決して出ないで何事にも奥床しく謹み深くしてゐたものだが、今では全で反対になつて嫁に行つてから娘時分よりは却てケバ／＼しい扮装をする。三十近くなつて紅い蹴出しを締めて桃割に結つてる奥さん方さへある、其くせ口を利かせると漢語やら英語やら妾達（わたしたち）には解らない難しい事を云つて、影で聞いてると男だか女だか解りやアしない―

（『社會百面相』pp.128-129「新妻君」）

　これは、明治30年代初期の若い女性(少なくとも若い知識人婦人層)たちが難しい漢語や外来語を使っていた言語生活の実態を物語っているといえよう。

　さて、作家内田魯庵の文学的な位置づけに関して、紅野(1996)では、次のように述べている。

　文壇の中軸というよりは、若干身をずらした地点より、近代日本の実態を凝視、書物についての深い造詣からの、自由自在な発言を集めた雑文家内田魯庵の顔も捨て難い。明治・大正の時代は、魯庵の眼鏡を通すことで、表と裏との両面が把握できる。(pp.343-344)

　このような雑文家であった内田魯庵の作品では、明治後期に入る時代的背景、すなわち、日清戦争後の日本の姿が、いろいろな社会の階層・登場人物の会話文から読みとれる。

　さらに、資料『社会百面相』が出版された当時の読者層に関して、内田魯庵はこの書の序文で以下のように述べている。（下線は筆者）

　此篇を公けにするに当りて窃に一読を冀ふは批評家先生にもあらず、天才諸君にもあらず、将た尋常小説読者にもあらず。切に希望する処は世に時めける縉紳諸公の一読の栄なれども、ゲーテやトルストイの天来の声は魯か、大聖仏耶の獅子吼にすら耳を聾する諸公に此区々たる小冊子を献ずるは猶ほ麦稈を以て土塊を打つに等しきのみ。憾むらくは我が麦の力弱くして渠の脆き土塊をすら壊す能はず、空しく蠧魚の腹を肥すに終らんとす。筆を棄てゝ浩嘆する三度。

　つまり、著者内田魯庵はその諷刺の対象ともなっている当時の世相の中で活躍している人たち自身を読者として想定して書いているので、この小説の内容は時事・批評小説としての性格を強く持っていたのである。

　以上で見てきたことからも分かるように、この『社会百面相』は、明治後期の待遇表現研究に欠かせない資料の一つであると思われる。『社会百面相』は、あくまでも作家内田魯庵の描いた世界であるため、当時実際の現実言語生活の世界で話されていた言葉と異なっている可能性もある。ただし、魯庵自信が野卑わいせつの言語を嫌うが故に小説を作るに当たって地の文章においては常に深く自ら謹むとしている一方で、例えば「唯だ書中の人物の対話を活写せんとすれば勢ひ今の実際に使用せらるる言語を其ままに写さざるべからず(『社会百面相』p.538　附録)」と述べていたことからも分かるように、会話文においては原則的に実際に使用されている言語を何らかの形で意識して書く方針であったと想定できよう。

　しかし、多様な階層の人が登場する点を考えると、この小説は待遇表現の研究において非常に重要な資料の一つである。もちろん、当時勃興していた新社会階層に興味の中心があるため、描いている社会階層が比較的上位層に偏っている等、待遇表現全体を見るのに若干の問題点も抱えている。

　しかし、その作品としての限界・偏向を考慮に入れてもなお本研究の基本的な資料として取り上げた『社会百面相』は、繰り返しになるが多様な社会階層が現れているため、待遇表現の研究には好条件を備えているといえよう。とりわけ明治後期に社会の各階層の人が登場しており、社会の現状が冷静に反映されている。なおかつ、話しことばが豊富であるため、社会階層と性差から見た待遇表現の観察には適切な資料と考えられる。

　『社会百面相』において、多様な階層の登場人物が使用したいろいろな表現、例えば、人称代名詞、文末表現形式、終助詞などは、内田魯庵という言語主体が多様な言語表現形式を自らの中に持っていたことを示すだけでなく、当時の社会階層の人がそれぞれ所有していたと考えられる表現形式の中から、「場面」と「素材・登場人物」に応じた要素を選択していることを示していると解釈できる。もちろん、すべて内田魯庵が自らの言語的な内省によって想定したことは事実であるが、ある程度刊行当時に読者層(読む側の読者の立場)を意識して書いたことも前述の序文で示したように明らかな事実であろう。

　以上の関連諸事実に基づいて考えてみると、作品のプロット(Plot)だけでなく、その言語表現の選択自体に内田魯庵は当時の言語的事実を反映させるに力を注いでいることは確実である。

　さて、『社会百面相』が出版された明治後期は言文一致がほぼ完成しており、東京・標準語の確立した時期である[2]。

　掬丁生(田口掬丁:1875-1943小説家、劇作家)(1902)が『社会百面相』が刊行された明治35年に、次のように書評に書いたことからも分かるように、『社会百面相』は社会各階層の実態と資料そのものの重要性が適切に描かれているように見受けられる。

> 　「社会百面相」は社会の各方面に於ける各階級の活畫也、学生も官吏も学者も事業家も、一度著者の筆に上れば、其階級其種類の有すべき最弊処を代表する者となりて、読者の目前に躍動し来るものあり、(中略)所謂時代精神の暗流を説明したる唯一の宝典として、長く後世に伝ふ可き価値あるもの也。

　以上のような諸事実を総括すると、『社会百面相』は明治30年代前半期の日本社会の各層の諸相・世相・言語実態をかなり広範囲に照ら

---

　2)　中村(1948:51-52)は、口語文典の続出した明治30年代に至って東京語はほぼその骨格を明らかにしたとしている。

し出している貴重な言語資料だといえよう。なお、『社会百面相』以外に本研究で取り上げる資料は、基本的に明治期に刊行された小説資料(会話文)を考察の対象とする。これらの資料に関しては、本研究の<資料一覧>を参照されたい。

　本研究では、東京大学総合図書館蔵本(明治36年10月第三版)の『社会百面相』写真を調査した。この『社会百面相』は基本的には総ルビの方針であるが、ルビがふられていない場合のそのルビについては、雑誌「太陽」と「太平洋」初出の本文を参照・確認した。本研究に挙げる用例は、基本的に資料として用いた文献の表記に従う。ただし、文献の表記にある旧字の漢字とカナは現行字体を用いることにした。また、文献の振り仮名のうち、人称代名詞の場合は括弧の中に入れて示した。例えば、妾(わたし)、貴方(あなた)のように。

■ 参考文献

掬汀生(田口掬汀)(明治35:1902)「「社会百面相」を読む」『新声』8-2

熊井浩子(2001)「敬語研究の視点-包括的な待遇表現理論の構築を目指して-」
　　　『国文学解釈と教材の研究』46-2 学灯社

紅野敏郎(1996)「解説『魯庵随筆読書放浪』の魅力」『魯庵随筆読書放浪』東洋
　　　文庫603 平凡社

小島俊夫(1974)『後期江戸ことばの敬語体系』笠間書院

＿＿＿＿＿(1998)『日本敬語史研究後期中世以降』笠間書院

小松寿雄(1971)「近代の敬語Ⅱ」『講座国語史5・敬語史』大修館書店

＿＿＿＿＿(1996)「江戸東京語のアナタとオマエサン」『国語と国文学』73-10

＿＿＿＿＿(1998)「キミとボク-江戸東京語における対使用を中心に-」『東京大学
　　　国語研究室創設百周年記念国語研究論集』

田中章夫(1983)『東京語-その成立と展開-』明治書院

＿＿＿＿＿(1998)「特集:近代語から現代語へ-敬語表現の変化」『日本語学』17-6
　　　明治書院

辻村敏樹(1968)『敬語の史的研究』東京堂

土屋信一(1974)「江戸語の「れる・られる」敬語小考」『国語学』96集

坪井美樹(1978)「敬語研究の歴史」『増補国語国文学研究史大成15・国語学』三
　　　省堂

中村通夫(1948)『東京語の性格』川田書房

松村明(1957)『江戸東京語の研究』東京堂

林四郎・南不二男編(1974)『明治大正時代の敬語・敬語講座5』明治書院

飛田良文(1974)「明治初期作品の敬語」『明治大正時代の敬語・敬語講座5』明治
　　　書院

<事典>

『日本近代文学大事典』日本近代文学館編 講談社 1984

第2章
『社会百面相』における文末表現形式
-諸形式と社会階層との関わり-

1. はじめに

　日本語における階層によることばの違いは、年齢差、性差による違いとともに顕著なものがあるとよくいわれる。封建時代が確立していた江戸時代は言うまでもなく、明治期にも階層によってはっきりしたことばづかいの相違があったことが先行の論考によって指摘されている。例えば、飛田(1970)と真田他(1992)、真田(1998)などを挙げることができよう。飛田(1970)は、方言研究の一環として『安愚楽鍋』(明治4-5年)における指定表現体系を考察し、身分や性によって使用する指定語に使用差が認められ、指定語が社会構造と関連があることを述べている。また、真田他(1992)、真田(1998)は、福沢諭吉の『旧藩情』(明治10年5月)を取り上げ、ことばの変容のありようが社会階層という背景の違いにパラレルに関係していることを論じている。さらに真田(1998)は、社会階層の一番上の集団である上級武士のことばがそのまま現代の共通語であること、同じ武士の中でも上級武士と下級武士と

の間にはことばに違いが見られることなどを指摘している。

　しかし、従来の多くの研究では、社会言語学者が関心をはらってきた社会的な要因を中心に、特に明治期に限ってみた場合、そういう考察が案外少ないようである。そうした中で、明治期を対象とした研究として、例えば李(1999)が挙げられよう。李(1999)は、明治期の助動詞「ちゃう」について社会言語学的な観点から考察を行っている。とりわけ話し手の社会的属性を中心に調査し、社会階層との関連から「ちゃう」は下町の芸者、女中、職人などが主に使用していたことを指摘している。

　そこで、本研究では先行の研究成果を踏まえつつ、明治期において社会階層によって具体的にことばの使われ方がどのように異なるかを考察することにする。資料としては『社会百面相』[1](明治35年6月博文館)の中の会話文を対象とし、文末表現形式を調査し、分析・考察していく。

2. 明治期の社会階層と待遇表現

　従来の研究において、明治期の待遇表現に関する研究成果は少なくない。しかし、明治期のことばの研究を江戸語の延長線で処理した研究が多いようである。しかも、明治期における待遇表現に関する記述的な研究は必ずしも十分だとはいえない。とりわけ社会階層という視

---

1) 『社会百面相』はほとんどが明治33、34年に週刊雑誌「太平洋」と「太陽」にほぼ毎週掲載されたものを明治35年(著者内田魯庵35才の時)東京博文館から出版したものである。ただし、各タイトルが掲載の時と単行本の時とで違う部分もある。
例えば、「新管理」→「新高等官」、「在野政治家」→「失意政治家」、「中学教師」→「教師」、「増税委員」→「増税」など多数ある。

点から待遇表現を詳しく取り扱った研究は案外多くないというのが現状であろう。

さて、『社会百面相』が書かれた時代における社会階層とことばづかいに関しては、竹内久一が「東京婦人の通用語」(明治39)の中で次のように述べている。

> 今の若い婦人は上流も中流もおしなべて、一種の妙な言葉を使っているではないか。自分のことをアタイだの、また否だと云う事を否ヨだの、夫れから何とかしてゝヨとか、よくつてヨとか、以前は上流社会では勿論、中流以下の女でも普通の家では斯んな言葉を使ったものでない。然るに今では夫れが東京の婦人の通用語となって、小説などを見ても、皆な此言葉を使って居る。

これは特定の婦人階層に限った現象ではあるが、他の階層においても上記のような様子が考えられるのではないだろうか。

さらに明治時代の待遇表現について杉本(1988:283-284)は、「士農工商の身分制度が解体したかわりに、新時代の社会制度として、四民平等の思想の中から、華族と士族・平民に分ける新しい階級制度がつくられ、それと待遇法とか関係してくる」と述べている。このように新時代に応じて新社会階層が待遇表現とどのような関わり合いを持つようになったのか、という点について明らかにする必要がある。

待遇表現の中核をなす敬語に関して、多くの研究者の間で共通していると思われる基本的な概念として、「敬語は人間関係の認識に基づく言語的変容」(辻村1974)であることが挙げられる。そして辻村の「人間関係の認識は時代の思想や身分制度といったものによって大きく相違する」という指摘からわかるように、敬語の使用には「身分制度」が重要な役割を担っている。その身分制度とは大まかにいえば社会階層とほぼ同様であろう。話し手の相手に対する人間関係の認識は話し手自身の社会階層によって異なっており、待遇表現自体が相違す

る要因となる。したがって、待遇表現の相違を考察する尺度として話し手の社会階層が鍵となる概念であると見なされる。

　なお、資料とした『社会百面相』は一種の社会諷刺小説であるので、そこに現れる言語表現には作家の意図的な誇張や歪曲が含まれる可能性もある。しかし、基本的にはその待遇表現、殊に文末表現形式は当時の社会階層に応じた文体的なコードを保っているものと考えられる。それ故にこそリアリティを持った諷刺として当時の読者に迎えられたはずである。本研究では、この資料の作為性を保留したうえで用例を解析していくことにする。

3. 本章で取り扱う対象と調査範囲

　本研究で取り上げる文末表現形式は、基本的に指定表現(「AはBである」の「である」にあたる用法)である。特に指定表現を考察の対象としたのは、指定表現には話し手の相手に対する丁寧さが加わっているため、社会階層からみた場合、指定表現の使われ方において差異が存在している率が高いと考えたからである。また、終助詞がついた場合(だよ、だな、だわ、だぜなど)も扱うが、終助詞の違いは考慮しない。

　本研究は、文末表現形式と社会階層との相関関係をみるのが主眼である。そこで、「ダ」の終止形「だ」に助詞「の」が介入する形式(「のだ」)も一緒に扱った。さらに指定表現「ダ」の未然形に助動詞「う」のついた「だろう」、「ダ」の連用形に助動詞「た」のついた「だった」も考察対象に含めている。

　なお、資料に現れる使用者は非常に多いので、ここでは発話の頻度

が比較的多い中心的な人物にだけ制限して調査し、後掲の<表>で示した。そして使用者が一人しか現れないもの、あまり一般的でないと考えられるものなどは<表>からは省略することにする(例えば、「ゴザイヤス」:商人代表a→代議士、1例)。また、一人称代名詞は話し手の性別や年令以外に社会階層と関連があると考えられるので、使用者の一人称代名詞についても調査した。<表>の数字は原則的に話し手の発話が終わっている時に限るが、文脈から発話意図が終了したと考えられる場合も数えた。

4. 各文末表現形式の使用者

　まず、資料から調査した結果をまとめたのが後掲の<表>である。<表>は指定表現のうち、「ダ」使用のみ、そして「ヂャ・デゴザル」、「デアル」、「デゲス・デガス、デゴハス・デゴアス」、「デゴザリマス・デゴザンス」、「デアリマス・デゴザイマス」使用を基準として分類したものである。この分類から社会階層だけでは必ずしもきれいに分類できないのことがわかる。すなわち、両グループに跨っている用例が現れており、このことは社会階層以外の何らかの要因が絡み合った結果使用された場合があったということを示唆しているのではないかと考えられる。

　また、考えなければならないのは、文末表現形式は相手によって使い分けられるので、相手のあり方が重要であるという点であろう。ここで<表>に取り上げた文末表現形式を、話し手と相手との上下関係[2]

---

　2) ここで扱う「上下関係」は、まず生得的な年齢や性別関係を考え、次に社会的属性の社会階層、職業、地位関係などを尺度とし、文脈から判断したものを指す。

から調査してみると、文体的なコードとして主に下→上(目上)の関係で使用されている表現形式には「デアリマス、デゴザリマス、デゴザイマス、デゲス・デガス、デス」がある。

　一方、対等関係、及び上→下(目下)の関係で主に使用された表現形式には「ダ」、「チャ」、「デアル」、「デゴザル」、「デゴハス・デゴアス」などがある。

<表> 話し手の社会階層による各文末表現形式の使用状況

グループ	使用者	一人称	ダ	チャ	デアル	デアリマス	デゴザル	デゴザリマス	デゴザイマス	デゴザンス	デゲス・デガス	デゴハス・デゴアス	デス
A 8人	学生a,b	僕,俺,オラ	40										
	若い官吏	僕,我々	16										
	風通紳士	?	9										
	和服紳士	我々	7										
	変哲家	僕,我々	17										
	中学校先生	我輩	24										
	小説家	僕	4										
B 11人	教育家	我輩		5			4						
	代議士a	拙者,我々		23	1		4	1					
	老僧	?		16			3	1					
	老紳士	?	2	4			1						
	新聞記者b	我輩		9									
	代議士b	我輩,我々		27									
	精神家	我輩,ワシ	1	45	2						4		
	老伯爵	俺(オイ)		7									
	書生a(小説家)	僕	5	1									
	書生b(政治家)	己(オレ)	2	24									
	勅人官	我輩	28	3									
C 6人	若政治家	我輩	29		1								
	新聞記者a	俺,ワタクシ	5	14	1								4
	新学士	我輩	17		1								
	新詩人	僕,我々	5		1								
	学士の伯父	ワシ	9	2	1								
	失意政治家	我輩,オレ	17		4								1
D 4人	出版業者主人	手前	1						4		6	5	1
	地方有志家	?									5		1
	古物家	手前							3		30	5	1
	老作者	ワッシ	5					1			10	5	1

グループ	人物	一人称											
E (I) 3人	貴婦人	ワタクシ,ワシ	5					1	6				11
	中学校先生夫人	ワタクシ,ワシ	1			7		1	3				26
	商人代表a	我々				1		1	3				2
E (II) 4人	精神家夫人	ワタシ	1			3			3	1			6
	女学者	ワタクシ,ワシ	7			1				1			11
	書生夫人	ワタシ	8			4				1			12
	事業家	僕	19							1			5
F 14人	高等官夫人	ワタシ	4			1							26
	侯爵夫人	?	5						4				19
	男爵夫人	ワタシ	3			1							7
	女中	ワタシ,アタシ	3			1			1				4
	伯爵令嬢	ワタクシ				3			1				6
	若主婦(20代)	ワタクシ				1							5
	失意政治家夫人	ワタシ				2							5
	煙草屋の女	手前							5				5
	若紳士	ワタクシ,自分				1			3				2
	青年	ワタクシ,我々				2			3				16
	ハイカラ紳士	僕,我々	9			1							4
	雑誌記者	ワタクシ							5				
	商人代表b	我々							3				9
	高等官学士	ワタクシ,我輩	5						3				6
G 3人	商人代表c	我々											9
	代議士c	僕,我々	4										24
	牧師	僕,我々	10										3
合計	全体用例数	894例	327	180	12	29	10	3	44	4	24	39	222
	全体用例比率	100%	36.6	20.1	1.3	3.2	1.1	0.3	4.9	0.5	2.7	4.4	24.9
	全体使用者数	53人	35	13	8	14	5	3	13	4	4	3	27

(注)<表>の中で同じ階層の人はa、b、cとして区別した。新聞記者aは新入記者、bは主筆記者、代議士aは老代議士、bとcは同じ代議士同僚、商人代表aは東京の代表、bは大阪の代表、cは神戸の代表、学生a、bは同じ同僚、書生a(小説家志願者)と書生bは(政治家志願者)を示す。また、一人称代名詞の「?」符号は資料中に使用例がないことを示す。

　<表>に示したのは資料に現れたごく限られた相手を対象とした分類なので、Aグループのような「ダ」だけの使用者のグループが存在する。しかし、本来ならばAグループの使用者は、「ダ」以外の他の表現形式を相手のあり方によって十分使い分ける事が予想されることから、Aグループに関しては対等か目下への使用が中心的な「チャ」「デアル」「デゴザル」「デゴハス・デゴアス」の不使用者として考えるべきであろう。

　Aグループにおける話し手の階層をみると、学生、若い官吏、風通紳士など必ずしも上層とは考えにくい階層のようである。そしてBグループの「チャ」の使用者は、教育家、代議士a,b、老僧、老伯爵、書生b、新聞記者b、精神家などである。このBグループは比較的上層・知識人層である点で共通しており、また用例がわずかであるが「デゴザル」3)と併用していることが注目される(→②a、②b)4)。ここで「デゴザル」の使用者の四人をみると、やや堅苦しい言い方をする人であることがいえそうである。W.G.Aston(明治21)『日本口語文典』の「ゴザル」が普通の会話でほとんど用いられなくなったという指摘5)*5からもわかるように、「デゴザル」は明治20年代以後は次第に衰退したと考えられる。しかし、明治30年代にも江戸時代の武士や学者などが用いていた「デゴザル」の古いものがまだ残っている上層として考えられる階層では特殊な形式として稀に使っていたようである。

　一方、Cグループでは、「ダ」を多く用いているが、稀に「デアル」を使用する階層だと考えられる。「デアル」は中村(1963)の指摘6)にもあるように当時の流行の演説調によく見られることから、大衆の前で自分の意見を述べる立場にあった階層(例えば、政治家など)

---

　3) 杉本(1965)は「デゴザル」について、明治10年代では書生の間でかなり一般に使われ、いわゆる書生専門語として、しいて言えば、旧武士階級のコトバの忠実な継承といえる、と指摘している。本資料を見る限り『社会百目相』が発表された時代には、「書生」のような若い階層での「デゴザル」の使用がすでに無くなっていることが分かる。
　4) (→(2)a　(2)b)の表示は、後に挙げる用例を示す。本研究では同じ扱いとして(→と数字)の表示で用例を示す。
　5) "Gozaru is not often heard in ordinary conversation" と述べられていることから、「ゴザル」は当時の日常会話で使用がほとんど無くなりつつある語であったことが窺える。
　6)「デアル」は江戸後期には、講義口調として特に漢学、儒学の講義に用いられていた。ここから「デアル」を使用するCグループはそもそも知識人層であったと考えることができる。

であったと考えられる。現れた「デアル」の使用例自体が非常に少ないことから断定はできないが、「デアル」は演説調以外の普通の日常の会話ではあまり好まれていない(使われにくい)表現形式であったといえよう。

Dグループは「デゲス・デガス」と「デゴハス・デゴアス」を使用している階層である。特に古物家と老作者の場合は「デゲス」と「デゴハス」を併用しており(→⑤a)、多少古めかしい言い方が飛び出しがちな階層の人であるということがいえよう。そのことは、助動詞「ます」の終止形・連体形の古めかしい言い方である「まする」を使用した(→⑤b)ことからも窺えるだろう。

また、「デゲス・デガス」は江戸末期から明治にかけて芸者、茶店の女などが主に使ったと言われているが、Dグループをみる限り、明治30年代には男性に使用されたようである。

なお、「デゲス」について、森銑三の『明治東京逸聞史1』(1969)によれば、明治末年の東京には、下町でもよほど特殊な人達でなければ使わなかったという。つまり、「デゲス」は、少なくとも明治30年から明治末年にかけてはわずか使用されてはいるものの、かなり使用人が制限され、老作者や古物家のような階層にしか用いられなかったといえよう。

以下、AからDグループまでに該当する用例を示す。

A)　①此頃は君、家賃が馬鹿に高くつて、**僕**なんぞは家を持ちたくても迚も遣り
　　　切れないから拠なしの下宿住居<u>だ</u>。

　　　　　　　　　　　　　　　　（若い官吏→同窓の才東・財産家、官吏、下）

B)　②aふゝむ、成程、至極面白いナ、今の読本が不完全なのは、**我輩**も同感
　　　で、屡々当局者と議論しおつた事もあるが、貴公が新案読本を出版して一生
　　　面を開かうといふは至極妙<u>ぢや</u>。　（教育家→出版業者主人、教育家、上）
　　　②bはア、宜しう<u>ムる</u>。　　　　　（教育家→出版業者主人、教育家、上）

③イヤ、此頃は奇妙にお若い方の頭髪が真白で**ムる**。

（老僧→近親の一座：書生夫婦、姉、妹、投機4）

C）④まだ＼日本には税を取るべき物が沢山あるが、日本国民として無能政府に一銭も献ずる事できないのは当然**である**。

（失意政治家→客・当世の豪傑、失意政治家、上）

D）⑤aイヤ全く疑ひもなき確実の物**でがす**。大人は手前だと何でも経蔑なさるが、択りすぐつて珍奇の品が二十幾点、手前が所蔵品は詰まらないものでごあすが、他は皆元禄 専門家の秘蔵品**でごはす**から……。

（古物家→六十代の客・愚得大人、古物家）

　⑤b宜うがす、一番骨を折つて見ませう。併し活きてる美術品でごはすから御助才はありますまいが、廉くお引受にならうとすると忽ち飛んで逃げ**ます る**……。
（古物家→六十代の客・愚得大人、古物家）

　以上のA、B、C、D各グループに見られる使用者はすべて男性であり、一人称代名詞「ワタクシ・ワタシ」（ただし、新聞記者aは「ワタクシ」である）が使用されていない。一人称代名詞に関する用例は新たに示さないが、各グループの中心的な一人称代名詞をみると、Aグループでは「僕」（→①）、BとCグループでは「我輩」（→②a）、Dグループでは「手前」（→⑤a）が多く使用されている。ここから一人称代名詞と文末表現形式との相互関連性を考えてみると、例えば一人称代名詞「我輩」を主に使用する使用者は「ヂャ」と「デアル」を使用する傾向にあると読みとれるだろう。また、一人称代名詞「手前」と「ワッシ」を使用している人は「デゲス」、「デゴハス」などを使用していたことが確認できるなど一人称代名詞と文末表現形式との間にも部分的ではあるが、相互関連性があるのではないだろうか。

　次ぎに、Eグループを仮にE（Ⅰ）とE（Ⅱ）に分けて考えてみよう。実際は使用者の用例がそれぞれ一例ずつしかないので、グループ分けが適切でない可能性もあろうが、特殊な形式を用いているグループとして捉えたい。E（Ⅰ）は、貴婦人、中学校先生夫人、商人代表a（当世風紳士）

で稀に「デゴザリマス」を使用している(→⑥)。すなわち、このE(Ⅰ)
グループでは「デゴザイマス」が主であり、場面の性格(非常にフォー
マルな場面)や話し手の何らかの心理的な変化などによって稀に「デゴ
ザリマス」を使用していたと考えられる。ここからE(Ⅰ)グループはか
なり改まった言い方をしている教養層として捉えることができるのでは
ないだろうか。

　これに対してE(Ⅱ)では、精神家夫人や女学者や書生夫人が「デゴ
ザンス」を使用しているが(→⑧a)、男性の事業家にもこの使用が見ら
れる(→⑧b)。このようにE(Ⅱ)は、E(Ⅰ)と異なり、必ずしも「デゴザ
イマス」が中心だとはいえない。むしろ「デアリマス」と「デス」多
く使用する階層で、「デゴザンス」を稀に使用していたと解釈できよ
う。なお、このE(Ⅱ)グループには「ます」の命令形「まし」の使用
が見られる(→⑧a)。これはそもそも下町のやや軽い丁寧なことばで
あった7)。したがって、このグループは必ずしも上層とは考えにくい
階層だったと思われる。

　Fグループに属するのは、「デアリマス」あるいは「デゴザイマ
ス」を使用する女性8人と男性6人である。このFグループでは待遇価
値が比較的高い「デアリマス」と「デゴザイマス」がE(Ⅰ)、E(Ⅱ)と
同様に使用されているものの、待遇価値が一番高い「デゴザリマス」
は使用されていない。このことから考えると、「デゴザリマス」と
「デゴザイマス」の両形式の間にもグループ間の階層による使用の区
別が読みとれるのではないだろうか。なお、Fグループの男性の使用
者は若紳士、高等官学士など若い知識人が中心のようである。これに
対して、女性の場合は上層の人と下層の人が混在しているという点が

---

7) 古田(1962:62)によれば、「ます」の命令形は江戸後期のものになると、「ま
し」のほうが多くなる。「ませ」は山の手の丁寧の度合いの強いことば、
「まし」は下町のやや軽い丁寧なことば、と意識されていたようである。

注目されよう。

　ここでE（Ⅰ）、E（Ⅱ）グループとFグループの一人称代名詞をみると、待遇表現が高い「ワタクシ」と「ワタシ」を主に使用している。すなわち、「デアリマス」「デゴザリマス」「デゴザイマス」のような丁寧な文末表現形式を使用している階層では、一人称代名詞の選択においてもほとんど「ワタクシ」と「ワタシ」が使用され(→⑮⑯)、この点においてABCDグループとは対比される。

　以下にEとFグループの用例を示す。

E（Ⅰ）⑥此方は淑女会の幹事横道男爵の奥様で<u>ムります</u>。

　　　　　　　　　　　　　　　　（貴婦人→雑誌記者、貴婦人、上）

　　　⑦勿論貴方がたの御尽力で我々共の所志が貫徹しますれば同業とも相談して猶ほお礼を致す心得で<u>ムいます</u>。　　（商人代表a→代議士、増税、下）

E（Ⅱ）

　　　⑧aお気の毒さまですネ、妾（わたし）は口喧しう<u>ごんす</u>から。お花が帰つて来たらシンネコに鳥の突きつ合でもなさい<u>まし</u>、妾はお湯にでも行つて外して上げませう。　　　　（精神家夫人→夫、精神家、家）

　　　⑧b　奥さん、中々手厳しい事を仰しやるナ。宜う<u>ごんす</u>。

　　　　　　　　　　　　（事業家→同窓の書生夫人、台湾土産）F）

　　　⑨貴嬢は猶だお若いから世間を馬鹿になさいますが、人の世に立つ資本は世間の噂一つで<u>ムいます</u>。

　　　　　　　　　　（侯爵夫人→加寿衛・バイオリスト、破調、下）

　　　⑩お目出度うムいます。愈々御卒業だそうで結構で<u>ムいます</u>ネ。

　　　　　　　　　　　　（煙草屋の女→二人の新学士、新学士）

　　　⑪イヤ誠に無値らない物ばかりで、お目汚し<u>でムいます</u>。

　　　　　　　　　　　　　　　（若紳士→教育家、教育家、中）

　　　⑫金子は決して惜しみませんが、我々共は飽くまで誠実な商人の道を守つて汚い運動は決して致しませぬ心得で<u>ムいます</u>。

　　　　　　　　　　　　　　（商人代表b→代議士、増税、下）

　　　⑬誰だつて宜い<u>ぢやアありません</u>か。貴郎が遊ぶのは誰だつて知らない者は無い。　　　（伯爵令嬢→高等官学士、閨閥、下）その他G）

⑭イヤ、一般に即日実施するといふなら宜い**ですが**ナ。

（商人代表c→代議士、増税、下）

＜一人称代名詞「ワタクシ」、「ワタシ」の使用例＞

⑮**妾(わたくし)**ども初めから意気地が無いから、殿方を凌ぐやうな所為は一切しない意**でムいます**。　　（貴婦人→雑誌記者、貴婦人、上）

⑯だって阿母さん、いくら**妾(わたし)**がヤキモキ心配しても肝腎の当人が平気でゐたら仕様が無い**ぢゃありません**か。

（中学校先生夫人→母親、猟官、上）

　このように各グループ間には文末表現形式において、階層によって偏りを見せる形式が存在しており、使用差が感じ取れることから、各文末表現形式と社会階層との間には相互関連性があるのではないかと考えられる。もちろん、「ダ」「ヂャ」「デス」「デアリマス」「デゴザイマス」のように多くの階層にわたって使用されている形式もあるものの、「デゴザル」「デゴザリマス」「デゴザンス」「デゴハス・デゴアス」「デゲス・デガス」などのようにある階層特有の文末表現形式が存在していることが察せられる。このことは、階層と文末表現形式との関わり合いを端的に物語っているといえよう。ただし、話し手の性別や年令などに強く左右されて用いられる表現形式もあると考えられる。すなわち、一つの要因だけでなく、諸要因がお互いに関わり合いを持っていると思われる。したがって、どの要因が一番強く働いているかという点については、多様な検証が必要であろう。また、このようなある階層にだけ見られる特有な文末表現形式は一般化するまでに至らず、次第に衰退したようである。

　一方、現代日本語でよく使用されている「ダ」「デス」「デアリマス」「デゴザイマス」などは、＜表＞の合計からわかるように多くの使用者に現れており、階層による偏りを持たない文末表現形式として位置づけられよう。

　また、注目したいのは同じ階層とはいえ違う形式を使う場合があるということである。例えば、商人代表a,b,cは、それぞれ別のグループE、F、その他Gに属している。彼らの話し相手は同じ（代議士）であり、同じ相手に対してそれぞれが異なる文末表現形式を選択しているのである（→商人代表a:⑦、b⑫:とc:⑭）。この違いは、話し手の社会階層からだけでは説明できない。話し手の年令や相手に対する認識のあり方の違い（待遇意図）など様々な要因が考えられるだろう。

　なお、違う階層の人が同じグループに属する場合もある。例えば、女性Fグループをみると、下層の女中や煙草屋の女と上層の侯爵夫人や伯爵令嬢が一緒に属している。ここから、同じ形式の使用においても待遇的なふるまい・待遇性において差が存在しているのではないだろうか。例えば、下層の人が主に使用した「ゴザイマス」は、目上の相手に対して使わなければならない謙遜した言い方である（→⑩）。しかし、上層の人が主に使用した「ゴザイマス」というのは、話し手自身の品位保持の意識が働いた結果用いられた改まった言い方が中心のようである（→⑨）。

　以上みてきたように、話し手がどのような社会階層の人であるかによってある程度決まっている基本的な文体的なコード・文末表現形式が存在することが確認できた。しかし、同じ社会階層にあったとしても話し手の社会階層だけでなく、話し手の性別や年令に強く左右される形式もあるし、場面の性格によって話し手が相手をどのように認識するか（待遇意図）によって文末表現形式の選択において違いもあることから、様々な視点からの分析が必要であるといえよう。とりわけ下層の人々にとっては、文末表現形式の使われ方・弁別に大きく関わるのは彼らの階層への所属意識ではなく、むしろ相手の年令であると考えられる。

　なお、繰り返しになるが、同じ文末表現形式ではあっても上層で使

用されたものと、下層で使用されたものとの間には待遇的なふるまい・待遇性に違いが存在する可能性についても考える余地がある。

5. 本章のまとめ

　以上、『社会百面相』における文末表現形式と社会階層との相関関係を考察してきた。考察の結果、例えば「デゴザル」「デゴザリマス」「デゴザンス」「デゲス・デガス」などのようにある階層特有の文末表現形式が存在しており、社会階層と文末表現形式との間に相互関連性のあることが確認できた。

　しかし、「ダ」「ヂャ」「デス」「デアリマス」「デゴザイマス」などのように現代日本語でよく使用されている文末表現形式は多様な階層に用いられ、階層による偏りを持たない文末表現形式であることがわかった。このような結果については、同時期の他の作品について具体的に調査した場合、多少の修正が必要となる可能性がないわけではないが、全体的な傾向としては本研究の結論と大きな違いは生じないと思われる。

　今後、性差を初めとするいろいろな尺度から分析を行い、それぞれの社会的な要因と文末表現形式との関わり合いについて究明しなければならない。今回は『社会百面相』だけの調査であったために、ごく短編的な傾向しか指摘できなかったと思われるので、今後、全体的な資料の幅を広げて考察していく必要があると考えられる。

■ 参考文献

掬汀生(1902)「「社会百面相」を読む」『新声』8-2

真田信治他(1992)『社会言語学』桜楓社

真田信治(1998)「江戸語はいつ共通語になったか」『月刊言語』27-1 大修館書店

杉本つとむ(1965)「転換期の日本語-江戸から東京へ-」『近代語研究』1　武蔵野
　　　書院

＿＿＿＿＿(1988)『東京語の歴史』中公新書

竹内久一(1906)「東京婦人の通用語」『趣味』2-11

田中章夫(1966)「階層と敬語」『国文学解釈と教材の研究』11-8 学灯社

辻村敏樹(1974)「明治大正時代の敬語概観」『明治大正時代の敬語/敬語講座5』
　　　明治書院

中村通夫(1963)「である小考」『中央大学文学部紀要』13

飛田良文(1970)「明治初期東京語の指定表現体系-方言と社会構造との関係-」
　　　『方言研究の問題点』明治書院

古田東朔(1969)「ます<現代語>」松村 明編『古典語現代語助詞助動詞詳説』所
　　　収 学灯社

森銑三(1969)『明治東京逸聞史1』東洋文庫135 平凡社

山田孝雄(1922)『日本口語法講義』宝文館

李徳培(1999)「明治時代の「ちゃう」使用実態に関する社会言語学的研究」『日
　　　本学報』43 韓国日本学会

房極哲(1998)「明治期の一人称代名詞「わたくし・わたし」-『社会百面相』を中
　　　心に-」『筑波応用言語学研究』5 筑波大学文芸・言語研究科 応用言語
　　　学コース

W.G.Aston(明治21)"A Grammar of the Japanese spoken language"

<資料と辞典>

内田魯庵(明治35)『社会百面相』博文館

前田勇(1974)『江戸語大辞典』講談社

第3章
『社会百面相』における一、二人称代名詞
-待遇表現の観点から-

1. はじめに

　本研究の目的は、明治期における待遇表現体系について階層差と性差との観点から考察することである。具体的には明治30年代の小説資料『社会百面相』(内田魯庵著、明治35年東京博文館刊行)を用いて、一・二人称代名詞を取り上げ、待遇表現体系の一部を記述する1)。

　本研究では、明治期における待遇表現の記述的研究の一環として、男女ともに多様な人物が登場している点で、待遇表現の研究に好条件を備えている『社会百面相』を対象に、一・二人称代名詞を話し手の社会階層と性差との観点から論じる。一・二人称代名詞が社会階層と性差によって、どのように使い分けられているのか、どのような相関関係があるのかといった点について考察を行う。

　待遇表現の歴史的研究は、明治期の場合はほとんど江戸期の延長線

---

1) 房(2000)では、『社会百面相』を対象に文末表現形式と社会階層との相関性について述べ、明治期の待遇表現体系の一部を記述した。

で研究されてきた。すなわち、江戸語の延長線で明治期の待遇表現研究が行われているものが多く、必ずしも明治期に焦点を当てた研究が十分であるとはいえないのが現状である[2]。

2. 研究方法・資料

　本研究では、話し手の社会階層と性別の違いに注目しながら、資料に観察される人称代名詞(一・二人称代名詞)を調査する。人称代名詞を話し手の社会階層と性という観点から捉えた場合、人称代名詞がどのように使い分けられているのか。そして、人称代名詞の使用実態を具体的な場面から考え、明治30年代当時、それぞれの人称代名詞がどのような待遇価値を持っていたかについても考察する。

　また、本研究では位相差の背後には話し手がみずからをどのような社会的な役割の中で捉えているか。つまり、その人物が持っていたと思われる役割語的な知識・性格が存在する点を考慮に入れる[3]。そして、小説資料が持っている作者の創作意図、作為性・虚構性がある点を踏まえた上、各用例を解析していくことにする。

　本研究の内容を支える資料『社会百面相』については第二部第1章で詳しく述べている。ここでは、言語面と資料の重要性について言及することにする。『社会百面相』は、魯庵35才の明治35年6月、東京博文館から刊行された時事批評的小説である。短編30編と7編の中・短編小説、それに附録として評論を収めている。とりわけ『社会百面相』で魯庵が活写しようとしたものは、明治30年代に至る社会の中で

---

2) 詳しくは房(2001)を参照されたい。
3) 位相語の役割語的な性格については、金水(2000)を参照されたい。

勢力を持ってきた種々の新社会階層の人々の生きた対話であり、その言葉遣いの典型として現れる人物像である。この点、魯庵自身が、

> 言語は大にしては時代の特徴なり小にしては個人の性格の発現なれば社会及び時代及び人間を描写せんとする小説家が言語を度外に置く能はざるや勿論なり。　　　　　　　　　　　　　　　　　　　（『社会百面相』p.539「附録」）

という認識を明言しており、したがって、会話を中心にして成り立っている『社会百面相』を言語資料とすることの利点もまた明らかである4)。

　田口掬汀(1875-1943、小説家、劇作家)が『社会百面相』が刊行された明治35年に、書評5)に書いたことからも分かるように、貴重な言語資料であると共に社会の各階層の実態と資料そのものの重要性が適切に描かれているように見受けられる。

　また、『社会百面相』はあくまでも作家内田魯庵の描いた世界であるため、当時実際の現実言語生活の世界で話されていた言葉と異なっている可能性もある。ただし、内田魯庵自身が野卑わいせつの言語を嫌うが故に小説を作るに当たって地の文章においては常に深く自らを謹むとしている一方で、例えば、「唯だ書中の人物の対話を活写せんとすれば勢ひ今の実際に使用せられるゝ言語を其まゝに写さゝるべからず(『社会百面相』p.538)」と述べていたことからも分かるように、会話文については原則的に実際に使用される言語を意識して書く方針

---

4) ただし、資料『社会百面相』は、作家内田魯庵が構築化した虚構の世界であるため、必ずしも当時の言葉遣いの実態をそのまま反映しているとは限らない。つまり、その当時の現実の言葉遣いの実態とはかけ離れている可能性(資料の限界性)があることを視野に入れておくのが穏当であろう。

5) 詳しくは田口(1902)を参照されたいが、例えば、「『社会百面相』は社会の各方面に於ける各階級の活畫也(中略)長く後世に伝ふべき価値あるもの也」と述べていることからも分かる。

であったと想定できよう。

　以上の諸事実を総括すると、その作品としての限界・偏向を考慮に入れてもなお待遇表現の研究には好条件を備えている貴重な言語資料だといえよう。

　以上で述べてきたように、『社会百面相』は明治30年代前半期の日本社会の各層の諸相・世相・言語実態をかなり広範囲に照らし出しているので、作品のプロット(Plot)だけでなく、その言語表現の選択自体に内田魯庵は当時の言語的事実を反映させるに力を注いでいることは確実である。

　なお、本研究では、東京大学総合図書館蔵本(明治36年10月第三版)の『社会百面相』写真を調査した。この『社会百面相』では、原則的に総ルビの方針であるが、ここでは、当該の用例の一・二人称代名詞の部分にだけルビを括弧の中に示すことにする(例えば、私(わたし)のように)。

3. 女性の一人称代名詞・二人称代名詞

　本研究で取り上げる一・二人称代名詞は、その種類が多いが、出現頻度の高い使用者とその用例を中心にして考察を進めることにする。一人称代名詞は女性の場合、「わたくし」「わたし」「あたし」の3種類しかない。以下、これらの一人称代名詞の使用実態を具体的な用例を中心に見ていく。

3.1　一人称代名詞

3.1.1　「わたくし」
「わたくし」はすでに湯沢(1954)、小松(1971)の研究から江戸時代を

通して最も丁寧な高い敬意を表す一人称であったことが知られている。明治期の『社会百面相』には、使用者を見ると、「貴婦人」「女学者」「代議士夫人」など上層の婦人層に位置する人が主に用いている。話し手と相手との人間関係を見ると、上下関係による使用ではなく、みずからの品位を保つために使用されたようである。次の用例を見られたい。

(1)「ですから旦那様方が各々の奥様を侮蔑らにして芸者狂ひや妾狂ひを遊ばすのは道理で、妾(わたくし)は社会の道徳の乱れるは一つは家庭の取締りをする奥様方の無学不見識の罪かと思ひます……」
　　　　　　　　　　　　　　　　　　　　（貴婦人(上)、貴婦人→雑誌記者）
(2)「妾(わたくし)、あの課目表を見たら馬鹿々々しくなりましたワ。彼那な下らない課目を教へて大学が余り御大層過ぎる……」
　　　　　　　　　　　　　　　　　　　　　（女学者(上)、女学者→若い女）

　また、上層の婦人層以外に若い女性に用いられた「わたくし」がある。次の用例の場合は、若い女性の話し手が目上の相手(→用例3)a)と対等関係の相手(→用例3)b)に対して用いた「わたくし」である。そして会話が交わされた場面から考えてみると、話し手が相手を強く意識した場合、あるいは話し手が相手との距離を置きたいという心理的な要素が働いた結果、「わたくし」が使われたと考えられる。

(3)a「夫でも妾(わた)くし一人位は楽に暮らせるものがありましたから、奈何やら斯うやら先ア無事に今日まで放縦を貫徹して来られたのでムいます。」　　（破調(中)、若い20代女性バイオリニスト・加寿衛→侯爵夫人）
(3)b「貴郎(あなた)、何故お酒を喫らないの。妾(わた)くしお酌は嫌ひですから御随意に喫つて下さい。」
　　　　（破調(中)、若い20代女性バイオリニスト・加寿衛→洋服紳士・春村）

3.1.2「わたし」「あたし」

次に「わたし」と「あたし」について述べる。「わたし」は江戸後期において、女性語的な性格が強い一人称代名詞であったという点と男性の「わたし」の使用が特殊な条件下での使用に限られる点が従来の研究で指摘6)されているが、この『社会百面相』を見ても同様のことがいえる。使用者を見ると、上層の婦人層から下層の女中まで幅広く使用された一人称代名詞であると見られる。例えば、「代議士夫人」「男爵夫人」「精神家夫人」「高等官夫人」「伯爵令嬢」「女中」など年配の人から若い世代の婦人にかけて年齢に関わらず婦人たちがふつうの場面で「わたし」を用いている(→用例4、用例5、用例6)。とりわけ婦人層以外の若い女性が対等関係の相手に対して話し手みずからの嗜みを意識しないで、相手に「嫌み」をいう場面(くだけた場面)で使用している(→用例7)。なお、下層の女中は相手(若い風通紳士は、女中とは年齢的に近いし、二人の関係は使用人ではない)に対して「親しみ」を表す時や「ふつうの対話の場面」で使用する傾向がある(→用例8)。

(4)「妾(わたし)の実家だから云ふぢやアないが、大山の家には世話になつてるンだから、ねエ所夫(あなた)、兄さんの御都合の好いやうに国有案とかを賛成して議会で定るやうにしてくださいませんか!」

(鉄道国有(5)、代議士夫人・お岸→夫・高浪崩)

(5)「だつて妾(わたし)、婦人雑誌の記者だとは知らなかつたんですもの」

(貴婦人(下)、横道男爵夫人→貴婦人)

(6)「御自分で不品行をして置いて妾(わたし)に黙つてろッたッて夫りやア無理

---

6) 詳細は塩沢(1998)を参照されたいが、塩沢(1998)によると、『古今集遠鏡』(俗語訳)の男性歌人では、つねに「ワシ」を用い、「ワタシ」は女にかわりてよめる歌や身分ある女性によめる歌など特殊な条件下での使用に限定されるという。なお、人数から見ると、31人の中、25人が「ワシ」だけ使用しており、「ワタシ」の使用は2人のみである。

　　　ですワ。」　　　　　　　　　　　　　　（精神家(下)、精神家夫人→夫)
　(7)「所詮**妾(わたし)**より役所の方が大切なんでせう、月給の方が大切なんでせ
　　　う…」　　　　　　　　　　　（閨閥(下)、伯爵令嬢・千鶴→高等官学士・秋葉)
　(8)「あら、**妾(わたし)**鱈尾さんと何も関係がありやаしないワ。」
　　　　　　　　　　　　　　　　　　　　　　　（教育家(下)、女中→風通紳士)

　　次に「あたし」は、「女中」「若い女」のようなごく一部の若い人
に使用が限られている。使用の状況から考えて、若い下層では、一人
称代名詞「わたし」と「あたし」が、場面の変化に応じた心理的距離
の違いを表す場合に使い分けられているようであるが、現れた用例が
少ないので、断定しにくい(→用例8と用例10)。ただ、社会階層から判
断してやや下に位置すると思われる若い女性に用いられ、気軽な相手
に対して(多少甘えるように)使用されており、待遇価値は「わたし」
より若干落ちるように思われる[7]。

　(9)「**妾(あたし)**なんぞは姉さん、贅沢ぢやアありませんワ」
　　　　　　　　　（投機(4)、おそよ・若い女・妹→織江・資産家夫人・姉)
　(10)「あら嫌だワ、あんなお老爺さんに。**妾(あたし)**なんか、貴客(あなた)、ど
　　　うせ人三化七ですもの、関係者なんぞ有りやアしませんワ。」
　　　　　　　　　　　　　　　　　　　　　　　（教育家(下)、女中→風通紳士)

3.2　二人称代名詞

　　二人称代名詞は、「あなた」「あんた」「おまへ」「おまい」「お

---

7)　小松英雄(1999)によると、「人称代名詞にも、語形の磨り減らしが生じる」
　　とし、もとの語形を磨り減らして新しい語形を形成する方略は代名詞の場合
　　には、磨り減らしの過程で導かれた語形がそのまま残存し、フォーマリティ
　　の違いをもって共存する、という考えを示している。このような小松英雄の
　　指摘に従うと、半母音「w」の脱落した「あたし」は、「わたし」との対比
　　において待遇価値の相違を読みとることができる。

まへさん」「おまいさん」がある。

3.2.1 「あなた」

「あなた」の使用は上層と下層にわたって、多く使用が見られる。上層に属する婦人層では、妻が夫に対してふつう「あなた」を使用している(→用例11、用例12)。上層女性にとって「あなた」は目上の相手に対しての使用が中心となって話し手の社会的な身分にふさわしい適切な言い方として待遇価値が保たれており、便利な二人称代名詞であったといえる[8]。一方、下層の「女中」や「煙草屋の女」はうちとけた場面で「あなた」を使っている(→用例14、用例15)。この「あなた」は当時の社会階層における身分差を反映した用法であるとも考えられる。

(11)「**貴郎(あなた)**は暢気に悪口でも仰しやれば気が済みませうが、」
　　　　　　　　　　　　　(猟官(中)、中学校先生夫人・お秀→夫・乾坤一)
(12)「それだから**貴郎(あなた)**社会党だなんて云はれるンですよ。」
　　　　　　　　　　　　　(電影(5)、代議士夫人・照尾→島根・夫)
(13)「それはね、旦那様のお羽織と**貴母(あなた)**のお召を見に行くんですワ。」
　　　　　　　　　　　　　(新妻君(下)、高等官夫人→姑)
(14)「妾(あたし)なんか、**貴客(あなた)**、どうせ人三化七ですもの、関係者なんぞ有りやアしませんワ。」　　　　　　(教育家(下)、女中→風通紳士)
(15)「何ですね、五圓や十圓位、**貴処(あなた)**方にお貸し申すのは銀行へ預けて置くやうなもんです……」

　　　　　　　　　　　　　(新学士、煙草屋の女→若い紳士・二人の新学士)

---

8) 対等関係で「あなた」が用いられた場合は、話し手は若い女性であり、上層婦人の場合と違って述部に敬語表現はあまり使われていない。このような「あなた」にはインフォーマルで親密な(しかし、「あんた」「おまへさん」ほどのなれなれしさを持たない)女性用の二人称代名詞としての働きが見られる。

3.2.2「あんた」

「あんた」は、若い人には使用が見られず、「貴婦人」「地方有志夫人」「代議士夫人」など年配の婦人間で用いられている(→用例16、用例17)a)。これらの婦人女性が相手の婦人に対して「あんた」を使用した場面を見ると、くだけた場面で親近感あるいは皮肉な感情を表す時である。また、同じ話し手が同じ相手に対して、「あんた」と「あなた」を使い分けている場面を比べてみると、「あんた」の方が多少親愛的な親近感を伴っているようである(→用例17)a、用例17)b)。

(16)「**貴婦(あんた)**また奈何して朝ッぱらからお酒なんぞ飲んだの?」
　　　　　　　　　　　　　　　(貴婦人(下)、貴婦人→横道男爵夫人)
(17)a「オホゝゝゝツ、**貴婦(あんた)**は猶だ令が若いよ……ドレ」
　　　　(鉄道国有(2)、地方有志夫人・お嶺・姉→代議士夫人・お岸・妹)
(17)b「**貴婦(あなた)**も口の先は巧いけれども……」
　　　　(鉄道国有(5)、地方有志夫人・お嶺・姉→代議士夫人・お岸・妹)

3.2.3「おまへ」「おまい」

　次に「おまへ」「おまい」については、まず使用自体が少ない。使用者に共通する点は年齢が高い人(例えば、「地方有志夫人」「高等官夫人の姑」「資産家書生の母親」など)ということである(→用例18、用例19、用例20)。話し手と相手との人間関係から見ると、遠慮のいらない(家族内の身内に対して心理的負担がかからない)目下の相手に対して使用している。当時の女性が使用する「おまへ」「おまい」には目上に対する使用例が現れないこと、目下への親愛の気持ちを込めて用いる用例が多数を占めていることなどから、待遇価値は高くないことがいえるのではなかろうか。当時、主に年齢の高い女性が使用する「おまへ」「おまい」は目下の相手に対して心理的負担がかからない、かなり軽い気持ちで相手を呼ぶ際に用いられたと考えることが

できよう。

(18) 「巍一、**お前(まへ)**先ア何処へ行つたんだい?」
(鉄道国有(5)、地方有志夫人・お嶺→巍一(きいち)・息子)

(19) 「**お前(まへ)**はジヤラクラしてゐるとは云はないがの、何時まで若くてゐな
いから之からは些と質素にしないと、児供でも出来ると直ぐ令を老つて了
ひます。」
(新妻君(下)、高等官夫人の姑→高等官夫人・嫁)

(20) 「織江の下駄が余りひどいから織江のを買ひに行く序に妾のも**お前(まい)**の
も大分汚なくなつたから買つて来やうてのサ。」
(投機(5)、資産家書生の母親・斧枝→廉蔵)

3.2.4 「おまへさん」「おまいさん」

「おまへさん」「おまいさん」は、すでに小島(1974)、小松(1996)の
指摘にもあるように、明治期になると使用が減少し、「あなた」に比
べて待遇価値は低下したことが分かっている。「おまへ」の使用者と
同じく、年齢の高い古めかしい言い方をする婦人たちがややくだけた
場面で、身内の若い男性・息子に対してわずかに使用しているにすぎ
ない。例えば、「老俗吏の妻」と「資産家書生の母親」がそれぞれの
息子に対して、「おまへさん」「おまいさん」と呼んでいる(→用例
21、用例22)。このように「あなた」を使用するような上層の婦人層
では「おまへさん」「おまいさん」は使われておらず、その使用範囲
が狭いことから明治35年頃には他の二人称代名詞に比べて廃れていく
傾向が見てとれる。次に用例を示す。

(21) 「**お前(まへ)**さんの気象だと二十圓や二十五圓の月給位とお思ひだらうが、
勤仕をするのは月給を取るばかりぢやない、」
(老俗吏、老俗吏の妻→息子・幹夫)

(22) 「そんなら**お前(まい)**さんのは買ひますまい。百年でも二百年でも一つ下駄
をお履きなさい。」
(投機(5)、資産家書生の母親・斧枝→廉蔵)

4. 男性の一人称代名詞・二人称代名詞

　男性が使用する一人称代名詞は女性より種類(10種類)が多く、多様である。現れた一人称代名詞は、「わたくし」「わたし」「わし」「わっし」「おれ」「おら」「おい」「僕(ぼく)」「我輩(わがはい)」「拙者(せっしゃ)」などである。以下、代表的な一人称代名詞を中心に取り上げる。

4.1 一人称代名詞

4.1.1 「わたくし」

「わたくし」は、社会的に地位が高い人に使用が多く、目上の相手や身分の高い女性に対して用いられている(→用例23a、用例23b)。これは女性と異なっており、話し手側の習慣という側面よりむしろ相手を強く意識する必要がある場面に使われているようである。

(23)a 「<u>私(わたくし)</u>も既から淑女会の事を伺ひに出ませうと存じておりました、」　　　　　　　　　　　　　　　　(貴婦人(上)、雑誌記者→貴婦人)

(23)b 「実は<u>私(わたくし)</u>は雷鳴堂の敵の電光社と流星房の教科書に尽力しておりますので……」　　　　　　(教育家(中)、若紳士→教育家・校長先生)

4.1.2 「わし」「おれ」

「わし」の使用者は、「老俗吏」「老作家」「学士の伯父」「愚得大人」など主に古めかしい言い方をする年配の人で彼らと対等関係にある相手や目下の相手に対して用いており、ほとんどは敬意が見受けられない(→用例24a、用例24b)。

「おれ」は、当時年齢に関わらず幅広く使用されている。塩沢

(2000)と小松(2000)の指摘を考え合わせると、明治後半では「オレ系」使用は男性にしか使われていないことになる。この『社会百面相』においても「おれ」は男性専用であり、現代日本語と同じように若い男性では粗野で親密の度合いの高い言い方に「おれ」が選択される(→用例25a)。一方、年齢の高いグループにおける「おれ」の使用は夫婦関係のような親しい相手に多くの使用が観察される(→用例25b)。

(24)a「**俺(わし)**なぞは名よりは実を取れで平凡な高等官になるよりは判任官の
　　　　上席の方が結構だ。」　　　　　　　　(老俗吏、老俗吏・父親→書生・息子)
(24)b「汝(きさま)のやうな不幸者に祖先の位牌を預けられんから、暫らく**私(わ
　　　　し)**が預かつて置く……」
　　　　　　　　　　(ハイカラ紳士(下)、学士の伯父・石堂鉄作→学士・英次郎)
(25)a「**俺(おれ)**の忠告に従つて文学三昧も好い加減に止めにして政治運動をやつ
　　　　て見い。」(貧書生、書生・政治家志願者→書生・小説家志願者:書生同士)
(25)b「**俺(おれ)**一人が賛成して物になるなら賛成しても何いが、」
　　　　　　　　　　　　　　　　　(鉄道国有(5)、代議士・高浪崩→妻・お岸)

4.1.3「ぼく」「わがはい」「せっしゃ」

「僕(ぼく)」は進藤(1974)、飛田(1992)の指摘からも分かるように明治後半ごろまでは書生・青年に多用されたと見なされる。使用者の社会階層が「書生階級」や「学士」「若紳士」「洋服紳士(青年教育家)」が対等や目下の相手に対して使用するのが中心である(→用例26a)。なお、「牧師」や「変哲家」のような人にも使用(→用例26b)が見られることから、当時「僕」はゆるやかに使用者層が広がって使用されるようになったと考えられる[9]。

---

9)「僕」と「おれ」の違いは「公的」「私的」という見方が考えられる。例えば、夫婦関係の対話で「おれ」が多く使用されているが、「僕」は使われていないことから、両語の使い分けは「公私」の区別で捉えることができるかもしれない。

　「我輩(わがはい)」は「代議士」「教育家」「新聞(主筆)記者」「精
神家」など社会的に公的な場に接する機会が多い、年齢の高い知識人
層が使っている(→用例27a、用例27b)。年齢が高い層で使っている「わ
し」とは異なり、演説調の言い方に現れている点(多少公的)で対比され
る。なお、「拙者(せっしゃ)」は「代議士」に使用が見られ、多数の相
手(一対多場面)に対して自分の意見を述べる場で、用いられている(→
用例28)。江戸後期武士たちが「拙者」を使っており、このなごりを漂
わせる階層では明治30年代後半までも使っている。以下、それぞれの用
例を示す。

(26)a「はッはツ、**僕(ぼく)**は大に*君(きみ)*と説が異う。」
　　　　　　(貧書生、書生・小説家志願者→書生・政治家志願者:書生同士)
(26)b「イヤ、**僕(ぼく)**は宗教を捨てはしないが、牧師を罷めやうかと思ふン
　　だ。」　　　　　　　　　　　　　　　(宗教家(下)、牧師→代議士)
(27)a「誠に*貴公(きこう)ル*には気の毒ぢやが、(中略)**我輩(わがはい)**も随分尽力し
　　て見たが、何処にも拠ない情実があつてノウ、」
　　　　　　　　　　　　　　(教育家(中)、教育家・校長先生→若紳士)
(27)b「まだ君(きみ)は独立の探訪をする資格が無いからナ、之からは**我輩(わが
　　はい)**が一々指揮をするから、好いかね、」
　　　　　　　　　　　　　　(新聞記者(下)、主筆記者→新入記者)
(28)「**拙者(せつしや)**は確かな筋から聞込んでる、堀博雄は二三万以上請取つて
　　る。員数は無論秘密ぢやが二三万以上握つてるのは事実ぢや。」
　　　　　　　(増税(中)、白須賀代議士→畑中代議士と小野里代議士)

4.2　二人称代名詞

　二人称代名詞は、「あなた」「あんた」「おまへ」「おまい」「お
まへさん」「おまいさん」が男女共用であるが、男性のみに使用が見
られる「君(きみ)」「貴公(きこう)」「汝(きさま)」「足下(そこ・そ

くか)」「手前(てめえ)」などがある。

4.2.1「あなた」

「あなた」は、相手に対する使用制限がゆるやかである女性の「あなた」とは異なっており、ある程度の目上にはふつう使いにくい。年齢が高い人がある程度格式性をいだいて用いる場合が多い(→用例29a、用例29b)。若い世代は、女性で見受けられたような目上に対する最高級の敬意表現に使われる「あなた」の使用例が見られない点が異なっている。

(29)a「いや、**貴嫂(あなた)**に理由をお咄し申しても何いが、何を申してもお腹
　　立でお聞入れにならんから……」
　　　　　　　(鉄道国有(5)、代議士・高浪崩→地方有志の夫人・お嶺:妻の姉)
(29)b「私(わたく)しには何方でも何いが、(中略)だから**貴処(あなた)**に一と骨折
　　つて貰ひたいやうな気がしますワ。」
　　　　　　　　　(鉄道国有(6)、地方有志・大山外→代議士・高浪崩)

4.2.2「おまへ」「おまい」「おまへさん」「おまいさん」

「おまへ」「おまい」は、上層階層の夫婦間のふつうの対話で、夫が妻を呼ぶ際に多く使われる。例えば、「中学校先生」「失意政治家」「精神家」などが妻に対して、使用している(→用例30、用例31)。また、若い男性がくだけた場面で隔意のない対等関係や目下の異性の相手に対して用いることがある(→用例32)。なお、年配の男性が目下に対して用いていた「おまへさん」「おまいさん」は、その使用者が極めて少なく、廃れていく傾向が見られる。老作家が書生に対して使用しているに留まっており(→用例33)、小島(1974)が指摘したように、「おまへさん」は待遇価値(小島のいう敬意を表す度合い)が低下して、もやは「おまへ」の方へちかづいているようである。

(30)「第一**卿(おまい)**のお父さんも解らないが**卿(おまい)**も解らないナ」

(猟官(中)、中学校先生→妻)

(31)「**お前(まい)**、何が気に入らんのぢや、俺(わし)には全然**お前(まへ)**の不機
嫌の理由が解らんがノ、」 (精神家(下)、精神家→妻)

(32)「爾うサ**汝(おまい)**の弗箱の鱈尾も学校の先生だからナ。」

(教育家(下)、風通紳士→女中)

(33)「外ならぬ**お前(まへ)**さんのお頼みだから書いて上げても好い。併し早いも
んでがすナ。」 (老作者、老作家→書生)

4.2.3「きみ」「きこう」「きさま」「そこ,そくか」「てめえ」

「きみ」は若い男性同士の対等関係でよく使われている(→用例34)
a)。すでに進藤(1974)が指摘しているように、書生ことばとしての根
強い性格が依然として保たれている。一人称代名詞「僕」を使用する
人が「きみ」と対をなして使用する傾向がある(→用例26)a)。また、
年配の人は目下の相手に対して使っており、自分の社会的な地位を意
識した尊大な印象を与える語として見受けられる(→用例34)b)。

「きこう」は、一人称代名詞「我輩」と対をなしており、目下の相
手に対して用いている。使用者はわずか一部の知識人男性(古めかし
い言い方や難しい漢語を使用しがちな「教育家」「勅任官」)に留
まっている(→用例27)aと用例35))。「きさま」は相手に対して卑し
む、卑罵語的な性格が認められること(→用例36)a)、そして対等関係
で書生同士が相手を冷ややかに見ている場面で使っていること(→用
例36)b)などを考え合わせると、当時「きさま」の待遇価値は低かった
と捉えることができよう。「そこ・そくか」も使用者がごく限られて
おり、次第に廃れていく二人称代名詞であったと見られる。とりわ
け、「そくか」は60代のお客の「愚得大人」が「古物家主人」に対し
て使う場合しか現れない(→用例37)。「てめえ」は、田中(1983)によ
ると、江戸独特の人称代名詞の一つとしてごく軽い敬意ないし親愛感

を伴うものと述べている。しかし、下記の用例(38)から見るかぎり、隠居親爺が書生たちに対して罵る場面で「てめえ」を使用しており、明治30年代後半にはすでに二人称代名詞「てめえ」の敬意は無くなったと考えられる。

(34)a 「左に右く**君(きみ)**、十銭の傍聴料を取つてあれだけ聴衆が入場するのは既に一勢力を作つたと云つて宜しい。」 (労働問題(上)、書生同士)

(34)b 「**君(きみ)**は猟官運動を始めたさうだナ？ 」
(猟官(下)、主筆記者→編集室記者)

(35) 「あア、**貴公(きこう)**なんぞは夫が可からう。*我輩(わがはい)*の生涯は跷道を踏んで来たのだからね。」 (新高等官、勅任官→青年)

(36)a 「**汝(きさま)**の親父も**汝(きさま)**を堂々たる人物にする意で莫大な学費を掛けたのだが、此醜態を見たら定めし苔の下で歎いておらるゝだらう。」 (ハイカラ紳士(下)、石堂鉄作・伯父→学士・西国英次郎)

(36)b 「はッはッ、減らず口を叩きくさる。**汝(きさま)**の懸賞小説も久しいもんぢや。一度当選つたといふ事ぢやが、俺(おれ)と交際つてからは猶だ当選らんぞ。」 (貧書生、書生・政治家志願者→書生・小説家志願者)

(37) 「可哀想に、当人大自慢ぢやさうなが痛い者を背負つたノウ。**足下(そくか)**も大分面白さうなものを売附けたさうぢやが……」
(古物家、愚得大人→古物家主人・欲庵)

(38) 「毎日〵覘込みやアがッて何が面白エんだ。**手前(てめゑ)**達は余程な山猿だナ。」 (電影(4)、隠居親爺→書生たち)

4.3 男女の違いによる一・二人称代名詞の使用状況

以上の結果を踏まえ、性差の観点からまとめてみると、だいたい次の<表>のようになる。

人称代名詞 ＼ 使用者	男女共用	女性専用	男性専用
一人称代名詞	わたくし,わたし	あたし(わたし)	わし,わっし,おれ,おら,おい,ぼく,わがはい,せっしゃ
二人称代名詞	あなた,あんた,おまへ,おまい,おまへさん,おまいさん	(あんた)	きみ,きこう,きさま,そこ,そくか,てめえ

(注)ただし、括弧の中に示したのは、ほぼ女性専用であることを表す。

5. 終わりに

　以上、『社会百面相』における人称代名詞(一・二人称代名詞)について、社会階層と性差との関わりを中心に考察を行った。考察の結果、一人称代名詞の場合、男性は一人称代名詞の使用において社会階層との強い相関性が認められる。一方、女性は「わたくし」「わたし」の両語に偏り、社会階層との相関性は男性より稀薄であることが分かった。

　二人称代名詞については、男性の場合は待遇価値が低いと思われる「きみ」「きこう」「きさま」「そこ・そくか」「てめえ」など男性専用の二人称代名詞が個性豊かに使い分けられていることが指摘できる。

　以上、考察の結果から、とりわけ男女の階層の性質が違うことがいえるのではないか。すなわち、明治期には男性は新しい社会階層(職業)が登場することによって、人称代名詞が新しく形成されたが、女性の場合はそうではなく(形成されておらず)、主に上品な人称代名詞に限定されている点が違う。この点(相違)については今後さらに考察を進める必要があるが、明治期の当時は女性の言葉に期待される社会

通念と男性の言葉に期待されるものとが異なるものであったと思われる。明治二〇年前後に若い女学生の間で終助詞「わ」が広まったが、女学校で流行っていた「てよ」「だわ」が識者たちによって強く批判されたこと(これらの言葉は品のよくない、教養のある女性の間には望ましくないと批判している)を考えると、女性(女学生)に厳しい言語規範があったに違いない。

　また、人称代名詞の待遇価値を的確に捉えるために人称代名詞と文末表現形式との関わりを考慮に入れて考察する必要もあろう。そして、資料の限界性を考えて、自然談話が得られる可能性の高い他の資料(例えば、「落語」や「講義録」などの言語学的資料の性質を吟味した上で)を加えて考察を深めていきたい。

■ 参考文献

金水敏(2000)「役割語探求の提案」『国語論究8・国語史の新視点』佐藤喜代治編　明治書院

小島俊夫(1974)『後期江戸ことばの敬語体系』笠間書院

＿＿＿＿＿(2001)「後期江戸語敬語体系における言語行動の<場>」『日本語と日本文学』33　筑波大学国語国文学会

小松寿雄(1971)「近代の敬語Ⅱ」『講座国語史5・敬語史』大修館書店

＿＿＿＿＿(1996)「江戸東京語のアナタとオマエサン」『国語と国文学』73-10　東京大学国語国文学会

＿＿＿＿＿(2000)「オレ・ソチ・ソナタ・ワッチ・ワタイ-明治東京語女性人称形成の一考察-」『国語語彙史の研究　十九』国語語彙史研究会編　和泉書院

小松英雄(1999)『日本語はなぜ変化するか-母語としての日本語の歴史-』笠間書院

塩沢和子(1998)「『古今集遠鏡』における一人称代名詞」『文芸言語研究言語編』34　筑波大学文芸・言語学系紀要

＿＿＿＿＿(2000)「『古今集遠鏡』に於けるワシ・オレ(2)」『文芸言語研究言語編』40　筑波大学文芸・言語学系紀要

進藤咲子(1974)「紅葉・露伴・一葉の敬語」『敬語講座5・明治大正時代の敬語』明治書院

田口掬汀(1902)「「社会百面相」を読む」『新声』8-2

田中章夫(1983)『東京語-その成立と展開-』明治書院

房極哲(2000)「『社会百面相』における文末表現形式-諸形式と社会階層との関わり-」『日本学報』45　韓国日本学会

＿＿＿＿(2001)『明治期における待遇表現の社会言語学的研究』筑波大学大学院博士学位論文

飛田良文(1992)『東京語成立史の研究』東京堂

湯沢幸吉郎(1954)『増訂江戸言葉の研究』明治書院

第4章
『社会百面相』における待遇表現
-社会階層と性差との関わり-

1. はじめに

　本研究の目的は、明治期における待遇表現体系について考察することである。具体的には明治30年代の小説資料『社会百面相』(内田魯庵著、明治35年東京博文館刊行)を用いて人称代名詞(一、二人称)と文末表現形式を取り上げ、待遇表現体系を考察していくことにする1)。　ここでは、とわりけ社会階層(social stratum)と性差(gender difference)との関わりを中心に考察していくことにする。

2. 研究方法・資料

　本研究では、話し手の社会階層と性別の違いに注目しながら、資料

---

1) 房(2000)、(2001)、(2002)などの一連の研究では、『社会百面相』を対象に一、二人称代名詞と文末表現形式について個別的に述べ、明治期の待遇表現体系を考察した。

に観察される人称代名詞(一・二人称代名詞)と文末表現形式を調査する。人称代名詞と文末表現形式を話し手の社会階層と性という観点から捉えた場合、人称代名詞と文末表現形式がそれぞれどのように使い分けられ、どのような相関関係があるかを具体的に確認していく。杉本(1988a)がすでに述べているように、明治期には新しい階級制度がつくられ、それと待遇表現と関係してくる。さらに、日本語は社会階層による違いとともに性差による違いが顕著なものがあったといわれる。そこで、性差が明治期の待遇表現にどのように反映されていたのかといった点も考慮しつつ考察を進める。

本研究の内容を支える資料『社会百面相』について第二部第1章を参照されたい。著者内田魯庵はその諷刺の対象ともなっている当時の世相の中で活躍している人たちを読者として想定して『社会百面相』を書いているのである。しかし、『社会百面相』はあくまでも作家内田魯庵の描いた世界であるため、当時実際の現実の言語生活の世界で話されていた言葉とかけ離れている可能性(資料の限界性)もある。このような点を考慮に入れても多様な社会階層が現れているため、待遇表現の研究には好条件を備えているのである。

そして、田口(1875-1943、小説家、劇作家)が『社会百面相』が刊行された明治35年に、書評[2]に書いたことからも分かるように、貴重な言語資料だといえよう。

なお、本研究では、東京大学総合図書館蔵本(明治36年10月第三版の『社会百面相』写真を調査した。

---

2) 田口(1902)を参照されたい。

3. 一、二人称代名詞と文末表現形式

　ここでは、登場人物の一、二人称代名詞と文末表現形式との共起(呼応)関係を中心に述べる[3]。一人称代名詞を用いて話し相手に話しかける際に、いくとおりの文末表現形式が可能であったのか、そしてそれぞれの待遇表現の仕方は、全体の待遇表現体系の中で、どんな位置を与えられていたか、について考察していきたい。もっとも典型的な用例を中心に<表1>でまとめてみる。したがって、<表1>は話題(用件)や場面の変化によって変わる可能性が考えられる。また、<表1>で取り上げる文末表現形式は基本的に指定表現(「AはBである」の「である」にあたる用法)である。特に、指定表現形式を考察の対象として理由は、指定表現には話し手の相手に対する待遇の度合い(待遇価値)が加わっているため、社会階層や性差という観点から捉えた場合、指定表現の使われ方において明らかな差異があると考えたからである。

<表1>

段階	待遇の度合い	一人称代名詞	二人称代名詞	文末表現形式(指定表現形式)
A	最上級の敬意のある段階(社交と教養を表している)	わたくし(わたくし)	あなた(あなた)	であります、でございます、でございます、です
B	やや軽い敬意のある礼儀を保つ程度の段階	わたし(わたし、わし、ぼく、てまえ)	あなた、おまへさん、おまいさん、(あなた、おまへさん、おまいさん)	であります、でございますでござんす、(でがす、でげす、でごはす、でごあすでござる)、です
C	対等な人間関係を反映するニュートラルな段階	わたし、あたし(ぼく、わがはい、おれ(俺)、わし、せっしゃ)	あなた、(おまへ、おまい、きみ)	だ、ぢゃ、である、(でござる)

_____

3) ここでいう共起関係は、主述呼応関係に止まらず、より広い意味(談話の意味)を指す。

D	距離のない間で交される親愛表現や目上から目下への尊大表現	あたし（わし、わっし、、おれ(俺)、せっしゃ、わがはい）	あなた、あんた、おまへさん、おまへ、おまい、（おまい、きみ、きこう、きさま、そこ、そくか）	だ、ぢゃ、です、である、(でごはす、でごあす、でがす、でげす)
E	ののしる段階、くだけた言い方	(おれ(己)、おいら)	(てめえ)	(だ、ぢゃ)

(注)人称代名詞の括弧の中は男性の場合である。そして、文末表現形式の括弧の中は使用者が男性のみの場合である。

4. 一、二人称代名詞と文末表現形式との関わり

4.1 男性の場合

　まず、男性の場合から述べる。待遇の度合いの違いによって、大きく五つに分けて考えたのが前掲の＜表1＞である。＜表1＞に当たると思われる用例を中心に考察する。

　段階Aからみてみよう。話し手が、自分を「わたくし」と捉える場合、その話し手は話し相手に向かって「あなた」を用いて話しかけるのが典型的である。その場合、文末表現形式は待遇価値の高い「であります」「でございます」が使われている。主に社会階層の上層として考えられる人の間では、対等に相互に用いる場合には、もっとも高い社交と教養を反映する。一方、下位の話し手が目上に対してこの言い方をする時には最上級の敬意のある段階として考えられる。段階Aに当たる用例を以下に掲げる。

　段階A　「わたくし；あなた」
　(1a)「大方**私(わたくし)**を中傷して**貴嬢(あなた)**やお父様の御信用を失くなさうと企んだのでせうが、」

(高等官学士、秋葉→伯爵令嬢、千鶴(閨閥、下))
(b)「(前略)お耳に入れる奴も奴なら夫を御信用なさる**貴嬢(あなた)**も余り<u>でムる(ござ)います。</u>」　　　　(高等官学士、秋葉→伯爵令嬢、千鶴(閨閥、下))

　次に段階Bをみよう。待遇の度合いはやや軽い敬意のある礼儀を保つ程度の段階が考えられる。典型的な一人称代名詞は「わし、ぼく、てまえ」があり、二人称代名詞は「あなた」「おまへさん」などが用いられている。また、文末表現形式は若い「学士」のような新知識人階層の人が目上の相手に対して「であります」を使用する。そして「でがす」「でげす」「でござる」などは、多少古めかしい言い方が現れやすい「老作家」「古物家」のような階層の年齢の高い話し手が目下の人に対して使用していたようである。以下の用例をみられたい。

段階B　「わたし;あなた、おまへさん」

(2a)「いや**私(わたし)**のは白銅の方かも知れない。日置さんの鬢に赤ッちやけ<u>ているが矢張金色でムる</u>かな?」
　　　　　　(金富醇次郎(商売人)の伯父→秋場(商店の番頭)と一座の人、投機(4))
(b)「外ならぬ**お前(まへ)さん**のお頼みだから書いて上げても好い。併し早いもん<u>でがすス。</u>」　　　　　　　　(老作家→若い男、書生風、老作者)
(c)「**僕(ぼく)**も十七や十八の児供<u>ぢやありません</u>。これでも○○党では新智識の側に数へ込まれてますー。」
　　　　　　　　(学士、英次郎→学士の伯父、石堂鉄作、(ハイカラ紳士(下)))

　段階Cは、対等な人間関係を表すもっとも基本的なニュートラルな段階が想定できよう。例えば、若い「学生」たちは一人称代名詞「ぼく」を使っており、その時は二人称代名詞「きみ」と対をなしている傾向がいえる。なお、話し手の年齢の高い「精神家」の場合は自分の妻に対して、一人称代名詞「わし」を、そして二人称代名詞は「おまへ」を使っている。以下の用例をみられたい。

段階C 「ぼく；きみ」、「わし；おまへ、おまい」

(3a)「僕(ぼく)が材料を蒐集してやる。(中略)まだ、君(きみ)中々面白い材料
(たね)が続々あるぞ。以て教育界を驚かすに足るー」

(鳥羽金氏→ワン之助;学生同士、学生(下))

　(b)「お前(おまい)、何が気にいらんのぢや、俺(わし)には全然お前(おまへ)
の不機嫌の理由が解らんがノ、」 (精神家、夫→妻、精神家(下))

　段階Dは、距離の無い間で交される親愛表現や目上から目下への尊
大表現が考えられる。 若い人たちの親愛表現は「おれ」と「きさま」
「おまい」がほとんど対をなしている。一方、年輩の人たちが目下の
相手に対する会話の場合、一人称代名詞「我輩」、「わし」が用いら
れ、二人称代名詞は「きみ」「きこう」「おまい」「そくか」など多
様であることが分かる。

　これらの用例からは、若い人たちが親愛表現、年輩の場合は尊大表
現が見受けられよう。この段階Dでは、文末表現形式からはお互いに
「だ」「ぢゃ」体が主をなす。「我輩」を使用する話し手の社会階層
をみると、「教育家」「主筆記者」のような公的な場に立ちやすい人
が目下の相手に向かって使用する。また、「わし」を使用する「老俗
吏」と「愚得大人」はそれぞれ目下の相手や親しい対等関係の間で使
用され、親愛表現が感じとれるのではなかろうか。以下の用例をみら
れたい。

段階D 「わがはい；おまい、きみ、きさま、そこ、きこう」、
　　　「おれ；おまい、きさま」「わし；おまい、きさま、そくか」

(4a)「誠に貴公(きこう)には気の毒ぢやが、(中略)我輩(わがはい)も随分尽力
して見たが、何処にも拠ない情実があつてノウ、」

(教育家、校長先生→若紳士、教育家(中))

　(b)「まだ君(きみ)は独立の探訪をする資格が無いからナ、之からは我輩(わが

　　<u>はい</u>)が一々指揮をするから、好いかね、」

　　　　　　　　　　　　　　　（主筆記者→新入記者、新聞記者(下)）

(c)「<u>**俺(おれ)**</u>が買つた。<u>**汝(きさま)**</u>が婀娜之助の写真を買つた時一緒に買つ
　　たの<u>だ</u>。」　　　　　　　　　　　　　　（学生A→学生B、学生(下)）

(d)「<u>**汝(おまい)**</u>達は高等官々々々と云ふが、そりやア若い内の事サ。（中略）
　　<u>**俺(わし)**</u>なぞは名よりは実を取れで平凡な高等官になるよりは判任菅の上
　　席の方が結構<u>だ</u>。」　　　（老俗吏、父親→書生の息子、老俗吏）

(e)「はッはッはッ。。。。。。。理屈を附ければ其様なものかも知れないナ。
　　<u>**俺(わし)**</u>も追々と<u>**足下(そくか)**</u>から贋物を担込まれて修行しやうかナ。」

　　　　　　　　　　　　　　　（愚得大人、客→古物家主人、古物家）

　段階Eの場合は男性同士の会話でみられ、対等関係や目下の相手に向
けてのくだけた言い方である。「おれ(己)」と「てめえ」がわずか使わ
れているにすぎない。後述(5節で)する命令表現形式からも分かるが、
「ハダカの命令表現」(=動詞の命令形のみ)から、待遇の度合いを推測
すれば、「ののしる段階」として位置づけられよう。段階Eの用例がご
く少ないが、これは資料の特徴であると思われる。つまり、登場人物の
社会階層が下層の人が少ない点、そして場面の偏向(くだけた場、場面
が少ないので、)によることであろう。以下の用例をみられたい。

　段階E「おれ; てめえ」

(5a)「やい、<u>己(**おれ**)</u>に見せろ。」　　　　　　　　　　（書生同士、電影(4)）

(b)「何が御勘辯だ。此方で恐入る理屈は無エ。人を馬鹿にし<u>やがる</u>。毎
　　日々々々覗込みや<u>アがッて</u>何が面白エんだ。<u>**手前(てめえ)**</u>達は余程な山猿だ
　　ナ。」　　　　　　（老紳士、隠居親爺→近所の3人の書生達、電影(4)）

4.2　女性の場合

　男性に比べて女性の場合は、一人称代名詞が少ないことが＜表1＞か

らも分かるだろう。すなわち、「わたくし」「わたし」「あたし」の
三つがあるにすぎない。したがって、これら一人称代名詞の三つを
持って、それぞれの段階別に分ける有効性がないかもしれない。ここ
では、便宜的に待遇の度合いは二人称代名詞を基準に述べたい。この
点に関して、小島(1974)が参考になる。小島によると、江戸後期の滑
稽本や人情本を調査し、自称代名詞のなす主述対応のしかたの図表
を、対称代名詞のそれに準拠して区分けする理由は、「対称代名詞を
もちいてはなしかけるばあいの方が、自称代名詞をもちいてはなしか
けるばあいよりも、敬語表現としての制約をつよくうける。対称代名
詞の図表の方が、敬語表現の<内容>をしめしやすい(p.143)」という
見解を示している。小島のいう敬語表現の<内容>は本稿でいう<待遇
の度合い>に当たると思われる。すなわち、相手を直接に指す二人称
代名詞の方が待遇の度合いを考えるのに有効である。以下、各段階別
にみてみよう。

　段階Aについてみると、男性と同じく一、二人称代名詞は「わたく
し」「あなた」が用いられるが、文末表現形式は「でございます」の
方が主流をなしている。　以下の用例をみられたい。

　段階A「わたくし; あなた」
　(6a)「ですから父も**貴郎(あなた)**の御身分を心配して高砂伯爵に願つた位で**ム
　　(ござ)います**」　　　　　　　　　(中学校先生夫人、お秀→夫、猟官(中))
　　(b)「**貴郎(あなた)**は気楽ばかり云つてらッしやるが**妾(わたくし)**は歯痒くて
　　なりません、」　　　　　　　　　(中学校先生夫人、お秀→夫、猟官(中))

　段階Bの場合は「わたし」、「あなた」「おまへさん」「おまいさ
ん」が使用され、やや軽い敬意が読みとれる。例えば、段階Aと段階
Bを比べてみると、その違いが分かってくる。「中学校先生夫人」は

相手によって一人称代名詞を「わたくし」と「わたし」を使い分けている。すなわち、夫に対しては「わたくし」を、母親に対しては「わたし」を用いている。ここで、一人称代名詞は使い分けられていることが分かるが、二人称代名詞の場合は同じ「あなた」である点に注目したい。この場合に「あなた」は段階ごとに跨っており、夫に対する「あなた」は段階Aであるのに比べ、母親に対する「あなた」は段階Bではないかと考えられる。

　また、文末表現形式にも若干の違いが見られる。例えば、「でございます」は段階Aに多く、段階Bでは「であります」「です」などが好まれるといえよう。　以下の用例をみられたい。

段階B 「わたし; あなた、おまへさん、おまいさん」

(7a) 「だって阿母さん、いくら妾（わたし）がヤキモキ心配しても肝腎の当人が平気でいたら仕様がないやありませんか。」
　　　　　　　　　　　　　　　　（中学校先生夫人、お秀→母親、猟官(上)）
　　　「妾（わたし）は最迚も出世の出来る気違いは無いと断念めてるンです」
　　　　　　　　　　　　　　　　　　（中学校先生夫人→母親、猟官(上)）
　　　「坤一は貴母（あなた）、奈何な運が向いて来たッて出世するやうな人ぢやアありませんよ、」　　（中学校先生夫人、お秀→母親、猟官(上)）
(b) 「貴婦（あなた）エンゲージメントが決つてるんだから、女子大学も所詮お慰みですね。」　　　　　（女学者→若い女、お召の束髪、女学者、(上)）
(c) 「だがネ、お前（まい）さんは自分が好きで不体裁い所為をしているが、妾（わたし）達まで其お附合をするのは真平だよ。」
　　　　　　　　　　　　　　　　（斧枝、母親→廉蔵、息子(投機(2))）

　若い女性同士で交される対等関係の場合である。「わたし」と「あなた」が使用されており、文末表現形式においても男性とほとんど変りがない。下層の階級に属する場合は「あたし」が使われる場合もある。　以下の用例をみられたい。

段階C「わたし; あなた」

(8)「そりやア**貴姉(あなた)**には姑が無いから**妾(わたし)**には同情出来ない
　　サ。」(高等官夫人→若い主婦、同窓(新妻君(上)))
　　「あら嫌だワ、あんなお老爺さんに。**妾(あたし)**なんか、**貴客(あなた)**、ど
　　うせ人三化七ですもの、」　　　　　　　　(女中→風通紳士、教育家(下))

　段階Dは、目上から目下への使用が中心のようである。例えば、上
層教養層の貴婦人が親しい男爵夫人に対して、くだけた場面で「あん
た」を用いている。これは親近感やあるいは時に皮肉な感情を表す際
に使用された「あんた」だと考えられる。同じく「地方有志夫人」が
妹にはなしかける際の「あんた」も段階Dとして考えられる。この段
階Dに当たる一人称代名詞は目上の相手に対してやや甘えるように使
用されている「あたし」が考えられる。この「あたし」は「わたし」
より待遇の度合いが低く親しみが感じとれるなど「若い女性」(書生
夫人風)や「女中」、「精神家夫人」のような庶民階級に使用が観察
される。ここから、少なくとも上層の教養層には「あたし」(段階D)
は使用されていないことがいえる。　以下の用例をみられたい。

段階D「あたし; あなた、あんた、おまへ」

(9a)「オホ、、、ツ、**貴婦(あんた)**は猶だ令が若いよ。。。。。ドレ」
　　　　　　　　　　　(地方有志夫人、お嶺→妹、お岸(鉄道国有(2))
　　　「淑女会の効能書を饒舌つている最中に**貴婦(あんた)**が真朱な顔をして出
　　　て来るんだもの。」　　　　　　　(貴婦人→男爵夫人、貴婦人(下))
　　　「**妾(あたし)**なんぞは姉さん、贅沢ぢやアありませんワ。」
　　　　　　　　　(若い女、おそよ、妹→資産家夫人、織江、姉(投機4))
　(c)「**お前(まい)**、近ごろは少とも家へ来ないね?」
　　　　　　　　　　　(地方有志夫人、お嶺→息子(鉄道国有(5))

5. 一、二人称代名詞と待遇表現との関わり

　本節では、今まで述べてきた諸事実を踏まえ、一、二人称代名詞と敬語動詞及び命令表現形式との関わりを中心に論じる。これは、待遇の度合いをより的確に捉えるためには、敬語動詞と命令表現の仕方を把握する必要があると考えたからである。

5.1　二人称代名詞との関係

　待遇の度合いを段階別に分けた場合、文全体から捉えた場合(対話文に現れている敬語動詞及び命令表現の仕方をみて)と完全に一致するのだろうか。それともこれらの段階を改めて見直す必要なあるのか、以下では、大まかではあるが、二人称代名詞とともに用いられていた各形式を列挙する。

○**あなた**「くださる、さしあげる、お─なさる、ご─なする、なさる。遊ばす、申す、お─てくださる、お─申す、お─になる、おっしやる。でいらっしやる。お─くださる。お─遊ばす。ご─です」
(用例)「**貴郎(あなた)**に<u>お話し申す</u>とまた理屈を<u>仰しやる</u>から黙つてましたが、先々月高砂伯爵に願つて伯爵から浦安侯爵へ<u>お話しになつて</u>、機会があつたら必ず奈何にかして<u>下さる</u>やうに<u>仰しやッた</u>さうです。」

　　　　　　　　　　　　　　　　　　(中学校先生夫人、お秀→夫、猟官(中))
○**おまへさん、おまいさん**　「お思い、お頼み、お出(いで)だ等；(=お+動詞連用形)」
(用例)
○**おまい**　「─てこい、しろ、─てくれ」
○**あんた**　「─てくれ」
(11)「羽鳥、**汝(おまい)**会計の総生を呼ん<u>で来(こ)い</u>、夫からお客様へ御酒を献じる支度を<u>しろ</u>と云ふて<u>呉(く)れ</u>」

　　　　　　　　　　　　　　(出版業者の主人→店の若い者、羽鳥(教育家(上)))
　　○きみ　「云へ」　○きこう　「―てくれ」

　以上、みてきたように「あなた」は多くの敬語動詞ともに使用がみられる。これに対して、「おまへさん」と「おまいさん」は「あなた」のような敬語動詞の使用があまり見られず、「お+動詞連用形」が多い。そして「おまい」と「あんた」は「ハダカの命令表現形式」とともに使用されているのが主である。このことは、当時二人称代名詞が持っていたと思われる待遇の段階(全体の待遇表現体系の中での位置づけ)がある程度読みとれるのではないか。すなわち、「あなた」はかなり高い待遇の度合いが見受けられる。また、「おまへさん」と「おまいさん」が軽い待遇の気持ちが窺える。そしてそれ以外の「おまい」と「あんた」、男性専用の「きみ」「きこう」などは待遇価値が低いことが文脈からみてとれる。

5.2　一人称代名詞との関係

　一人称代名詞とともに用いられていた各形式を以下に列挙する。

○わたくし　「致す。参る。お―する。申す。お―になる。お―申しあげる。
　御 ―なする。存じております。 ―ております」
(12)「併しお嬢さん、爾んな根も葉もない捏造説を**御信用なすッ**て私(わたくし)を**お叱りになる**といふは憚りながら**お恨み申し上げます**。」
　　　　　　　　　　　　　　(高等官学士、秋葉→伯爵令嬢、千鶴(閨閥、下))
○てまへ　「致す、ご―なさいまし。」
○わたし　「お―になる。御覧なする。―てちょうだい。」
(13)「**妾(わたし)**は所詮乱暴だから**お話しになりません**が、」
　　　　　　　　　　　　　　(高等官夫人→姑、新妻君(下))
(14)「また儲け話、**妾(わたし)**も太鼓を叩くから半口乗せて**頂戴(ちやうだい)**

　　　　　　な。」　　　　　　　　　　　　　　（女中→洋服紳士、教育家(下)）
　　○**わがはい**　「─てください、見せろ、」
　　（例）「待て、**我輩(わがはい)に見せろ**。」　　　　　　　　　（書生同士）
　　○**おれ**　「─するな(禁止)、やってみい、見せろ」　（例)(→5a参照)
　　(15)「これ、**俺(おれ)を攻撃するな**。卿(おまい)のやうに真ぐ突貫して来ると
　　　　老将軍も降参ぢゃ、」　　　　　　　　　（老紳士.父→照尾.娘、電影(3)）

　以上、簡単にまとめてみると、「わたくし」は多くの敬語動詞と併用されていることから、一番待遇の度合いの高い形式であることが分かる。そしてその次には「てまへ」「わたし」が位置づけられよう。一方、男性の「おれ」「我輩」「ぼく」は「ハダカの命令表現」と使用があるし、動詞の基本型+終助詞「な」(禁止の命令)なども用いられている。このように男性の場合は女性に見られない待遇の度合いの低い命令表現が男性専用の一人称代名詞と一緒に使用されている点が女性と対比される。

6. 結びと今後の課題

　以上、『社会百面相』における待遇表現体系について考察を行い、一、二人称代名詞と文末表現形式(敬語動詞と命令表現形式)との現れ方から、当時それぞれの語(形式)が持っていたと思われる待遇の度合い(待遇価値、すなわち、本研究で試みた待遇の度合いの5段階)を把握することができた。

　今後、明治期の自然談話が得られる可能性の高い他の資料(例えば、落語や講義録、新聞の投書欄(口語体)など)を加えて考察を深めていきたい。

■参考文献

小後俊夫(1974)『後期江戸ことばの敬語体系』笠間書院

_____(1998)『日本敬語史研究後期中世以降』笠間書院

小松寿雄(1998)「キミとボク―江戸東京語における対使用を中心に―」『東京大
　　　　学国語研究室創設百周年記念 国語研究論集』 pp.667-685 汲古書院

杉本つとむ(1988a)『東京語の歴史』中公新書

田口掬汀(1902)「「社会百面相」を読む」『新声』8-2 p.4

田中章夫(1978)『国語語彙論』明治書院

_____(1999)『日本語位相と位相差』明治書院

松村明(1986)『日本語の世界2 日本語の展開』中央公論社

松下大三朗(1901)『日本俗語文典』誠之堂

房極哲(2000)「『社会百面相』における文末表現形式-諸形式と社会階層との関わ
　　　　り-」『日本学報』45 韓国日本学会

_____(2001)『明治期における待遇表現の社会言語学的研究』筑波大学大学院博
　　　　士学位論文

_____(2002)「社会百面相における一二人称代名詞―待遇表現の観点から―」
　　　　『日本学報』51 韓国日本学会

第三部
明治期における一、二人称代名詞

第1章
明治期における人称代名詞について

1. はじめに

　日本語の人称代名詞は他の言語より多様である。とりわけ、人称代名詞を性差の観点から捉えた場合、その特徴は著しい。一人称代名詞は古くから個性豊かな表現性を帯びており、江戸期の場合でも約40種類が存在したと言われている。その中のいずれを用いるかということは、使用者の年齢や性別、社会階層、教養度といった話し手側の属性が強く影響することは間違いない。明治後期になると、人称代名詞の数は小説資料の上で、急激に減っていくことが分かる。

　人称代名詞に関して言えば、江戸時代に比べると人称代名詞の数の少なさ・減少が指摘できる。すなわち、方言や限られた社会階層の人しか使わない人称代名詞を除くと、人称代名詞は現代日本語のそれと近づくようになったのである。このような人称代名詞の変化の推移が起きた時期はだいたい明治20年代であると考えられる。人称代名詞について言うならば、明治初期は江戸期の名残が強く残っているが、明治後期には現代日本語とほぼ一致していくようになる。

　明治期における人称代名詞の形成については、すでに小島(1974)、

小松(1996)(1998)(2000)、飛田(1974)(1992)等の研究成果が数多くある。例えば、小松の一連の研究では、江戸語の延長線で明治期の人称代名詞について述べ、人称が江戸語から東京語へかけてどのように変化したか、という問題意識から論じている。

　しかし、先行研究では、必ずしも人称代名詞を性差、社会階層などという観点から論じていない。そこで、本研究では、従来の研究成果を踏まえ、明治期における一、二人称代名詞の形成過程について性差を始めとした社会言語学的な手法を取り入れつつ考察しようとする。具体的には、現代日本語で使われる「ワタクシ」「ワタシ」「ボク」「オレ」「アナタ」「オマエ」などの人称代名詞が、明治期においてどのような形で使用され、一般化していったかを、精密に記述していきたい。

2. 明治期における各文典の一、二人称代名詞

　当時の文典の中で、金井保三著『日本俗語文典』(明治34年)の中で、人称代名詞の用法を位相の観点から説いている。すなわち、性差と社会階層差という側面から人称代名詞を説明している。ここにその内容の一部の一人称代名詞を紹介しておく。

　　自称代名詞:わたくし;上下の別なく相手が対等もしくは対等以上の人である時
　　　　　　　　に普通に用いられる
　　　　　　　わたし;女のもちいる言葉
　　　　　　　あたし;女のもちいる言葉
　　　　　　　あたい;女の子のもちいる言葉
　　　　　　　わし;男のつかふ言葉で多く中等以下に用いられる
　　　　　　　をれ;わしよりもすこしぞんざいな言葉

　　　わっち;男のつかふ最下等の言葉で職人などが目上の人に向かって自
　　　　　らいふ言葉
　　　自分;上中等社会に一般に用いられる言葉
　　　てまい;中等以下の社会にひろくつかはれる言葉
　　　拙者;通人などととなへる社会で主に用いる
　　　僕;学生の間に専ら行はれる言葉

　以上、挙げたように「自称代名詞」、すなわち一人称代名詞を性差と社会階層差に分けて説明していることが特徴的である。

　また、明治43年に刊行された『日本口語法』の中で、保科孝一は現在東京の中流社会に専ら使用されておる人代名詞を列挙している。そのうち、一人称をみると、「ワタクシ」「ワタシ」「僕」「自分」など四つがあるに過ぎない。これ以外は中流社会以外またはある特別な場合に用いられるものとして、「オレ」「オイラ」「ワシ」「ワタイ」「アタイ」「ワッチ」「拙者」「我輩」「テマエ」「テマエドモ」等を挙げている。また、明治45年の橋本文寿の『実際的口語法』にも保科孝一の説明とあまり変らないが、自分との人間関係(とりわけ上下関係)に注目して述べている。

　二人称代名詞は、ふつうは「あなた」「おまへ」「君(きみ)」などを挙げている(『日本口語法』)。『日本俗語文典』では、対称の場合、「あなた」「おまい」「きさま」「うぬ」「その方」「きみ」などを挙げている。橋本文寿の『実際的口語法』(明治45年)には、二人称代名詞「おまへさん」を見ることができる。ここから、少くとも明治の終わり頃まで「おまへさん」は実際の言語生活に一部の人の間で使用されたようである。

　このように幾つかの文典を検討してみると、人称代名詞は性差(gender difference)や社会階層(social stratum)という観点から捉えていることが分かる。

3. 明治期小説資料における人称代名詞の概観

　明治期における一人称名詞のそれぞれの詳細については、第三部の第2章から第5章にかけて詳しく検討することにする。また、第二人称代名詞については、第三部の第6から第8章で述べることにする。すなわち、「第三部の明治期における一、二人称代名詞」について、分析する内容は次のようになる(第2章～第8章)。

　　　第2章 明治期における一人称代名詞「ワタクシ」と「ワタシ」
　　　　　　－「相手のあり方」と「場面」を中心に－
　　　第3章 明治期における一人称代名詞「ボク」と「ワガハイ」
　　　第4章 明治期における一人称代名詞「ワシ」と「オレ」
　　　第5章 明治期における一人称代名詞の社会言語学的研究
　　　第6章 明治期の二人称代名詞「アナタ」「オマヘサン」「オマヘ」
　　　　　　－その諸形と性差との関わり－
　　　第7章 『小公子』における一、二人称代名詞
　　　第8章 近代語における一、二人称代名詞の形成について

　ここでは、今まで筆者が論じた結果を基に、注目に値する内容にだけ述べておきたい。
　明治期における一、二人称代名詞の形成について明治期に刊行された小説資料を中心として考察した。 考察の結果、だいたい次のような結論が得られた。

　（一）明治期における一、二人称代名詞は、なによりも性差が明らかとなる。
　（二）待遇表現の観点からみると、女性の場合は「わたくし」「わたし」、「あなた」を中心とした待遇価値の高い人称代名詞に使用の偏りを見せている。
　　　　一方、男性の場合は待遇価値の高い人称代名詞に集中せず、待遇価値の低い人称代名詞も多く、バラエティーに富んでいる。

(三) 「わたし」の使用はほぼ女性専用であり、男性はほとんど用いていない。

(四) 男性は「ぼく」「おれ」を幅広い社会階層や年齢層で多用しているが、高年層には「わし」も好まれる。

(五) 二人称代名詞の場合、性差も関与するものの、話し手の社会階層や年齢によってその使用傾向が強い。ただ、待遇価値の低い二人称代名詞の場合は男性に偏って使用されたが、その数は明治40年代になると、だんだん少なくなることが分かる。

(六) 二人称代名詞は「あなた」「きみ」(男性)「おまへ」「おまい」の使用が主となり、「おまへさん」「おめへ」は衰退していく。

(七) 明治初年の『安愚楽鍋』(明治4—5年)に使われている人称代名詞の多くは依然として江戸後期のものが多い。明治初期に主に下層階級で用いられていた「わちき、わっち、おいら、ことちら」「おめへさん、おめへ」などはその使用が無くなったのである。

(八) 二人称の場合は、男女ともに「おめへ」の衰退とともに「あなた」(女性)の多用が目立つ。そして、明治30年代半ばの内田魯庵の『社会百面相』(明治35年)までは古めかしい言い方をする高年齢層においては江戸語の痕跡が今だに残っている。

(九) 明治40年代の夏目漱石の作品(例えば『三四郎』(明治41年))になると、若い知識人が使用している人称代名詞が現代日本語の人称代名詞の使用状況とほとんど一致している。

さて、本研究の「**第二部の「社会百面相」における待遇表現**」のところで、待遇表現の観点から一、二人称代名詞について述べている。論の展開上、一部を繰リ返し触れておこう。

一人称代名詞については、使用者の性差による違いが観察される。男性には「ワタシ」の使用がほとんど見られず、その代わりに使用者の社会階層に応じて「ワタクシ、ワガハイ、ボク、ワシ、オレ」など多様な一人称代名詞が使用される。そのうち、「ワガハイ」「ボク」「ワシ」は特定の社会階層に属する男性によって使用される傾向が強く、「ワタクシ」「オレ」は社会階層よりも相手や場面に応じて使用

されている。これに対して、女性の場合は、「ワタクシ」「ワタシ」
「アタシ」の三つにほぼ限定され、社会階層との相関性が男性より希
薄である。

　二人称代名詞は、男女とも「アナタ」の使用が多く、当時最も一般
的な二人称代名詞であったことが窺える。特殊な傾向としては、社会的
に上層に属する女性に自分の夫に対する「アナタ」の多用が見られる。
また、男性は目上の相手に「アナタ」を使わない傾向が見られる。

　以上のような結果は、本研究で考察したように明治20年代から明治
30年代の後半にかけて東京語の一、二人称代名詞は定着しつつ、明治
40年代には現代日本語の人称代名詞とほとんど一致することになった
と見なされる。

　また、社会階層からみると、明治30年代ごろの若い知識人階級が中
心となって使用していた一、二人称代名詞が現代日本語の人称代名詞
の根幹を形成しているとも考えられる。

　本研究では、明治期における人称代名詞の社会言語学的研究の一環
として、明治期の小説の会話文(「落語」も含む)を調査対象とし、一
人称代名詞について性差及び社会階層との関わりを中心に考察を行っ
た。明治初年の一人称代名詞は江戸語の影響が強く残っていることが
分かった。また、明治20年代から明治30年代の後半にかけて東京語の
一人称代名詞は定着し、だいたい明治40年代には現代日本語の一人称
代名詞とほとんど一致するようになったと考えられる。

　性差からみると、明治期を通じて女性専用の一人称代名詞は少な
い。なおかつ、女性の一人称代名詞の特徴は明治後半になると、待遇
価値の高い「わたくし」「わたし」に集中している。一方、男性の場
合は一人称代名詞の数は女性に比べてバラエティーに富んでいるが、
明治後期になると男性専用の語も徐々に減少していくようになる。

　社会階層からみると、下層階級で使用されていた一人称代名詞が無

くなっている。例えば、明治前期に使用されていた一人称代名詞「わ
ちき」「わっち」「わたい」「おいら」「拙」「こちとら」などは、
明治30年代になると、その使用が見られなくなる。これらの一人称代
名詞の使用者の共通点は、ほとんど下層階級に属していることが社会
言語学的に興味深いところである。このことから明治30年代ごろの若
い知識人階級・中上層階級が中心となって使用していた一人称代名詞
「わたくし」（男女）「わたし」（男女）「ぼく」（男）「おれ」（男)が、明
治期の一人称代名詞の根幹を形成していたと言えよう。

　なお、本研究では一部の「落語」の資料を扱った。分析の結果、一
人称代名詞は男性に使用が多く、その使用も「わ系」と「おれ系」に
偏っているという特徴が見られたのである。

■ 参考文献

金水敏(2000)「役割語探求の提案」『国語論究8.国語史の新視点』明治書院

小島俊夫(1974)『後期江戸ことばの敬語体系』笠間書院

小松寿雄(1996)「江戸東京語のアナタとオマエサン」『国語と国文学』73-10 東京大学国語国文学会

_____(1998)「キミとボク-江戸東京語における対使用を中心に-」『東京大学国語研究室創設百周年記念 国語研究論集』

_____(2000)「オレ・ソチ・ソナタ・ワッチ・ワタイー明治東京語女性人称形成の一考察一」『国語語彙史の研究十九』和泉書院

塩沢和子(1998)「『古今集遠鏡』における一人称代名詞」『文芸言語研究言語編』34号 筑波大学文芸・言語学系紀要

田中章夫(1973a)「近世敬語の概観」『近世の敬語・敬語講座4』明治書院

_____(1983)『東京語-その成立と展開-』明治書院

山崎久之(1963)『国語待遇表現体系の研究近世編』武蔵野書院

第2章
明治期における一人称代名詞
「ワタクシ」と「ワタシ」
-「相手のありかた」と「場面」を中心に-

1. はじめに

　日本語の人称代名詞の用法には、種々の制限があることがよく知られている。人を指す人称代名詞は基本的に話し手側の属性(例えば、性別や年令や社会階層など)によって選択される率が高いといえる。しかし、人称代名詞は話し手側の属性以外に相手や場面の性格などを考慮した上で使い分けられる性質を持っていることから、待遇表現の観点からみて重要な考察対象となる。したがって、人称代名詞を考察すること自体は待遇表現の研究上見逃してはならないと思われる。人称代名詞が選択されているメカニズムの解明は待遇表現の定義と重なる部分が少なくない。

　最近、待遇表現の研究が社会言語学的な角度から盛んになってきたとはいえ、明治期における待遇表現研究の立場から人称代名詞に関する分析はいまだ不十分であるといえよう。

　そこで、本章では明治期の待遇表現研究の一環として、特に一人称代名詞「わ系」[1]を中心に取り上げる。古くから「わ系」について待遇

価値に関する言及がみられる。例えば、本居宣長(1927:238)は、『古今集遠鏡』の「はし」のところで人称代名詞に対して、次のように述べている。

　　たとへばおのがことを、うるはしくはわたくしといふを、はぶきてつねに、ワタシともワシともいひ。

　また、「わ系」は現代日本語における一人称代名詞の代表的な形式の一つとして位置づけられる。昭和27年「これからの敬語」(文部省)では、「わたくし」は「あらたまった場合の用語」、「わたし」は「自分をさすことばの標準の形とする」などと規定していることからも分かるだろう。しかし、待遇価値に限って言えば必ずしも詳細な考察がみられないのが現状である。

　以下、本章では、研究対象とした明治期(現代日本語の人称代名詞の源流に当たる時期)の「わたくし」・「わたし」について考えてみたい。

　本研究で取り扱う資料は、主に明治後期の小説『社会百面相』(明治35)の口語文全体を対象とする。そして「女学雑誌」[2](明治21)と「太陽」[3](明治28・34)所収の小説の口語文一部を参考として取り上げる。

---

1) 本研究では、一人称代名詞の「わたくし(あたくし)」「わたし(あたし)」「わし(わっし)」などの類を便宜的に「わ系」と呼ぶ。さらに、用例を分析する際、これらの区別の判断は「ルビ」と「送り仮名」を考慮した。とりわけ資料『社会百面相』の場合は総ルビの原則であり、人称代名詞はほとんどルビがついている。
2) この雑誌の性格について詳しくは青山(1966)、野辺地(1984)を参照されたい。
3)「太陽」誌の一般的特性については鈴木正節(1979)の研究があるが、鹿野(1961)で述べているように「商品であることを至上の課題」としていることから、商業雑誌の色が強かったと考えられる。

　さて、明治期の大衆雑誌「太陽」について、鈴木貞美(1966:66)によると、雑誌構成からみて口語文体に近い小説、あるいはかなりくだけた漢文訓読体による家庭欄記事など、編集上の工夫は、すべての記事をすべての読者に提供する姿勢ではなく、それぞれの読者が自分の関心と興味をあわせて選ぶことができるような紙面構成を心掛けた基本戦略を示すものと考えてよいだろう、という。このように雑誌「太陽」は幅広い社会階層の人を考慮して編纂されていた国民の大衆雑誌であったことが窺えよう。よって、「太陽」誌の口語文の人称代名詞の用例を分析するのは、明治期の人称代名詞「わたくし」と「わたし」を精密に把握するのに有効であると思われる。

　なお、取り上げた「太陽」は文学作品に焦点をあてるとき、第一期(明治28-35)を中心と考えて、明治28年の作品(巻1)と、『社会百面相』所収の多くの作品が書かれたのと同時期の明治34年の作品(巻7)の一部を取り扱うことにする。取り上げた作品は終りの<資料>一覧を参照されたい。

　本研究で取り上げる資料は、時期的に「言文一致」の多く試みられた明治20年代以後に刊行されたものである。しかも人称代名詞からみた場合、方言的な要素があまり観察されず、また小説の内容が多様であるため、「場面」と「話題」が充実していると見なされる。したがって、待遇価値の相互関連性を検討する上で好条件を備えている貴重な言語資料であると思われる。

2.「相手のありかた」「場面」「待遇の働き」

　一人称代名詞はそれぞれ古くから個性豊かな表現性を帯びており、

江戸期の場合でも約40種類が存在したと言われている。その中のいずれを用いるかということは、使用者の年齢や性別、社会階層、教養度といった話し手側の問題だけではない。相手のありかた、及び、言語行動が行われる談話の場面、話題となる事柄の性質に対する配慮によって使われると考えられる。人称代名詞を待遇の観点からとらえようとする場合、相手によってどのような使い分けが行われているのかを中心に検討することは重要であり、従来の多くの研究もそうであったと思われる。

　ところが、「相手」以外の点でも、実際の言語表現はその表現と内容がはじめから固定した不変のものとしてあるのではなく、途中で変化する可能性が常に存在する。すなわち、言語行動が行われる「場面の変化」というものがあるわけである。しかがって、話し手は途中から介入する情報に対応して何らかの変更(表現形式の交替)を加える場合があり、これらを談話の場面状況から検討する必要がある。

　そこで本章では、「相手のありかた」と「場面」という二つの要素を尺度としつつ、明治期の人称代名詞「わたくし」と「わたし」の用いられ方について詳しく考察していく。そして考察の結果得られた結論から「待遇の働き」に対比させることによって、両形式が持っていると思われる待遇性(待遇効果)について論じてみる。繰り返しになるのだが、一人称代名詞の相互の関わりあいを究明することは確かに話し手側の属性を具体的にみる必要がある。しかし、本章では、「相手のありかた」と「場面」に注目して考察を行うため、話し手側の属性からみた一人称代名詞の使用に関して、別の節で述べることにする。

　以下、本章で扱う「相手のありかた」、「場面」、「待遇の働き」を示しておく。

　（I）【相手のありかた】:相手人物の持つ質的条件が様々であるが、大きく次の

三つを取り上げる。

① 上下関係4)、② 性別関係、③ 親疎関係。

（Ⅱ）【場面】（Situation）: 場面構成要素5)は、場面定義の範囲をめぐってその幅が広いこともあり、かなり多様である。しかし、そのすべてを網羅することは困難であるので、ここではその一端を扱ったものに過ぎない。

①改まり程度によって【公的場面・私的場面】

②話題や状況によって【A、B、C場面】

A場面：「依頼・要求」、「謝罪」、「断り」、「相談・交渉」。

B場面：「伝達」、「雑談・おしゃべり」。

C場面：「けんか」「軽蔑」。

（Ⅲ）【待遇の働き】：ここでは、「わたくし」と「わたし」待遇差、特に男女の区別をはっきりするため、大石(1974)の敬語の効果に関する五分類6)を参考に、次の六つを考えることにした。

なお、それぞれの名称は便宜的に付けたものである。

(1)「敬意をあらわす働き」 ＝「敬意性」

(2)「相手を隔てる働き」 ＝ 「隔離性」

(3)「改まった気持ちを表す働き」＝「格式性」

(4)「やさしさ・丁寧さを表す働き」＝「丁寧性」

(5)「品位・教養を表す働き」＝「品位性・教養性」

(6)「皮肉・軽蔑を表す働き」＝「無礼性」

　ここで、特に場面の中、話題や状況によって場面設定を「A、B、C場面」の三つに分けて考えることにする。「A場面」は話し手が相手に対して直接的な用件・話題などがあって、婉曲的な言い方として改

---

4) ここで扱う「上下関係」の基準は、生得的属性の年齢関係を考え、次に社会的属性の社会階層、職業、地位関係を尺度とする。

5) 南(1974:145－146)は、「場面」を構成する要素として、「場所柄」「メディア」「目的、話題」などを取りあげている。
このうち、「目的、話題」はその時の言語活動の類型を質的に一番わかりやすくとられるもの、としている。本研究は南のいう以下の項目を参考とした。「おしゃべり」「伝達」「相談」「交渉」「依頼」「けんか」等。

6) 大石(1974)は、敬語の効果について以下の五つを挙げている。1)あがめ 2)あらたまり 3)へだて 4)品格、装飾、威厳 5)軽蔑、皮肉。

まりの要求されがちな非常にフォーマル場面を想定する。「B場面」
は「A場面」のような相手に対してさほどフォーマルな場面が要求さ
れない場合である。すなわち、直接的な用件・話題などはないが、相
手との一般的な人間関係を保つために行われるごく普通の会話の場面
である。最後に「C場面」は、お互いに気軽に交わされるややくだけ
たインフォーマルな場面である。

3. 先行研究における「わ系」一人称代名詞の扱い

　本論に入るまえ、先行研究の「わ系」一人称代名詞に関する記述を
概観してみる。従来の先行研究の中で、「わたくし」と「わたし」に
ついてその待遇価値に関する論考を紹介すると、湯沢(1954)、池上
(1963)、小松(1971)、小島(1974)、田中(1983)などが挙げられる。

　湯沢(1954:85)は、江戸後期の江戸語に関して、「現在と同じく、
「わたくし」は最も改まった場合の語であり、「わたし」はややくだ
けた場合の語である」と述べている。

　池上(1963)は、江戸語資料として人情本における待遇表現のうち、
一・二人称代名詞がどのように用いられていたのかを調査している。
その中で、以下のような記述が注目をひく。

　「わたくし」の場合、相手に対する敬意が極めて強く、江戸語の一
人称代名詞としては男女両性を通じていちばん丁寧なものといってよ
い。表現内容について強いて言えば「わたし」の方が やや敬意が軽い
ような感じが無いでもない。

　小松(1971:355-366)では、「わたくし」は、江戸時代を通していち
ばん高い敬意を表す自称であり、前期では「おまへ」、後期では「あ

なた」「おまへさん」と呼応する待遇価値を維持したとされている。また、「わたし」は、江戸前期には「わたくし」とほぼ同等の敬意を表し、江戸後期では「わたくし」につぐ敬意を持つ語であったと指摘している。　なお、田中(1983)にも小松(1971)とほぼ同じことが述べられている。田中(1983)は、江戸末期(文化・文政)ごろの江戸語の敬意の度合いに関して述べており、江戸語の人称代名詞の中、最も敬意の高い場合のいい方に「わたくし」を、普通の敬語表現にみられるいい方に「わたし、わちき、わっち」、ごく軽い敬意のある場合のいい方に「わし、わたい、わっち」などを挙げている。

　上記の各先行研究をまとめてみると、ほとんどが江戸期の研究が中心となっており、江戸期における「わたくし」、「わたし」の待遇価値の解明には役立っている。つまり、江戸後期は一人称代名詞「わたくし」がいちばん改まったいい方であり、「わたし」は「わたくし」に次ぐやや軽い敬意を持つ語であったといえよう。

　しかし、これらの研究では、それぞれ待遇価値について論じてはいるものの、お互いの相互関連性に関する考察までには進んでいない。しかも、話し手と相手との関係に注目したあまり、必ずしも「場面の変化」からの分析が十分に行われていない。

　こういった研究の中で、小島(1974:171-173)には、江戸後期滑稽本や人情本を調査し、そこに現れる一人称代名詞の相互関連性に関する研究として注目される。小島によると、「わたくし」と「わたし」のあいだには、<敬語としての差異>のあるのが基本的な性格であるが、顕著な<敬語としての差異>をみいだしにくい用例が散見するとし、この現象は話し相手に対する話し手の<親疎の感情>の、微妙なゆれうごきの反映による、と規定している。つまり、一人称代名詞相互の待遇的な関連性を親疎概念という性質で究明しようとした点は示唆的であろう。ただし、親疎感情の変化が反映されたという心理的な

要素を取り上げているものの、具体的な場面からの説明は必ずしも十分ではない。

　上記で見てきたように、明治期の状況はこれらの先行論考からは十分に議論されておらず、場面を積極的に考慮していないように思われる。そこで、本研究では、これらの先行研究の成果を踏まえつつ、明治期において両者の関わり合いが具体的にどのようになったのか、また、それが「相手のありかた」と「場面」によって、どのように相違していたのか、という点から「わたくし」と「わたし」が持つ待遇性について分析していく。

4.「わたくし・わたし」、「わたし・あたし」の 関わりあい

4.1 「わたくし」と「わたし」の待遇的な違い

　一人称代名詞「わたくし」と「わたし」は「相手のありかた」によって使い分けられており、その待遇価値の差が認められるのが基本的な性質である。例えば、次の(1a,1b)(2a,2b)の用例をみると、話し手が相手によって使い分けを行った場合である。用例(1a)、(2a)の「わたくし」と(1b)、(2b)の「わたし」には「相手のありかた」からみた場合、使い分けが行われたと見なされる。よって、両語の間には待遇の働きにおいても何らかの相違があるといえる。すなわち、(1a)は話し手である貴婦人が、相手の雑誌記者に対して、「品位性・教養性」を保つために一人称代名詞「わたくし」を使用したと考えられる。同様に(2a)の場合は、中学校先生の妻が自分の夫に対する「丁寧性」か

ら「わたくし」が選択されたといえよう。

　これに対して、(1b)と(2b)の「わたし」からはそういう待遇的な働き「品位性」や「丁寧性」が相対的に弱い。このように(1a,1b)と(2a,2b)の一人称代名詞の用法には、基本的に話し手が「相手のありかた」を性別や上下関係や親疎関係などを考慮・認識した結果、それに見合う「わたくし」と「わたし」が現れている。

(1a)「第一、妾(わたくし)共は学校の女教員や基督教の女達と違ひまして、良人の身分がムりますから余り端多ない事は出来ませぬ、」

(貴婦人(上)、貴婦人→雑誌記者)

(1b)「けれども貞子さん、妾(わたし)、困りましたワ、淑女会の功能書を饒舌つてる貴婦(あんた)が真朱な顔をして出て来るんだもの。」

(貴婦人(下)、貴婦人→男爵夫人)

(2a)「笑ひ事ツちやアありません、」「貴郎は気楽ばかり云つてらツしやるが、妾(わたくし)は歯痒くてなりません、之が学問も技倆も手蔓も無い人なら仕方が無いが、」

(猟官(中)、若き妻・お秀→夫(中学校先生)・乾坤一)

(2b)「だツて、阿母さん、いくら妾(わたし)がヤキモキ心配しても肝腎の当人が平気でいたら仕様が無いぢやありませんか。」

(猟官(上)、若き妻・お秀→母親)

　ところが、「相手のありかた」だけでは待遇価値の解釈において十分ではない点がみられる。それは相手が目下の場合に「わたくし」が出現していたり、目上の場合に「わたし」が用いられていたりする場合である。この場合、もちろん話し手側の属性と相手のありかた(親疎関係など)も関わってくると考えられるが、話題や状況による「場面」が強い働きかけをしている。(3)と(4)の場面は「要求・依頼」と「相談」の「A場面」として認められ、「わたくし」と「わたし」が使用された。

(3) 「感慨話は感慨話として今度は<u>私(わたく)し</u>の為に曲げて犠牲となつて下さ
　　らんか。勿論節操を曲げて呉れといふては無理になるが、貴所も元来は国
　　有論者ではないか。」

　　　　　　　　　（鉄道国有(6)、大山外・県会議員(50代)→高浪崩・代議士(40代)）

(4) 「迚も<u>妾(わたし)</u>の学力では直ぐ英文学科へ入れやしませんよ。」(略)「貴
　　姉はお出来なさるから……」　　　　　　　　（女学者(上)、若い女→女学者）

(5) 「貴婦、規則書を御覧なすつて–無論お入りなさるンだから御覧なすツたで
　　せうが、<u>妾(わたく　し)</u>、あの課目表を見たら馬鹿々々しくなりましたワ。」

　　　　　　　　　　　　　　　　　　　　　　（女学者(上)女学者→若い女）

　特に用例(3)は、50代男性(県会議員)が目下の相手(40代代議士：親戚
関係)へ使用した「わたくし」である。この場合、「相手のありか
た」という外的条件(長幼主従・上下関係)に基礎を置くものではな
く、話し手の談話の「場面」に対する主観的な待遇が「わたくし」の
使用に影響したのではないかと思われる。つまり、ここには場面(用
例(3)では依頼・要求する場面)による「力の関係」が内在しており、
改まった気持ちである「格式性」(Fomality)が存在している。このこ
とは、他の一人称代名詞を用いてもおかしくない人が「わたくし」を
使用した場合である。つまり、相手に「依頼・要求」をするような場
面の状況から社会的な「力の関係」が存在するからである。これを平
たく言えば、このような「わたくし」の使用は場面構成要素が一人称
代名詞「わたくし」を暗黙のうちに選択させた結果に他ならない。

　一方、女性の場合、用例(5)の「わたくし」のように話し手の「品位
性・教養性」という待遇の働きが強いようだが、男性にみられる「格
式性」という側面はあまり感じ取れない。

　以上見てきたように、「相手のありかた」以外に「場面」が深く関
連していることがわかる。とりわけ「わたくし」と「わたし」の待遇表
現の価値を明確に捉えるためには「場面」の概念が重要である。「相手

のありかた」と「場面」という二つの組み合わせをどのように処理して、両語の使い分けから待遇の働きを定義することが大切である。以下では、「場面」を中心に検討しつつ、「場面」によってどういう使い分けが行われているのかをより具体的に分析し、相互の待遇価値を考えていく。

「場面の変化」という性質は一人称代名詞の使い分けにどういうふうに反映されているのであろうか。これには話し手が同じ相手に対して自分を指す一人称代名詞を変更させた場合である。まず、「場面の変化」によって両語の使用が変わる用例を次に挙げてみる。

(6a)「呀、貴郎が春村さん、」「妾くし、貴郎の御作は大抵拝見しておりますから、既からお目にかかりたかったのです。」
　　　　　　　　　　　　　　　　（破調(上)、加寿衛・美女→春村・書生）
　　　「僕(ぼく)が春村蜉遊、何分何卒・・・」　　　　　　（春村→加寿衛）

(6b)「貴嬢が小生(わたくし)の恋を承認して下さるなら、貴嬢の胸の中の蟠根をお咄し下さい。小生、貴嬢の為なら生命を献げて、貴嬢の蟠根を解いて差上げませう。」　　　　　　　　　　（破調(中)、春村→加寿衛）

(7a)「御存じのとほり時子はあのくらい学問もありますし・・・、僕(ぼく)は婚礼するつもりです。」((さ)、3編、(上)、花房・若紳士→栗殻・若紳士)
　　　「なるほど、」「もウ御約束なさッたのですか。」　　（(同)、栗殻→花房）

(7b)「志かし、貴君、どうでしやう、僕(わたくし)が何人と婚礼する利害は。」　　　　　　　　　　　　　　（(さ)、3編、(上)、花房→栗殻）
　　　「それは私(わたくし)には何とも言えません。」　　（(同)、栗殻→花房）

(6a)と(6b)は、途中からの情報に応じて一人称代名詞が変更された用例である。すなわち、(6a)はごく普通の人間関係を保つ「伝達」のような「B場面」から(6b)の「求婚場面」というかなり改まりの要求される「要求・依頼」の「A場面」に場面が変化している。このように場面の変化の際、一人称代名詞が「僕」から「小生(わたくし)」へ

と変更されている。(7a)は情報の「伝達」の「B場面」の「僕(ぼく)」から(7b)の相手をやや皮肉る「C場面」の「僕(わたくし)」に変わったのである。したがって、(6b)と(7b)の「わたくし」は「場面の変化」とともに待遇の働きにおいて顕著な違いがみられる。以下では、「場面の変化」に伴う「わたくし」と「わたし」が持つ待遇の働きの差異を各用例から検証していく。

4.2 「わたくし・わたし」

人称代名詞の使い分けに関して、話し手の相手に対する待遇の働きの差異が容易に読みとれる場合は問題にならない。これは、とりわけ「相手のありかた」に応じた性質と大きく関連している。ただし、聞き手の存在しない場合、ていねい体が現れない側面があるから「わたくし」が見られず、「わたし」が現れているようだ7)。

しかし、相手が同じで、かつ使い分けがされている場合は問題となる。そこで、場面の構成要素・変化を緻密に分析する必要がある。こういった談話の場面性の観点から「わたくし」と「わたし」の明瞭な待遇の働きが区別可能ではないだろうか。以下、話し手が同じ相手でありながら使い分けている用例「わたくし」と「わたし」を検討し、これらの相互関連性、及び、待遇の働きの相違を確認していく。

(8a)「崩さんは妾(わたく)しどもが這般なに困つて手を下げて頼むのを承知して下さらないとサ。ねエ、お岸さん、余りぢやアないか。……」

　　　　　　　　　　　　　　　　　(鉄道国有(5)お峰・姉→お岸・妹)

---

7) 仁田(1991)は、聞き手がいない「独白」「心内発話」で丁寧体が現れないとしている。また、野田(1998)は、「心情文」で丁寧形にならず、中立形になるのも聞き手が意識されないため、聞き手への働きかけがないためであると指摘している。

(8b)「貴婦も口の先は巧いけれども、……」「貴婦も家にゐた時分は兄さんに
　　　も妾(わたし)にも柔しかつたが、なんぼ良人に付くが婦女の常だからつ
　　　て、口先ばかり巧い事を云つて余り薄情過ぎる……」　　　　(同、お峰→お岸)

(9a)「モシ、あなた、妾(わたくし)はあなたにお聞き申したいことがあるの、
　　　妙な事ですが、アノあなた　　は世の中に何が一番残念な事とお思ひなさ
　　　るの、」　　　　　　　((都)、1(下)、八重・乙女→松葉新一・法律学校生徒)

(9b)「ェ、お八重さん何ぞ面白い話はないかね。御主人公がいつでも沈黙主義
　　　だから困る。」　　　　((都)、1(下)、松葉新一・法律学校生徒→八重・乙女)
　　　「妾(わたし)なんぞが、なんの面白い話があるものですか。けふは上野に
　　　お花見にいらしやつたのですか。」　　　　　　　　　((同)、八重→松葉新一)

(10a)「気の無い御返辞ですね。御否?」((さ)、4編、花房・若紳士→時子・淑女)
　　　「でも有りませんけれど・・・貴下と妾(わたくし)とたつた二人ぢや
　　　ア……」　　　　　　　　　　　　　　　　　　　　　　　((同)、時子→花房)
　　　「ようムいまさア。いらッしやいよウ。」　　　　　　　((同)、花房→時子)

(10b)「御心配申してつまらない事を申したのですよ。志かし、花房さん、御話
　　　は違ひますが、みづから重んづるといふ事は妾(あたし)は人間が世を渡る
　　　ための梶だらうと思ひますわ。」　　　　　　　((さ)、4編、時子→花房)

　上記の用例(8a)(9a)(10a)で「わたくし」が現れた場面をみると、それ
ぞれ「依頼」、「要求」、「謝罪・断り」などの「A場面」である。一
方、(8b)(9b)(10b)では「皮肉」、「雑談・おしゃべり」などのようなさ
ほど改まりの要求されない「B場面」と「C場面」に「わたし」が現れ
ている。このような用例を通してみると、「場面の変化」から待遇の働
きの違いが認められよう。この際「A場面」では「わたくし」、「B場
面」と「C場面」では「わたし」が選択される率が高い。
　しかし、下記の(11a)のように父親が娘を皮肉る場面で、娘が怒って
口答えする対話場面(C場面)がある。このような場合「C場面」とはい
え、相手と距離を置くために心的な隔たりが「わたくし」に内在して
いる。このように話し手が相手に対して何らかの心理的距離感を示す
際、場面が「A場面」でなくても「わたくし」の方が選択される傾向

がある。こういう意味で「わたくし」は、待遇の働きから「相手を隔てる働き」「隔離性」が含意されており、「隔離性」のほとんど存在しない「わたし」とは区別される。ふつう話し手が相手と距離を置く場合、改まった言い方が選択される。ここから考えると、隔離性を持つ「わたくし」の待遇の働きが「わたし」と対比される。

　また、(11b)のように「けんか」の「C場面」で「わたし」が用いられている。つまり、くだけた語としての待遇的な働きを考えれば、これは敢えて言うならば、文脈の全体から「無礼性」が感じ取れる。こういう場面でも「わたし」は現れることができる。

(11a)「お前は嘘嬉しからうな」　　((書)、(二)、善平・父親:資産家→光代・娘)
　　　「最う私(わたくし)は存じませぬ。」　　　　　　　((同)、光代→善平)
(11b)「よう御座います。いつまでもお弄りなさいまし。父様はね、其様な風でね、私(わたくし)なんぞの事もね、蔭では何んなに悪く言って居らつしやるか知れはしないわ。これからは私(わたくし)ア最う、父様の仰有った事を真実にしないからよう御座んす。」　　　　　　((同)、光代→善平)

　なお、次の(12a)のように、改まりの程度からみて「わたくし」は「わたし」よりやや話題の「用件」が重厚な印象がある。これは「一対多場面」のような演説調文で「わたくし」がよく使用される用法とほぼ合致するだろう[8]。言い換えれば、これは公的な場面で使用される「わたくし」と見なされる。これに対して、(12b)の「わたし」は公的な印象はなく、気軽に用いられることから「わたくし」とは異なる性質を持っていると考えられる。

---

8) 例えば、「女学雑誌」の演説文(「東京婦人矯風会演説録」明治20)で、「わたくし」は14例あるが、「わたし」は見られない。

(12a)「皆様の御信切、なんとお礼を申さうやら、有がたう存じ上げます・・・
　　　夫に付ても松庵さま、<u>私(わたくし)</u>の病気は手重い肺病、とても愈りは致
　　　しませぬ。此分では遠からぬ中に死ますると自分で覚悟を致して居りま
　　　す。」　　　　　　　　　　((夜)、(上)、病婦婦人・お綱→小池松庵・医師)
(12b)「ナニ案じる事は無い、今日は少し熱も降つて快やうだから、此分で往け
　　　ば今に原の通りに成るよ。昨日も<u>余(わたし)</u>の先生が(吉沢玄斎を指して
　　　言ふ)御診察下すッた時に仰しやッた通り、此病気は決して気落をしては
　　　成りませんぜ。」　　　　　　((夜)、(上)、病婦婦人・お綱→小池松庵・医師)

　以上見てきたように、「わたくし」・「わたし」の待遇の働きを
「場面の変化」という点に着目してみると、次ぎのような点が指摘で
きる。
　「わたくし」は基本的に「A場面」で現れている。すなわち、「依
頼・要求」「謝罪」「相談」などの改まった場面が「わたくし」の使
用の主流をなしている。また「けんか」「皮肉」のような「C場面」
においても相手を隔てる働きをする「隔離性」が存在する場合には
「わたくし」が選択される。さらに、演説など改まり程度が強い「公
的な場面」として見なされる「一対多場面」でも「わたくし」がよく
選択されている。
　一方、「わたし」は「わたくし」の場面より「改まり」の要求され
ない場面でよく現れ、普通「雑談」「おしゃべり」のような親しみ
(intimacy,closeness)が反映されがちな「B場面」で使用が多い。した
がって「わたくし」と「わたし」は、「相手のありかた」以外にも場
面によって使用の領域がほぼ決まっている。ただし、場面性から両語
の使用が重なりあう領域というのは、話し手の相手に対する微妙な心
理的な要因と「話題・用件」に起因すると思われる。すなわち、「場
面の変化」から捉えた場合、「わたくし」は話し手の改まりという場
面意識が内在している際、暗示的に使わなければならないというよう

な話し手を支配する心的制限があるのではないか。これに対し、「わたし」はそういう制限があまりみられないため、気軽に選択される性質を持っているといえよう。

このように場面に関わる諸側面からみた結果、場面役割を担う「わたくし」と「わたし」相互の機能分担はだいたい区別される。しかし、両語の使用において跨っている使用領域があり、一線を画すことが難しいのが現状である。ここでは言及する余裕はないが、例えば、夫婦関係の会話で妻が夫に対して、「わたくし」と「わたし」を使用する傾向が夫婦毎に多種多様である。これは場面以外にも話し手側の属性や各夫婦の社会階層・年齢など他の社会的な変数も考慮されねばならない。

4.3「わたし・あたし」

次の用例から「わたし・あたし」の関わりあいについて簡単にみてみたい。

(13a)「あら、妾(わたし)鱈尾さんと何にも関係がありやアしないワ。あの方は、大海屋の鮫子さんと御親類筋だワ。」　（教育家（下）、女中→風通紳士）
「汝(おまい)も悪戯をされたんだらう。」　　　　（（同）、風通紳士→女中）
(13b)「あら嫌だワ、あんなお老爺さんに。妾(あたし)なんか、貴客(あなた)、どうせ人三化七ですもの、関係者なんぞ有りやアしませんワ。」

（同、女中→風通紳士）
(14)「先ア∧宜エッてことよ。解つた、解つた。お前のやうに爾うガン∧云ふと酔が醒めて耳が遠くなつて了う哩……」　　　（精神家（下）、精神家→夫人）
「お気の毒ですね、妾(あたし)は口喧しうござんすから。お花が帰つて来たからシンネコに鳥の突つき合でもなさいまし、妾(わたし)はお湯にでも行つて外して上げませう。」　　　（（同）、精神家夫人→精神家）
(15a)「阿父さんその後どうですか、妾(わたし)は児玉さんのところへ行って様子を聞きたうございますが。」　　　　（（さ）、10編、時子→父親）

(15b)「全体これはあの児玉さん(探偵掛の名)の、何か、指揮ぢゃムいませんが、ねエ? 妾(あたし)もあの時一寸左様思ッたのですが、ねエ、あの方は大変に花房さんを瞻詰めて居ましたよ。」　　((さ)、7編(上)、時子→父親)

　(13a)は、「伝達」のような普通のB場面で会話が交わされた場合の女中が使用した「わたし」の用例である。これに対して、(13b)の「あたし」は風通紳士が女中に対して皮肉をいう場面「C場面」で、その風通紳士に対する口答えとして女中に用いられた用例である。これは普通B場面は「わたし」を用いていた女中が、相手にやや甘える気持ちで「あたし」を使ったのである。同様に(14)は、精神家夫人が夫に対して普通はB場面で「わたし」を8例用いているが、怒っている「けんか」のような「C場面」で「あたし」を1例用いたのである。

　次に(15a)と(15b)の場面をみると、「わたし」は「依頼・要求(許可)」の「A場面」、「あたし」は「おしゃべり」の「B場面」で用いられている。したがって、全体的な場面を考えてみると、「わたし」の方が「あたし」よりやや改まった場面に現れる傾向が認められ、強いて待遇の価値を判断するなら、「わたし」の方が「あたし」より多少改まった印象がするといえよう。

5.『社会百面相』における「わ系」一人称代名詞

5.1『社会百面相』の一人称代名詞

　まず、『社会百面相』に現れる一人称代名詞を用例数<表1>及び使用者数<表2>にして示しておく。

<表1>「一人称代名詞の用例数」

人称代名詞／性別	わたくし	あたくし	わたし	あたし	わし	わっし	おれ	おら	おい	僕	我輩	拙者	合計
男（人）	85	0	1	0	57	16	46	1	2	133	305	13	659語
女（人）	91	0	151	3	0	0	0	0	0	0	0	0	245語

<表2>「一人称代名詞の使用者数」

人称代名詞／性別	わたくし	あたくし	わたし	あたし	わし	わっし	われ	われわれ	おれ	おら	おい	僕	我輩	拙者	合計
男（人）	14	0	1	0	4	1	2	13	8	1	1	26	23	3	12語
女（人）	8	0	21	3	0	0	0	0	0	0	0	0	0	0	3語

　上記の＜表1＞から一人称代名詞の種類(男10,女3)、及び用例数が把握できる。＜表2＞からは使用者数が確認でき、特に女性は全体一人称代名詞の中で、「わ系」しかみられない点が注目される。ここで「わ系」を用例の多い順からみると、男性は「わたくし」85、「わし」57、「わっし」16、「わたし」1例である。一方、女性の場合は「わたし」151、「わたくし」91、「あたし」3例が出現している。統計結果から「わたくし」は男女ともに多く用いられていることがわかった。しかし、「わたし」の場合、女性の方に圧倒的に多く現れているが、男性はわずか一人(1例)しか観察されなかった。そして「わし」の場合、完全に男性のみに使用されている。

　ここでは、上記の＜表1＞＜表2＞から特に注目される点を「性差」に

着目して二つ取り上げる。一つは、女性が用いている一人称代名詞
は、なぜ「わたくし」と「わたし」に偏っており、全体的に一人称代
名詞の種類が少ないのか、という点である。もう一つは、男性が使用
する一人称代名詞のうち、「わたし」の位置づけの問題である。すな
わち、男性は女性に比べて一人称代名詞が多様であるが、女性に数多
く現れている「わたし」がごく稀にしか現れてこないのはなぜなの
か、という点である。

5.2 女性の使う「わたくし」と「わたし」

　女性における一人称代名詞はその種類がかなり制限されており、し
かも「わたくし」と「わたし」の両語の方に偏りがみられる点につい
て考えてみたい。これはほとんどの女性が基本的に「わたくし」と
「わたし」を一般的な一人称代名詞として使用していたいえる。で
は、女性に「わたくし」と「わたし」が多く選択された原因はどこに
あるのか。これに関しては、資料『社会百面相』の性質から鑑みて、
次の三つの点が考えられる。

① 登場人物の社会階層からみて、ほとんどが中流以上の人である点。
② 作品が啓蒙・時事的な性格が強い点。
③ 言文一致の影響、及び、義務教育の定着による共通語が普及したという点。

　一つは、当時の社会的階層の問題である。作品に登場した人物の身
分をみると、中流以上の人がほとんどを占めている。この現象は当時
の口語文典の記述とほぼ一致する。例えば、保科孝一の『日本口語法』
(明治41)によると、「ワタシ」:現在東京の中流社会に、専ら使用され
ておる人代名詞の一つ。(六五頁)」という。この定義からもこの事実は

裏付けられる。さらに、『社会百面相』を書いた時、作家内田魯庵が当時活躍していた人達を読者層として想定したことからもいえる。

　もう一つは、作品構成・内容である。内田魯庵が『社会百面相』序で述べているように、時代精神の反映ともいう「啓蒙・時事小説」の性格が強い資料だという点である。このため、上層女性の嗜みから判断してみて丁寧な表現が意識され、それが一人称代名詞の場合は待遇価値の高い「わたくし」と「わたし」の多用と繋がったのではないかと考えられる。

　最後に、当時は文壇の方面で言文一致の運動が盛り上がってくる時期である。また義務教育の発展による共通語の普及の推移から推察してみると、作家は規範性をもつ表現を駆使したと思われる。その結果が「わたくし」と「わたし」に投影されたのではなかろうか。これは当時の小学校の読本などの口語体に「わたくし」と「わたし」が規範性を持つ標準の形として多く出現していた事実と合致する。したがって、少なくとも中流以上の女性の間では、規範性を持っている「わたくし」と「わたし」が主に選択されたはずである。

　さらに、資料の性格以外に重要な側面として考えなければならないのは、当時の社会相(世相)である。つまり、女性の身分的な立場がどうであったかという問題が重要である。人を指す人称代名詞の使用と話し手の身分的な立場とは相関関係があるからである。女性が同時どのような社会的・身分的な立場であったのか、という点に関する検証は社会学の知識も必要であるため、別の機会に譲ることにする。

　ただし、明治期は階級制度の崩壊、四民平等という時代状況があったのだが、とにかく男性より女性は社会的に接する機会(公の場面)が少なかったと考えられる。すなわち、女性の場合は男性よりも自分の言説・意見などを述べる場が整っていないため、自分の立場(話し手側)を示す一人称代名詞が場面の単調さから簡単で済んだのではない

か。このような時代性から一人称代名詞の数の少なさは理解できる。また、もし自分の意見や主張などを述べる立場であったとしても、男性のような個性豊かな人称代名詞が存在するのではなく、「改まり」の要求されがちな身分的な立場の関係から「わたくし」と「わたし」が選択された可能性が高かったであろう。

5.3 男性の使う「わたし」

次に男性に出現した「わたし」について簡単に言及してみよう。

男性は多くの一人称代名詞を使用しており、その中で「わたくし」は85例あったが、「わたし」の場合はわずか1例のみであった。＜表1＞と＜表2＞から分かるように男性は女性と比べて「わたし」において顕著な差が確認できた(＜＜表1＞用例数、女151：男1、＜表2＞使用者数、女性21、男性1)。つまり、性差の区別が明らかに存在しており、とりわけ「わたし」の使用において男性の使用がほとんど現れない。塩沢(1998)では、「わたし」は女性語的性格が強い人称代名詞であり、男性も使うことはあるが、いずれも特殊な条件下での使用に限られていると言える、と指摘しているように明治期においても「わたし」男性の使用がかなり狭かったことを窺わせる。また、当時の口語文典では、例えば、金井保三の『日本俗語文典』(明治34)で、「自称代名詞のうち、ワタシ・アタシ:おんなの用いる言葉。(六三頁)」という記述がみられる。ここからも、「わたし」に女性語の性格は強いことが見受けられよう。特殊な用例の男性が使用した「わたし」をみると、次の例(16)がある(1例)。

(16)「イヤ私(わたし)のは白銅の方かも知れない。日置さんの髪は赤ツちやけているが矢張金色でムるかな?」

(投機(4)、金富醇次郎(商売人)の伯父→秋場(横浜商店の番頭)と一座の人:
近親関係)

(16)の場合、「雑談・おしゃべり」の「B場面」で用いられた例である。話し手は相手と近親関係なので、親愛感をもって気軽に使われている。しかし、同時期の他資料で「わたし」の男性使用実態をみると、(17)夫婦関係とか(18)若い男女の間柄の例が多くある。こういう点から、男性が用いた「わたし」は、『社会百面相』を見る限り、「わたくし」とは異なっており、特殊な待遇の働きを持っていたといえよう。

(17)「お前さんの方ぢやアお知んなさるまいが、_私(わたし)_は、あの、生田へ東京相撲が掛かった時に、それ、お前さんも見物なすッたらう。」

((東京)、(六)、神田の芳助→妻)

(18)「いやお察し申して居るです。忙しいと言つて、なに其は其、那様御遠慮は要らん事です。何しろ御存知の通り、兄様(にいさん)が逢つてくれんので、_私(わたし)_も実は手の付けやうがないのです。」

((左)、(六)、吉倉廉三→鈴子・親友の妹)

5.4 まとめ

以上「相手のありかた」と「場面」を中心として「わたくし」と「わたし」について考察した。その結果に基づいて、待遇性の傾向を男女別に表で示すと、おおよそ<表3>のようにまとめられる。<表3>からは、両語の相対的な待遇性(働き)が確認できる。

<表3>「「わたくし」と「わたし」の待遇性」

待遇性(働き)	一人称代名詞	ワタクシ		ワタシ	
	性別	男	女	男	女
敬意性(敬意を表す)		+	+	±	±
隔離性(相手を隔てる働き)		+	+	－	－
格式性(改まった気持を表す)		+	+	－	±
丁寧性(丁寧さ・やさしさを表す)		±	+	±	±
品位性・教養性(品格や教養を表す)		±	+	±	－
無礼性(皮肉や軽蔑を表す)		(－)	(－)	(－)	(±)

(注)この<表3>の「扱いの対象」の＋±の程度をどのようにして決めるかは様々は要因が関与した場合は異なることが考えられる。したがって、＋±などを単にどちらかと決めることをせずに、それぞれ程度の有無を認める方法が有効であるかもしれない。しかし、ここでは、主に「相手のあり方」と「場面」から考察した場合に限った解釈であるため、他の要素が入ると、部分的な修正があろう。<表>の記号は、「扱い対象」の程度を示しており、+強い、-弱い、± 中立を表す。なお、()の表示は、一人称代名詞自体にはそういう待遇性(働き)は無いものの、談話の場面からそういう待遇性が読みとれることを示す。

6. 本章のまとめと今後の課題

　以上、明治期の一人称代名詞「わたくし」と「わたし」について、その待遇価値と関わりあいを中心に考察した。この際、「相手のありかた」と「場面」という二つの概念を尺度として考察を進めてきた。分析の結果、明治期における「わたくし」と「わたし」の相違点や類似点などを指摘することができた。そして、両語が持っている待遇性の傾向を部分的ながら示すこともできた。特に、「場面の変化」から

捉えることにより、相互の関わりあいの様子がより明らかになった。

　なお、統計の結果注目された「わたし」の性差に着目し、男女における「わたし」の相違点について考察を試みたが、話し手側の属性から検討など立体的な(動的)枠の中で一人称代名詞全体に対する具体的な検証が必要であると思われるので、これらを今後の課題としたい。

■ 参考文献

青山なを(1966)『女学雑誌解説』臨川書店

池上秋彦(1963)「人情本に現れた一・二人称代名詞について(1)」『鶴見女子大学紀要』1号

大石初太郎(1974)「敬語の本質と現代敬語の展望」『敬語の体系・敬語講座1』明治書院

鹿野正直(1961)「『太陽』-主として明治期における-」『思想』450号 岩波書店

国立国語研究所編(1990)『場面と場面意識-国立国語研究所報告102-』三省堂

小島俊夫(1974)『後期江戸ことばの敬語体系』笠間書院

小松寿雄(1971)「近代の敬語Ⅱ」『講座国語史5敬語史』大修館書店

笹淵友一(1973)『女学雑誌・文学界集明治文学全集32』筑摩書房

塩沢和子(1998)「『古今集遠鏡』における一人称代名詞」『文芸言語研究言語篇』34号 筑波大学文芸・言語学系紀要

鈴木貞美(1996)「創刊期『太陽』論説欄をめぐって」『日本研究』13集 国際日本文化研究センター紀要

鈴木正節(1979)『博文館「太陽」の研究』アジア経済研究所

田中章夫(1983)『東京語-その成立と展開-』明治書院

辻村敏樹(1968)『敬語の史的研究』東京堂

時枝誠記(1950)『日本文法口語篇』岩波書店

日本語教育振興会編(1944)『現代敬語法』日本語教育振興会

南不二男他(1974)「敬語行動の諸条件」『敬語の体系/敬語講座1』明治書院

南不二男(1984)「場面論の問題点」『言語のダイナミックス言語社会学シリーズ6』文化評論出版社

仁田義雄(1991)「言表態度の要素としての<丁寧さ>」『日本語学』10-2 明治書院

野田尚史(1998)「「ていねいさ」からみた文章・談話の構造」『国語学』194集 国語学会

野辺地清江(1984)『女性解放思想の源流-巌本善治と『女学雑誌』-』校倉書院

湯沢幸吉郎(1954)『江戸言葉の研究』明治書院

山崎久之(1963)『国語待遇表現体系の研究近世編』武蔵野書院

増補本居宣長全集・第七 (1927) 吉川公文館

日本近代文学大辞典・第五 新聞・雑誌 (1977)講談社

<資料>

若松賎子訳(明治21)「小公子」女学雑誌所収→(小)

美妙斎(明治21)「さすがに双紙」女学雑誌所収→(さ)

石橋忍月(明治21)「都鳥」女学雑誌所収→(都)

眉山人(明治28)「書記官」太陽所収→(書)

伊香保(明治28)「夜の鶴」太陽所収→(夜)

川上眉三(明治34)「左巻」太陽所収→(左)

江見水陰(明治34)「東京病」太陽所収→(東京)

内田魯庵(明治35)『社会百面相』東京博文館

第3章
明治期における一人称代名詞
「ボク」と「ワガハイ」

1. はじめに

　本研究の目的は、明治期の一人称代名詞「ボク」と「ワガハイ」の両語に関し、話し手の属性(主に性別、年齢、社会階層など)を中心に調査しつつ、両語の使い分けの実態と変遷過程について考察することである。すでに拙稿(1998)(2003)では、明治期の小説の一つである『社会百面相』(内田魯庵著、明治35年、東京博文館刊行、短編30、(短)編7、附録の評論などで構成.)を主たる資料として、一人称代名詞「わたくし」「わたし」と「おれ」「わし」について考察した。

　本研究では、それを受け一人称代名詞の高頻度語の「ボク」、「ワガハイ」の両語を取り上げ、これらが当時話し手の属性によって、どのように使い分けられていたのか、その実態を具体的に考察する。そして、調査した資料は基本的には明治期に刊行された小説を対象とし、明治期の全体を通じた「ボク」と「ワガハイ」の変遷について論じる。

　ここで、「ボク」と「ワガハイ」の両語のみを分析対象とした理由

について述べる。「ボク」と「ワガハイ」は明治10年代後半書生同士にとって多く使われた一人称代名詞であったことが知られているのだが、それがどういう経路を辿って現代日本語では、「ボク」だけが多用されるようになったのか、その理由はどこにあるだろうか。また、なぜ同じ社会階層で使用していた「ボク」と「ワガハイ」が「ボク」は定着したのに対して「ワガハイ」は衰退してしまったのか。このような疑問から本研究では「ボク」と「ワガハイ」を分析対象としたのである[1]。

　なお、明治30年代『社会百面相』において、とりわけ「ワガハイ」がなぜ多用されたのか、それは何を反映し、どう受け止めていいのか、についても考察を試みる。

2. 先行研究

　ここでは、「ボク」、「ワガハイ」に限って述べることにする。「ボク」は進藤(1974:116)によると、江戸時代ごろから漢学の書生の間で用いられたのが一般化(しかし、ここでは一般化したという時期が具体的にいつ頃かは言及していない)したという[2]。また、職人の登

---

1) 田中(1973;16—19)では、江戸後期(文化,文政期)の一人称の主なものとして、「わたくし」「わたし」「わし」「おれ」など11種類を挙げている。これらの多くは現代日本語においてもよく使用されている。しかし、現代日本語で多く使われている「ボク」の場合は田中にも言及がみられず、江戸後期にはあまり用いられていないようである。そこで、「ボク」の場合は時代が下る明治期に注目する必要が出てくる。その場合、同じ社会階層で使用されている「ワガハイ」と合わせて調べてみる必要がある。
2) 杉本つとむ(1988)にもほぼ同様のことが述べられている。すなわち、江戸時代「ボク」が学者や知識人のことばの中によくみられた、という。明治期になると、若者、ことに書生の間で一般に用いられて現代に至るという。

場する『五重塔』(明治24年、幸田露伴著)には「ボク」は出ていない。飛田(1992:639)では、『当世書生気質』(明治18年―19年)に登場する書生同士にとって「ボク」は目上にも、目下にも対等にも使える便利な一人称であったという指摘がある。

　一方、小松(1998:683)によれば、「明治10年代後半のキミ・ボク対使用をみると、たしかに書生間に特徴的に用いられており、(中略)旧稿において書生から一般へ広がったと考えたのは誤りとしなければならない」としている。

　明治10年代の後半でも書生より年長の男性が対使用をしており、それは江戸以来の伝統に基づくものであったと主張している。

　なお、飛田(1974:58―64)によると、明治初期の『安愚楽鍋』(明治4―5年)における「ボク」と「ワガハイ」は、語種から漢語の「ボク」の使用者4人3)の共通点は、男性だけである。これらを社会階層からみると上層(教養層)に位置する人である(いなか武士の場合は下級武士であろう)。ところが、町人、職人グループは漢語の代名詞「ボク」を用いていない。そして混種語の「わが輩」は「新聞好きの男」一人が使用しているにすぎない。また、飛田(1992:638―639)によると、『当世書生気質』の「ワガハイ」は、年長者(書生)が年少者(書生)に自分の立場を誇示する目的で、いいかえれば尊大な語感を伴って用いられたものという。

　以上の先行研究の指摘から分かるが、「ボク」はだいたい明治半ば頃までは主に「書生」、「知識人青年」に多用されたと見なされる。そして「ワガハイ」は使用階層が限られ、主に年配の「書生」が目下への関係で使っている点が注目に値する。また、先行研究の成果では、明治30年代以降の両語の実態及び変遷過程については必ずしも十

---

3) 具体的には「士」、「生文人」、「新聞好きの男」、「いなか武士」である。

分ではない。

　では、「ボク」と「ワガハイ」は明治期には男女別にどのような人
(話し手)が相手によって、どのように使い分けていたのか、両語を対
比しながら考察を進めていく。さらに「ボク」と「ワガハイ」は明治
期にどのような変化を経て現代日本語まで繋がっていたのか、あるい
は廃れてしまったのか、興味が持たれるところである。

　そこで、本研究では先行研究の成果では不十分であったと思われる明
治30年代以降の「ボク」と「ワガハイ」の使用実態に焦点を当てつつ、
明治期の全体を通じた変遷過程と合わせて考察していくことにする。

3.『社会百面相』における「ボク」と「ワガハイ」

　資料『社会百面相』(明治35年)は著者内田魯庵が序文で自ら述べて
いるように当時活躍している人たちを読者層として想定して著したも
のである。そのため、多くの社会階層の人が登場することと会話文が
中心となっている作品の性格上、明治30年代の人称代名詞の分析には
好資料であると考えられる。そこに現れている「ボク」と「ワガハ
イ」の数多くの用例の使用状況を探ることによって、明治期における
両語の様子がより明らかとなるであろう。

　以下、本節では『社会百面相』における一人称代名詞「ボク」と
「ワガハイ」を話し手の属性を中心に検討する。また、当時どのよう
な社会階層(厳密には職業)の人たちが相手によって「ボク」、「ワガ
ハイ」の両語をどのように使い分けていたのか。そしてその際、待遇
の度合いという側面を考え、どのような二人称代名詞と共起するの
か、についても調査する。

3.1「ボク」

「僕(ボク)」の使用者は多い。主に「学生」「書生」「高等官学士」「洋服紳士(新詩人)」「新学士」「若紳士」「牧師」「変哲家」などが使っており、基本的には若い新知識人が中心的な社会階層である。ただし、「牧師」や「変哲家」のような年配の人にも使用されている点に注目したい(→用例6a、b、用例7)。また、「ボク」は「おれ」のような夫婦間の対話に使用がみられないことから、相手との関係からやや公的という見方が可能である[4]。そして「ボク」は相手が目上である場合にも使用者は少ないものの使用がみられる(→用例3)。なお、若い人の間で、「ボク」は主に対等関係で使用される。その際、二人称代名詞「きみ」と対をなして用いられるのがほとんどである。以下の用例をみられたい。

(1)「<u>僕(ぼく)</u>が材料を蒐集してやる。(中略)、まだ*君(きみ)*中々面白い材料が続々あるぞ。」　　　　　(学生(下)、鳥羽金氏→富山犬之助,ワン助;学生同士)

(2)「はッはッ、<u>僕(ぼく)</u>は大に*君(きみ)*と説が異う。*君(きみ)*が小説をよく知らんから一と口に戯作と言消して了うが、(下略)」　　　　　(貧書生、書生、小説家志願者(24,5才)→書生、政治家志願者(24,5才))

(3)「<u>僕(ぼく)</u>も十七や十八の児供ぢゃありません。これでも○○党では新智識の側に数へ込まれてます一」　　　　　(ハイカラ紳士(下)、学士、英次郎→学士の伯父、石堂鉄作)

(4)「<u>僕(ぼく)</u>は濫りに厭世を歌はないが、*君(きみ)*能く考え給へ、人間は死ぬる、草木も枯れる、巌石は壊れる、太陽は次第に燃焼する、(下略)」　　　　　(新詩人、洋服紳士、新詩人→才子風の小説家)

(5)「<u>僕(ぼく)</u>も好男子と自認してるが、ノッペリした丹次郎風の奴には奈何しても及ばい。薯蕷汁のお椀面の君*(きみ)*にだも如かずだから……」　　　　　(新学士、好男子、新学士→尾之道法学士;新学士同士)

---

4)　一方、「おれ」は私的、身内に対して使うという意味である。

(6)a「はア、*貴処(あなた)*のやうに熱心に聞いて下さると<u>僕(ぼく)</u>も説教の仕甲
　斐があります。」　　　　　　　　　　　（宗教家(上)、牧師→青年の信者）

(6)b「イヤ、<u>僕(ぼく)</u>は宗教を捨てはしないが、牧師を罷めやうかと思ふン
　だ。」　　　　　　　　　　　　　　　　（宗教家(下)、牧師→代議士）

(6)c「先ア理窟は其通りだが、<u>僕(ぼく)</u>も時々其通りの説教をやるがね、」(中
　略)「実際は中々爾うは行かぬワ。*君(きみ)*も知つてる通り、亜米利加留学
　中の借金が若干残つてる。」　　　　　　　（宗教家(下)、牧師→代議士）

(7)「えッ何だ。僕(ぼく)を鬼念仏だと。はッはッ、中々巧い事を云ふナ、鬼念
　仏とは旨く見立てた……」　　　　　　　（変哲家、変哲家→座客、書生たち）

　上記の用例の中、用例1、用例2、用例4、用例5、用例6cが「キミ」
と対をなして使用されている。これは小松(1998)の結果とも一致して
いる。すなわち、「ボク」の使用者の多くは相手を待遇度合いの低い
と思われる「キミ」と呼んでいる。このように対等関係では、「ボ
ク」が「キミ」と共起して使われている。

　しかし、「牧師」のような年配の人は目下の青年信者に対して多少
待遇度合いの高いと思われる「アナタ」と共起している点が注目され
る。この場合に使用されていた「ボク」は対等関係で気軽に用いられ
ている「ボク」とは、待遇の度合いにおいて質的な違いがあるのでは
なかろうか。

　この点については、話し手が親しい対等関係(6c)では「キミ」を使
うが、話し手の身分上、公的にいう場合は相手が目下とはいえ、或は
相手との関係を考慮して用例6aの「アナタ」のような距離をおく二人
称代名詞が選択されたであろう。上記の用例6a,b,cの場合、一人称は
同じ「ボク」(たまたま一致したのがどうか分からないが)ではあるも
のの、二人称だけ相手によって区別があることを考えると、「牧師」
が使った一人称の「ボク」の場合は、話し手の属性による性質が強く
影響を与えた結果のように思われる。

　しかし、相手や場面や話題などによって一人称も変ることが当然考えられるので、これについては熟慮する余地があるだろう。

3.2「ワガハイ」

　「ワガハイ」の使用者は、「代議士」「教育家校長先生」「新聞記者主筆記者」「精神家」「勅人館」「新学士」「書生」などが挙げられる。使用者の階層はだいたい上級階層に属すると思われる人が中心となっており、「ボク」に比べて使用者の年齢層が全般的に高い。（→用例8～用例11a）。飛田(1992)の指摘(明治10年代の後半)と同じく「ワガハイ」の用法にはあまり変らず、自分の立場を表明する目的で、尊大な語感を伴って用いられたようである。ただし、明治10年代の後半より使用者の社会階層や年齢層の幅が広がったことが特徴的である。
　すなわち、「ワガハイ」には話し手からみて、特に社会的に公的な場に接する機会の多い年齢の高い知識人[5]が用いる、いわば演説調の言い方があるのも「ボク」と対比される。例えば、「精神家」が書生の3人との対話(「ワガハイ」を使用)、妻に対しての対話(「わし」を使用)の使い分けが行なわれている(→用例11a,b)。また、二人称代名詞との共起関係からは、「キミ」「キコウ」[6]「ソコ」「キサマ」が主流をなしている。以下の用例をみられたい。

　(8)「我輩(わがはい)も実は鉄道国有説で、其目的を果す為なら大抵な手段を問　　はない筈だが、」　　（鉄道国有(3)、代議士→座客、社会経済会の会員たち）

---

　5) ここでいう知識人というのは言い換えれば、だいたい当時活躍する人々を　　指す。
　6) 当時すでに「キコウ」の待遇価値は低かったのである。

(9)「誠に*貴公(きこう)*には気の毒ぢゃが、(中略)<u>我輩(わがはい)</u>も随分尽力して見たが、何処も拠ない情実があつてノウ、」

(教育家(中)、校長先生→若紳士)

(10)「<u>我輩(わがはい)</u>は決して*君(きみ)*の伎倆を疑はぬが、何分新聞記者の職分を了解して貰はんとナ……」 (新聞記者(下)、主筆記者→新入記者)

(11)a「<u>我輩(わがはい)</u>は文学は嫌ひぢゃが徂来や山陽の人物の高いのは常に尊敬しおる。*足下(そこ)*が真摯に歴史とか哲学とか立派な学問を調べるなら<u>我輩(わがはい)</u>は敢て干渉しないが、」 (精神家(上)、精神家→書生3人)

(11)b「*お前(まい)*、何が気に入らんのぢゃ、<u>俺(わし)</u>には全然*お前(まへ)*の不機嫌の理由が解らんがノ、」 (精神家(下)、精神家,夫→妻)

(12)「<u>我輩(わがはい)</u>はこの秘訣を漸く一両年前に気が付いたのだが、*貴公(きこう)*は疾に其呼吸を悟つたといふは流石に*貴公(きこう)*だよ。」

(新高等館、勅人館→青年の新高等館)

(13)「何しろ*君(きみ)*、<u>我輩(わがはい)</u>を十3重二十g重に囲んで折々矢文を遣して脅かし、<u>我輩(わがはい)</u>が位置に有附いたと聞いたら直ぐ一斉射撃を行はうて口が七八つある。」

(新学>士、尾之道法学士→好男子、新学士;新学士同士)

(14)a「オイオイ滑稽けるのも好加減にするが宜いぜ。<u>我輩(わがはい)</u>は喰べ酔つて管を巻くんぢゃないが、実は社会主義よりは自分の頭の上の蝿を追ふが緊急問題だ。なア*君(きみ)*、」

(労働問題(下)、書生、政治家志願者→書生、友人同士)

(14)b「オイ門まで幾何だ、<u>我輩(わがはい)</u>は*汝(きさま)*たち労働者の味方だから高くして関はんだ。」 (労働問題(下)、書生、政治家志願者→車夫)

　以上、3.1と3.2でみてきた用例から注目されるのは、とりわけ「ボク」と「ワガハイ」の両語を使い分けている社会階層(職業)があるということである。「書生」の用例2と用例14a,b、新学士同士の用例5と用例13は使用者が同じ社会階層の人である。そして使われていた文脈(相手との人間関係も対等関係)もほぼ同じである。このことから少なくとも、明治30年代半ば頃若い知識人(学士、書生)の間では、一人称代名詞「ボク」と「ワガハイ」を併用していることが分かる。

　では、冒頭にも述べたが、どうして明治期に同じ社会階層で用いられていた「ボク」と「ワガハイ」が、現代日本語では「ボク」だけが定着し、「ワガハイ」は衰退したのだろうか[7]。そして明治30年代の『社会百面相』に使用者が多かった「ワガハイ」は、果たして何を物語ってくれるのか、どのように解釈していいのか。この解答は明治初期から明治40年代までの他の作品に現れた「ボク」と「ワガハイ」の用例を精査し調べてから可能であろう。

　以下、次節で述べる分析の結果と社会言語学的な角度から検討を重ねて「ボク」と「ワガハイ」について考究していくことにする。

4. 他の作品における「ボク」と「ワガハイ」

　第3節の分析に続き、ここでは明治期の他の作品と対比することによって、「ボク」と「ワガハイ」の性格がより明らかとなるであろう。つまり、第3節で述べてきた「ボク」と「ワガハイ」の結果が当時の時代性として言えるのか、或は作品の性質に起因することなのか、といった点について検討してみよう。まず、他の作品に入る前、当時の文典を中心に取り上げる。

　「ボク」の場合、はやく明治初年の田中義廉の『小学日本文典』(明治7年)に一人称の一つとして挙げている。例えば、「(私)ワタクシ」「僕(ボク)」「拙者(セッシャ)」「臣(シン)」「某(ソレガシ)」などのように。また、明治20年のB,H.CHAMBERLAINの『日本小文典』の人称代名詞の項目にも「ボク」はみられるものの、「ワガハイ」は

---

7) 例えば,調査した明治30年代の作品『左巻』(明治34年)までには「ワガハイ」は現れるものの,明治40年代以降の作品『三四郎』(明治41年),『雁』(明治44年),『寂しき人々』(明治44年)『明暗』(大正5年)などには一例も現れない。

みられない。

　明治20年代に「ワガハイ」が挙げられているものとして林甕臣の『日本文典』(明治26年)があるにすぎない。ここでは、単に人の名に代わる例として「僕」と「吾が輩」を挙げているに留まっている。

　次に明治30年代の「ボク」の場合は、金井保三の『日本俗語文典』(明治34年)を繙いてみると、「ボク」は「学生の間に専ら行はれる言葉」としている。しかし、「ワガハイ」の場合は挙げていない。また、吉岡郷甫の『日本口語法』(明治39)もほぼ同じ定義として「ボク」は学生仲間で用いるとしているが、「ワガハイ」は見当たらない。

　なお、前波中尾の『訂正日本語典』(明治34年)と石川倉次の『はなしことばのきそく』(明治34年)では、使用において性別の区別がみられ、男が使う自称に「ボク」と「ワガハイ」をみることができる。明治40年代になると、保科孝一の『日本口語法』(明治43年)によれば、現在東京の中流社会に専ら使用されておる人称代名詞を列挙してみると、自称は「ワタクシ」「ワタシ」「僕」「自分」を挙げている。「わし」「おれ」「我輩」などはある特別な場合に用いられるものであり、これらのものはあまりに平民的であるか、若しくは一局部に限られて居て国語教育上に一般に使用することが出来ない、という見解を示している。次に橋本文寿の『実際的口語法』(明治45年)では、「僕(男)」と「我輩(男)」は同じ扱いとして、「対者が自分と同等な時の自称」としている。

　以上で述べてきたことから、明治初年の文典には「ワガハイ」についてはあまり触れていないことが分かる。そして明治30年代に「ボク」は男の学生同士で主に使っていたことが指摘できる。

　続いて明治40年代になると、保科孝一にも述べられているように、社会階層からは東京の中流社会に使用されていたことが特徴的である。すなわち、時代が下るにつれて、少なくとも「ボク」は文典に多

く現れるようになったことと使用層が拡大されるようになったと見て
とれる。一方、「ワガハイ」は、多くの文典ではあまり詳しく述べら
れておらず、特別な場合に使用されるといういわば一部の人に使用さ
れ、学校教育にも好ましくなかったと思われる。すなわち、「ワガハ
イ」の使用範囲の狭いことが時代が下るにつれ、だんだん進んでいた
のではなかろうか。

　ここで、各文典の定義に従うと「ボク」は男性が使用する人称代名
詞であったことが言える。

　ところが、当時若い女性の間では部分的に「ボク」が使用されてい
た。しかし、女性が「ボク」を使用することに対して批判的な見解を
示している人たちも出てくる。以下、その一端を紹介してみよう。

　例えば、女学生が自分のことを「ボク」と呼ぶ例は、すでに明治23
年(1890年)『女学雑誌』221号(「女性の言葉つき」破月子)にも、女学
生にこの語の使用をたしなめる次のような文章が載っている。

　　近来は大分女性の方々がお使ひなさる言葉のうちに、暴々しひ、また丁寧で
　ない、一種特別な聞き付けない、嫌な言葉が大分這入って来たようです、(中
　略)最も男子との応接では御謹みなさる点もあるでしようからしてさのみにも
　思はれませんが、女子の方々計りですと随分御誉め申すことが出来ません言葉
　を御使ひなさるようデス、オヤ貴嬢よくきたノ子一　私のおつかさんが家のお
　とつさん、アライヤヨ よくつてよ、何々ダワ 公園へ散歩に行く(行くで切て仕
　舞て西洋風に語尾を上げる) 君(きみ)は…… 僕(ぼく)が…… 何々すべしダヨ ア
　ラマー 本当(これも前同様語尾を上る(ママ))　　　　　(傍線は筆者)(p.18)

　上に引用した内容からも分かるように、「ボク」を女性が使うこと
に相当の抵抗感が感じとれるだろう。さらに、此頃諸学校に流行する
女生徒方の御言葉よりもむしろ遊ばせ言葉の方が増しと思ひますとい
う見解さえ示している。このような明治女学生が「ボク」を使用する
ことについて小松(1998)では、『浮雲』(明治20)の中で主人公「お

勢」が「キミ」「ボク」を使用しているのは、明治女学生の一時的な
風俗と思われるとしている。いずれにせよ、女性が「ボク」を使用す
るのは昭和期にも続いており、現代日本語まで一部の若い女性(年少
者の学生;中高生)の間では稀に使われていたと察せられる。これにつ
いては、第5節で改めて言及することにする。

　以上、明治期の各口語法の定義を考慮に入れて、本節では、明治期
の他の作品からの用例と照らし合わせて具体的に確認する。このよう
な分析の成果を踏まえ、最終的には第3節で述べてきた『社会百面
相』の結果を慎重に考えつつ、明治期における「ボク」「ワガハイ」
の性格をより明らかにしていく。

4.1「ボク」

　明治初年から明治の終わりまで刊行された各作品から調査した「ボ
ク」の使用傾向を分析してみよう。

　次に挙げた多くの用例(用例15から用例42まで)をみると、「ボク」
の使用者は「書生」「新聞好きの男」「士」「いなか武士」「侍」
「博識先生」「法律学校の生徒」「若紳士」「少年書生」「セドリッ
ク;子供」「高等中学の学生」「元教師;現在会社員」「高等学校の英
語教師」「画家」「陸軍予備士官」「大学生」などである。これらの
使用者の年齢層をみると、だいたい「ボク」は若い「書生」「学生」
グループから始まり、中年の「紳士」や「学校の先生」まで年齢層が
高い。また、使用者の社会階層からは下層階級と思われる人の間には
使用がみられない点に注目に値する。使用者の性という点から考える
と、男性が使う一人称であることが分かる。しかし、相手の性別は男
女問わず使用されている。

　明治初年と後期にあたる明治40年代とは「ボク」の使用において、

具体的にどのような違いがあるのか、特徴的な現象はあるのだろうか
検討したい。まず、明治初年の『安愚楽鍋』(明治4—5年)をみると、
「士(共用の方)(40才過ぎ)」(用例18)、「生文人(31,2才)」、「新聞好
き男」(用例17)は年配のなまぎきとあって、「ボク」の使用者は若く
ない。次に用例を掲げておこう。

(15)「僕(ぼく)が独杯いたいておる処へ何か学者だちウこんで推参のヲいたい
　　　たゆえ僕(ぼく)も徒然の余り且ハ外国人に雑学のウ教道いたいたり」
　　　　　　　(西洋道中膝栗毛(初編)(明治3年),書生→こん平45,6才のあきうど風俗)
(16)「ハイ僕(　ぼく)　は田舎書生でハアこんどはじめて当港へまかン出たげに
　　　ねから案内サアわかんねへ町中を経めぐり申Tたとこが(下略)」
　　　(西洋道中膝栗毛(初編)(明治3年),惣髪田舎書生(田舎医者)→栃面屋弥次郎兵衛)
(17)「僕(ぼく)がこんどの建白なぞハ実に国益の第一たるもので必ずしも一個
　　　の利潤に拘らず一国の富をなし(下略)」
　　　　　　　　　　　　　　(安愚楽鍋(明治4年—5年),新聞好きの男→愚助)
(18)「ハイ僕(ぼく)なぞも矢張因循家のたちであまり肉食ハせなんだが一昨年
　　　大びやう以来(下略)」　　(安愚楽鍋(明治4年—5年),士(共用の方)→町人)
(19)「君(きみ)牛肉ハ至極御好物とすいさつのウ仕るが僕(ぼく)なぞも誠実賞
　　　味いたすでござる」　　(安愚楽鍋(明治4年—5年),いなか武士→武士)
(20)「イヤ何僕(ボク)も只今まへりしところシテ俵屋の清兵衛ハ」
　　　　　　　　　　　　　　　(春雨文庫(明治9年),中村→桂;侍同士)
(21)「僕(ぼく)かネ。僕(ぼく)ハいつか話をした。ブツク(書籍(しょもつ))を買
　　　ひに。丸屋までいつて。」
　　　　　　　　　　　(当世書生気質(明治18年—19年),宮賀→須河;書生同士)
(22)「ヲイヲイ田のちゃん。行るべし行るべし僕(ぼく)が尻押をしてやるか
　　　ら。」　　　(当世書生気質(明治18年—19年),吉佳;書生→田の次芸者)

　次に明治20年代の「ボク」をみると、「書生」、「若紳士」たちが
多く使っていたことが特徴的である。例えば、次に示した用例
24,25,26,27,30などがその例である。これらのほとんどは対等関係で使

用されている。これらを明治初年と比べて考えてみると、使用者の年齢層が低くなっていくことが注目される。例えば『小公子』（明治23年）をみると、「セドリック」という子供が目上の人に対して「ボク」（用例28,29）を使っている。また、『薮の鶯』（明治21）では「葦男」という少年書生が「ボク」を使用している。『薮の鶯』（明治21）と同様に『五月鯉』（明治21）にも「酒井光一」という少年が「ボク」を使っているなど若い人が明治20年代になると多く使っていたようである。

　一方、明治20年代の調査した七つの作品の中から、年配と思われる高年層の人に「ボク」の使用はほとんどなかった[8]。以上のことから分かるように明治20年代になると、「ボク」は年齢層からみると若い人に広がっていく傾向を窺わせる。

(23)「幽霊は有るに違ひない、現在僕(ぼく)は蛇の幽霊を見たよ、」
　　　　　　　　　　　　（真景累ケ淵 (明治21年),博識先生→お園;中働の女中)
(24)「僕(ぼく)は君(きみ)、表へ廻ると路が遠い、随ってそれ丈時間を浪費す故に裏道を抜けて庭から入って来たのだ、」
　　　　　　　　　　　　（都鳥(明治21年),松葉新一;法律学校の生徒→波之助;友達同士)
(25)「御存じのとほり時子はあのくらい学問もありますし…僕(ぼく)は婚礼するつもりです。」　　　　　　（さすがに双紙(明治21年)花房;若紳士→栗殻;若紳士)
(26)「ほしい物なんざあちつともないけれど。学問好のねへさんが毎日々々々毛糸あみ計していて。僕(ぼく)はなんだか気の毒だもの。」
　　　　　　　　　　　　（薮の鶯(明治21),葦男;少年書生→お秀;お姉さん)
(27)「ナアニ恨むことはないのサ僕(ぼく)が不覚なんだから」
　　　　　　　　（五月鯉(明治21),酒井光一(少年)→谷信男(20才前後);学校の先輩;朋友関係)
(28)「かあさん、僕(ぼく)は侯爵になり度ないよ、ダッテ僕(ぼく)の友だちに侯爵なんかになるものは一人もいないんだもの、」

---

8) 房(2003:217—220)を参照されたい。例えば、明治20年代から明治30年代まで高年層の男性の場合は、とりわけ一人称代名詞「わし」（「おれ」もあるが）を多用していることを述べている。

(小公子(明治23年),セドリック子供→母親;エロル夫人)

(29)「アノネあのお婆アさんの骨はそんなにいたければ大変困るでせう、あなたや僕(ぼく)たちだつて。」

(小公子(明治23年),セドリック子供→ハブシヤム氏;代言人)

(30)「ソリヤ君(きみ)、勝田は僕(ぼく)の親戚で其一家内が此程中から此に来て居るからよ」　　　(夜の鶴 (明治28年), 宮「川;紳士風→紳士風の同僚)

　明治30年代以降をみると、明治20年代のような年齢層の幅が「学生階級」に集中せず、「先生(教師)」や「画家」「陸軍予備士官」にも使用がみられる。例えば、40年代になると、『三四郎』(明治41年)の「広田先生」(高等学校の英語教師)(用例35)や「原口」(画家)(用例36)も「ボク」を使用している。そして『寂しき人々』(明治44年)では、主人の「陸軍予備士官」が「画家」や「女学生」に対しての用例39,40のように「ボク」を気軽に用いている。このように明治終わり頃になると、「ボク」の使用は社会階層および年齢層からみて20年代に比べて多少多様性を示している。しかし、本研究で調査して各作品からは女性の「ボク」の使用例は一例も見当たらなかった。このことは、一時的に明治の女学生の間で「ボク」の使用があるものの(あるいは「ボク」が流行されたとはいえ)、作品の中では、女性の使う「ボク」は扱っていないことを物語ってくれる。

(31)「本当に待つて居てくれたのかい、宮さん。謝、多謝!若其が事実であるならばだ、僕(ぼく)は此侭死んでも恨みません。」

(金色夜叉前編(明治30年),貫一;高等中学の学生→お宮;許嫁)

(32)「いや、僕(ぼく)　も其少し前に此地へ帰つて来て、直接矢野には逢はんかつたから深くは解らんが、君等(きみら)も知つて居る通りの変わり者だからな。」

((左巻(明治34年)吉倉;元教師(現在会社員)→二人の友達(白石;判官,鎌田;政客))

(33)「僕(ぼく)も野々宮さんの所へ行く所です。」

（三四郎(明治41年),三四郎;東京帝国大学文科学生→よし子;女学生)

(34) 「<u>僕(ぼく)</u>の妹は馬鹿ですね。」

（三四郎(明治41年),野々宮;東京帝国大学の研究学者(理科)→三四郎)

(35) 「悪気で遣られて堪るものか。第一<u>僕(ぼく)</u>の為めに運動をするものが
さ、<u>僕(ぼく)</u>の意向も聞かないで、勝手な方法を講じたり勝手な方を立た
日には、（下略)」

（三四郎(明治41年),広田先生;高等学校の英語教師→三四郎)

(36) 「それで、<u>僕(ぼく)</u>が何故里見さんの眼を選んだかと云ふとね。まあ話す
から聞き給へ」　　　　　　　　　（三四郎(明治41年),原口(画家)→三四郎)

(37) 「そりや君(きみ)だつて、<u>僕(ぼく)</u>だつて、あの女より遥かに偉いさ。御互
いに是でも、なあ」　　　（三四郎(明治41年)与次郎三四郎の友人→三四郎)

(38) 「面白いよ。君(きみ)は<u>僕(ぼく)</u>が面白がる理由を認めないのかね。」

（寂しき人々(明治44年),画家(26才)→主人;陸軍予備士官(28才))

(39) 「なんだそれは。<u>僕(ぼく)</u>にはまるで君(きみ)の方が気でも違つていはしな
いかと思はれてならない。」

（寂しき人々(明治44年),主人;陸軍予-備士官(28才)→画家(26才))

(40) 「あなた<u>僕(ぼく)</u>に行先を明かしては下さらないでせうか。」

（寂しき人々(明治44年),主人;陸軍予備士官(28才)→女学生(24才))

(41) 「さう物の哀を知り過ぎては困るなあ。君(きみ)が投げんと云ふなら、<u>僕
(ぼく)</u>が投げる」　　　（雁(明治44年)石原;学生らしい青年→岡田;学生同士)

(42) 「そんなら<u>僕(ぼく)</u>が逃がして遣る。」

（雁(明治44年)岡田;大学生→石原;学生同士)

4.2 「ワガハイ」

　明治初年から明治の終わりまで刊行された各作品から調査した「ワ
ガハイ」の使用傾向を分析してみよう。調査した各作品に現れた「ワ
ガハイ」の使用者をみると、「新聞好きの男」「侍」「書生」「執
事」「政客」などである。「ワガハイ」の使用者の年齢層をみると、
基本的には書生グループとして考えられ、いわゆる成人男性グループ
として「ボク」と大きな違いはみられない。また、使用者の社会階層

からも明治期全体を通じてみると「ボク」と同じ社会階層として見受けられる。ただ、「ワガハイ」の使用自体(使用者)は調査した明治期全体の作品の結果をみてもかなり少ないので、使用者と用例の多い『社会百面相』の考察結果(3.2節)と照らし合わせて結論を論じるのが極めて穏当であろう。

　明治初期と後期にあたる40年代とは「ワガハイ」の使用において、どのような違いがあるのか、「ボク」と対比して検討してみよう。明治初年から10年代後半までをみると、用例43から用例49まで示したように、「侍」と「書生同士」の間で使用されたのが主である。次に用例を示しておく。

(43)「たとへ空乏困迫の我輩(わがはい)たりとも往時の我輩(わがあい)にあらず」　　　　　　　　　　　　　(安愚楽鍋(明治4年一5年),新聞好きの男→愚助)

(44)「勿論の事なり我輩(　わがはひ)が本「国へ退んと為るハ暫く幕威を遁んとするの故に因るなり(下略)」　　　(春雨文庫(明治9年),中村→桂;侍同士)

(45)「何様その魂の堅固たるハ我輩(　わがはひ)とくと見とめたり足下(そくか)が何ほど懶惰を極めても自狂だなぞとて(下略)」
　　　　　　　　　　　　　　　(春雨文庫(明治9年),中村→桂;侍同士)

(46)「先考猶霊在サバ我輩(　わがはい)が天運循環して今日唯今本懐を遂げたる山本旗郎が首級を承て修羅の妄執を晴し賜はむ事を望む(下略)」
　　　　(蝶鳥紫山裾模様(明治16年一17年),藩士の次男,七之丞忠三郎→京都の方)

(47)「我輩(わがはい)のウヲツチ(時器(とけい))でハまだテンミニツ(十分)位あるから。」　　　　(当世書生気質(明治18年一19年),須河→宮賀;書生同士)

(48)「イイサ。実ハ我輩(わがはい)ハ。証書を持ちよるから。コウツト。まづ本日だけハ。君(きみ)と連名にして。遅刻届けをだして置いて。」
　　　　　　　(当世書生気質(明治18年一19年),須(河→宮賀;書生同士)

(49)「あんまり健康でもばいよ。輓近ハ顔色も憔悴して。肺病の徴候が見えるから。我輩(わがはい)も時に忠告を試みて見るが。」
　　　　　　　(当世書生気質(明治18年一19年),任那→須河;書生同士)

　明治20年代の以降の「ワガハイ」の使用者は「ボク」に比べて極端に少なく、用例50,51,52程度に留まっている。時代がもっと下ると、「ワガハイ」は見当たらなくなる。すなわち、調査した限り明治40年代以降の作品には「ワガハイ」は現れていない。従って、3.2節で述べてきた『社会百面相』(明治35年)にだけ「ワガハイ」の使用が目立つ結果となる。では、他の作品にほとんど出現しない「ワガハイ」が、とりわけ資料『社会百面相』に多用された理由は資料が持っている特徴としてみてよかろうか。それとも時代性としてみてよかろうか。本研究では調査して考察した結果、両方ともに可能性として考えていいと思う。言い換えれば、資料の性質とともに時代性として考えざるをえない。

　具体的にみると、『社会百面相』に登場する多くの登場人物の性格から年配の知識人に制限された点と批評小説という側面も関わっているのではないか。結局、他の作品に「ワガハイ」がみられない点と『社会百面相』を分析した結果などを考え合わせると、「ワガハイ」の衰退時期を明治30年代の半ば以降というふうに時代性として捉えることができよう。なぜ、「ワガハイ」は衰退してしまい、何がその代りに使われるようになったのか、という答えに対しては今後さらなる考察で究明していきたい。現時点では「語種」と「教育」[9]の両側面が関わっていたのではなかろうかと考える。「ワガハイ」は混種語として「わが輩」であり、ふつう人称代名詞は和語系の「わたくし」「わたし」「わし」「おれ」、漢語系の「僕」とに分かれ使用される傾向があったとみられる。そこで、混種語の「ワガハイ」の位置は中間的であり何処かに吸収されたのではないかと考えている。以下、明

---

9) 教育の場合、当時の教科書の影響として、教科書で扱っていたのかどうかが重要である。明治後半になると、「ワガハイ」はだんだん教科書や文典などで取り上げていない傾向をみせている。

治20年代以降の用例を示しておく。

(50) 「どこのお神さんだか失礼な方だ。もうもうお姫様おなき遊ばしますな。
　　　(中略)我輩(わがはい)が委細の趣きは申上るから。」
　　　　　　　　　　　　　(薮の鴬(明治21),執事の三太夫→お貞(山中;官員の夫人))

(51) 「いや、其話なら我輩(わがはい)も知つて居る。其後何処へ移つて了つた
　　　といふ事で、薩張様子が知んで居つたが、其突然出たといふのは何うい
　　　ふのぢや。」
　　　　　(左巻(明治34年)鎌田康夫;政客→二人の友達判官(白石)と元教師(吉倉))

(52) 「鈴子さボ。記憶の悪い男ぢや。尤も我輩(わがはい)は君(きみ)と違つて
　　　一時大いに目を付けて居つたからな。ははは、なア吉倉、当時内々君
　　　(きみ)と競争して居つたんぢや、白石、君(きみ)は知らんかつたのか、」
　　　　　(左巻(明治34年)鎌田康夫;政客→二人の友達判官(白石)と元教師(吉倉))

5. 明治以降から現代日本語までの「ボク」

　本節では、「ワガハイ」が明治期以降には見当たらないことから、
以下では論の焦点を「ボク」に絞り、「ボク」が現代日本語にどのよ
うに変化してきたのか、明治期とはどのような違いがあるのか、につ
いてごく簡単に検討したい。

　明治期に続いて昭和期にも「ボク」を女性(女学生)が使用すること
を禁じる、それが許されるべきでないという、いわゆることばのしつ
けの責任という観点から述べられている。例えば、保科孝一(1936)、
石井庄司(1941)などがある。まず保科(1936)を引用してみよう。

　　近来男学生の用いる人代名詞「君(きみ)」や「僕(ぼく)を、女学生の間でも
　用いるものがあるようですが、これは一種の変態でありまして、わが国におい
　ては、男子と女子との間に、その用法が厳重に区別されて居るのが常例であり
　ます。」　　　　　　　　　　　　　　　　　　　(傍線は筆者)(p.225)

　上記に挙げた引用をみると、昭和期まで女学生たちは「ボク」を使っていたことが分かる。そして保科は男性と女性の人称代名詞の区別を主張しており、女性が男性用の人称代名詞「ボク」を使うことに対して、ふつうの一般社会は論外にしても言語学者の保科の立場からすれば相当の抵抗感があったと受け止めていいだろう。

　また、石井(1941)では、以下に挙げたことから分かるように、一人称「ボク」の使用者は女学生の間で標準語としては使っていないものの、少なくとも家庭の中では使用していることを物語ってくれる。すなわち、昭和期においても若い女学生の場合は寛いた場面では「ボク」を依然として用いていたことが読みとれる。

> 　話言葉の躾は昔は随分厳重であったが、此の頃は乱れてきたやうである。(中略)ひと頃問題になった女学生言葉としてのキミ・ボクのことなども学校では決して使はないのである。善良な生徒はキミ・ボクなどいふ言葉は、私どもの友達で誰も使つていませんと言つているのである。しかしさういふ生徒も、学校から家庭に帰ると使ふことがあるやうである。さういふ点は、特に父兄の留意をねがふ次第である。　　　　　　　　　　(傍線は筆者)(p.232)

　現代日本語においても、女性が「ボク」を使用しているという調査結果がある。例えば、杉戸・尾崎(1997)では、東京の中高生の中、男性が「ボク」を使用する場合は全体一人称代名詞のうち、16.8%(中学)、21.9%(高校)、これに対して女性が「ボク」を使用するのは0.9%(中学)0.4%(高校)しかいないとしている。すなわち、わずか一部の女子中高生に「ボク」が使用されているにすぎない[10]。

---

10) 尾崎(2001)では、国立国語研究所の調査から東京の男子中高校生の「ボク」と「ワタシ」の使用者率を比較しながら述べている中で、中高生の男性が「ボク」を先輩や先生(担任や校長先生)のような目上に対して「ワタシ」よりはるかに多く使っている(「ボク」73.8%、「ワタシ」16.3%)としている。そして、このことは中高生で「ボク」、それより上の世代で「ワタシ」「ワタクシ」という世代差があるのだが、中高男子にとって、「ワタクシ」「ワ

　しかし、最近の研究として遠藤(2001)よると、女子学生156名中「ボク・オレ」などと言ったことがある、あるいは今も言うというのが23名(ボク19例, オレ5例, オイラ1例, ワシ1例)で16.9%を占めており、周囲にそういう女の子や女性がいた、あるいはいたと書いているのが72名(ボク61例,オレ22例,おいら1例)で、全体の38.9%いたということになる。ここから今や女の子の「ボク・オレ」は珍しい呼称ではなくなっていることが分かるだろう。

　なお、女性が「ボク」を使用する理由について、寿岳(1979)には、女の子の使う「ボク」を女性が男ことばを自分のものにする、という肯定的な立場で捉えている。また、女は男のことばを一心に使う、として、女は本気に「ボク」と言う。遠藤(2001)は幼児小学校時代はなんとなく男の子の方がいいから、「ボク」「オレ」を使う無意識的なもの、中学高校時代は意識的に使うという。

　以上、簡単に述べた一人称代名詞「ボク」を性差や年齢という観点から整理してみると、現代日本語の「ボク」は実際に若い世代においても、男性が使用する語であるといえよう。ただし、若い女子学生(主に中学生)の間で、何らかの効果を狙って「ボク」を使用しているにすぎないと言えよう。また、高校生の頃になると激減するのは周囲の圧力や非難によるものが考えられる。そして社会人になると、女性が使う「ボク」はほとんど見当たらなくなる。

6. おわりに

　本研究は、明治期における一人称代名詞「ボク」と「ワガハイ」を

　タシ」は状況的にまだ十分使用語彙となっていないためと指摘している。

取り上げ、両語の使用実態と変遷過程について考察したものである。考察の方法としては、話し手の属性(性別、年齢、社会階層など)を中心とした社会言語学的な視点を導入した。考察の結果、明治期に一人称代名詞「ボク」と「ワガハイ」が、どのような社会階層の人にどのように使い分けられ、どのように変化して現代日本語まで至るようになったのかを明らかにした。

　今まで述べてきた内容をまとめてみる。「ボク」は明治初年に教養層に使用されており、主人(あるいは店)に雇われている下層階級のような使用人には用いていない。明治20年代の作品においては明治初年に比べて若い年少者にも「ボク」の使用がみられる。明治30年代半ばから「ボク」は使用者の年齢層は次第に広がっていくと共に教科書にも登場することとなり、標準語として普及していく。このように明治30年代以降多くの使用者が「ボク」を用い、男性の一人称の代表的なものの一つとして定着していくようになって現代日本語まで繋がっていくのである。

　一方、「ワガハイ」の場合は、明治10年代までは「書生階級」で主に使用されていた。そして次第に使用者の年齢層は高くなっており、明治30年代の半ば頃は「代議士」「教育家」のような社会的に公的な場に接する機会の多い高年層の上層階層に多く使用される。

　ところが、「ワガハイ」は「ボク」とは異っており、年齢層が高くなったとはいえ、長く続かず明治30年代の後半になっては「ワガハイ」の使用自体は衰退してしまう。すなわち、「ワガハイ」は明治10年代後半までは「ボク」と同じく若い「書生階級」にも用いられていたものの、明治30年代の『社会百面相』の頃には上層階層に使用の偏りがみえるようになり、衰退してしまったという点が「ボク」と対比される。

　今後の課題として、語種からの検討(「ボク」は「漢語」、「ワガ

ハイ」「混種語」）も必要であろう。また「ワガハイ」は具体的にい
つ頃に途切れて衰退してしまったのか、資料をより広げて綿密に精査
することが要求される。その後、「ワガハイ」の代りに似通った性質
を持っていると思われる「わし」との使用関係をも解明していく考え
である。なおかつ、「ワガハイ」は全体の一人称代名詞の中で生命力
を失ってしまったのは、果たしてどこに起因するのだろうか。社会階
層から考えて詳細な考察を加えていくことが課題として残る。

■ 参考文献

石井庄司(1941)「中等学、校の国語教育」『国語文化講座 第3巻 国語教育編』朝日
　　　新聞社 pp.222-235

尾崎喜光(2001)「日本語の世代差はなくなるか」『月刊言語』大修館書店 pp.66-72

遠藤織枝5編(2001)「1章 女の子の「ボク・オレ」はおかしくない」『女とこと
　　　ば』明石書店 pp.30-39

小松寿雄(1998)「キミとボクー江戸東京語における対使用を中心にー」『東京大
　　　学国語研究室創設百周年記念 国語研究論集』pp.667-685

進藤咲子(1974)「紅葉.露伴.一葉の敬語」『明治大正時代の敬語.敬語講座5』明治
　　　書院 pp.85-120

寿岳章子(1979)『日本語と女』岩波新書 pp.78-84

杉戸清樹.尾崎喜光(1997)「待遇表現の広がりとその意識」『月刊言語』大修館書
　　　店 pp.32-39

杉本つとむ(1988)『江戸ー東京語一一八話ー』早稲田大学出版部

田中章夫(1973)「近世敬語の概観」『近世の敬語.敬語講座4』明治書院 pp.8-28

保科孝一(1936)「婦人の言葉と子供の言葉」『国語と日本精神』実業之日本社
　　　pp.224-238

房極哲(1998)「明治期の一人称代名詞「わたくし」「わたし」ー『社会百面相』
　　　を中心にー」『筑波応用言語学研究』5 筑波大学大学院 文芸言語研究科
　　　応用言語学コース pp.101-116

＿＿＿(2003)「明治期における一人称代名詞「わし」「おれ」」『日本語文学』
　　　16輯 韓国日本語文学会 pp.203-226

飛田良文(1974)「明治初期作品の敬語」『明治大正時代の敬語.敬語講座5』明治
　　　書院pp.37-83

＿＿＿＿(1992)『東京語成立史の研究』東京堂

<資料一覧>

『西洋道中膝栗毛(初編)』(明治3年)仮名垣魯文編『明治文学全集1』筑摩書房　昭
　　　和41

『安愚楽鍋』(明治4-5)仮名垣魯文編『明治文学全集1』筑摩書房　昭和41

『春雨文庫』(明治9)松村春輔篇　『明治文学全集1』筑摩書房 昭和41

『蝶鳥紫山裾模様』(明治16年一17年) 高畠藍泉編『明治文学全集2』筑′摩書房 昭
　　　和42

『塩原多助一代記』(明治17)三遊亭圓朝著『圓朝全集巻ノ十二』春陽堂 昭和2

『当世書生気質』(明治18年一19年) 坪内逍遥集『明治文学全集16』筑摩書房 昭和44

『薮の鶯』(明治21)三宅花圃著 金港堂 明治21

『さすがに双紙』(明治21) 山田美妙「女学雑誌」116号―136号 女学雑誌社 明治21

『都鳥』(明治21年) 石橋忍月「女学雑誌」102号―107号 女学雑誌社 明治21

『五月鯉』(明治21)巌谷小波『明治文学全集20』筑摩書房 昭和43

『小公子』(明治23)バーネット作 若松賎子訳「女学雑誌」227号-299号 明治23

『書記官』(明治28)眉山人(川上眉山)「太陽」第1巻2号 博文館

『夜の鶴』(明治28) 桜痴居士「太陽」第1巻8号-第1巻9号 博文館

『金色夜叉(前編)』(明治30)尾崎紅葉『明治文学全集18』筑摩書房 昭和40

『左巻』(明治34)川上眉山「太陽」第7巻22号-第7巻23号 博文館

『社会百面相』(明治35)内田魯庵著東京博文館 東京大学総合図書館蔵本8(明治36
　　　年10月第三版)

『三四郎』(明治41)『漱石全集第四巻』岩波書店 昭和41

『寂しき人々』(明治44)ハウプトマン作森鴎外訳 金尾文淵堂 明治44

『雁』(明治44)森鴎外 籾山書店 大正4

第4章
明治期における一人称代名詞
「ワシ」と「オレ」

1. はじめに

　本研究の目的は、明治期の一人称代名詞「わし」と「おれ」の両語に関し、話し手の属性(主に性別、年齢、社会階層など)を中心に調査しつつ、両語の使い分けの実態と待遇の度合いについて考察することである。すでに拙稿(1998)で、明治期の小説の一つである『社会百面相』(内田魯庵著,明治35年)を資料として、一人称代名詞「わたくし、わたし」を考察した。

　本研究では、それを受け一人称代名詞の高頻度語の「わし」と「おれ」の両語を取り上げ、これらが当時話し手の属性によって、どのように使い分けられていたのか、その実態を具体的に考察したい。

　ここで、多くの一人称代名詞の中、とりわけ「わし」と「おれ」の両語のみを分析対象とした理由について述べる。まず、作品『社会百面相』を調査してみると、「俺」の漢字に「わし」、「わっし」、「おれ」の三つのルビがそれぞれ共通(併用)してついている点が特徴的である。また明治40年代の口語法では、「わし」と「おれ」がある特別な場合に用いられ

るものという定義が見られる点と共に待遇の度合いの似通った性質、さらに現代日本語では、「わし」と「おれ」は多くの男性(「わし」は年配の人が多く使用するが)が私的な場面で使用している共通点がある。以上のような理由から本研究では、「わし」と「おれ」の両語を取り上げることにしたのである。

　では、明治期に「わし」と「おれ」が、どのような変化を経て現代日本語まで使用されるようになったのか、その状況を具体的に当時の資料から探っていく。

2. 先行研究

　ここでは、「わし」と「おれ」に限って述べることにする。「わし」は近世は主として女性が用いていた[1]。先行の研究から「わし」は特に江戸前期上方の使用では「尊大」の意をもつことは殆んどない点に注目したい。すなわち、「わし」は当時同輩以上に対して用いられるところが現代と違う点である。例えば小島(1974:175)によると、「わし」は江戸後期に武家の下男、中間、小者が主人に向って用いる特異の用例が見られる、という。つまり、江戸後期には身分のあまり高くない人(使用人グループ)が目上の相手に対して使ったのである。現代では、「わし」は尊大感を伴って目下の者に対して主に年配の男性がくつろいだ場面で用いているにすぎない(若い男性、大学生たちが友達同士の軽い話題の場合はわずかに使用する)。では、「わし」は明治期にどのような変化を経て現代まで繋がっていたのか、興味が持たれるところである。

---

　1) 例えば、山崎(1963)、小松(1971)、小島(1974)、坂梨(1987)、辻村(1991)、塩沢(2001a)(2001b)など数多くの研究成果がある。

　次に「おれ」の場合は、前期上方語ではお姫様のような高貴な人物によって使用されていたことは広く知られている[2]。さらに小松(2000)によると、東京語の女性自称として「オレ系」が殆んど消えてしまうという。その代りに「ワタシ系」の自称が出てくるのである。一般的に近世後半期から「おれ」は女性の使用が殆んど無くなり、現代日本語では多くの男性が対等もしくは目下に対して私的に用いている[3]。

　では、「おれ」は明治期には男女別にどのような人(話し手)が相手によって、どのように使い分けていたのか、「わし」と対比して考察を進めていく。

3.『社会百面相』における「わし」・「おれ」

　本節では、『社会百面相』における一人称代名詞「わし」、「おれ」(「僕」と「我輩」について、比較対照する必要もあるが、論点を明瞭化するため、ここでは省略する)の使用階層について検討する。ここで、資料『社会百面相』を主な分析対象とした理由について言及する。『社会百面相』は著者内田魯庵が実際使われている当時の口語を会話文においては原則的に実際に使用されている言語を意識して書く方針であったという点が挙げられる。そして『社会百面相』は当時の世相をかなり充実に描いている時事批評小説であるため、会話文を通じて人称代名詞の使用実態を把握するのに好資料であると考えたからである。

---

2) 小松(2000)を参照されたい。
3) 例えば、金水(2000)では、現代の若い男性の大学生は「おれ」・「ぼく」・「わし」・「わたし」・「わたくし」などの形式を場面によってそれぞれ分け合っているが、「おれ」・「わし」は面接とか大学教員に対しては一例も使っていないとし、私的生活の中で、大学友人と家族に向けて「おれ」・「わし」が多く使用されるという。

　当時どのような社会階層(厳密には職業)の人たちが相手によって「わし」、「おれ」の両語をどのように使い分けていたのか。そしてその際、どのような二人称代名詞と共起するのか、についても調査する。

3.1 「わし」

　「わし」(わっし4))の使用者(5人)を見ると、「老俗吏」(28例)「老作家」(わっし；16例)「精神家」(21例)「学士の伯父」(7例)「愚得大人」(1例)である。全体の用例数は73例(わし；57例,わっし；16例)である。使用者は女性と若い男性には一人も使用が見られず、年齢の高い古めかしい言い方をする男性(或は旧弊な社会階層)である点で共通する(→用例1〜用例5)。以下に用例を示しておく。

(1) 「<u>俺(わし)</u>は此通り時代遅れの昔し者だから大久保彦左衛門流儀に従七位勲八等の判任官を栄としておるが、<u>汝(おまい)</u>は<u>俺(わし)</u>と違って普通教育も受けてるし、法律経済の片端をも心得てるし、まだまだ之から働かうといふのだから成るべく志を大きくして<u>俺(わし)</u>のやうな腰辯当連に生涯を終わらぬやうに心掛けて呉れ。」

　　　　　　　　　　　　　　　(老俗吏、老俗吏、父親→書生の息子；幹夫)

(2) 「<u>俺(わっし)</u>だって昔執って杵柄だから年を老っても戯作なら若い先生方に負ける気はねエが、何と云っても時代遅れだから当時の人気に向くものは出来ねエ。併し<u>お前(まへ)</u>さんの前だが、(下略)」

　　　　　　　　　　　　　　　　　　　(老作者、老作家→若い書生；芸人風の客人)

---

4) 「わっし」は「老作家」(用例2)一人しか使用していない。「わっし」は「わし」と形態が違うので、分けて分析する必要も考えられる。
　しかし、「わっし」の使用実態は「老俗吏」が書生に対して使用している「わし」の使用実態(用例1)とほぼ同じ使い方である。そこで、ここでは使用者と相手との人間関係や待遇の度合いを考慮して両語を一緒に扱うことにした。なお、調べて他の作品においても「わっし」は一例も現れない。

(3) a「先ア宜エワナ、其様に腹を立てる事は無い。縦令へば**俺(わし)**が好奇心
　　で他の女に手を出した処で、<u>お前(まへ)</u>は何も心配する事は無い。<u>お前(ま</u>
　　<u>へ)</u>は何処までも**俺(わし)**の奥さんだから、奥さんらしく端多ない悋気を
　　為んで見識を高く持って呉れないと**俺(わし)**が誠に困る……」

(精神家(下)、精神家; 夫→妻)

　　b「殊に**俺(わし)**と<u>お前(まい)</u>とは**俺(わし)**が下宿中に出来た自由結婚ぢや
　　ごははんか。」(精神家(下)、精神家; 夫→妻)

(4)「<u>汝(きさま)</u>は己(おの)れの非を飾るに賢いが、川尻伯が<u>汝(きさま)</u>の素行
　　の正しくないのに愛想を尽かされたは<u>私(わし)</u>は去る筋からも詳しく聞い
　　ておるぞ。」(ハイカラ紳士(下)、学士の伯父→学士; 英次郎)

(5)「はッはッはッ……理屈を附ければ其様なものかも知れないナ。**俺(わし)**も
　　追々と<u>足下(そくか)</u>から贋物を担ぎ込まれて修行しやうかナ。」

(古物家、愚得大人; 客→古物家主人)

　また、二人称代名詞との共起関係を見ると、上記に示した用例(1～
5)からも分かるように「おまへさん」・「おまいさん」・「おまへ」・「お
まい」・「きさま」・「そくか」など多様であり幅広く使用されている。

　なお、「わし」が使われているこれらの用例を待遇の度合いの観点か
ら考えると、相手が目上の場合(すなわち、江戸後期のような用法)は
一例も使用されておらず、目下の場合(用例1,用例2,用例4)と対等関係の
場合(用例3a,b,用例5)に使用されている。そして二人称代名詞との共起
関係(例えば、待遇の度合いの高いと思われる「あなた」と共起する用例
がないことと、用例4、用例5のような待遇度合いの低い「きさま」・「そ
くか」などと一緒に使われることなど)や使われた場面、文脈(くつろい
だ場面や相手を責める時に使用)などを考えあわせると、待遇の度合
いはさほど高くはない点が指摘できよう。

　以上見てきたように、明治35年当時の「わし」は江戸時代のような目
上に対するへりくだる気持をこめて用いた用例は無くなり、殆んど尊
大感を伴ってもっぱら中年以上の男性(江戸語の名残を漂わせる社会

階層の男性(例えば、「老俗吏」・「老作家」・「学士の伯父」などにだけ)に使用が限られるようになったのである。では、明治期のいつ頃まで江戸語の「わし」の影響(或は用法)が現れるのか、この点については第4節で他の作品から考究し、検討を試みる。

3.2「おれ」

「おれ」の使用者(14人)を見ると、「学生」(3人,6例)「書生」(5人,9例)「新聞記者(新入記者)」(2例)「失意政治家」(6例)「代議士」(2人, 7例)「老紳士」(21例)「隠居老爺」(1例)など若い男性(8人)と中年以上の男性(6人)である。全体の用例数は52例である5)。「おれ」の使用者は若い男性グループ(→用例6a,b,～用例8)と中年以上の男性グループ(→用例10a, b～用例13)とに、だいたい二つに分けることができる。以下に用例を示しておく。

(6) a「**俺(おれ)**は何時女義太夫の腕車を追駆けた?外聞が悪い。」
 　　b「**俺(おれ)**が買った。<u>汝(きさま)</u>が婀娜之助の写真を買った時一緒に買ったのだ。」　　　　　　　　　(学生(下)、鳥羽金→斧岡: 学生同士)
(7)「はッはッ、減らず口を叩きくさる。<u>汝(きさま)</u>の懸賞小説も久しいもんぢや。一度当ったといふ事ぢやが、**俺(おれ)**と交際つてからは猶だ当選らんぞ。第一小説が上手になったら奈何するのぢや。」
 　　　(貧書生、書生: 政治家志願者,肱枕→書生; 小説家志願者, 亀井:書生同士)
(8)「併し**俺(おれ)**は堂々とやる。<u>汝達(きさまたち)</u>のやうに秘々(こそこそ)と小な所為はせんぞ。」　　　(電影 (4)、大入道→同僚の書生2人; 書生同士)
(9)「世の中に新聞記者ぐらい愉快なものは無い、先づ**俺(おれ)**も此位置に有附いたのが幸ひ、(中略)甘い儲け口があつたら首尾よく攫みたいもんぢや。」
 　　　　　　　　　　　　　　　(新聞記者(上)、新入記者独り言)

---

5) 但し、「おれ系」に「おら」(書生が1例を使用)と「おい」(老伯爵が2例を使用)があるが、ごく一部の人に使用が限定されており、ここでは対象外とする。

(10) a「そんな愚痴を覆すなよ。**俺(おれ)**の貧乏は二十年来だ。<u>汝(おまい)</u>も永
　　年連添つてるから最う少と貧乏を苦にしないで平気になれさうなもんだ
　　ナ。」　　　　　　　　　（失意政治家(下)、失意政治家; 夫→妻）
　　b「高い家賃の家へ住むのも腕車を飛ばして歩くのも書生を何人も置くの
　　も悉皆**俺(おれ)**が身を立てる資本だ。そこを<u>汝(おまい)</u>も考えて最う少と
　　の間だから辛抱して呉れ。」　　　　（失意政治家(下)、失意政治家; 夫→妻）

(11)「**俺(おれ)**一人が賛成して物になるなら賛成しても可いが、」
　　　　　　　　　　　　　　　　（鉄道国有(5)、代議士; 高浪崩→お岸; 妻）

(12)「先ア可いよ。**俺(おれ)**に任して置きなさい。豊崎は決して憎むべき奴で
　　ない。物の役には立たんが愛すべき処がある。」
　　　　　　　　　　　　　　　　（電影 (5)、代議士; 島根→照尾; 妻）

(13)「島根尭民の妻だけに<u>卿(おまい)</u>も太い理屈家となった哩。**俺(おれ)**は無
　　論虚説ぢやと頭から歯牙に掛けんがノ、（中略)近頃段々評判が高いので
　　ナ……」　　　　　　　　　　　　（電影 (3), 老紳士; 父→娘; 照尾）

　上記に示した用例から分かるように、若い人は対等関係(同僚関係；
同性同士)で多く用いている。とりわけ若い男性の間では、粗野で親
密の度合いの高い言い方(用例6a、6b、用例7、用例8)に「おれ」が選択
されたのであろう。一方、中年以上の男性の場合は夫婦関係のような
身内の家族(用例10a、10b、用例11、用例12)(妻や娘；異性同士)に対し
てかなり気軽に使っているのが特徴的である。

　そして二人称代名詞との共起関係は「きさま」・「おまい」などが殆ん
ど現れている点に注目したい。すなわち、「学生同士」・「書生同士」の
ような若い人の間で、「おれ」は「きさま」と対をなして用いられている
が、「失意政治家」・「精神家」のような中年以上の使用者は二人称代名
詞「おまい」と対をなして「おれ」を使っている6)。

　なお、待遇の度合いの観点から考えてみる。当時「きさま」には卑し

----

6) 参考として小松(1998)では、東京語における一人称代名詞「僕(ボク)」は「君
　(キミ)」と対をなして使用されていると述べている。

い意があったという指摘7)を考慮に入れると、とりわけ若い人が対等関係で殆んど「きさま」と対をなして使用している「おれ」には待遇の度合いの低いことが言えるのではなかろうか。

　以上述べてきたように「おれ」は「わし」に比べて年齢に関わらずに幅広く使用されていることが分かる。そして用いられた場面を見ても「おれ」は当時かなり気軽に使用された砕けた言い方として、「わし」よりも多少待遇の度合いも低く感じとれる。これは次のような用例(14)からも分かるだろう。

(14) 「また犬めが悪戯してけつかる。老媼(ばア)さん、水をぶッ撒けなさい……うッ**俺(おれ)**がぶッ撒けてやる。」

　上記の用例(14)は、年取った隠居老爺が妻に対して(場面的には腹が立って外(見知らぬ)の書生たちに対して；　書生たちに聞こえるようにいう)かなり砕けた場面で「おれ」の使用が一例観察されたのである。

4. 他の作品における「わし」・「おれ」

　第3節の分析に続き、ここでは明治期の他の作品と対比することによって、これらの一人称代名詞の性格がより明らかとなるであろう。つまり、第3節で述べてきた「わし」と「おれ」の結果が当時の時代性として言えるのか、或は作品の性質に起因することなのか、いった点について検討してみよう。まず、他の作品に入る前、当時の口語文典を参考として取り上げたい。

---

7) 松下(1901) 参照。

　「わし」の場合は金井保三の『日本俗語文典』(明治34年)を繙いてみると、「わし」は男のつかふ言葉で多く中等以下に用いられるとし、「わっち」とともに上等の言い方ではなく、下品な言い方として位置づけられよう。「おれ」の場合は、「わし」よりもすこしぞんざいな言葉であると述べられている(吉岡郷甫『日本口語法』(明治39)もほぼ同じ定義である。男がつかうもので「おれ」は「わし」よりも粗末な語であるという。)。

　保科孝一『日本口語法』(明治43年)によれば、現在東京の中流社会に専ら使用されておる人代名詞を列挙してみると、自称は「ワタクシ」・「ワタシ」・「僕」・「自分」を挙げている。「わし」・「おれ」・「我輩」などはある特別な場合に用いられるものであり、これらのものはあまりに平民的であるか、若しくは一局部に限られて居て国語教育上に一般に使用することが出来ない、という見解を示している。

　ここから、少なくとも「わし」・「おれ」は学校教育上に扱われてこなかったという可能性が考えられる。このような背景を反映したのか、明治20年の教科書(例えば、『尋常小学読本』(明治20年)を見ると、一人称代名詞は「わたくし」・「わたし」・「ぼく」が主である。)においても同様の結果である。すなわち、「わし」・「おれ」はあまり見当たらないのである。一般的に教育上のことを考えると(とりわけ女性)、品格のある語が対象となり、品格のない下品な言い方は現れにくい。

　また、橋本文寿の『実際的口語法』(明治45年)では、「わし」は自分が対者より上位なときの自称、「おれ」は自分が対者より貴位なときの自称と述べられており、両語の微妙な違いを窺わせる。

　以上、明治後期の各口語法の定義を考慮に入れて、本節では、明治期の他の作品[8]からの用例と照らし合わせて具体的に確認していくこ

―――――――――――――

8) 本研究で調査対象とした資料については、後掲の＜資料一覧＞を参照のこと。ここでは、「わし」と「おれ」の全体の使用傾向を把握しようとし、明治期

とにする。このような分析の成果を踏まえ、最終的には第3節で述べてきた『社会百面相』の結果を慎重に考えつつ、明治期における「わし」と「おれ」の性格をより明らかにしていく。

　以下、論の述べ方として各作品に現れた用例を挙げる形とし、そして必要に応じて説明を加えたい。なお、時期については改めて訂正する必要も考えられるが、ここでは大きく三つに分けて考察を進める[9]。

4.1　明治初期から10年代まで

　まず、明治初年から10年代までの「わし」について述べる。明治初年の『安愚楽鍋』(明治4―5年)には「わし」は一例も現れない。調査した『春雨文庫』(明治9年)、『塩原多助一代記』(明治17)における用例を検討してみると、一人称代名詞「わし」にはまだ江戸後期の名残を漂わせることが分かる。すなわち、目上に対しての使用(用例16、28、30)とともに女性が使用する場合(用例24)がそれを物語ってくれる。また、話し手の社会階層を考えると下層に属すると思われる「武士の下男」(用例16)「馬士」(用例22)「女中」(用例24)などが依然として用いており、江戸後期に近い様子を見せている。以下、各作品別に分けて用例を示しておく。

　に刊行された資料をそれぞれの時期別に分けて資料を選んだのである。
9)　ここでは明治期の時期の区別を大きく3期に分けた。まず、「わし」と「おれ」の大まかな使用傾向を見るために時期を区分したことを断っておく。蛇足であるが、言文一致のことを念頭においてだいたい明治20年以前(前期)と以後(後期)を基準とした。ただ、40年代以後(後期)をさらに設定し、「わし」と「おれ」の使用実態の度合いをより詳細に探ろうとした。

◎『春雨文庫』(明治9年)における「わし」[10]

「整骨所の主人(荒井宗意)→お増さん; 関取都石さんの妻」

(15)「夫は目出たい予て関取の話しに聞いて居る久しぶりでの故郷の錦まハしの〆ばいがすることで有う**僕(わし)**に於ても気が勇む膏薬ハ今延して上げるから少し待て居さつしやい」

「文吉(武家の下男)→整骨所の主人(荒井宗意)」

(16)「**私(わし)**のハ古い打身でごぜへやす今年であしかけ五年前島田様からの御内意で近衛家の村岡といふ女をはじめ諸藩の者を召捕るとき橋本左門といふ奴と引組で縁から庭へ落たはづみに御影の飛石で脇腹を突やしたが、(下略)」

「清兵衛(書肆; 本屋の主人)→寅吉(柊屋の主人)」

(17)「**己(わし)**ハ少し用が有て何分繰合せが仕しくひから都合が出来たら跡からでも行ことに仕様からマア兎も角も万事貴公(きこう)に取扱って貰ひてへのだ」

◎『塩原多助一代記』(明治17)における「わし」

「案内者→伝吉(旅商人)」。

(18)「**私(わし)**なんざア年中かういふ所を歩いてるから、平地は却って歩きにくい。」

「角右衛門(お百姓; 44、5才; 地方で高い地位,名主から三番目)→塩原(主人,元武士)

(19)「**私(わし)**の懐中に金のあるのを知って跡を尾けて来て、取らうとするから、名主へ連れて往くべえと思っていた所が、既に殺される所でがんした。」

「塩原→多助,息子」

(20)「これこれ**手前(てまへ)**は**私(わし)**の本当の子ではない、此の沼田のお百姓の子だが、」

「角右衛門(お百姓→おかめ; 商人の妻)」

(21)「**私(わし)**も銭屋へ往くんだから一緒に往かう、**お前(まへ)**さんお一人かえ。」

---

10) 本節の各作品の用例の示し方は、話し手の属性を分かりやすくしようとし、先に話し手と相手との使用関係を提示し、その後用例を挙げたことを断っておく。

「馬士→おかめ; 商人の妻」

(22)「私(わし)は興久村の者だから駄賃より出越して来たんだから、此処で下りて下せえ。」

「塩原角右衛門→お清; 夫人」

(23)「これお清、この包みをお前(まへ)持って往つてお呉れ、これは端銭で出して置くら、これは私(わし)が持って行く。」

「女中→塩原角右衛門と妻(夫婦)」

(24)「ここな家ではハア堅うごぜへやすから、どんな馴染みのお客でも泊めましねえから三味線や芸はいりやしねえよ、私(わし)どもは堅え家でなくつちやア勤まりましねえ、」

「角右衛門→娘(茶屋の娘、お梅)」

(25)「馬鹿な事を云はねえもんだよ、あんたがお母様に逢つて云ひにくければ、私(わし)が一緒に往つて詫事をして上げべえから、あれさ、マア心得違えをしちやいけましねえ。」

「塩原角右衛門→茶の主人」

(26)「はい、是はお初(はつ)にお目にかかります、私(わし)は塩原角右衛門でございますが、生憎只今高平まで参って居りやせんでござりやしたが、」

「塩原角右衛門→道連れの小平」

(27)「マアおかめを私(わし)の処へ連れて来て置くうち、縁あって今ぢやア女房にしている訳だが、」

「分家の太左衛門→伯父の塩原角右衛門」

(28)「私(わし)も若えうちに親父に死なれ、また母親にも早く別れ、今まで皆伯父様の世話になった事は私(わし)も心得て居りますから、」

「分家の太左衛門→多助」

(29)「まア待たんしよ、何だ多助、まアまア私(わし)が来たから待っておくんなんし、やい多助、」

「多助→母親; おかめ」

(30)「まアお母さん、私(わし)が処へこの手紙を送ったか知りませんが、私(わし)覚えはござりやせん、」

　次に明治初年から10年代までの「おれ」について述べる。初年の『安愚楽鍋』(明治4年ー5年)の「おれ」はあまり身分の高くない人が対等関係

で用いている(用例31)。この他にも『安愚楽鍋』には、「車夫」が「仲間」
に対して、つまり下層の対等関係で「おれ」の使用がある。また、『春
雨文庫』(明治9)には、若丹那、書肆などが相手の芸子と戯れる時に「お
れ」が使用されている(用例33、35)。『春雨文庫』(明治9)と『塩原多助一
代記』(明治17)の用例からも分かるが、身内の夫婦関係で「おれ」を気軽
に使用しているようである(用例34、39)。以下、各作品別に分けて用
例を示しておく。

◎ 明治初期の『安愚楽鍋』(明治4年—5年)における「おれ」
　　「あくめけした男,旧弊家34、5才くらい→友先生」
(31)「ヲイヲイ友先生コレサおれにばかりしやべらして猪口ハどうするのだ
　　　ナ。」

◎ 『春雨文庫』(明治9)における「おれ」
　　「妓楼(あそびや)の主人→遊女,喜遊(きゆう)」
(32)「なる程おぬしの気性じやア然う思ふのハ無理じやアないから**此身(おれ)**
　　　も男だ一旦然うと言つた口ハどんなことでも変らせねへと義理にも言ハ
　　　にやアならねへ処を面の皮を厚くして(下略)」
　　「嶋田左近(しまださこん)(若旦那)→君香(きみか)(元舞子(まひこ)」
(33)「ナニ**此身(おれ)**ハ飯も喰たくねへがお主ハ喰つて寝るが宜いぜ」
　　「笹井吉三朗(農夫,関取)→お増(妻)」
(34)「**自己(おれ)**も夫を案じて居るのサ無拠バ今宵ハここに野宿を為るにもせ
　　　よ」
　　「清兵衛(田原屋の書肆)→小常(芸子)」
(35)「意地のわるい女子だナアよしよし夫ならバ**己(おれ)**もまた**和女達(たまへ**
　　　たち)の好なものを買て遣るからマア酒を呑して呉れろヨ」

◎ 『塩原多助一代記』(明治17)における「おれ」
　　「角右衛門(お百姓; 金持ち 44、5、才)→岸田屋の宇之助」
(36)「なに五十両貸してくれと、**己(おれ)**は数坂越を幾度もするが、汝(われ)エ
　　　やうな盗賊がいるから旅人が難渋するのだ、さア名主へ連れて往くから来

い。」

(37) 「黙れ、汝(われ)え己(おれ)に打たれるか。」
　　「角右衛門(お百姓; 金持ち 44、5、才)→塩原(主人,元武士)」

(38) 「御勘辯どころぢやねえ、鉄砲を打たなけりやア己(おれ)が殺される所だ、」
　　「角右衛門(お百姓; 金持ち 44、5、才)→妻」

(39) 「**おれ**が保泉村を通りかけて、此の内儀さんの難儀を助けてから、余儀なく此の内儀さんの事にかかって泊っているやうな訳で、五日銭屋へ逗留していたのよ。」
　　「角右衛門(54才の時)→五八(奉公人)」

(40) 「己(おれ)も始めて江戸へ出たのだから困った、仕様がねえが此間一度尋ねた小網町の積荷問屋な、彼処へ行くべい。」
　　「角右衛門→娘(茶屋の娘、お梅)」

(41) 「それには種々訳があるが、話は家へ帰ってからゆっくりしべい、己(おれ)は沼田の下新田といふ山国だが、お(前)まへさんの実のお母様(つかさん)は己(おれ)が家にいるんだ。」
　　「伯父の塩原角右衛門→太左衛門」(身内関係)

(42) 「実は此処にいる多助を己(おれ)が跡目相続に貰った訳といふものは、十三年後八月二日、千鳥まで田地を買ひに行く時、」
　　「家来原丹治(45才)→「小平」(道連れ)」と「おかめ」」

(43) 「何だか貴様(きさま)達の云ふのは己(おれ)にはさっぱり分らん。」
　　「丹三朗(侍)→小平」

(44) 「黙れ、貴様(きさま)己(おれ)を知って居るだらう、」
　　「圓次郎(幸右衛門のせがれ; 多助の友達)→多助」

(45) 「そりや困ったナ、己(おれ)見てくれべえ。」

4.2 明治20年代から明治30年代まで

　明治20年代から30年代にかけて、一人称代名詞「わし」には使い分けにどのような変化が見られるのか、作品に現れた用例を中心に検討していく。この時期になると、江戸後期と明治初年とは異っており、現代日本語に近づいていくのである。例えば、調査した『小公子』(明治

23年)、『書記官』(明治28)、『夜の鶴』(明治28)などを見ると、「わし」の使用者の年齢(例えば、「老侯(侯爵)」(用例47、48)、「資産家の父親」(用例53、54)、「伯父さん」(46a,b)、「陸軍中佐(夫)」(用例55、56)など)が高いことが注目される。これに対して、若い世代には「わし」の使用が次第に廃れていく傾向も見て取れる。そして、明治10年代のような女性の使用は見られなくなる。

　明治30年代も基本的には明治20年代とほぼ同じ傾向が続き、高年齢層の男性の間で「わし」は好まれるようになる。このような傾向は第3節の『社会百面相』(明治35)の結果とも一致する。以上のことから分かるように、一人称代名詞「わし」は明治20年代にまで遡ることができ、それが現代日本語まで続いているのではないかと考えられる。以下、それぞれの作品の用例を作品別に分けて示しておく。

◎『小公子』(明治23年)における「わし」
　　「ホッブス(伯父さん)→セドリック(子供)」
(46) a「そんなやつ知っていてたまるものかよ、<u>わし</u>の店へでも這って見るが好い、どうしてやるか。」
　　 b「<u>わし</u>は忘れやしないが、<u>おまへ</u>も英国の貴族の中へ這入って、<u>わし</u>を忘れちゃ困るよ。」
　　「老侯(侯爵)→ハ氏」
(47)「<u>わし</u>をひとつはめて、面会でもさそうといふのじやろうが、只今の様に申すのも必竟<u>わし</u>に精神を感服させて、一仕事と考えて居るのだろうが、」
　　「老侯(侯爵)→モドント(牧師)」
(48)「イヤ、モドントか、お早う、<u>わし</u>もこの通りチト新しい職掌を見付けたのだ。」「給仕→ドウソン(侍女)」
(49)「イヤ、<u>わし</u>がこれまでお仕着を頂戴した殿様で、」
　　「チック(靴磨き)→ホッブス」
(50)「さうとも。<u>わし</u>はどこまでも加勢する気なんです。」
　　「ホッブス→チック(靴磨き)」

(51)「全体、嫁なんぞ貰はなければ好んだい。女なんぞ。**わし**なんぞはあんな
　　ものはどこが好いんだかさっぱり分からないナ。」
　　　「ベン(壮年)→ハ氏(ハリソン代言人)」

(52)「知って居升とも、**わし**も此女を知って居れば、此女も**わし**に見覚えが有
　　るんです。」

◎『書記官』(明治28)における「わし」
　　「見好善平(資産家；光代の父親；伯父)→東篠綱男(学士；善平の親戚)」

(53)「もういいわ、**お前(まへ)**はお前の了簡で嫌ふさ。**私(わし)**は**私(わし)**で結
　　交ふから、もう此事は言はぬとしやう。それで可いではないか。」
　　　「見好善平(資産家，父親)→娘の光代」

(54)「なに帰る? **私(わし)**も帰るさ。一時も早く東京へ帰って、何彼の手筈を
　　極めねばならぬ。光代、明日は夙く発たうぜ。」

◎『夜の鶴』(明治28)における「わし」
　　「勝田文之進(陸軍中佐；夫 52才)→阿定(おさだ；妻)」

(55)「ハハハハハア亡魂でも無い、幽霊でも無い、矢ぱり**余(わし)**じゃ、勝田文
　　之進じゃ…コレ阿定、気を鎮めてよく顔を見たが宜い」
　　　「勝田文之進(陸軍中佐；夫)→宮川、若い紳士」

(56)「時に宮川卿(おまへ)は**余(わし)**が家の親戚に成て居るから一応話を仕て置
　　くが、余(わし)が娘の阿兼もモウ今年一八にも成るに由て、良い先があッ
　　たら縁付やうと思っていた所が、(下略)」

◎『金色夜叉』(明治30,前編)における「わし」
　　「鴫沢隆三(主人；50代)→間貫一(書生；高等中学の学士；居候；孤児)」

(57)「で、**私(わし)**もまあ一安心したと云ふもので、幾分か是で**お前(まへ)**の御
　　父様(おとッさん)に対して恩返しも出来たような訳、就いては**お前(まへ)**
　　も益々勉強してくれんでは困るなう。」

(58)「**お前(まへ)**が然う思うてくれれば**私(わし)**も張合がある。就いては改めて
　　お前(まへ)に頼があるのだが,、聴いてくれるか。」

◎『左巻』(明治34年)における「わし」
　　「半官白石直記→書生時代の昔仲間；吉倉と鎌田康夫」

(59)「おう、**儂(わし)**も先刻から其事を考えて居つた。かうして三人珍しく遇つたのを機に、我々発起人になって、早速遣らうではないか。吉倉、君にも無論不賛成はなからう。」

(60)「然うか、那様事があつたのか、**儂(わし)**は少しも知らんかつた。いや、油断のならん男だ。」

　次に「おれ」について述べる。「おれ」は基本的に明治10年代までの用法と大きな変わりはない。多くの男性は親しい対等関係や目下の相手に向けて「おれ」を使用しているし、身内の家族(夫婦関係)に対しても、使用が観察される。このように一人称代名詞「おれ」は、世代を問わず砕けた言い方として気軽な相手に対してのふつうの対話で用いられる。この時期に「おれ」は男性の代表的な一人称代名詞の位置を占めていくのである。このことは、当時高年層に基盤をおく「わし」とは対比される点である。以下、各作品の用例を示しておく。

◎『五月鯉』(明治21年)における「おれ」
　「境井広光(元侍; 諸侯の藩士; 夫)→妻; お萩」

(61)「サア**おれ**もさう思ふが……だから此の間岡村が種々云た時に失敬な事を云ふ奴だと思ったがかう云ふ証拠があって見りヤア仕方がない……ア、あんな奴とハ今まで**己(おれ)**も知らなかった……が」

(62)「ウンお**前(まへ)**にハまだ話さなかったナ、これハナニ畑山の奥様のハンケチだサ、」
　「境井広光(元侍; 諸侯の藩士; 夫)→境井光一; 息子」

(63)「光一**おれ**が悪かったもういい、」
　「だって**貴様(きさま)**、お嬢様がこんなものを下さる訳があるもんか……馬鹿な」

◎『小公子』(明治23年)における「おれ」
　「ヂック(靴磨き屋)→セドリック」(対等関係)

(64)「お**まへ**エライ人のとこへ行ったら持て、歩くが好い。下で上げねへちうもんだから、**おれ**が騒ぐ内に包み紙がどつかへ行つちまったんだ。」

　　　「侯爵→セドリック　」(身内の関係)

(65) a「ナンダ、**貴様(きさま)** が居たのだっけ、**おれ** は慈善家のここに居るのは
　　　サッパリ忘れて居た。」

　　　b「ソウカ、**貴様(きさま)** は**おれ**に逢って嬉しいと云ふのか?」

　　　「侯爵→エロル夫人」

(66) a「どふだらう、**貴様(きさま)** を城へ迎へない訳を知らせても、矢張り**おれ**
　　　に懐いたらうかな?」

　　　b「さうだ。あれは**おれ**を好きな様だし、**おれ**もあれを愛してるのだ。」

　　　「ヂック→ホップス」

(67) 「あれが華族なら**おれ**も華族。」

　　　「ベン氏(壮年)→ある女」

(68) 「これ、あの子供はどこへやった?モウ**おれ**が連れてつて仕まふから、あれ
　　　も**貴様(きさま)** と親子の縁は切るし、**おれ**もモウ**貴様**に用はないぞ。」

◎『書記官』(明治28)における「おれ」

　　　「見好善平(父親; 資産家)→光代(娘)」

(69) 「**己(おれ)** が何を嫌がらせるものか。お前(まへ)が独りで嫌がって居るの
　　　だ。それは最う綱男は実に此上もない男さ。」

　　　「善平(伯父)→哲学の学士(綱雄)」

◎『左巻』(明治34年)における「おれ」

　　　「かざりや(屋); 金公→女房; お幾」

(70) 「ははははは。なにお前(めえ)がそれほど気を揉むんなら、**俺(おれ)** もまア
　　　精々聞合わせて遣らう。まア注ぎねえ。」

　　　「寅さん(50代男)→金公」(対等関係)

(71) 「いや全く質の良くねえ眼付だよ。そればッかりぢやねえ。いつ行つたつ
　　　てお前(めえ)むつりとして、**俺(おれ)** なんぞにやア碌すッぽう口もききや
　　　アしねえ。」

　　　「寅さん(50代男)→お幾」

(72) 「物は出来るしよ、愛想は好しか、何から何まで気が付くから、**俺(おれ)**
　　　のやうなものに迄感心するほど能く行渡るんだア。」

　　　「銑一郎(兄; 元医者)→鈴子(妹)」

(73) 「黙れ、余計な口をきくには及ばん。帰す事が出来んければ**貴様(きさま)**

の好いやうにしろ。**俺(おれ)**は逢はん。」

(74) 「ふむ、**お前(まへ)**に案じて貰つたら何になる。**俺(おれ)**の身体などを**俺(おれ)**は誰にも案じて貰ひたくはない。」

「銑一郎(兄; 元医者)→お絹(若い娘)」

(75) 「でも**俺(おれ)**は、**お前(まへ)**の叔父さんからも頼まれて居るから、種々探出してとうとう一人見付けたのだ。」

4.3 明治40年代以降

　明治後期になると、一人称代名詞「わし」の用例はあまり見られなくなる。調査した明治40年代の三つの作品、『三四郎』(明治41年)、『雁』(明治44)、『寂しき人々』(明治44年)には「わし」の使用者が一人も現れない。もちろん、これらの作品の性格、登場人物の(話し手のいろいろな属性を考慮しても)条件を考えるにしても、「わし」の使用衰退の現象は言えるのではなかろうか。これに対して、「おれ」の場合は、明治30年代とほぼ同じく若年層、高年層ともに対等関係や目下の相手、或は身内の夫婦関係などで多用されている。以下、各作品の用例を示しておく。

◎『三四郎』(明治41年)における「おれ」

「与次郎→三四郎」

(76) 「**おれ**だつて、金のある時は度々人に貸した事がある。しかし誰も決して返したものがない。夫だからおれは此通り愉快だ」

◎『雁』(明治44)における「おれ」

「父親→お玉(娘); 高利貸の妾」

(77) 「うん。**己(おれ)**は随分人に馬鹿にせられ通しに馬鹿にせられて、世の中を渡ったものだ。だがな、人を騙すよりは、人に騙されている方が、気が安い。」

「末造、高利貸、夫→お玉、妻」

(78)「馬鹿を言へ。己(おれ)がお前(まへ)と云ふものがあるのに、他の女に手を出すやうな人間かい。」

◎『寂しき人々』(翻訳戯曲)(明治44年)における「おれ」
　　「主人28才; 軍人; 陸軍予備士官、夫→妻; 21才」

(79)「己(おれ)だつて己(おれ)の性分をどうにもする事は出来ない。お前(まへ)の方で無暗にへこんでしまふから悪い。」
　　「舅60代; 陸軍予備士官の父→姑; 50才」

(80)「可哀そうに。二階へ行つて少し独りでいるが好かろう。お前(まへ)も己(おれ)も少しの間は行かないでいようぢやないか。」

5. おわりに

　以上、明治期の一人称代名詞「わし」と「おれ」について述べてきた。その結果を(「僕」と「我輩」を入れて)まとめてみると、だいたい下記の<表1>のようになる。

<表1>「明治期における一人称代名詞「わし」と「おれ」の使用実態」

使用実態 一人称	世代別(年齢層)		共起関係	場面(文脈)
わし	旧世代	高年層	おまへさん,おまへ,おまい,きさま,そくか,そこ	私的
おれ	新,旧世代	高年層 若年層	**おまい,きさま**	より私的
僕	新世代	中年層 若年層	あんた,あなた,**きみ**	やや公的,私的
我輩	新,旧世代; 知識人	中年層 高年層	きみ,**きこう**,きさま,おまい	公的,私的

　本研究は、明治期の一人称代名詞「わし」・「おれ」の両語の使用実態と待遇の度合いについて考察したものである。主に『社会百面相』(明治35年)を資料とし、その前後の他の作品を加えて調査し、明治期の「わし」・「おれ」について考察を行なったものである。

　考察の結果、「わし」の使用が明治初年から10年代までは江戸後期の姿が見受けられる。しかし、明治20年代頃から30年代にかけて現代の用法とほぼ同じであることが分かった。すなわち、明治10年代まで「わし」は目上への使用もあり、女性の使用も見られるなど江戸後期の名残がまだ残存している。明治30年代では、『社会百面相』の結果からも分かるように古めかしい言い方をする高年層の男性にのみ「わし」の使用が限られ、続いて明治40年代の作品には「わし」の使用が次第に廃れていく傾向を見せている。

　一方、「おれ」の場合は明治初年から江戸語のような女性の使用が見られず、現代日本語と同じように幅広い年齢層に使用が見られる。若年層では対等関係で粗野で親密の度合いの高い言い方に「おれ」が選択された。なお、中年以上の男性の場合は夫婦関係のような身内の家族に対してかなり気軽に用いていることが言える。そして使用された場面、文脈を考えると、「わし」より「おれ」の方がやや私的であろう。

　また、今後の課題としては、明治期の他の作品を増やしていく作業とともに他の作品で取り上げた「わし」と「おれ」の用例に関するさらなる考察を加えることである。

　なお、他の一人称代名詞(例えば、「僕」・「我輩」など)の使い分けと照らし合わせて考察していくことも必要であろう。そして現代日本語へ繋がる過程について、性差の観点を始めとして具体的にどのような変化を経て定着したのか、時代を広げた本格的な通時的研究が要求される。このような課題については別の機会に検討してみたい。

■ 参考文献

金水敏(2000)「役割語探求の提案」『国語論究8国語史の新視点』明治書院 pp.311-351

小島俊夫(1974)『後期江戸ことばの敬語体系』笠間書院

小松寿雄(1971)「近代の敬語Ⅱ」『講座国語史5敬語史』大修館書店 pp.283-365

_____(1998)「キミとボク―江戸東京語における対使用を中心に―」『東京大学
　　　　　国語研究室創設百周年記念国語研究論集』pp.667-685

_____(2000)「オレ・ソチ・ソナタ・ワッチ・ワタイ―明治東京語女性人称形
　　　　　成の一考察―」『国語語彙史の研究十九』和泉書院 pp.1-16

坂梨隆三(1987)『江戸時代の国語上方語』東京堂出版

塩沢和子(2001a)「古今集遠鏡におけるワシ・オレ」『文芸言語研究言語篇』39 筑波
　　　　　大学 文芸・言語学系 pp.15-47

_____(2001b)「古今集遠鏡におけるワシ・オレ(2)」『文芸言語研究言語篇』40 筑
　　　　　波大学 文芸・言語学系 pp.1-23

辻村敏樹編(1991)『敬語の用法』角川書店

房極哲(1998)「明治期の一人称代名詞「わたくし」・「わたし」―『社会百面相』を中
　　　　　心に―」『筑波応用言語学研究』5 筑波大学大学院 文芸言語研究科 応用言
　　　　　語学コース pp.101-116

松下大三朗(1901)『日本俗語文典』誠之堂

山崎久之(1963)『国語待遇表現体系の研究近世編』武蔵野書院

<資料一覧>

『安愚楽鍋』(明治4-5)仮名垣魯文著『明治文学全集1』筑摩書房 昭和41

『春雨文庫』(明治9)松村春輔篇『明治文学全集1』筑摩書房 昭和41

『塩原多助一代記』(明治17)三遊亭圓朝著『圓朝全集巻ノ十二』

『薮の鶯』(明治21)三宅花圃 金港堂 明治21

『五月鯉』(明治21)巌谷小波『明治文学全集20』筑摩書房 昭和43

『小公子』(明治23)バーネット作若松賤子訳「女学雑誌」227号-299号 明治23

『書記官』(明治28)眉山人(川上眉山)「太陽」第1巻2号 博文館

『夜の鶴』(明治28)桜痴居士「太陽」第1巻8号-第1巻9号 博文館

『金色夜叉』(明治30)尾崎紅葉『明治文学全集18』筑摩書房 昭和40

『左巻』(明治34)川上眉山「太陽」第7巻22号-第7巻23号 博文館

『社会百面相』(明治35)内田魯庵著東京博文館、東京大学総合図書館蔵本(明治36年
　　　　　10月第三版)

『三四郎』(明治41)『漱石全集第四巻』岩波書店 昭和41

『寂しき人々』(明治44)ハウプトマン作森鴎外訳 金尾文淵堂 明治44

『雁』(明治44)森鴎外 籾山書店 大正4

第5章
明治期における一人称代名詞の
社会言語学的研究

1. はじめに

　日本語の人称代名詞の特徴的な体系は古代日本語から継承されたものではなく、中世以降に発達したものである[1]。つまり、歴史的にみると中世以降、人称代名詞は発達し、現在と同じ人称代名詞の体系が完成するのは近世になってからである。塩沢(1998)によると、江戸期の一人称代名詞は約40種類存在するという。この40種類には方言や限られた社会階層の人しか使用しない一人称代名詞も含められている。田中(1973a)、(1983)では、近世前期の上方語の一人称代名詞を敬意の度合いによって、3つのグループに分け、全部で15種類挙げている。

　なお、時代が近世になると、人称代名詞はかなり複雑になり状況に応じて柔軟に使い分けられ、相手との距離が適切に保たれるようになる。さらに、一人称代名詞は近代に入ると、明治の初期と後期で大き

---

[1] 小松英雄(2002)は、平安時代まで一人称代名詞は事実上「われ」一つだけという状態であったという。

な相違が観察されるのである。

　そこで本研究では、近代に注目し、明治期における人称代名詞の社
会言語学的研究の一環として、明治期の小説の会話文における一人称
代名詞について性差及び社会階層との関わりを中心に考察する。さら
に、資料を広げて当時の「落語」における一人称代名詞についても言
及することにする。このように、一人称代名詞を社会言語学的な手法
で捉え直すことによって、近代日本語の一人称代名詞の形成とその様
子・実態がより明らかとなるであろう。

2. 先行研究及び各文典の一人称代名詞

　明治期における人称代名詞の形成については、すでに小島俊夫
(1974)、小松寿雄(1998)(2000)、飛田良文(1974)(1992)等の研究成果が
数多くある。これらの先行研究の中で、とりわけ小松の一連の研究で
は、江戸語の延長線で明治期の人称代名詞について述べ、人称が江戸
語から東京語へかけてどのように変化したか、という問題意識から論
じている。しかし、先行研究では、必ずしも人称代名詞を性差、年齢
差、社会階層[2]などという徹底した社会言語学的な観点からは論じて
いないようである。

　さて、当時の文典の中で、人称代名詞はどのように述べられている
か見てみよう。金井保三著『日本俗語文典』(明治34年)の中では、人
称代名詞の用法を位相の観点から説いている。すなわち、性差と身

---

2) 田中章夫(1999:92)では、近代日本語の形成のプロセスにおいて、社会の中層
　階層の言葉が指導力を発揮したことは日本語史のうえで特筆すべき事実である
　としている。このような事実は社会言語学的にも示唆することが多いし、一人
　称代名詞の場合もこのようなことが言えるのかどうか注目に値する。

分・社会階層差という側面から人称代名詞を説明している。ここにその内容の一部(わ系、あ系)を紹介しておく。

> わたくし;上下の別なく相手が対等もしくは対等以上の人である時に普通に用いられる。
>
> わたし、あたし;女のもちいる言葉。
>
> あたい;女の子のもちいる言葉。
>
> わし;男のつかふ言葉で多く中等以下に用いられる。
>
> わっち;男のつかふ最下等の言葉で職人などが目上の人に向かって自らいふ言葉。

　ここから、明治期の一人称代名詞について、おおまかな使い分けが分かるだろう。また、明治43年に刊行された『日本口語法』の中で、保科孝一は中流社会以外またはある特別な場合に用いられるものとして、「オレ」「オイラ」「ワシ」「ワタイ」「アタイ」「ワッチ」「拙者」「我輩」「テマエ」「テマエドモ」などを挙げている。さらに、明治45年の橋本文寿の『実際的口語法』は保科の説明とほとんど変わらないが、自分との人間関係(とりわけ上下関係)に注目して述べているのが特徴的である。

　このように幾つかの当時の文典を検討してみると、一人称代名詞は性差や社会階層、相手との人間関係などという観点から捉えていることが分かる。

　以下、本研究では当時の文典の定義を踏まえながら、実際の言語生活ではどのような実態であったのかについて考察していきたい。考察の方法としては当時の口語資料である小説の会話文を調査し、一人称代名詞の使用実態を社会言語学的な視点から分析・考察を進めることにする。

3. 調査の概要

　本研究でいう明治期の区分は、明治初年から明治20年代までを前期とし、明治30年代以降を後期とする。それぞれの作品における調査の概要を次の<表1>に示しておく。調査資料は後ろの<小説資料一覧>を参照されたい。

<表1>【男女の違いによる一人称代名詞の使用者数(括弧の中は女性)】

作品	わたくし	わたし	あたし・女	わたい・女	われ	わし	わちき	わっち	おれ・男	おら・男	おいら	こちとら・男	手前	我輩・男	僕・男	拙者・男	拙(せつ)・男	愚老・男
安 春 塩 真 藪 小	2(0) 3(7) 4(4) 5(2) 2(6) 1(3)	0(0) 1(5) 3(6) 3(4) 0(7) 1(4)	0 0 0 0 (4) 0	0 (4) 0 0 (1) 0	1(0) 2(0) 0(0) 0(0) 0(0) 0(0)	0(0) 3(0) 7(1) 0(0) 0(0) 6(0)	2(4) 0(7) 0(0) 0(0) 0(0) 0(0)	2(2) 1(0) 1(0) 0(0) 1(0) 0(0)	4 4 7 3 0 5	2 4 5 0 1 3	3(0) 7(1) 1(0) 1(0) 1(0) 2(0)	2 0 0 0 0 1	0(0) 1(0) 1(0) 2(0) 0(1) 4(1)	1 2 0 1 0 1	4 3 0 1 8 4	0 4 0 1 0 0	1 1 1 0 0 0	1 0 0 0 0 1
前期 合計	17 (22)	8(26)	(4)	(5)	3(0)	16(1)	2(11)	5(2)	23	15	14(1)	3	8(2)	4	22	5	2	2
社 三 雁 寂	14(8) 2(3) 0(2) 3(4)	1(21) 1(1) 2(2) 3(3)	(3) 0 0 0	0 0 0 0	2(0) 0(1) 0(0) 1(0)	5(0) 0(0) 0(0) 1(0)	0(0) 0(0) 0(0) 0(0)	0(0) 0(0) 0(0) 0(0)	8 2 2 2	1 0 0 	0(0) 0(0) 0(0) 0(0)	0 0 0 0	0(0) 0(0) 0(0) 0(0)	23 	26 5 3 2	3 0 0 	0 0 0 	0 0 0
後期 合計	19 (17)	7 (27)	(3)	0	3(1)	6(0)	0(0)	0(0)	14	1	0(0)	0	0(0)	23	36	3	0	0

（注）「あたくし」は「藪の鶯」で女性1人が使用しているのみである。食客の妻:お貞→
　　　浜子。）

　調査した作品における一人称代名詞の使用者数の男女別の分布からは、だいたい次のようなことが言える。<表1>を性別からみると、明

治前期の男性の場合は16語、女性の場合9語が使用されている。しかし、後期になると、男女共に数が減っていき、男性は9語、女性は4語に限られてしまう。性差から注目されるのは明治期を通じて、男性専用の一人称代名詞(8語)は多いが、女性専用の一人称代名詞(2語)は少なく、男女共に一人称代名詞は時代が下るにつれて減っていく傾向があるということである。具体的に男性だけが使う一人称代名詞は「おれ」「おら」「こちとら」「我輩」「僕」「拙者」「拙」「愚老」などがある。一方、女性だけが使う一人称代名詞は「あたし」「わたい」の二つしかない。

　女性の場合は、明治後期「わたくし」「わたし」を中心とした待遇価値の高い一人称代名詞に使用の偏りを見せている。一方、男性の場合は、待遇価値の低い一人称代名詞も多く、バラエティーに富んでいることが分かる。

　明治初年の『安愚楽鍋』(明治4—5年)に使われている一人称代名詞の多くは、依然として江戸後期のものが多い。例えば、明治初期に主に下層階級で用いられていた「わちき、わっち、おいら、こちとら」などは明治後期になるとその使用が見られなくなる。とりわけ明治後期になると、「オレ系(おれ、おら、おいら)」を女性は使わなくなる[3]。

　そして明治40年代の作品(例えば『三四郎』(明治41年))になると、若い知識人が使用している一人称代名詞「わたくし」「わたし」「ぼく」「おれ」が現代日本語の一人称代名詞の使用状況とほとんど一致していることが分かる。全体的に<表1>を見て明治初期と明治の終わりごろの一人称代名詞の分布の違いが明らかとなっていることが注目される。

---

3)　ただし、江戸語(「浮世風呂」)では、下層の女性は「オレ系」を使っている。明治になると、下層の女性の間では「オレ系」の代りに「ワタシ系」が使用されるようになっていく。

　＜表1＞の調査結果を参考に性別による使用分布を時期別に細分して、分かりやすく示すと、次の＜表2＞のようになる。ここでは、便宜上明治初期から明治17年までの3つの作品の結果(明治初期:安、春、塩)と明治35年以降から明治の終わりごろまでの四つの作品の結果(明治後期:社、三、雁、寂)を分けてまとめてみた。なお、変遷過程の具体的な変化を明確に捉えるため、明治20年代は中期(真、藪、小)と考え、ここでは省略したことを断っておく。

＜表2＞【男女の違いによる一人称代名詞の使用】

性別＼時期	男女共用	女性専用	男性専用
明治初期	わたくし、わたし、わし、わちき、わっち、おいら	わたい	こちとら、おれ、おら、ぼく(僕)、わがはい(我輩)、われ、せっしゃ(拙者)、せつ(拙)、愚老
明治後期	わたくし、わたし、われ	あたし	わし、おれ、おら、ぼく(僕)、わがはい(我輩)、せっしゃ(拙者)

　上記の＜表2＞の結果を基に、明治期の一人称代名詞について性差との関わりを中心に述べる。明治初期において、男女共用の場合は「わ系」が用いられており、後期になると待遇価値の高い「わ系」に限られる。そして女性は男性に比べて、女性専用の一人称代名詞の数が少ない。一方、男性は男性専用の一人称代名詞の数が多い。とりわけ男性専用の一人称代名詞は、バラエティーに富んでいるが、その理由として考えられるのは、次の三つが挙げられよう。

　(一)作品に登場する登場人物の性質によるものと、場面制約などが考えられる。これを社会言語学的な視点から推察すると、明治期の社会においては、男性より女性の方が「公の場」に接する機会が少なかったと

考えられる。とりわけ、女性の場合は家庭生活が重要視され、男性より自分の言説・意見などを述べる場が整っていないため、自分の立場を示す一人称代名詞が文学作品の場面(話題)の単調さから数が限られたのであろう。(この場合、当時の社会規範から一人称代名詞の場合は、女性は女性らしい待遇価値の高い(わ系)に集中する傾向)

　(二)女性において、待遇価値の高い一人称代名詞にだけ使用が偏っている現象は当時の社会(時代相)から考えることができよう。例えば、明治期の「女学雑誌」を見ると、「女性の言葉つき」(明治23年)についての言説がある。当時の女性の使う言葉のうち、あらあらしい、また丁寧でない、一種の特別な聞き付けない嫌なことばを取り上げている。このように明治期には多くの学者や知識人たちは教養ある女性の「言葉のしつけ」について、女性らしい言葉の使用を呼び掛けていた社会的な風潮があったのである。その反映の一面が女性の一人称代名詞にも現れたのであろう。

　(三)女性と違って男性は漢語系の一人称代名詞を多数使用していることが考えられる。男性において漢語系の一人称代名詞の使用傾向は語種から漢語はどちらかというと男性という意識、言い換えれば、漢語に親しみを持っている日本語(男性語)の歴史から理解できよう。

　以上、明治期における一人称代名詞は、何よりも性差が明確である。明治期の男性は「わたくし」「わたし」の改まった使用と「ぼく」「おれ」のふつうの場面での気軽な使用とに大別され、ほとんどの作品に現れている。待遇価値からみると、女性が使う一人称代名詞は明治後期になると、待遇価値の低いと思われる一人称代名詞が無くなっていることが指摘できた。特に明治後期には女性において、待遇価値の高い「わたくし」「わたし」は現代日本語と同様、たくさん使われていることが分かる。従って、女性の場合、現代日本語の一人称代名詞は明治後期からその根源を探ることができる。

4. 明治期小説の会話文における一人称代名詞

　本節では、それぞれの一人称代名詞について用例を挙げながら、その使用実態を見ていくことにする。

4.1「わちき」「わっち」「わたい」

　次の「わちき」「わっち」「わたい」の用例を見よう(用例1－6)。「わちき」はどちらかというと、女性が多く使うことが言えそうである。「わちき」「わっち」の使用者を社会階層からみると、女性の場合は身分の高くない女性同士(用例3、4、5)で使っている。男性の場合は「野幇間→客」(用例1)「芝居者→客」(用例2)という人間関係で「わちき」「わっち」を稀に用いている。「わちき」の場合、『和英語林集成2、3(明治5、明治17)』に東国の遊女のいふことばと述べられているとおり、明治初期まで主に芸妓たちが使ったのであるが、明治後期の作品になると、その使用が見られなくなる。

　明治初期の女性が使用する「わたい」(用例6)がある。小松寿雄(2000:15)によると、「わたい」は天保後半、普通の女性の自称になったが、明治以降、下層非教養層に受け継がれ、下町言葉となっていったようである。なお、明治になると男性も使うようになる。男性は明治25年『当世少年気質』で、豆腐売りの小僧が一例使っているのが見られた。しかし、本研究で調査した十の作品では、男性の「わたい」の使用は一例も見られなかった。また、女性語としての「わたい」も明治前期までごく一部の下層女性(芸妓)に用いられ、次第に無くなっていったことが分かる。

(1) 「私(わちき)を見るとおいらんが野図八さん浮さんと同伴かへと次の間へか
けだしてきなすツたから私(わちき)がいちばんだまをくらハせてヘイ浮さ
んハいまさめや」　　　　　　　　　　（安愚楽鍋、野幇間(32,3才)→客）
(2) 「それに私(わつち)の方の太夫元さんハめつぽう方ずが広大から顔見世でも
仕初でもわき町よりハ一倍気を入れて桜を植えてもしみつれな樹ハ植込ま
ねへからおのづから桜に光りが出てサ」　　　　　（安愚楽鍋、芝居者→客）
(3) 「エエいやならわちきがのむからおよしひやでもいいからモウ一本そして生
でたべるのざんすから」　　　　　　　（安愚楽鍋、まじりみせの娼妓同士）
(4) 「そりやアちつと訳があるのサ今までおまへにもはなさなかツたが私(わち
き)やア十五のとしにちやんが相場とかにまけて母親とわちきをおきざりに
して脱走してしまつたらうじやアないか」
　　　　　　　　　　　（安愚楽鍋、茶店女(18、19才)同士;ころ→ひき）
(5) 「おころさん私(わつち)をそんなはすツ葉だとおもひか此せうばいじやア
人のあらすそをいふのハ極しらうとだハネ」
　　　　　　　　　　　（安愚楽鍋、茶店女(18、19才)同士;ひき→ころ）
(6) 「イイエ先刻三枡屋のお内儀はんが来て是非借せと言つてネ私(わたい)の天
窓をお持遊に為て往つたノサ」（春雨文庫、君香:芸妓、元舞子→お辰:芸妓）

4.2 「おれ」「おら」「おらあ」「おいら」

　次に「おれ」「おら」「おらあ」「おいら」について見てみたい
（用例7―12）。「おれ系」は江戸時代町人の女性が用いていたが、明治
後期になると、男性にだけ使用が限られるようになる4)。明治初期の
女性が使用している「おいら」は一例あるが、古めかしい言い方をす
る「およく(岩畳婆さん)」が「千(娘)」に対して使っているだけであ
る。男性の場合は職人同士が使っている「おら」（用例8)、年配のおじ
さん「ホッブツ」が子供に対して使っている「おらあ」（用例9)、そし
て身分の高い「侯爵」、「失意政治家」がそれぞれ「フォントルロ

---

　4)「オレ」は『日本国語大辞典』によると、近世以降に多用され、貴賤男女の
　　別なく用いられたが、近世の後半期から女性の使用が絶えたという。

イ」(用例11)と「自分の妻」(用例12)に対して、打ち解けた場面で「おれ」を使っている。

(7) 「商兵衛さん牛肉は横浜のことだが此家のハずいぶん食えるねヘ**おいら**ア知己だけ亭主が並より気をつけて極新しいのを食ハせるからはじめての牛店なんぞヘハめつたにいらねヘヨ」
　　　　　　　　　　　　　(安愚楽鍋、商法個(31,32才)→商法家、つれの男)

(8) 「手めへの前だけれど**おら**だつて世話やきだとか犬のくそだとかいハれてるから」　　　　　　　　　　　　　　　　(安愚楽鍋、職人同士)

(9) 「フーン、**おらあ**、あきれてちまつた!」　(小公子、ホッブツ→セドリック)

(10) 「オイオイ友先生コレサ**おれ**にばかりしやべらして猪口ハどうするのだナ」
　　　　　　　　　　　　　　　(安愚楽鍋、あくぬけした男(34、5才)→二人づれ)

(11) 「ハハア、そうか、**おれ**は貴様に親切なのか?」
　　　　　　　　　　　　　　　　　　(小公子、侯爵→フォントルロイ)

(12) 「**俺(おれ)**はさる機密筋からの電信で買いに掛かつたのだから請合つて儲ける。」　　　　　　　　　　　(社会百面相、失意政治家→自分の妻)

　なお、社会階層からみると、下層で使っていた「おら」「おいら」は姿を消していき、明治40年代ごろにはやはり上層の人が使用する形の「おれ」の方に一元化される。「おれ」は幅広い年齢層で支持され、その使用領域を拡大するようになった。

　「おれ」について房(2003a)では、明治期の「おれ」の場合は明治初年から江戸語のような女性の使用が見られず、男性には幅広い年齢層に使用が見られるとしている。若年層では、対等関係において粗野で親密の度合いの高い言い方に「おれ」が選択された。中年以上の男性の場合は夫婦関係のような身内の家族に対してかなり気軽に用いることが明らかとなっている。

　このように見ていくと、社会階層から上層の言葉が社会の言語勢力の主流を形成していくということが一人称代名詞にも当てはまるので

ある。

4.3「僕」「我輩」「拙者」「こちとら」

　「僕」「我輩」「拙者」「こちとら」について見てみたい。男性は「おれ」と共に「僕(ぼく)」を幅広い社会階層や年齢層で多用しているが、高年層には4.4で述べるように「わし」も好まれる。とりわけ「ぼく」は、明治初期の知識人層から明治20年代になると、少年書生へとその使用が広がっていく。明治後半になると、書生同士で「ぼく」を気軽に使っている(用例14)。進藤(1974:116)によると、「ぼく」は江戸時代ごろから漢学の書生の間で用いられたのが一般化したという。明治期についてもその延長線で考えることができ、明治初期には「いなか武士」が隣の「侍」に対して使っている(用例13)。しかし、職人のような下層階級では「ぼく」を使用しておらず、その代わりに下層階級では用例18のように「こちとら」を使用している。これらのことから、「ぼく」を使う人たちは社会階層からみて、教養層に位置する人であることが分かる。

　一方、混種語の「我輩(わがはい)」は明治初年までは「新聞好きの男」のような「書生階級」で主に用いられていた(用例15)。明治後半になると、「わがはい」の使用は「代議士」「教育家」「新聞記者」のような社会的に公的な場に接する機会の多い高年齢層の上層階層で多く使用されるようになった(用例16)。しかし、「わがはい」は年配の人が目下の人に対して尊大な語感を伴っていることと、使用者の年齢層が高いという点とあいまって、その使用はさほど長く続かず、明治40年代には次第に衰退してしまう。また、代議士同士のような男だけが使う「拙者」(用例17)も「わがはい」と同じように明治40年代には廃れていくようになる。

(13)「君牛肉ハ至極御好物とすゐさつのう仕るが**僕(ぼく)**なぞも誠実賞味いたす
　　でござる」　　　　　　　　　　　　　（安愚楽鍋、いなか武士→隣のさむらい）

(14)「勿論**僕(ぼく)**は筆で飯を喰ふ考は無い。」
　　　　　　　　　　　　　（社会百面相、書生同士(小説家志願者→政治家志願者))

(15)「四民同一自主自立の権を給ハり苗字帯剣袴でも洋服でも馬でも馬車でも勝
　　手次第たとへ空乏困迫の**我輩(わがはい)**たりとも往時の**我輩**にあらず」
　　　　　　　　　　　　　　　　（安愚楽鍋、新聞好きの男→つれの男）

(16)「**我輩(わがはい)**も随分尽力して見たが、何処にも拠ない情実があつてノ
　　ウ」　　　　　　　　　　　　　　（社会百面相、校長先生→若紳士）

(17)「**拙者(せっしゃ)**はお互いに金子は欲しくないが、」
　　　　　　　　　　　　　　　　　　（社会百面相、代議士同士）

(18)「あのやらうやうに銭金ををしみアがつて仲間附合いをはづすしみつれた了
　　簡なら職人をさらやめて人力の車力にでもなりやアがれバいいひとをつけ
　　こちとらア四十づらア」　　　　　　　（安愚楽鍋、職人同士）

4.4「わし」「わたし」「あたし」「わたくし」

　明治10年代「わし」は目上への使用もあり、女性の使用も見られる
など江戸後期の名残がまだ残っている。しかし、明治30年代では、用
例20のように古めかしい言い方をする高年齢層の男性に「わし」の使
用が限られる。明治後期における女性の代表的な一人称代名詞「わた
し」は身分に拘らないまま使用された。その使用のうち、性差から注
目されるのは身分の低い女性、例えば、用例22のように女中の使用が
ある点であり、これは男性とは対照的である。男性の場合は身分の低
い男性の間で、「わたし」の使用が見られないが、上層の若い男性の
場合には「わたし」の使用がある。

　「あたし」は若い女性や身分の低い女性が相手に親しみを込めて使
用している(用例24、25)。「わたくし」は男女共に使用するもっとも
改まった一人称代名詞として、使用者の社会的な身分は高い方である

（用例26、27、28）。そして、「わたくし」は明治期を通じて全ての作品にわたって、性別に関係なくよく使っていることが言える。

(19)「そんな奴知つていてたまるものかよ、**わし**の店へでも這つて見るが好い、どうしてやるか。」　　　　　　　　　（小公子、ホッブツ→セドリック）

(20)「**俺(わし)**なぞは名よりは実を取れで平凡な高等官になるよりは判任官の上席の方が結構だ。」　　　　　　（社会百面相、老俗吏の父親→息子）

(21)「ダガネ、おまへと**わたし**は、モウふたり切になつてしまつたのだよ、ふたり切で、モウ外に何人もいないのだよ。」

　　　　　　　　　　　　　　　　　（小公子、エロル夫人→セドリック）

(22)「あら、**妾(わたし)**鱈尾さんと何も関係がありやアしないワ。」

　　　　　　　　　　　　　　　　（社会百面相、女中→風俗紳士）

(23)「それんばかりの物を洗ふのはわけが無いから、**わたし**がするよ。」

　　　　　　　　　　　　　（雁、高利貸の妾:お玉→女中:お梅）

(24)「ナニ**あたし**の針箱が通りみちに。オヤ又よぶヨ聞こえてゐらア。ドーレ。」

　　　　　　　　　　　　　　（薮の鶯、清,下女→お貞,主人）

(25)「**妾(あたし)**なんぞは姉さん、贅沢ぢやアありませんワ。」

　　　　　　（社会百面相、おそよ(妹)→織衛(25才),資産家夫人）

(26)「ヘヘエそれハ結構なことでございます**わたくし**などもよい年になりますまで肉食ハけがれるものとおぼえましてとんと用いずにおりましたが、」

　　　　　　　　　　　　　　　　（安愚楽鍋、町人→士）

(27)「**私(わたくし)**も既から淑女会の事を伺ひに出ませうと存じておりました、」

　　　　　　　　　　　　（社会百面相、雑誌記者→貴婦人）

(28)「**私(わたくし)**は子供の為に誠に気遣はしく御座り升。」

　　　　　　　　　　　（小公子、エロル夫人→ハヴィシャム）

(29)「**妾(わたく)**し、あの課目表を見たら馬鹿々々しくなりましたワ。」

　　　　　　　　（社会百面相、女学者→若い女(5、6、才年下)）

4.5 一人称代名詞と二人称代名詞との共起関係

　さて、一人称代名詞の使用と二人称代名詞の使用関係は特殊な場面

変化が無い限り、ふつうの人間関係で対をなしている。調査した作品の結果を基に、一人称代名詞を二人称代名詞との共起関係という側面からまとめてみると、次の<表3>のようになる。ついでに使用者の主たる社会階層を示しておこう。

<表3>【男女の違いによる一人称代名詞の使用実態】

一人称代名詞	性別	使用者の主な社会階層	二人称代名詞との共起関係
わたくし	男女	中上層	**あなた**、おまへさん
わたし	男女	中上層	あなた、おまへ(い)さん、**おまへ**
あたし	女	上層と下層	あなた、あんた、おまへ
わちき、わっち	男女	下層(前期)	あなた、**おまへさん**、**おめへさん**、おまへ
わたい	女	下層(前期)	あんた、おま(前)はん
わし	男	上層(高年層:後期)	おまへさん、おまへ、おまい、きさま、そくか、そこ、きこう
おれ	男	全ての階層	**おまへ**、**おめへ**、**おまい**、きさま
おら、おいら	男女	下層(高年層:前後期)	てめへ、**おめへ**
僕(ボク)	男	中上層	あなた、あんた、おまへ、**きみ**
我輩(ワガハイ)	男	上層(高年層:後期)	きみ、きこう、きさま、おまい
拙(セツ)	男	下層(前期)	あなた
拙者(セッシャ)	男	上層(高年層:後期)	きみ

　一人称代名詞と二人称代名詞との共起関係を見ると、だいたい<表3>のゴジックのように、対をなしていることが言えるのではないだろうか。今まで述べてきた一人称代名詞を社会階層からみて、共通して言えることは、明治初期の下層階級の女性(ほとんど芸妓)が使っていた「わちき」「わっち」「わたい」「おいら」などは明治後期には廃れてしまったという点である。

なお、田中章夫(1999:94)は、東京の中流階層を核として、近代のことばの階層がかたちづくられ、昭和のはじめごろまではこうした階層差はかなり強く残っていたとしている。田中(1999)の指摘から分かるように、下層階級で使われていた語は次第に廃れてしまい、一人称代名詞も中上流の社会階層で使用されていた形式が根幹をなしていたように見受けられる。さらに明治後期になると、女性の使用においては、あまりにも下品なものは生命力を失い、標準語の政策の過程で人為的に回避された可能性も考えられる。

5.「落語」における一人称代名詞

「落語」の作品の多くは、国語資料として東京語の形成過程における語法の変遷を探る上で利用価値が高い。山本正秀氏は、圓朝作品について、新聞記者の用字に関する補筆や速記者の加筆は、問題にならない程度であるとしており、明治後期の話しことば資料としての価値が高いと考えられる。また、明治東京語の語法資料として、圓朝以外の噺家の速記も取り上げられるべきであろう。三遊亭圓朝は創作の才に優れ、多くの人情噺を残し、当時爆発的な反響をよんだのである。そして、新聞に人情噺の速記が連載されるとともに、『百花園』をはじめとする演芸速記専門雑誌が生まれたのである5)。

本研究では、『百花園』や『文芸倶楽部』に掲載された六つの「落語」を対象とし、明治22年の作品四つと明治35、36年の二つの作品を調査した。これらの口演は三遊亭圓遊と三遊亭圓生が行ったものである6)。その結果は、次の<表4>のとおりである。

---

5) 佐藤喜代治編(1977)『国語学研究事典』の「落語」の項目参照。pp.824-825

<表4>「落語」における一、二人称代名詞[7]

性別 時期	女性	男性
明治22年	わたし (あなた、おまへさん、おまへ、おまい、おめへ)	おら、おれ、おいら、おひら、わっち、わたし、わたくし、てまい (あなた、おまへ、おめへ、おめへさん、おまはん、てめへ)
明治35年—明治36年	×	おれ、わっち、わっし、わっちゃ、わし、わたし、わたくし(あなた、あなたさま、おまはん、おまへさん、おまいさん、おめえさん、おまへ、おめへ、おまい、きさま)

(30)「夫では**妾(わたし)**の飛び込む井戸を掘ってください。」

　　　　　　　　　　　　　　(乾物箱(明治22)、旦那の妻→夫・旦那)

(31)「取っても遣うが**乃公(おれ)**の身体が利かなく成っちまった。」

　　　　　　　　　　　　(鰍沢雪の酒宴(明治22)、亭主の伝三郎→お熊・妻)

(32)「何うも此は難有うございやす、エエ、**私(わっち)**やア此方の家へ来て、何時でもおにばなを御馳走になるのが、楽しみでございやす。」

　　　　　　　　　　　　　　(木火土金水(明治35)、八五郎→隠居)

(33)「何よ云やアがる、**私(わっし)**の家ぢゃア目出度いんだよ。」

　　　　　　　　　　　　(年ほめ(明治36)、竹さん→若い者・松太郎)

　上記の<表4>[8]を見ると、男性に使用が多く、しかも「おれ系」と「わ系」に集中している。また、漢語系、混種語系の「僕」「拙者」

---

6)「落語」は能、狂言、歌舞伎のように一定した台本・脚本はなく、ある程度は噺の枠内で演出者の創意工夫をいかして、演出を変えても差し支えないので、同じ噺でも十人十色である。したがって、演出者(口演者)によって、落語の面白さが違ってくる。

7) ここで、二人称代名詞を示したのは一人称代名詞との共起関係を見るためである。

8) 明治中期の他の「落語」(「古典落語第一巻」「明烏」筑摩書房1968演者は桂文楽)を見ると、「あたし」「あたくし」の若い男性・若旦那の使用もあるので、小説の結果とは若干異なっていることが分かる。

「我輩」などは現れていないので、小説の結果とは異なっている。そして「落語」の性質かも知れないが、女性の登場人物が非常に少なく、「落語」の資料から一人称代名詞の性差を論じることは困難であろう。ただ、女性の一人称代名詞は「わたし」一語だけが使われている。これに対して、女性においても二人称代名詞は多様であることが興味深い9)。

いずれにしても、「落語」における一人称代名詞は小説よりは古めかしい言い方(一、二人称代名詞)が使われており、明治30年代においても、小説の明治初年の一人称代名詞の出現状況と類似していることが言えそうである。これは、観客(寄席のお客)の年齢層が高いことから、江戸語の影響がある程度残っているのではないだろうか。

なお、笑いを要素とする話しが「落語」の原型とされる。寄席を舞台とした職業的な噺家の誕生や説話文学からの影響などもあり、当時の日常的な言葉とズレ(小説の結果と違う部分がある)がある可能性はあるが、これに対する検証は別の機会に行いたい。

6. おわりに

以上、明治期における一人称代名詞について、性差及び社会階層との関わりを中心に考察を行った。明治期の小説の会話文と一部の「落語」資料を対象とし考察した結果、全体的に明治初年は江戸語の影響が強く残っていることが分かった。また、明治20年代から明治30年代の後半にかけて東京語の一人称代名詞は定着し、だいたい明治40年代

---

9)「落語」では、話し手が同じ相手に対して、一、二人称代名詞を使い分ける場面・文脈が小説より多く見られた。これは人称代名詞の気軽な選択によって、笑いを求めていく口演者の工夫の可能性があるのではないかと考えられる。

には現代日本語の一人称代名詞とほとんど一致するようになったと考えられる。

　性差からみると、明治期を通じて女性専用の一人称代名詞は少ない。なおかつ、女性の一人称代名詞の特徴は明治後半になると、待遇価値の高い「わたくし」「わたし」に集中している。この理由については、女性の場合は家庭生活が重要視され、男性より自分の言説や意見などを述べる場が整っていなかったこと、自分の立場を表す一人称代名詞が文学作品に少なかったと考えられる。つまり、当時の社会的背景及び女性の社会的な立場などと関わってくる。一方、男性の場合は一人称代名詞の数は女性に比べてバラエティーに富んでいるが、明治後期になると、男性専用の語も減少していくようになる。

　社会階層からみると、下層階級で使用されていた一人称代名詞が無くなっているのが注目に値する。例えば、明治前期に使用されていた一人称代名詞「わちき」「わっち」「わたい」「おいら」「拙」「こちとら」などは、現代日本語まで続かないものとして、明治30年代になると使用されなくなる。これらの一人称代名詞の使用者の共通点は、ほとんど下層階級に属していることが社会言語学的に興味深いところである。

　一方、「我輩」「拙者」のように、年輩の上層の人が使用している一人称代名詞は現代日本語まで続かず、その使用が次第に廃れてしまう。結局、明治30年代ごろの若い知識人階級・中上層階級が中心となって使用していた一人称代名詞「わたくし」（男女）「わたし」（男女）「ぼく」（男）「おれ」（男）が、明治期の一人称代名詞の根幹を形成し、現代日本語へ至ったのであろう。

　なお、本研究では一部の「落語」の資料を扱っただけであるが、分析の結果、一人称代名詞は男性に使用が多く見られる。そして、その使用も「わ系」と「おれ系」に偏っているのが特徴的である。しか

し、これに対する詳しいこと(落語の言語についてはより多くの「落
語」と言語資料を調査し検討する必要がある)は、別の機会で論じて
いくことにしたい。

■ 参考文献

金井保三(明治34:1901)『日本俗語文典』宝永舘

小島俊夫(1974)『後期江戸ことばの敬語体系』笠間書院

小松寿雄(1998)「キミとボク-江戸東京語における対使用を中心に-」『東京大学
　　　　　国語研究室創設百周年記念 国研究論集』pp.667-685

　　　　　(2000)「オレ・ソチ・ソナタ・ワッチ・ワタイ―明治東京語女性人称形
　　　　　成の一考察一」『国語語彙史の研究十九』和泉書院 pp.1-16

小松英雄(2002)「いわゆる敬語の乱れの根源をさぐる一動詞句コンプレックスから
　　　　　人称代名詞への移行一『日本研究19号』韓国外国語大学外国学綜合研究
　　　　　センター日本研究所 pp.1-10

塩沢和子(1998)「「古今集遠鏡」における一人称代名詞」『文芸言語研究言語
　　　　　編』34号 筑波大学
　　　　　文芸・言語学系紀要 pp.1-39

進藤咲子(1974)「紅葉・露伴・一葉の敬語」『明治大正時代の敬語・敬語講座5』
　　　　　明治書院　pp.85-120

田中章夫(1973a)「近世敬語の概観」『近世の敬語・敬語講座4』明治書院 p.8-28

　　　　　(1983)『東京語-その成立と展開-』明治書院

　　　　　(1999)『日本語の位相と位相差』明治書院

房極哲(2003a)「明治期における一人称代名詞「わし」・「おれ」」『日本語文
　　　　　学』第16輯 韓国日本語文学会 pp.203-226

　　　　　(2003b)「明治期における一人称代名詞「ボク」と「ワガハイ」」『日本学
　　　　　報』第55輯 韓国日本学会 pp.63-77

橋本文寿(明治45:1912)『実際的口語法』明誠舘

飛田良文(1974)「明治初期作品の敬語」『明治大正時代の敬語・敬語講座5』明治
　　　　　書院 pp.37-83

　　　　　(1992)『東京語成立史の研究』東京堂

保科孝一(明治43:1910)『日本口語法』同文舘

<小説資料一覧>

『安愚楽鍋』(明治4-5)仮名垣魯文著『明治文学全集1』筑摩書房 昭和41 (安)

『春雨文庫』(明治9)松村春輔篇　『明治文学全集1』筑摩書房 昭和41 (春)

『塩原多助一代記』(明治17)三遊亭圓朝著『圓朝全集巻ノ十二』春陽堂昭和2(塩)

『藪の鶯』(明治21)三宅花圃 金港堂 明治21 (藪)

『真景累ヶ淵』(明治21)三遊亭圓朝著『圓朝全集巻ノ一』春陽堂 大正15 (真)

『小公子』(明治23)バーネット作若松賤子訳「女学雑誌」227号-299号明治23(小)

『社会百面相』(明治35)内田魯庵著　東京博文館、東京大学総合図書館蔵本(明治

　　　　36年10月第三版）（社）
『三四郎』（明治41)『漱石全集第四巻』岩波書店　昭和41（三）
『寂しき人々』（明治44)ハウプトマン作森鴎外訳　金尾文淵堂　明治44（寂）
『雁』（明治44)森鴎外　籾山書店　大正4（鴈）

<落語資料一覧>

『口演速記明治大正落語集成第一巻』講談社1980
『古典落語第一巻』筑摩書房1968
「乾物箱」（明治22)『百花園』1巻2号
「鼻毛」（明治22)『百花園』1巻3号
「鰍沢雪の酒宴」（明治22)『百花園』1巻4号
「思案の他幇間の当込み」（明治22)『百花園』1巻5号
「木火土金水」（明治35)『文芸倶楽部』8巻3号
「年ほめ」（明治36)『文芸倶楽部』9巻12号

第6章
明治期の二人称代名詞
「アナタ」「オマヘサン」「オマヘ」
-その諸形と性差との関わり-

1. はじめに

　本章では、明治期の二人称代名詞「アナタ」「オマヘサン」「オマヘ」の使用実態を体系的に記述し、これらの語が持っている待遇的な価値について考察する。江戸後期において「アナタ」と「オマヘサン」は待遇価値の高い二人称代名詞であったが、明治期において両者の関わり合いがどのようになったか、またそれが特に性別によってどのように相違していたか、という点について明らかにしていく。

　考察の「尺度」はいろいろあるのだが、本章では基本的に「話し手」の属性を中心に考える。話し手が相手との関係によってどのような二人称代名詞の選択を行うかは、話し手の性別、階層・社会的地位、教養度といった話し手側の問題に大きく左右されると考えられるからである。そしてそれを踏まえた上で「話し手」と「相手」との人間関係[1]を視野に入れて考察することにする。

---

1)「人間関係」に関しては菊地(1994)を参考とした。本研究では、「上下関係」の基準として生得的な属性である年齢関係を考え、次に社会的属性であ

2. 先行研究における
「アナタ」「オマヘサン」「オマヘ」の扱い

　従来の先行研究では、明治期そのものを対象とした待遇表現の記述的研究が意外に少なく、江戸語の延長線で処理している研究が多いようである。その中で、明治期の「アナタ」と「オマヘサン」に関する主な先行研究としては小島(1974)、小松(1996)などが待遇価値について述べている。

　先行の論考から「アナタ」と「オマヘサン」に関してまとめてみると、次のようになる。

(1) 幕末になると「オマヘサン」は衰える。この衰退は「オマヘサン」の待遇価値の低下に伴うものである。(小松1996)[2]

(2) 明治期になると「オマヘサン」の使用は減少し、また「オマヘサン」が「アナタ」に比べて待遇価値が低下した。(小島1974,小松1996)

(3) 東京語の「オマヘサン」は待遇価値が大幅下降し、もはや「アナタ」よりも「オマヘ」の方へ近づいている。(小島1974)

(4) 明治期から「アナタ」の待遇価値の低い用法も見受けられる。「アナタ」が多用された結果、待遇表現としての幅が広がっている。(小松1996)

　これらの研究では男女差が十分に論議されていない[3]。つまり、必

る社会階層・職業・地位関係を尺度とする。

2) ただし、語の勢力が衰退したからといってそれが待遇価値の低下につながったと考えてよいかという点に関してはやや疑問が残る。通常、語が多用された結果、待遇表現としての幅が広くなり、待遇価値が低下すると考えられるからである。また、語の語形変化も待遇価値の低下として考えられる。例えば、坂梨(1997:167)、小松英雄(1999:226-227)を参照。

3) ただ、「オマヘサン」に関しては、女性が主に使用したということを当時の口語文典(W.G.Aston(明治21年)とB.H.Chamberlian(明治22年)で見ることができる。

ずしも性差に着目した二人称代名詞の詳細な研究とはいえない。そこで、本章ではこれらの先行研究の成果を踏まえつつ、「アナタ」「オマヘサン」「オマヘ」を性差に着目して考察を行っていく。

3. 明治期の「アナタ」「オマヘサン」「オマヘ」

　一般的に女性の方が男性に比べ、丁寧度の高い形式を比較的多く使用する傾向があるといわれている。また、井出(1982)は、現代日本語において「男性と女性が同じ言語形式を使っている場合、男性より女性の方が低い丁寧度でその形式を使っている」としている。こういった性別による言語形式の各待遇価値の相違に関する指摘は時代を遡って明治期における二人称代名詞の待遇価値の究明においても示唆する点があると考えられる。

　さて、本章で扱う資料4)を以下に示す。時代区分は大きく前期と後期に二分し、明治初年から二十年代までを前期、三十年代以降を後期として考えながら資料に現れる会話文を対象として考察していく。

　　<前期>
　　『安愚楽鍋』(明治4-5)仮名垣魯文著 明治文学全集1 筑摩書房 昭和41
　　『春雨文庫』(明治9)松村春輔篇　明治文学全集1 筑摩書房 昭和41
　　『塩原多助一代記』(明治17)三遊亭圓朝著 圓朝全集巻ノ十二 春陽堂 昭和2

---

　4)　示した資料は作品の全部を対象とした。ただし、圓朝の作品は一つの話が始められてから完結するまでの時間の差のこともあり、一部のみ扱った。本研究では、『塩原多助一代記』は一編から七編まで、『真景累ヶ淵』は一回から十四回までを分析した。
　　そして、『真景累ヶ淵』の成立時期をめぐっては各説があるのだが、佐藤(1992)に従うことにした。

『真景累ヶ淵』(明治21)三遊亭圓朝著 圓朝全集巻ノ一 春陽堂 大正15
『薮の鴬』(明治21)三宅花圃著 金港堂 明治21
『小公子』(明治23)バーネット原作 若松賎子訳 女学雑誌所収(227-299号)明治23

<後期>
『社会百面相』(明治35)内田魯庵著 東京博文館 明治35
『三四郎』(明治41)漱石全集第四巻 岩波書店 昭和41
『雁』(明治44)森鴎外 籾山書店 大正4
『寂しき人々』(明治44)ハウプトマン原作 森鴎外訳 金尾文淵堂 明治44

　　資料に関しては上に示した通りであるが、『安愚楽鍋』と『春雨文庫』は明治文学全集を、円朝全集の場合は春陽堂版を使用した5)。これらは底本にあるルビをそのまま反映しており、底本を忠実に生かしていると思われるからである。上記の資料のうち、『雁』の場合は、最初掲載された雑誌「スバル」では、例えば「お前さん」のようにルビがついていない。これに対して初版本である籾山書店版とその後刊行された岩波全集では「お前(マヘ)さん」というルビがふられている。調査した他の後期の資料からは、「オメエサン」が現れていないことから、これらの読み方は適切であると思われる。そこで本研究では、『雁』に関しては籾山書店版を使用することにする6)。

---

5) 圓朝全集の場合は、圓朝の作品がまとめられた春陽堂版(大正15年より昭和3年)が総ルビ、改行なしであるため、春陽堂版を使用した。
6) 『雁』の場合は、明治10年代の世相を描いているが、「会話文」の場合は刊行された明治40年代の後期のことば(その当時の読者に向けられたことば)として認められるので、本研究では基本的に刊行の時期に従い、明治後期の資料として扱ったが、議論の余地があるかもしれない。

3.1 話し手の性の違いによる各形式の使用状況

<表1>～<表5>は、明治前期と後期の10資料から「アナタ」、「ア
ンタ」、「オマヘサン」系[7]、「オメエサン」（「オメエサマ」含む）
系、「オマヘ（「オマイ」含む）」系[8]、「オメエ」などを男女別に調査
し、まとめたものである。後期の資料において、男性が対等関係で多く
使用している「キミ」については本章では対象としない[9]。以下、各表
の括弧の左の数字は使用者数、括弧内の数字は用例数をさす。

<表1>【使用者數と用例數、男性の場合】

二人称代名詞 時期/資料	アナタ	アンタ	「オマヘサン」系	「オメエサン」系	「オマヘ」系	オメエ
明治前期　（安）	4(8)	0(0)	0(0)	2(5)	0(0)	5(6)
（春）	5(7)	1(2)	2(7)	3(7)	3(7)	9(16)
（塩）	3(17)	6(52)	4(8)	3(11)	5(15)	2(8)
（真）	7(8)	0(0)	1(7)	0(0)	6(25)	1(2)
（薮）	0(0)	0(0)	0(0)	0(0)	1(1)	1(3)
（小）	2(66)	0(0)	1(1)	0(0)	6(19)	2(8)
合　計	21(106)	7(54)	8(23)	8(23)	21(67)	20(43)
明治後期　（社）	16(70)	0(0)	1(12)	0(0)	10(77)	0(0)
（三）	5(33)	0(0)	0(0)	0(0)	2(2)	0(0)
（雁）	0(0)	0(0)	2(2)	0(0)	2(13)	0(0)
（寂）	3(66)	0(0)	1(2)	0(0)	2(76)	0(0)
合　計	24(169)	0(0)	4(16)	0(0)	16(168)	0(0)

---

7)「オマヘサン」系は、「オマヘサマ」（使用者1人（薮））、「オマイサン」（使用
　者1人（社））などを含む。これらのそれぞれの待遇価値について、本章では、
　ひとまず同じであると考える。待遇価値の差については、別の方法を考えて
　論じる必要があると思われる。

8)「オマヘ」系のうち、「オマイ」は特殊である。調査した資料のうち、『社
　会百面相』に限って「オマイ」の使用が見られ、待遇価値においても多少の
　差があるようだが、ここでは「オマヘ」系として扱う。

9) 小松(1998)では、「キミ」は一人称代名詞「ボク」と対をなして使用されて
　おり、明治二〇年代以降の使用においては知識層、書生からさらに年少の男
　の子へとひろがっていくことなどを論じている。

<表2>【使用者数と用例数、女性の場合】

二人称代名詞 時期/資料	アナタ	アンタ	「オマヘサン」系	「オメエサン」系	「オマヘ」系	オメエ
明治前期 (安)	0(0)	0(0)	0(0)	0(0)	4(10)	0(0)
(春)	5(32)	1(2)	4(4)	0(0)	6(17)	1(3)
(塩)	5(22)	2(5)	4(22)	0(0)	3(20)	2(2)
(真)	2(10)	0(0)	2(5)	0(0)	2(3)	0(0)
(薮)	8(19)	0(0)	2(4)	1(3)	6(13)	0(0)
(小)	5(15)	0(0)	1(2)	0(0)	3(23)	0(0)
合 計	25(98)	3(7)	13(37)	1(3)	24(86)	3(5)
明治後期 (社)	23(198)	5(11)	3(63)	0(0)	5(38)	0(0)
(三)	5(25)	1(1)	1(1)	0(0)	2(4)	0(0)
(雁)	5(15)	0(0)	2(4)	0(0)	2(7)	0(0)
(寂)	3(176)	0(0)	2(25)	0(0)	1(41)	0(0)
合 計	36(414)	6(12)	8(93)	0(0)	10(90)	0(0)

<表3>【男女別使用者数と用例数の比較】

二人称代名詞 時期/性別	アナタ	アンタ	「オマヘサン」系	「オメエサン」系	「オマヘ」系	オメエ
明治前期 (男性)	21(106)	7(54)	8(23)	8(23)	21(67)	20(43)
(**女性**)	25(98)	3(7)	13(37)	1(3)	24(86)	3(5)
明治後期 (男性)	24(169)	0(0)	4(16)	0(0)	16(168)	0(0)
(**女性**)	36(414)	6(12)	8(93)	0(0)	10(90)	0(0)
男女全体合計 前期	46(204)	10(61)	21(60)	9(26)	45(153)	23(48)
後期	60(583)	6(12)	12(109)	0(0)	26(258)	0(0)

<表4>【男女別使用者数の比率比較】

二人称代名詞 時期/性別	アナタ	アンタ	「オマヘサン」系	「オメエサン」系	「オマヘ」系	オメエ
明治前期 (男性)	21/85	7/85	8/85	8/85	21/85	20/85
	24.8%	8.1 %	9.4%	9.4%	24.8%	23.5%
(女性)	25/69	3/69	13/69	1/69	24/69	3/69
	36.3%	4.3%	18.8%	1.5%	34.8%	4.3%
明治後期 (男性)	24/44	0/44	4/44	0/44	16/44	0/44
	54.6%	0%	9.0%	0%	36.4%	0%
(女性)	36/60	6/60	8/60	0/60	10/60	0/60
	60.0%	10.0%	13.3%	0%	16.7%	0%

<表5>【男女別用例数の比率比較】

二人称代名詞 時期/性別	アナタ	アンタ	「オマヘサン」系	「オメエサン」系	「オマヘ」系	オメエ
明治前期(男性)	106/316 33.6%	54/316 17.2%	23/316 7.2%	23/316 7.2%	67/316 21.2%	43/316 13.6%
(女性)	98/236 41.5%	7/236 3.0%	37/236 15.7%	3/236 1.3%	86/236 36.4%	5/236 2.1%
明治後期(男性)	169/353 47.9%	0/353 0%	16/353 4.4%	0/353 0%	168/353 47.7%	0/353 0%
(女性)	414/609 68.0%	12/609 2.0%	93/609 15.2%	0/609 0%	90/609 14.8%	0/609 0%

　調査した内容を使用者数と用例数から検討してみると、男女間の使用において次のようなことが分かる[10]。

　「アナタ」は女性の場合、<表4・5>に示したように前期に比べて後期の方がより多く使用されている(使用者数の比率(36.3%→60%)、用例数の使用比率(41.5%→68.0%))。これに対して男性が使用する「アナタ」は、<表4・5>から分かるように全体的に使用は増加しているものの、女性に比べ使用者数の比率(24.8%→54.6%)及び使用比率(33.6%→47.9%)は少ないことが分かる。ここから「アナタ」は時代が下がるにつれて男女ともに多用するようになるが、男性と女性とでは使用領域ないし待遇価値において差異があったのではないかと考えられる。

　「アンタ」は男女ともに使用自体が非常に少なく、後期になると男性からは使用がなくなる。女性においても<表2>から分かるように一部にしか現れていない。使用者の例については第3節で扱うことにする。

---

10) なお、<表1><表2>から分かるように、明治前期の作品のうち、男性においては『薮の鶯』、女性の場合は『安愚楽鍋』で、それぞれ「アナタ」「アンタ」「オマヘサン」系が一例もなかったが、全体の論の展開には影響はないと考えられる。

　「オマヘサン」系は全体的にみて使用比率が低く使用領域がごく制限
されていたと思われる。また<表4>から女性の方が男性より多少多く使
用したということが分かる。特に、「オメエサン」系の場合は<表3>に
示したように、調べた資料の中では後期になると男女ともに使用者が一
人もいなかったという点で、「オマヘサン」系と対比される。

　「オマヘ」系は女性の使用において注目すべき点がある。前期の場
合、「オマヘ」系の使用者数の比率は<表4>から分かるように、男性
は全85人中21人(24.8%)、女性は全69人中24人(34.8%)であった。しか
し、後期になると女性の「オマヘ」系の使用者数の比率は16.7%にま
で減っている。また、<表5>をみると用例数の使用比率も36.4%から
14.8%にまで減少している。逆に、男性は使用者数の比率(24.8%→
36.4%)、用例数の使用比率(21.2%→47.7%)がともに増加しており、女
性とは異なる様相を見せている。

　このような「オマヘ」系の使用減少の推移は、後期になって「アナ
タ」が多用(一般化)されるようになったことに起因する可能性がある
のではないかと考えられる。例えば、<表4>をみると、調査した二人
称代名詞のうち、女性における「アナタ」と「オマヘ」系の使用者数
の比率を比較すると、前期は36.3%対34.8%であってほぼ同じ割合を占
めている。ところが、後期は60.0%対16.7%であり、著しい比率の差が
確認できる。また<表5>の用例数の使用比率からも同様のことがいえ
よう。すなわち、前期は「アナタ」41.5%対「オマヘ」系36.4%であっ
てあまり差がなかったが、後期になると68.0%対14.8%と大きく減少し
たことが分かる。

　なお、話し手と相手との関係から相手が同性か異性かによって男女
でどのような使用の差異が見られるのかという点についても調査して
みた。話し手と相手との人間関係は複雑であるため一概にはいえない
が、使用傾向として「オマヘ」の場合は、後期において男女間で差異

がみられた。すなわち、男性の「オマヘ」の使用者の約8割(78.9%)が女性に対して使用していたのだが、女性の「オマヘ」の使用者は約4割(42.9%)しか男性に対して使用していない。

4. 話し手のありかた

本節では、話し手が持っている社会的な身分・階層[11]と二人称代名詞との相関関係を取り上げる。

4.1「アナタ」、「アンタ」

始めに話し手が上層階級である場合、「アナタ」が男女別にどのように使用されたのかを検討し、前期と後期でどのように相違が見られるのかを考えてみたい。まず、目上の相手に対する用例からみてみよう。

<前期の上層階級>
(1)「何を仰しやいます、多助を遣つて良人(あなた)、どうなさいますえ。」
　　　　　　　　　((塩2)、元武士の妻・お清→夫・塩原・元武士)
(2)「殿様え、貴方(あなた)はいつ上つても都合が悪いから待てと仰しやいますがね、」
　　　　　　　　　((真2)、宗悦・町人→深見新左衛門・武士)

<後期の上層階級>
(3)「貴郎(あなた)はにでも仰しやれば気が済みませうが、ではお世話してさらうといふ伯爵に対してもが悪うムいませう。」
　　　　　　　　　((社、猟官(中))、中学校先生夫人・お秀→乾坤一・夫)

---

11) ここでいう下層とは、主に広い範囲の使用人や使用人に近いと思われる職業のグループのことである。それ以上は上層として扱う。

(4)「そりやア猶だですがナ、貴処(あなた)と議論したつて仕方が無い。」

((社、鉄道国有(6))、代議士・高浪崩→地方有志・大山外)

　男性が使用する「アナタ」は前期では町人が使用しているのだが、後期になると代議士にも使用が見られるようになる。ここから、上層で使用された「アナタ」は男性においては、後期になって待遇価値がやや低下したと考えられる。しかし、女性の場合は後期でも待遇価値が依然として保たれているようである。

　次に目下の相手に対する用例をみよう。

＜前期の上層階級＞

(5)「なアに貴方(あなた)彼奴だつて私(わたくし)の子ですから私の気に入らなければ叩き出しても宜いのですが、」

((塩6)、おかめ・武士の妻→丹三郎・家来の子)

(6)「あなたは此老人の云ふことがよくわからなかつたのでせう。」

((小、3上)、ハブシャム・代言人→セドリック・子供)

＜後期の上層階級＞

(7)「貴嬢(あなた)のさんのおは誰も存じておらないやうですね。ですか、う以前におくなりでムいますか?」

((社、破調(下))、侯爵夫人→20代若い女性バイオリスト・加寿衛)

(8)「はア、貴処(あなた)のやうに熱心に聞いて下さると僕(ぼく)も説教のがあります。」

((社、宗教家(上))、牧師→青年・信者)

　特に前期において上層の女性が目下の相手へ使用した「アナタ」の使用は少ない。後期の例の場合、文脈を考えると男性が使用する「アナタ」(8)は、女性の「アナタ」(7)よりは待遇価値が多少低く感じ取れる。すなわち、上層に限って言えば、女性が使用する「アナタ」の方が待遇価値においてやや高く見受けられる。そしてその原因としては、上層階級の男女における品位保持の意識の違いが考えられる。ま

た社会的な規範に照らし合わせてみると、社会的な身分の立場上、上層女性の方が男性よりことばの規範・しつけに一層厳しかったのではないだろうか。

　次に話し手が下層階級である場合の「アナタ」について考えてみよう。以下に用例を示す。

＜前期の下層階級＞

(9)　「此処で彼様してお目にかゝるも貴女(あなた)の御願が届くお引き合わせで御座いませう」　　　　　　　((春15)、寅吉・柊屋の主人→書肆屋の妻・お岩)

(10)　「モシこんどハあなたとでもおともでねへと見つかりやアどんなめにあふかしれやせんヨ」　　　　　　　((あ、野幇間の諂諛)、野幇間→客)

(11)　「だが、買つて下さればそれで宜うございますが、けれども貴方(あなた)草鞋をおとんなさいナ。」((真13)、荒物屋の女房・春→新五郎・武士の息子)

＜後期の下層階級＞

(12)　「妾(あたし)なんか、貴客(あなた)どうせ三ですもの、なんぞ有りやアしませんワ。」　　　　　　　((社、教育家(下))、女中→風通紳士)

　前期の下層男性の場合は、(9)のように目下への使用が中心的であるが、(10)のように目上への使用がないとはいえない。前期の男性使用者は他の二人称代名詞を使ってもおかしくない階層(例えば、野幇間、落語家)だが、相手との「立場の関係」、「恩恵の関係」などから待遇価値の高い「アナタ」が使用されたのではないだろうか。この場合の「アナタ」は「格式性」(Fomality)を持っているようである。さらに後期になって下層男性のグループで「アナタ」を使用した用例がなくなったが、その理由は明らかではないが男性が使用する「オマヘ」系の形式の使用領域が広がり、それに変わられたためと思われる。

　一方、女性の場合は目下への使用もわずかに見られるものの、多くは目上への使用である。下層女性のグループで主に目上の相手に対し

て使用された「アナタ」が、後期になると下層女性が使用する「アナタ」(12)には相手に対する親しみさえ感じられ、前期に比べて待遇価値が相対的に低いと解釈できよう。

　次に「アンタ」について簡単にみたい。前期では男女ともに主に一部の下層階級(男性:奉公人、馬士、茶店の爺さん、女性:下女、茶店の婆さん)が使用していた。しかし、後期になると男性の使用は見られなくなり、また下記の(14)のように上層の女性にも使用が見られるようになる。つまり、「アンタ」の待遇価値は後期になって変化(やや低下していく)したと考えられる。

(13)「あんた、此の馬は実に珍しい馬でね、」
　　　　　　　　　　　　　((塩1)、茶店の爺→角右衛門・お百姓)
(14)「貴婦(あんた)また奈何して朝ッぱらからお酒なんぞ飲んだの?」
　　　　　　　　　　　　((社、貴婦人(下))、貴婦人→男爵夫人)

4.2「オマヘサン」系、「オメエサン」系

　「オマヘサン」系は6.3.1でみたように使用自体は少ない。だが、その使用者をみると、前期と後期とで差が見られるようである。すなわち、前期では男女ともに下層階級で使用されたようである。後期になっても全般的に使用者は下層階級であるが、その中では男性より女性の方に使用者が多いことが注目される。以下に用例を示す。

(15)「おめへさんのめへだが人間は腹がよくなくツちやア人ハつかはれやせん」
　　　　　　　　　　　((あ、芝居者の身扁屓)、芝居者→旦那)
(16)「私(わたし)とお前(まへ)さんと寝れば、人が色だと申します。」
　　　　　　　　　　　((真10)、お園・女中→新五郎・使用人)
(17)「俺(わつし)らはお前(まへ)さん、の手紙やのまで見たもんでがすー」

((社、老作者)、老作家→若い男・書生風・客人)

(18)「<u>お前(まへ)さん</u>久しく見えなかつたがお達者かい、」

((寂)、姑・ヲツケラアト夫人→洗濯女)

(19)「<u>お前(まへ)さん</u>は見附けない女中さんだが、どこから買ひにお出だ、」

((雁)、肴屋のお上さん→女中・梅)

(20)「<u>お前(まい)さん</u>は自分が好きでいをしてゐるが、」

((社、投機5)、斧枝・母親→廉蔵・息子・青年事業家)

　話し手の階層をみると、前期では男性は野幇間、芝居者、奉公人、柊屋の主人、茶屋の息子などである。女性は女中、芸妓、卵子屋のお婆さん、荒物屋の女房などが使用している。後期になると、男性の場合は使用者は老作家、飴細工屋の人などが使用している。女性の場合は、姑、肴屋のお上さん、高利貸屋の妻、洗濯の女などが用いている。また、年齢の若い少女にも使用がみられる。例えば、「<u>お前(まへ)さん</u>の杯は妙な杯ね。ちょっと拝見(杯)、娘(11、12才)少女→外国人娘(14、15才)」のように。このような使用者の階層から分かるように、男女ともに「アナタ」より多少低い階層の人が使用したということがいえそうである。

　また、使用者の年令においても特徴がみられ、前期に比べて後期になると男女ともに年令が高くなったようである。このように話し手が上層・教養層とはいえない点から考えると、次第に「オマヘサン」系の待遇価値は低下したと考えられる。なお、「アナタ」の使用者の場合、一人称代名詞は主に「わたくし」「わたし」が使用された。ところが、「オマヘサン」系の使用者の場合は「わたし」「わちき」「わっち」「おいら」の方が多かった。このような一人称代名詞の使用からも、「オマヘサン」系が「アナタ」と比べて待遇価値が低かったといえるのではないだろうか。

　次に二人称代名詞の「アナタ」と「オマヘサン」の交替・使い分け

を検証しながら、これらの待遇価値について考えてみたい。以下の例は同じ話し手が同じ相手に対して二人称代名詞の交替を行った場合である。

(21)a「此処で彼様してお目にか〻るも<u>貴女(あなた)</u>の御願が届くお引き合わせ
　　　で御座いませう」　　　　　((春15)、寅吉・柊屋の主人→書肆屋の妻・お岩)
　　b「<u>お前(まへ)</u>さんの方でも其の心底を徐々と現はしかけて下さりやア私
　　　(わっち)も実を打ちまけて喋って仕舞ふが、」
　　　　　　　　　　　　　　　　((春15)、寅吉・柊屋の主人→書肆屋の妻・お岩)

　ここで、(21)aの「貴女(アナタ)」は話し手の「格式性」(Fomality)から使用されたと考えられる。一方、(21)bの「お前(まへ)さん」は「親しみ」(intimacy,closeness)の程度を調節するための話し手の積極的な意志・意図として捉えることができる。こうしてみると、「アナタ」と「オマヘサン」の待遇価値の微妙な相違が把握できる。

4.3「オマヘ」系、「オメエ」

まず、以下の用例を見られたい。

(22)「ネエおはねどん<u>おまへ</u>のまへだが伊賀はんといふ人もあんまりひけうな
　　ひとじやアないか」
　　　　　((あ、娼妓の密肉食)、まじりみせの娼妓(おいらん)→お茶屋の女中)
(23)「関取それぢやア済みますまい立ば苦の無い一ト昔あとへ算へて末の秋お
　　<u>前(まへ)</u>に連られ故郷をはなれて此地へ来る途中」
　　　　　　　　　　　　　　　　　　　　((春5)、お増・妻→夫・関取都石)
(24)「お園どん、誠に有難う、<u>お前(まへ)</u>がそんなに厭がるものを無理無体に
　　私がこんな事をして済まないが、」
　　　　　　　　　　　　　　　　　((真10)、新五郎・奉公人→お園・女中)

(25) 「どうしたつてかうしたつて。お前(めへ)のめへだが。おめへのとこのお
　　はねさんの。」　　　　　　　　　　　　　　　　((藪7)、車夫→馬丁)

(26) 「俺(わし)には全然お前(まへ)の不機嫌の理由が解らんが、」
　　　　　　　　　　　　　　((社、精神家(下))、精神家・夫→妻)

(27) 「汝(おまい)もつてるから最うと貧乏を苦にしないで平気になれさうなも
　　んだナ。」　　　　　　　　　　　((社、失意政治家(下))、失意政治家→妻)

　女性の場合は前期と後期とで明らかに違いが見られる。前期では娼
妓、茶店女、歌妓のような下層の人が主に使用した。さらに下層の人
が自分の夫へ使用した場合も見られた(23)。しかし、後期になると2.1
で述べたように女性の「オマヘ」の使用者数は大きく減っているが、
使用者の層は一般庶民・(主婦・姑)にまで拡大している。また前期の
ような下層の妻が夫に対して使用したと思われる「オマヘ」は見られ
ない。さらに年配の人が年少者に用いたり(母親→息子)、若い主婦が
女中に対して用いたりした例などを考慮すると、「オマヘ」の待遇価
値は下がったと考えられる。

　一方、男性の場合は、前後期ともに使用者の階級が下層だけでな
く、「アナタ」のように多様である点が女性とは異なる。女性に比べ
て使用者数が多く、上層の男性でも自分の妻に対して「オマヘ・(オ
マイ)」を使用している。「オメエ」に関しては、前期では男女とも
に下層の階級の使用者(道具屋の人、書肆屋の主人、茶屋の主人など)
によく使用が見られるが、後期になると「オメエサン」系と同じく使
用者が現れなかった。

5. 話し手と相手との人間関係

　前節までみてきた話し手の属性に基づいて、本節では相手との人間

関係を考察する。

　明治期における「アナタ」「オマヘサン」系「オマヘ」系の出現を、発話頻度数の多い中心的な人物に制限して話し手と相手との関係から調査した。使用者数の結果は、次の<表6>にまとめた通りである。なお、<表6>には挙げていないが、「アンタ」は前期では男女ともに目上への使用比率が約6割であったが、後期になると女性だけが使用しており、そのほとんどが目下への使用である。また、「オメエ」は女性の場合は目下への使用しかみられない。これに対して、男性の場合は対等関係にも使用がみられる。このように「オメエ」に関しても男女において使用状況が異なっていたことが分かる。

<表6>【相手との関係による「アナタ」「オマエサン」系
「オマへ」系の使用状況】

話手	二人称	アナタ		「オマヘサン」系		「オマへ」系	
	相手/時期	前期	後期	前期	後期	前期	後期
男	目上	15/33(45.5%)	11/36(30.6%)	9/17(53.0%)	0/4(0%)	3/26(11.5%)	0/20(0%)
女		13/32(40.6%)	33/58(56.9%)	8/21(38.1%)	3/12(25%)	8/29(27.6%)	0/13(0%)
男	対等	6/33(18.2%)	12/36(33.3%)	3/17(17.6%)	0/4(0%)	5/26(19.2%)	1/20(5%)
女		10/32(31.2%)	14/58(24.1%)	5/21(23.8%)	0/12(0%)	7/29(24.1%)	0/13(0%)
男	目下	12/33(36.3%)	13/36(36.1%)	5/17(29.4%)	4/4(100%)	18/26(69.3%)	19/20(95%)
女		9/32(28.2%)	11/58(19.0%)	8/21(38.1%)	9/12(75%)	14/29(48.3%)	13/13(100%)

　「アナタ」は男性の場合、前期は目上への使用が45.5%であったのが、後期になると30.6%にまで減少している。そして後期には目下への使用(36.1%)が目上への使用を上回っていることが注目される。もちろん、当時における社会の男性優位という事情もあるが、後期になって目上への使用が減少した点を考えると、多少ながら「アナタ」

の待遇価値が低下したといえる。

　一方、女性の場合は男性とは異なっており、後期になると相手が目上の時に相対的に高い使用比率(56.9%)を示している。しかし、目上への使用が多いとはいえ、必ずしも待遇価値が上昇したとは考えにくい。なぜならば、3.1で述べたように女性が使う「アナタ」は後期になるにつれ使用者が多くなり、全体的な使用領域の広がりとともに待遇価値が低下したと考えられるからである。

　「オマヘサン」系は男女ともに前期では目上への使用も目立つが、後期になると殆どが目下(身内)へ使用されている。前期は対等関係での使用もあったのだが(荒物屋の婦人→百姓の婦人(小))、後期になるとこのような使用は現れなかった。また6.4.2で前述したように「オマヘサン」系は、後期になると話し手に下層女性が多くなる。このような話し手の属性や相手との関係の変化から、「オマヘサン」系は後期になるにつれて待遇価値が低下したのである。

　「オマヘ」系は女性の場合、後期になると前期のような目上(27.6%)及び対等関係(24.1%)での使用も無くなってしまい、身内の目下への使用しか見られない(主に姑→嫁/母親→息子:御前(オマヘ)は子供の時から度胸がなくって不可ない。(母親→三四郎)、(三))。このことから女性が使う「オマヘ」の待遇価値は後期になるにつれ、ごく距離の感じられない相手(主に身内の目下)に対する親しみの発露として用いられるようになったと捉えることができ、前期に比べて待遇価値が低下したといえよう。

　一方、男性における後期の「オマヘ」系は目下への使用というのが女性と同様であるが、相手が必ずしも身内でない場合があるという点が女性とは異なっている(野々宮→三四郎、(三)、洋服紳士→女中、(社))。このように「オマヘ」系においても、相手との人間関係が男女ともに異なっており、待遇価値においても後期には両者ともに次第に低下はして

いるものの、男女間で差異があるのではないかと考えられる。

6. おわりに

　以上、明治期の二人称代名詞「アナタ」「オマヘサン」系「オマ
ヘ」系を中心に話し手の属性に注目しながら男女別に分けて考察を
行った。考察の結果、明治期の二人称代名詞「アナタ」「オマヘサ
ン」系「オマヘ」系の使用状況が、男女でどのように異なっていたか
が明らかになったと考える。

　しかし、本章で考察した以外の方法をも考えるべきである。例え
ば、「相手」に焦点があった場合の話し手と相手の関係、そして場面
による心理的な距離に応じて微妙に変化する二人称代名詞の交替を二
人称代名詞の相互の関わりあいから詳細に追求していく必要がある。

■ 参考文献

井出祥子(1982)「言語と性差」『月刊言語』11-10 大修館書店

菊地康人(1994)『敬語』角川書店

小島俊夫(1974)『後期江戸ことばの敬語体系』笠間書院

＿＿＿＿＿(1998)『日本敬語史研究後期中世以降』笠間書院

小松寿雄(1988)「東京語における男女差の形成－終助詞を中心として－」『国語と
　　　　　国文学』65-11

＿＿＿＿＿(1996)「江戸東京語のアナタとオマエサン」『国語と国文学』73-10

＿＿＿＿＿(1998)「キミとボク－江戸東京語における対使用を中心に－」『東京大学
　　　　　国語研究室創設百周年記念国語研究論集』

小松英雄(1999)『日本語はなぜ変化するか－母語としての日本語の歴史－』笠間書院

『作家用語索引森鴎外別巻』(1985)近代作家用語研究会編 教育社

『作家用語索引夏目漱石別巻』(1986)近代作家用語研究会編 教育社

坂梨隆三他(1997)『日本語の歴史』東京大学出版会

佐藤亨(1992)『近代語の成立』桜楓社

峰高久明(1976)「漱石の敬語－『三四郎』の場合－」『国文学研究』60集

飛田良文(1974)「明治初期作品の敬語」『明治大正時代の敬語・敬語講座5』明治
　　　　　書院

Chamberlain,B.H. "*A handbook of colloquial Japanese*"(明治22/1889)2版

Aston,W.G " *A Grammar of the Japanese Spoken Language*"(明治21/1888)4版

＜資料＞

『安愚楽鍋』 (明治4-5)仮名垣魯文著 明治文学全集1 筑摩書房 昭和41(→あ)

『春雨文庫』 (明治9)松村春輔篇 明治文学全集1 筑摩書房 昭和41(→春)

『塩原多助一代記』 (明治17)三遊亭圓朝著 圓朝全集巻ノ十二 春陽堂 昭和2(→塩)

『尋常小学読本』 (明治20)(巻一～七)(『日本教科書大系第5巻近代編』講談社 昭和39)

『薮の鶯』 (明治21)三宅花圃著 金港堂 明治21(→薮)

『真景累ヶ淵』 (明治21)三遊亭圓朝著 圓朝全集巻ノ一 春陽堂 大正15(→真)

『小公子』 (明治23)バーネット作若松賤子訳 女学雑誌(227号-299号)明治23(→小)

『社会百面相』 (明治35)内田魯庵著 東京博文館 明治35(→社)

『三四郎』 (明治41)漱石全集第四巻 岩波書店 昭和41(→三)

『杯』 (明治43)鴎外全集著作篇第三巻 岩波書店 1954(→杯)

『寂しき人々』 (明治44)ハウプトマン作森鴎外訳 金尾文淵堂 明治44(→寂)

『雁』 (明治44)森鴎外 籾山書店 大正4(→雁)

第7章
『小公子』における一、二人称代名詞

1. はじめに

　明治期はいわゆる近代国家が成立した時期である。新しい時代になって社会制度が著しく変化し、それに伴って、言語面とりわけ待遇表現が大きく変化したと考えられる。基本的には従来の階級制度が崩壊し、新たな制度による四民平等の意識によって、待遇表現も大きく変わった。また学校教育の普及、標準的な日本語の言い方は全国に及ぶようになった。明治20年代になると、言文一致の影響もあり、文末表現「です」「ます」「でございます」などのような指定の言い方の一般化などが注目されていた。人称代名詞に関して言えば、江戸時代に比べると人称代名詞の数の少なさ・減少が指摘できる。すなわち、方言や限られた社会階層の人しか使わない人称代名詞を除くと、人称代名詞は現代日本語のそれと近づくようになったのである。このような人称代名詞の変化の推移が起きた時期は明治20年代であると言えよう。人称代名詞について言うならば、明治初期は江戸期の名残が強く残っているし、明治後期には現代日本語とほぼ一致していくようになる。そこで、本研究では、明治20年代の人称代名詞に焦点を当てなが

ら、考察を進めていきたい。

　本研究では、明治期における待遇表現の考察の一環として、明治期の翻訳小説『小公子』（バーネット作、若松賎子(1864－1896)訳：女学雑誌、227号－299号：明治23年8月－明治25年1月)における一、二人称代名詞を性差の観点から考察することを目的とする。

　また、本研究では、日本語の小説では、通常の音声言語(実際の会話)より多くの「性差マーカー」が使用されているという事実[1]を踏まえつつ、『小公子』に現れた一、二人称代名詞を調査する。なお、『小公子』を調査の対象とした理由は、『小公子』は明治20年代はじめごろの翻訳としては珍しく純然たる口語体の名訳であるし、登場人物の多様性からみて、性別、世代別といった人称代名詞の分析にも適した作品であるからである。

2. 資料及び研究方法

　資料『小公子』については、房(2006)で詳しく紹介しているので参照されたいが、ここで論の展開上、必要な部分だけを紹介したい。『小公子』はFrances Hodgson Burnettの世界的ベストセラー、"Little Lord Fauntleroy"(1886年刊：ロンドン：明治19年)を明治23年に若松賎子が翻訳したものであり、明治翻訳小説の傑作と言われている。そして、1897年博文舘から単行本『小公子』が出版された。それまで漢文体が主流であったのに対し、『小公子』は当時の口語を生かした言文一致体で書かれ、名訳として長く詠み継がれた。

　本研究で使う資料は、若松賎子訳の『小公子』として明治23年から

---

1) Vanbaelen,Ruth(2003)を参照されたい。

明治25年にかけて『女学雑誌』に掲載されたものである。『女学雑誌』の第300号に掲載された在米の梅馨生が書いた「小公子に就いて」の内容から重要な事柄を紹介しておこう。

> 　此書の反訳を企図せる所以のものは固と名を売り利を護んが為に非ず…今世紀に希有と称する此好著の其挙なきを恨み且つ紛々たる彼の俗社会をして少しく此書の如き藹々たる人情の和気を翫味せしめんと願ひたればなり
>
> 　…一日も早く此書の我邦に披露せられたるを喜び更に其の余の如き陋書に依らざるして而かも女流の優美なる筆を借りたる事を満足に思ふ而已。
>
> 　…左れば「小公子」は少年文学と冠せられたれども如何なる種類の人々も必読の書にして…
>
> （下線は筆者）

　上記より『小公子』の翻訳の意図や女性が訳したことに対する称讃や、また『小公子』が当時の必読書であったことが分かるだろう。また、『小公子』の読者対象は、むしろ大人であったことも序言や評論集、巻末の書籍広告などから分かる。

　ここで、若松賤子という作家が、どのような言語習得の過程で成長してきたのかについて触れてみたい[2]。彼女はキリストの精神に徹し、当時の封建主義的な家庭生活に西欧の新しい倫理感を融合させようとした。このような彼女の「女学雑誌」との深い関係や歩んできた身の回りの環境(とりわけ教育環境)などを考えると、言語習得の環境もキリスト教の影響が強かったと思われる。若松賤子によって翻訳された『小公子』は、キリスト教の愛の精神を非常によく表しており、明治20年のはじめごろの翻訳としては珍しく純然たる口語体の名訳であり、「人称代名詞」の研究に敵した作品であるといえよう。

　本研究では、明治期の一、二人称代名詞がどのようなものであったのかを明治期に刊行された翻訳小説『小公子』の会話文を通して調査

---

2) 詳細は房(2006)を参照されたい。

し、考察を進めていく。そして研究の方法は、話者の性別によって、どのような言語要素、具体的には一、二人称代名詞が、どのように使い分けられていたのか、特に話し手の社会階層と性差による使い分けについて考察していく。従来、明治期の文学作品を対象とした文末表現、とりわけ終助詞の性差についての研究は多いが3)、明治20年代の一、二人称代名詞の記述的な考察はあまり行われていない。ここに本研究の意義があり、今後も明治期の待遇表現、敬語の記述的な研究を続ける必要性があると考えている。

3. 『小公子』における一人称代名詞

『小公子』に現れた一人称代名詞を性別に分けて示すと、次の<表1>のようになる。

<表1>『小公子』における一人称代名詞の使用者数

一人称代名詞／性別	わたくし	わたし	わし	おれ	おらあ	おいら	こちとら	手前（てまへ）	僕（ぼく）	愚老（ぐろう）
男性の使用者	1	1	6	5	3	2	1	4	2	1
女性の使用者	3	4	0	0	0	0	0	1	0	0

3.1 女性の一人称代名詞

一人称代名詞は女性の場合、「わたくし」「わたし」が中心である。これは明治初年に比べると、一人称代名詞の種類が限られている

---

3) 例えば、主に女性語に焦点を当てて論じている研究が多いが、詳細は房（2006）を参照されたい。

のが特徴である[4]。「わたくし」「わたし」の使用者は「エロル夫人」「ロリデール夫人」「ヴィヴィアン、ヘルベルト(若い婦人)」「ドウソン(侍女)」など上層階級の婦人層や侍女が主に用いている。話し手と相手との使用関係を見ると、用例(1)(2a)(3)は、相手はすべて「セドリック:フォントルロイ」である。すなわち、話し手は相手が自分より年下の場合に「わたし」を使っているが、ある意味で相手「セドリック:フォントルロイ」の身分を考慮したことも考えられるだろう。

　また、用例(1)と用例(4)で、心優しい慈悲深い人柄のエロル婦人は内外(ウチ・ソト)関係が働いていた結果「わたし」と「わたくし」を使い分けているようである。身内の「セドリック:フォントルロイ」に対しては「わたし」を使用し、親近感を表している。しかし、外の代言人のハヴィシヤム・ハ氏(伯爵の弁護士)に対しては「わたくし」を用いて、話し手の品位を保つとともに話し手が相手との距離を意識した結果、一番丁寧な一人称代名詞「わたくし」を選択している。用例(2a、2b)からも「ロリデール夫人」(大叔母)は「セドリック」に親近感を表すため「わたし」を使用しており、夫に対しては一人称「わたくし」を用いることによって、自分の品位と相手への謙遜を表明したことが窺える。

　なお、下層階級では、用例(5)のように「ドウソン(侍女)」が「わたくし」を使用することによって、相手のメロン夫人への配慮(上下関係)を窺わせる。また、女性が手前(てまへ)を一人称・自称として使っている(用例6)は、「エロル夫人」がしとやかにニッコリしながら、侯爵に言う場面である。つまり、「てまへ」は話し手がやや謙遜していう語であることが言える。

---

4) 明治初年(『安愚楽鍋』(明治4-5)と『塩原多助一代記』(明治17))の女性の一人称代名詞には「わちき」「わっち」「わたい」などが使われている。

(1) セデーや、**わたし**の家といふのは、お城から大して遠いのではないよ、少ふし斗りしか離れてゐな　いから、**おまへ**が毎日馳けて来て逢ふ位なのだよ、
　　　　　　　　　　（四回下、エロル夫人:母親→セドリック:フォントルロイ）

(2a) **わたし**は、**おまへ**のカンスタンシヤをばだよ、**おまへ**のおとうさまは、**わたし**の秘蔵だつたが、**おまへ**は亦大層よふ似ておいでだよ、
　　　　　　　　　　（十一回丙、ロリデール夫人:大叔母→セドリック:フォントルロイ）

(2b) 併しネ、先ほどはあの婦人を憎んで居ない様ですよ、**わたくし**にそれ丈は分つて居り升。　　　　（第十一回(丙)、ロリデール夫人:大叔母→夫）

(3) フォントルロイの若様、一寸こちらへ入らつしやいましな、そして、**あなた**がそんなにヂツト**私(わたし)**を見て入して、何を考へて入つしやるか伺ませう、　　　　　　　　　　　（十一回丁、ヴィヴィアン、ヘルベルト
　　　　　　　　　　　　　　　　（若い婦人→セドリック:フォントルロイ）

(4) **私(わたくし)**は子供の為に誠に気遣はしく御座り升。アノ様にあどけない**の**で御座り升もの!
　　　　　　　　　　（三回中、エロル夫人→代言人:ハヴィシヤム・ハ氏:伯爵の弁護士）

(5) **あなた**御前の仰ならば、黙つても居ませう、ですがネイ、**わたくし**の様なお婢でこんなことを**あなた**へ申し上てどんなもんですか存じませんが、(中略)**わたくし**、なんぞは可愛そうで仕方が御座いませんよ、ソレニマアどふでせう、お美麗こと、どふ見ても殿様に生れついておいでなさるじや有ませんか、　　　　　　　（七回甲、ドウソン(侍女)→メロン(取締り)夫人）

(6) **手前(てまへ)**が参る方がキツト御都合に宜しひのですか?
　　　　　　　　　　　　　　　　　　　　（十五回、エロル夫人→侯爵）

　以上、上記の用例から分かるように、女性の代表的な一人称代名詞「わたくし」と「わたし」は明治20年代頃には丁寧な高い敬意を表す一人称であったと言えよう。そして「わたし」は二人称代名詞「おまへ」「あなた」と対をなして使われていること、「わたくし」は二人称代名詞「あなた」と対をなしており、文末表現「ござります」「ございます」と共に使われていることなどを考え合わせると「わたくし」の方が最も丁寧な一人称代名詞であったと考えられる。

　また、『小公子』の「わたくし」の使用者の傾向(上層階級の婦人

層が使用すること)は明治30年代でも同様に見られ、『社会百面相』
(明治35年)[5]の「わたくし」の使用傾向と一致している。『社会百面
相』における「わたくし」の主な使用者を見ると、上層の婦人層(例
えば、貴婦人、女学者、代議士夫人など)に位置する人が主に用いて
いる[6]。このように女性の「わたくし」は明治期を通して最も待遇価
値の高い一人称であったと言えるだろう。

3.2 男性の一人称代名詞

　男性の一人称代名詞は女性に比べると、<表1>から分かるように種
類が多く個性豊かである。それぞれの用例を取り上げながら見てい
く。『小公子』に現れた用例は、わし(用例7、8)わたし(用例9、10)わ
たくし(用例11)おれ(用例12、13)おらあ(用例14、15)おいら(用例16)ぼ
く(用例17-22)手前(てまへ)(用例23-25)愚老(ぐろう)(用例26)こちとら
(用例27)などがある。
　年輩の「ホッブス」と「ヂック」は「わし」を使っている。例え
ば、「ヂック(靴磨屋)」は「ホッブス(パン屋のおじさん)」に対し
て、「わし」と「わたし」を使い分けている(用例8-10)。二人は親し
い関係であると共に、二人とも身分は高くない点が共通している。ま
た、「ホッブス」は「ヂック」に対して、「おれ」と「おらあ」を使
い分けている(用例12、14)。ここから少なくとも「わし」「おれ」
「おらあ」などは親しい男性同士の間で、打ち解けた場面でよく使わ
れる一人称代名詞であることが確認できる。

---

5)「社会百面相」は、内田魯庵35才の明治35年6月東京博文官から刊行され
　た。内田魯庵が書いた小説として短編30、中・短編7、附録(一つ)などがあ
　る。当時の時事批評小説として、明治30年代の世相を代表する社会階層の言
　葉が典型的に活写されている。
6) 房(2002)を参照されたい。

　また、男性が使っている「わたくし」についてみると、使用者「ウィルキンス」(馬夫)が「セドリック)」に対して使うのみで、女性のように上層の人が自分の品位を保つための使用例は見られない。男性の「わたくし」の使用は用例(11)のように身分の低い人が相手の身分を強く意識して自分を丁寧に言う時である。

(7) そんな奴知ってゐてたまるものかよ、<u>わし</u>の店へでも這って見るが好い、どうしてやるか。
　弱いものいぢめをする圧制貴族め、こゝらの明箱へなんぞ腰をかけさせてたまるものか?　　　　　　　　　(一回下、ホッブス→セドリック)

(8) さうとも。<u>わし</u>はどこまでも加勢する気なんです。あんな好いた様な子はなかつたから。　　　　　　　　(十四回甲、ヂック→ホッブス)

(9) 大店なんかにアありさうなものんですがネ、ダガ、<u>わたし</u>らア、見たつて知れねいだらうと思ふネ。　　　(十二回乙、ヂック→ホッブス)

(10) 旦那、<u>わたし</u>もあんな好い奴見たことがねいんです。
　　　　　　　　　　　　　(第十二回(甲)、ヂツク→ホッブス)

(11) ジアア、<u>わたくし</u>が下りませう。
　　　　　　　　(九回乙、ウィルキンス(馬夫)→セドリック)

(12) フン、さうか、<u>おめへ</u>来る時、持つて来ネイ、<u>おれ</u>が代を払ふから、侯爵のことが書いてあるんなら、どれでもみんな持つて来るが好ゼ。
　　　　　　　　　　　　　(十二回乙、ホッブス→ヂック)

(13) <u>おれ</u>も知らない様だ、アメリカの遊びだろうな、クリケツトに似て居るか?
　　　　　　　　　　　　　(七回乙、侯爵→セドリック)

(14) フーン、<u>おらあ</u>呆れけいつた!　　(十二回丙、ホッブス→ヂック)

(15) <u>おらあ</u>、あんなに雑作もなく憤れツちまつて、あんなに威勢の好のに馬術、をせいたこたアねへんだ。あゝいふんなら後ろから供をしてつても、心持が好いや。　　　　　　(十三甲、ウィルキンス→御者)

(16) <u>おいら</u>アたまげつちまつた。　(十二回乙、ホッブス→番頭)

　次に、男性が使っている「ぼく」「手前(てまへ)」「愚老(ぐろう)」「こちとら」についてみたい。「僕(ぼく)」の使用者は「セド

リック」と「ハリソン(代言人)」である。「セドリック」は「ハヴィ
シヤム・ハ氏:伯爵の弁護士」、「ドリンコート侯爵」、「ヒツギン
ス」(壮年を過ぎた百姓らしき者)や母親の「エロル夫人」、「ロリ
デール夫人」(大伯母)などすべての人に対して「ぼく」と言ってい
る。目上の人に対して使っており、「です、ます調」の丁寧な表現と
共に「ぼく」を用いる用例が多く見られた。これは「セドリック」が
すべての人に人懐っこい性格(物怖じしない性格、純真さと思いやり
のある優しい心を持っている性格)であったからであろう。房(2003)に
よると、「ぼく」は明治20年代「書生」「若紳士」たちに多く使われ
ていた一人称代名詞である。当時の「ぼく」はほとんど対等関係の相
手との間で使用されていた。「セドリック」が自分の母親(エロル夫
人)やお祖父さん(利己的で気難しいドリンコート侯爵)に「ぼく」を用
いていることから、「ぼく」を子供が用いる時は、目上に対しては使
えないとか、目下に対してのみ用いることができるとかなどの制約は
ない。

(17) オヤ〈それは大変な昔しのことですね。おぢさんそれを<u>僕(ぼく)</u>のかあさ
んに話し升たか?　　　　　　(三回上、セドリック→ハヴィシヤム・ハ氏)

(18) <u>僕(ぼく)</u>、かあさんのこと考へてたんです、僕‥‥‥何んだか変ですか
ら、チツトあつちこつち歩いて見ませう。
　　　　　　　　　　　　　　　(六回戊、セドリック→ドリンコート侯爵)

(19) ナニ、<u>僕(ぼく)</u>は、たゞ手紙を書いた斗ですよ、それを為すつたのは、お
祖父さまです、
　　　　　(八回乙、フォントルロイ・セドリック→ヒツギンス:百姓らしい者)

(20) かあさん、<u>僕(ぼく)</u>は侯爵になり度ないよ、ダツテ僕の友だちに侯爵なん
かになるものは一人もないんだもの、かあさん、侯爵にならなくつちや
どうしてもいけないの?　　　　　　(二回上、セドリツク→エロル夫人)

(21) <u>僕(ぼく)</u>、とうさんに似てるつて、いわれるの大好ですよ、ダツテ、みん
なとうさんが好だつた様ですもの、

（十一丙、フォントルロイ・セドリツク→ロリデール夫人（大伯母））

(22) 左様さ、これが思ひ通りにいけば、大したことになります。フォントルロイ殿は固より、**僕（ぼく）**にとつても非常な運定めになり升。それで兎に角事実の探索にとり掛つて、差支は有りません。

（第十四回（乙）、ハリソン氏：代言人→ホ氏）

　用例(23)(24)の「てまへ」は、ウィルキンス（馬夫）が老侯に対して礼を表し、面白そうにいう場面である。用例(25)の「てまへ」は、ハヴィシヤム・ハ氏（伯爵の弁護士）が侯爵に対して、書斎の中で処置法に付て協議された時である。ここから「手前（てまへ）」の一人称・自称を見ると、用例(23)(24)のように謙遜している場合と用例(25)のように年輩の話し手が相手の人に対して自分をさす時に使っている。用例(26)の愚老（ぐろう）は、年取った老人（ハヴィシヤム・ハ氏：伯爵の弁護士）が自分を謙っていった言い方である。用例(27)の「こちとら」は身分の低い給事（タマス）が使用しているが、「ぐろう」と「こちとら」いずれも当時一般的な言い方ではないことが言えよう。

(23) 先程落ましたが、**手前（てまへ）**が拾ひ挙げる暇もない程で、御座り升た、

（九回甲、ウィルキンス→老侯）

(24) 御前、どふいたし升て、そんなこたあちつとも御存じない様です、**手前（てまへ）**も、これまで随分若様方に馬乗のお稽古を申したことが有升が、此若様みた様にきつくつて、一処懸命なあ始めてです、

（九回甲、ウィルキンス→老侯）

(25) **手前（てまへ）**が婦人に面会いたして三回に及び升頃、余程心に疑を生じて参り升た。　　　　　　　　　　　　　（十五回、ハ氏→侯爵）

(26) イヤ、お腹がアメリカの御婦人で、此弊が有るといふ処は一向見へぬ様で御座り升。**愚老（ぐろう）**は子供のことは至つて疎い方で御座りますが、いづれかといへば、先立派な若君と勘定いたしました。　　　　（ハ氏→老侯）

(27) 憚りながら、あのロツヂに居る方は、ソリヤ、アメリカ生だらうが、さうでなからうが、あれこそ、本当の品のある方よ。片眼しか開いてないだ

つて、その位は<u>こちとら</u>にやア知れらア、それだから、あそこへ始めて
行つた時、直ぐとヘンレにさういつたんだ。

（十三回甲、タマス：給事→出入りの代言人）

　以上、一人称代名詞を述べてみたが、女性は一人称代名詞「わたく
し」と「わたし」に集中しており、女性性（相対的に女性が使用）の強
い語が小説『小公子』の世界で反映されたことが考えられる。ここ
で、考えられるのは『女学雑誌』の性格の一つである啓蒙性から照ら
し合わせると、女性の一人称代名詞は改まった言い方に制限された可
能性もある。もう一つは作品の登場人物の属性、制約によって「わた
くし」と「わたし」に使用が限られたかもしれない。

　一方、男性の場合、一人称代名詞は多様であり、豊富であることが
分かる。これは明治期を通じて言える現象であり、『小公子』におい
ても明確に反映されたのである。男性は女性に比べると、社会的に自
分の言説を述べる機会に恵まれており、各々の場面に応じて、相手と
の人間関係を考慮しながら、話し手みずから適切に使い分けていたこ
とが指摘できる[7]。

4. 『小公子』における二人称代名詞

　『小公子』に現れた二人称代名詞を性別に分けて示すと、次の＜表
2＞のようになる[8]。

---

7) 女性において、一人称代名詞が「わたくし」と「わたし」に集中化するの
　は、いろいろな要因が考えられるが、女性らしい品位(教養)のある言い方、
　作品『小公子』に現れた女性の登場人物の属性を翻訳者の若松賎子が考慮し
　た結果、さらには学校教育の影響も関わってくると思われる。
8) この他、幼い主君を敬っていう語として「若様」、「若君」などがあるが、

<表2>『小公子』における二人称代名詞の使用者数

二人称代名詞 / 性別	あなた	おまへさん	おまへ	おめえ	君 (きみ)	貴様 (きさま)	御前 (ごぜん)
男性の使用者	2	1	6	2	1	1	3
女性の使用者	5	1	3	0	0	0	0

4.1 女性の二人称代名詞

　女性は「あなた」「おまへさん」「おまへ」を使用している。<表2>から分かるように、女性は男性に比べると二人称代名詞の数が少ない。「あなた」の使用を見ると、「メロン夫人→代言人:ハヴィシヤム」(用例28)、「ロリデール夫人→侯爵」(用例29a、29b)、「ドウソン(侍女)→メロン(取締り)夫人」、「ヴィヴィアン、ヘルベルト(若い婦人→セドリック」などである。とりわけ、(29b)の用例を見ると、「あなた」の待遇価値は相当高いことが言えそうである。また、(28)の用例からも「メロン夫人」は「代言人ハヴィシヤム」に対して、嬉しさうな顔になっている場面で相手に向けての高い待遇価値が保たれている。

　次に「おまへさん」についてみると、使用例は少ない。「荒物屋のおかみさん」が「侯爵」にだけ使っている(用例30)。「おまへさん」は明治35年頃には廃れていく傾向が指摘できるが[9]、『小公子』においても身分の高くない「荒物屋のおかみさん」に使用が限られており、明治20年代で既に使用が無くなりつつある。そして『小公子』を見る限り、「あなた」を使用する人たちは「おまへさん」を用いてい

　二人称代名詞として扱っていいかという問題もあり、ここでは省略する。

9) 小島(1974)の指摘によれば、明治期になると「おまへさん」は使用が減少し、「あなた」に比べて待遇価値(敬意)は低下したことが分かる。

ない。

(28) いづれでお眼通りいたしても若ぎみをまちがふことは有り升まい。お顔も
　　御様子もそつくりエロル様で御座ります。**あなた、**今日は誠におめで度
　　こと**で**御座ります。（六回甲、メロン(取締り)夫人→代言人：ハヴィシヤム）

(29a) それで、あのお袋は**あなた**をなんと思つて居り升。

　　　　　　　　　　　　　　　　　（第十一回(丙)、ロリデール夫人→侯爵）

(29b) **わたくしは**早速エロル夫人を訪問する積りですから、若し**あなた**御異存が
　　あるなら、おつしやつて頂戴したう御座い升**よ**。

　　　　　　　　　　　　　　　　　（第十一回(丙)、ロリデール夫人→侯爵）

(30) デモ、**おまへさん、**其子が又可愛いくつて∧、秘蔵∧で自慢で∧しよふが
　　ないもんだから、こんどのこつて、丸で、狂気の様ですと。それにネ
　　イ、**おまへさん、**こんどのは先の若様のお袋さんとは大違ひで、お品も
　　何もない女ですと。　　　　　　（十三回甲、荒物屋のおかみさん→侯爵）

　「おまへ」についてみると、用例(31)は「エロル夫人」が悲しそうな
眼つきで窓から外を眺めながら、「セドリック」に言う場面である。
すなわち、母親が子供に対して「おまへ」と言っている。遠慮のいら
ない身内に対して、要するに、心理的な負担がかからない目下の相手
に「おまへ」をごく自然に使用している。目下への親愛の気持ちを込
めて用いている用例が「おまへ」の主たる用法である。用例(32)(33)
もほぼ同じことが言えるだろう。当時年齢の高い女性が目下に対し
て、軽い気持ちで相手を呼ぶ時に「おまへ」を使っており、待遇価値
は高くないことが言えるのではなかろうか。

(31) セデーや、おとつさんが入つしつたら、矢つ張りそうさせ度と思召すだろ
　　うとわたしは思ふのだよ。おとつさんは大層おうちを恋しがつて入つし
　　やる方だつたよ、そして、**おまへ**はまだ年は行かず、分るまいが、そ
　　こには色々考へなければならぬ都合もあるのだからね、全体、わたしが
　　おまへを引留めて遣なければ大層我侭な母になるのだよ、**おまへ**がやが

　　て成人すれば何も彼もスツカリ分り升よ。

　　　　　　　　　　　　　　　　　（二回上、エロル夫人→セドリック）

(32) メレや、わたしは**お前**がこゝに居て呉て嬉しいよ、**おまへ**の顔を見た計り
　　で、心が落着く様だよ、処慣れないで変なのが、**おまへ**が居るのでよつ
　　ぽど心やりになるよ。　　　　　　（五回中、エロル夫人→メレ(侍女)）

(33) **おまへ**のおとうさまは、わたしの秘蔵だつたが、**おまへ**は亦大層よふ似て
　　おいでだよ、

　　　　　　　　（十一回丙、ロリデール夫人:大叔母→セドリック:フォントルロイ）

4.2 男性の二人称代名詞

　　男性が使用している二人称代名詞は、男女共用の「あなた」「おま
へさん」「おまへ」以外に「おめえ」「きみ」「きさま」「ごぜん」
などがある。男性のみに使用が見られる二人称代名詞「おめえ」「き
み」「きさま」などは待遇価値が低い点で共通している。当時、男性
は女性に比べると、待遇価値の低い二人称代名詞を個性豊かに使い分
けていることが指摘できる。

　　「あなた」の使用を見ると、用例(35)(36)は相手をある程度意識し
た丁寧な言い方である。特に、用例(35)は、「フォントルロイ:セドリ
ツク」は非常に感激しながら、無邪気な眼で、ヴィヴィアン嬢を見詰め
ながら「あなた」と言っている場面である。また、用例(34)のように侍
女(ドウソン)への使用では、話し手「セドリック」の性格を描くための
表現効果(ドウソンに手を出す場面)を狙った側面が強いので、男性の一
般的な言い方として考えにくい。次に「おまへさん」は女性と同様に使
用例は少ない。その使用も年輩の人が代言人に対して使用しているのみ
で、待遇価値も「おまへ」の方へ近づいている。

(34) **あなた**御機嫌は如何?、僕を世話しに来て呉れて、誠に有難う。

（七回甲、セドリツク→ドウソン）

(35) 僕はネ、かあさんを除ければ、**あなた**の様な奇麗な人見たことがないと思ふんです、ダケド、マアかあさんほど奇麗な人有りやしませんからネ、僕、かあさんは世界中で、一番の美人と思つてるんです。

（十一回(丁)、フォントルロイ:セドリツク→ヴィヴィアン嬢）

(36) チト申悪い事ですが、老侯は**尊夫人(あなた)**に対してエー、其‥‥‥ひどく打とけては居られぬので、イヤ御承知の通り、老人と申者は兎角偏頗な者でナ、老侯も基偏頗心の甚はだ強い方で、一度思ひ込だことは中〻解にくいのです、

（二回中、ハ氏→エロル夫人）

(37) **おまへさん**、一時間いくらといふのでもかまわねいから、よく調べて貰いていんだ。

<u>わし</u>が一切呑み込んでるから。ブランク町の角の万屋ホツブスといふんだ、宜しふがすか。　　　（十四回乙、ホツプス→ハリソン氏:代言人）

　「おまへ」「おめえ」についてみる。「おまへ」の男性使用を見ると、用例(38)は打ち解けた場面で、「ホツプス」があっけにとられながら「セドリツク」のまじめであどけない顔を見つめながら、「おまへ」と言っている。つまり、隔意のない目下の相手に対して用いている。用例(39)は侯爵が自分の社会的な地位を意識した尊大な印象を与えている。「おめえ」は用例(40-41)に挙げたように、親しい対等関係で使用しており、しかも罵る場面で使用されていることも鑑みても相手に対する敬意は無いと言える。また、相手を「おまへ」や「おめえ」と呼ぶ時は、一人称代名詞「おれ」が使われていることに注目したい。「おれ」が持っている私的な性格を考えると、私的な場面(身内)で「おれ」と対をなしながら、「おまへ」「おめえ」が使われている。

(38) **おまへ**のおぢいさんとハ、それハ一体、誰なんだへ?

(二回上、ホッブス→セドリック)

(39) **おまへ**のいふ通りだ、中々見処のある奴で、大分<u>おれ</u>とは仲よしだ、<u>おれ</u>を此上もない気の好い、慈善家だと思つて居のさ、

(十一回丙、侯爵→ロリデール夫人)

(40) **おめへ**は、侯爵だの、城だのといふこと何か知てるか?、<u>おれ</u>はモット委しいことが知りたいと思ふんだ。　(十二回乙、ホッブス→チック)

(41) **おめへ**、勝手に食ふが好いよ。　(十二回乙、ホッブス→ヂック)

　「きみ」「きさま」「ごぜん」についてみる。語種からみて漢語系の一人称代名詞は男性性が強い。「きみ」は男性だけ使用しており、対等関係や目下の相手に対して使っている。そして、「ぼく」と対をなして使用する傾向があるという先行研究の指摘がここでも当てはまる[10]。

　「きさま」は、目下に対する卑称の二人称代名詞として使われている。用例(44)から分かるように、「侯爵」が「馬夫」に対して、罵る場面(或は相手を冷ややかに見ている場面)で「きさま」を使っており、卑罵語的な性格が見受けられる。「ごぜん」は、相手を敬っていう場合に使われている。用例(45-47)を見ると、話し手と相手との人間関係は身分の高い「侯爵、フォントルロイ」に仕えている人が相手を敬って呼ぶ二人称代名詞であると言える。

(42) 僕(ぼく)は**君**(きみ)と別れて行くのは嫌だけれど、僕が侯爵になつたら又た来るかも知れないよ。**君**(きみ)と僕は親友だから手紙をよこしてくれ玉へ。

(四回上、セドリック→ヂック)

(43) ヤツト、ソウカ、**貴様**(きさま)はおれに逢つて嬉しいと云ふのか?。

(六回乙、侯爵→セドリック)

---

10) 小松(1998)では、「ぼく」が「きみ」と対をなして使用される傾向があると指摘している。

(44) 一寸、待て、**貴様(きさま)**は帽子をどふした?

　　　　　　　　　　　　　　　　　（九回甲、侯爵→ウィルキンス:馬夫）

(45) エロル夫人より**御前(ごぜん)**へ申上る伝言が御座ります。

　　　　　　　　　　　　　　（五回下、ハヴィシヤム→侯爵・老侯）

(46) **御前(ごぜん)**、誠におめで度う存じ升。

　　　　　　　　　　　　　（第七回（丙）、モドント(牧師)→侯爵）

(47) **御前(ごぜん)**、其通りで御ぜい升、ニユークィツク様のお言葉に、若様
　　が、此下郎のことをとりなして下さつした、といふことで、御ぜい升
　　から、御免の蒙つて、一度、御礼を申たいと存じて、ヘイ……

　　　　　　　　　　　（八回乙、ヒツギンス→フォントルロイ）

　以上、男性の二人称代名詞について述べてきたが、男性は女性に比
べると二人称代名詞の種類が多いことと待遇価値の低い語も存在する
ことなどが特徴的である。『小公子』における二人称代名詞は「あな
た」と「おまへ」の使用が主であり、「おまへさん」と「おめえ」は
衰退していく。また、待遇価値の低い二人称代名詞「きみ」「きさ
ま」「ごぜん」などは男性に偏って使用された。このように男性は二
人称代名詞の使用において、女性より選択の幅が広く、使用の制約も
少なく場面状況に応じて柔軟に使い分けられたのであろう。

5. 終りに

　以上、本研究では、明治期における待遇表現の考察の一環として、
明治期の翻訳小説『小公子』（バーネット作、若松賎子(1864－1896)
訳:女学雑誌、227号ー299号:明治23年8月ー明治25年1月)における一、
二人称代名詞を性差の観点から考察した。どのような人称代名詞をど
のように使い分けているかを性別に分けて具体的に考察した。考察の

結果、次のようなことが分かった。

　一人称代名詞は、女性の場合、現代日本語と同様に「わたくし」と「わたし」に使用の偏りが見られる。一方、男性の場合は、「わたくし」「わたし」以外に「わし」「おれ」「おらあ」「おいら」「こちとら」「てまへ」「ぼく」「ぐろう」など多様であることが分かった。男性の場合は、古めかしい言い方が残っており、一人称代名詞からは高年齢層においては、江戸語の名残もまだ残っている。江戸語の名残がほとんど廃れていた女性とは対照的である。

　二人称代名詞は、男女共に「あなた」「おまへ」が主たる使用である。そして「おまへさん」の使用は男女共に残っているが、使用例は少ない。男性においては、一人称代名詞と同様に個性豊かである。要するに、男性の二人称代名詞は「おめえ」「きみ」「きさま」「ごぜん」などが使われている。なお、『小公子』に残された男性のみ使っている二人称代名詞は待遇価値の低いことが特徴的である。

　以上、一・二人称代名詞について男女の差異から総括してみると、女性の場合は簡素化していく傾向(明治20年代に既に、現代日本語の人称代名詞とほぼ一致する)が強いようである。しかし、男性の場合は一・二人称代名詞の簡素化があまり進んでいないし、待遇価値の低い一・二人称代名詞も多く、江戸語の名残も残っており、バラエティーに富んでいたことが分かった。

■ 参考文献

小島俊夫(1974)『後期江戸ことばの敬語体系』笠間書院

小松寿雄(1998)「キミとボク―江戸東京語の対使用を中心に―」『東京大学国語
　　　　研究室創設百週年記念国語研究論集』pp.667-685

杉本つとむ(1988)『東京語の歴史』中公新書

房極哲(2002)「『社会百面相』における一・二人称代名詞―待遇表現の観点か
　　　　ら―」『日本学報』51輯 韓国日本学会 pp.61-71

　　　　(2003)「明治期における一人称代名詞「ボク」と「ワガハイ」」『日本学
　　　　報』55輯 韓国日本学会 pp.63-77

　　　　(2006)「『小公子』における女性語について―終助詞の用法を中心として
　　　　―」『日本学報』69輯 韓国日本学会 pp.39-52

松村 明(1957)『江戸語東京語の研究』東京堂

Vanbaelen,Ruth(2003)「性差マーカーの「自然さ」―小説文の会話文と実際の会話
　　　　との比較―」『日本語と日本文学』36号 筑波大学国語国文学会 pp.54-67

第8章
近代語における一、
二人称代名詞の形成について

1. はじめに

　明治期における人称代名詞については、すでに小島(1974)、小松(1996)(1998)(2000)、飛田(1974)(1992)等の研究成果が数多くある。これらの先行研究の中で、とりわけ小松の一連の研究では、江戸語の延長線で明治期の人称代名詞について述べ、人称が江戸語から東京語へかけてどのように変化したか、という問題意識から論じている。しかし、先行研究では、必ずしも人称代名詞を性差、年齢差、社会階層などという観点から論じていないようである。

　拙稿(1998)(2002)(2003a)(2003b)では、明治期の人称代名詞の考察の一環として、明治期の一人称代名詞「わたくし」「わたし」、「わし」「おれ」、「ボク」「ワガハイ」を対象にその使用実態と待遇の度合いを中心に考究したことがある。

　また、拙稿(2000)では明治期の二人称代名詞「アナタ」「オマヘサン」「オマヘ」を性差との関わりを中心に述べたことがある。ここでは表題の二人称代名詞を明治前期は『安愚楽鍋』『小公子』など6

編、明治後期は『社会百面相』『三四郎』など4編の作品を資料として調査の結果を考察した。

本研究では、従来の研究成果を踏まえ、近代語における一、二人称代名詞の変遷について性差を始めとした社会言語学的な手法を取り入れつつ統一的に考察する。このような考察によって、近代日本語の一、二人称代名詞の形成とその様子・実態がより明らかとなるであろう。

2. 江戸後期における一、二人称代名詞の使用状況

小松(2002)によると、日本語の人称代名詞の特徴的な体系は古代日本語から継承されたものではなく、中世以降に発達したものであるという。つまり、歴史的にみると、中世以降人称代名詞が発達したことが分かる。そして近世になると、人称代名詞がかなり複雑であり、状況に応じて柔軟に使い分けられ、相手との距離が適切に保たれる。しかし、近代になると、明治の初期と後期には大きな相違が観察される。

まず、江戸期の状況について塩沢(1998)を参考とすると、先学の研究から江戸期の一人称代名詞は約40種類存在するという。もっともこの40種類には方言や限られた社会階層の人しか使わない代名詞も含めてある。田中(1973)(1983)では、近世前期の上方語の一人称代名詞を15種類を挙げており、時代が下る江戸後期(文化、文政期=江戸ことば)の一人称代名詞の主なものとして、次のような11種を挙げている。

1) 最も敬意の高い場合の言い方;「ワタクシ」「コノホウ(武)」
2) 普通の敬語表現にみられる言い方;「ワタシ」「ワチキ」(郭)「ワッチ」(町)
3) ごく軽い敬意のある場合の言い方;「ワシ」「オレ」「オラ」「オイラ」「ワタイ」(女)「アタイ」(女)「ワッチ」

次に二人称代名詞について述べる。田中(1973)(1983)は、文化、文政期の二人称代名詞の主なものを、次のような13種類を挙げている。

4) 最も敬意の高い場合の言い方;「アナタ」「オマエサン」「キデン(武)」
5) 普通の敬語表現にみられる言い方;「オマエ」「オヌシ」「キサマ」「キコオ」（男）
  「コナタ」「オマハン」(郭)「オメエサン」
6) ごく軽い敬意のある場合の言い方;「オメエ」「オノシ」「テメエ」

なお、明治の幾つかの文典を検討してみると、便宜的に一部の人称代名詞は性差や社会階層という観点から捉えていることが特徴的ではあるものの、その他の各々の人称代名詞の明確な違いは分からない。そこで以下では、江戸語の使用状況を念頭に入れながら、明治期の口語資料である小説の会話文を調査し、人称代名詞の使用実態を社会言語学的な視点から分析・考察を進めることにする。

3. 調査の概要及び分析

3.1 調査の概要

まず、調査の概要を以下の<表1>から<表9>に示しておく。調査対象とした作品については、後掲の<資料一覧>を参照されたい。ここに一、二人称代名詞の変遷の推移を見るために、<表1>から<表6>にかけて主な作品の調査結果を挙げる。すなわち、<表1>と<表2>は明治初期の作品『安愚楽鍋(4-5年)』、<表3>と<表4>は明治後期の作品『社会百面相(明治35年』、そして<表5>と<表6>は明治40年代の作品『三四郎(明治41年)』である。そして一人称代名詞の全体的な変遷

の推移を把握するため、各一人称代名詞の使用者の数を<表7-1>(男性)と<表7-2>(女性)に分けて示しておく。

　なお、<表8>と<表9>は明治期に刊行された十の作品からみた主な二人称代名詞の性別による調査結果である[1]。

<表1>　<安愚楽鍋(明治4－5年)>における一人称代名詞の使用者数

人称代名詞 / 性別	わたくし	あたくし	わたし(あたし)	**わちき**	**わっち**	われ	おれ	おら	**おいら**	**こちとら**	僕	我輩	愚老	拙	合計
男性	2	0	0	2	2	1	4	2	3	2	4	1	1	1	12語
女性	0	0	0	4	2	0	0	0	0	0	0	0	0	0	2語

<表2>　<安愚楽鍋(明治4－5年)>における二人称代名詞の使用者数

人称代名詞 / 性別	あなた	あんた	**おめへさん**	おまへ	**おめへ**	きみ	てめへ	**なんじ**	**尊公**	合計
男性	4	0	2	0	5	2	3	1	1	7語
女性	0	0	0	4	0	0	0	0	0	1語

<表3>　<社会百面相(明治35年)>における一人称代名詞の使用者数[2]

人称代名詞 / 性別	わたくし	あたくし	わたし	あたし	わし	わっし	われ	われわれ	おれ	おら	おい	僕	我輩	拙者	合計
男性	14	0	1	0	4	1	2	13	8	1	1	26	23	3	12語
女性	8	0	21	3	0	0	0	0	0	0	0	0	0	0	3語

---

1)　この<表8>と<表9>は房(2000)によるものである。なお、論の展開上、<表8><表9>は第三部の第6章の<表1>と<表2>を再引用する。
2)　<表3>は、論の展開上、第三部の第2章の<表2>を再引用する。

<表4> <社会百面相(明治35年)>における二人称代名詞の使用者数

人称代名詞＼性別	あなた	あんた	おまへさん	おまいさん	おめへさん	おまへ	おまい	おめへ	きみ	きこう	きさま	そこ	そくか	てめへ	合計
男性	16	0	1	1	0	2	9	0	18	3	3	2	1	1	11語
女性	23	5	3	1	0	3	3	0	0	0	0	0	0	0	6語

<表5> <三四郎(明治41年)>における一人称代名詞の使用者数

人称代名詞＼性別	わたくし	わたし	あたし	僕	おれ	われ	われわれ	合計
男性	2	1	0	5	2	0	1	5語
女性	3	1	0	0	0	1	0	3語

<表6> <三四郎(明治41年)>における二人称代名詞の使用者数

人称代名詞＼性別	あなた	あんた	おまへさん	おまへ	おめへ	おまい	きみ	てめへ	合計
男性	5	0	0	2	0	0	5	0	3語
女性	5	1	1	2	0	0	0	0	4語

<表7-1> <一人称代名詞の使用者数、男性の場合>

作品	わたくし	わたし	われ	わし	わちき	わっち	おれ	おら	おいら	こちとら	手前	我輩	僕	拙者	拙(せつ)	愚老
安	2	0	1	0	2	2	4	2	3	2	0	1	4	0	1	1
春	3	1	2	3	0	1	4	4	7	0	1	2	3	4	1	0
塩	4	3	0	7	0	1	7	5	1	0	1	0	0	0	0	0
真	5	3	0	0	0	0	3	0	0	0	2	0	1	1	0	0
薮	2	0	0	0	0	1	0	1	1	0	0	1	8	0	0	0
小	1	1	0	6	0	0	5	3	2	1	4	0	4	0	0	1
合計	17	8	3	16	2	5	23	15	14	3	8	4	22	5	2	2

社	14	1	2	5	0	0	8	1	0	0	0	23	26	3	0	0
三	2	1	0	0	0	0	2	0	0	0	0	0	5	0	0	0
雁	0	2	0	0	0	0	2	0	0	0	0	0	3	0	0	0
寂	3	3	1	1	0	0	2	0	0	0	0	0	2	0	0	0
合計	19	7	3	6	0	0	14	1	0	0	0	23	36	3	0	0

＜表7-2＞ ＜一人称代名詞の使用者数、女性の場合＞

作品	わたくし	あたくし	わたし	あたし	われ	わし	わちき	わたい	わっち	おいら	手前
安	0	0	0	0	0	0	4	0	2	0	0
春	7	0	5	0	0	0	7	4	0	1	0
塩	4	0	6	0	0	1	0	0	0	0	0
真	2	0	4	0	0	0	0	0	0	0	1
薮	6	1	7	4	0	0	0	1	0	0	1
小	3	0	4	0	0	0	0	0	0	0	1
合計	22	1	26	4	0	1	11	5	2	1	2
社	8	0	21	3	0	0	0	0	0	0	0
三	3	0	1	0	1	0	0	0	0	0	0
雁	2	0	2	0	0	0	0	0	0	0	0
寂	4	0	3	0	0	0	0	0	0	0	0
合計	17	0	27	3	1	0	0	0	0	0	0

＜表8＞ ＜主な二人称代名詞の使用者数と用例数[3]、男性の場合＞

二人称代名詞　　時期・資料	アナタ	アンタ	「オマヘサン」系	「オメエサン」系	「オマヘ」系	オメエ
明治前期(安)	4(8)	0(0)	0(0)	2(5)	0(0)	5(6)
(春)	5(7)	1(2)	2(7)	3(7)	3(7)	9(16)
(塩)	3(17)	6(52)	4(8)	3(11)	5(15)	2(8)
(真)	7(8)	0(0)	1(7)	0(0)	6(25)	1(2)
(薮)	0(0)	0(0)	0(0)	0(0)	1(1)	1(3)
(小)	2(66)	0(0)	1(1)	0(0)	6(19)	2(8)
合計	21(106)	7(54)	8(23)	8(23)	21(67)	20(43)
明治後期(社)	16(70)	0(0)	1(12)	0(0)	10(77)	0(0)
(三)	5(33)	0(0)	0(0)	0(0)	2(2)	0(0)
(雁)	0(0)	0(0)	2(2)	0(0)	2(13)	0(0)
(寂)	3(66)	0(0)	1(2)	0(0)	2(76)	0(0)
合計	24(169)	0(0)	4(16)	0(0)	16(168)	0(0)

---

3) ＜表8＞と表＜9＞の中の数字についてみると、括弧の中は用例数を指す。括弧の外は使用者数を指す。

<表9> <主な二人称代名詞の使用者数と用例数,女性の場合>

二人称代名詞 時期・資料	アナタ	アンタ	「オマヘサン」系	「オメエサン」系	「オマヘ」系	オメエ
明治前期(安)	0(0)	0(0)	0(0)	0(0)	4(10)	0(0)
(春)	5(32)	1(2)	4(4)	0(0)	6(17)	1(3)
(塩)	5(22)	2(5)	4(22)	0(0)	3(20)	2(2)
(真)	2(10)	0(0)	2(5)	0(0)	2(3)	0(0)
(薮)	8(19)	0(0)	2(4)	1(3)	6(13)	0(0)
(小)	5(15)	0(0)	1(2)	0(0)	3(23)	0(0)
合計	25(98)	3(7)	13(37)	1(3)	24(86)	3(5)
明治後期(社)	23(198)	5(11)	3(63)	0(0)	5(38)	0(0)
(三)	5(25)	1(1)	1(1)	0(0)	2(4)	0(0)
(雁)	5(15)	0(0)	2(4)	0(0)	2(7)	0(0)
(寂)	3(176)	0(0)	2(25)	0(0)	1(41)	0(0)
合計	36(414)	6(12)	8(93)	0(0)	10(90)	0(0)

　明治期に特徴的な変化が見られる人称代名詞について述べる。<表1><表7-1><表7-2>を見ると、「わたい」「わちき」「わっち」「おら」「おいら」「こちとら」「手前(てまへ)」「拙(せつ)」などは明治後期の作品にはその使用例が現れない。これらの一人称代名詞の使用者の共通点は下層階級で使っていたことが指摘できる。また、<表7-2>を見ると、女性の場合は「わたい」「わちき」「わっち」など「わ系」の一人称代名詞が姿を消している。これは金水敏氏の言う「役割語度」4)の高い語でもあり、次第に廃れていく傾向が受け止められる。

　以下、主な使用者を挙げる。

・「わちき」「わっち」を使用する人→男性:野幇間,落語家,芝居者。
　　女性:まじりみせの娼妓(おいらん),歌妓(げいしゃ),ころ,ひき。

────────────

4) 詳しくは金水(2003:67─69)を参照のこと。役割語度は、ある話体(文体)が特徴的な性質の話し手を想像させる度合いである、としている。これによると、標準語とは役割語度が0である書き言葉、役割語度が1である私的な話し言葉(男性語、女性語)の間とその周辺に分布する言葉(話体、文体)ということになる。

- 「おいら」を使用する人→なまけものの男,あくぬけした男,商法個(あきうど)。
- 「こちとら」を使用する人→職人,馬。
- 「おめへさん」を使用する場合(下位の人が上位へ使用)
  芝居者→旦那,野幇間→客。
- 「おめへ」を使用する場合(対等関係)。
  あくぬけした男→友先生,商法個→商兵衛,なまけものの男→判ちゃん,
  文盲の男→安さん。
- 「なんじ」を使用する場合(対等関係,通常の会話ではない):あくぬけした男
  →友先生。
- 「尊公」を使用する場合: 生文人→ただの人物。

　次に明治初期の語が明治後期にも多く現れている語を挙げる。

- 「わたくし」「おれ」(男)「僕(ぼく)」(男)
- 「あなた」「おまへ」「君(きみ)」(男)

　ここで使用傾向を見ると、明治後期においては、だいたい「わたくし」と「あなた」(男女)、「おれ」と「おまへ」(男)、「ぼく」と「きみ」(男)がそれぞれ対をなして使用されているのが特徴的である[5]。　しかし、ここでは一、二人称代名詞の間で対をなして使用される用例について詳しい言及はしないことにする。このことについては、房(2001)を参照されたい。

　さて、上記の<表7-2>から人称代名詞の種類の変化からみて、江戸後期に比べて明治後期には女性の一人称代名詞がなぜ著しく減少したのか、という点が注目に値する。このことについては多様な角度から検証する必要があるだろう。ここではその理由(背景)について素朴な

---

5) 小松寿雄(1998)によれば、「きみ」と「ぼく」の対使用が明治以前、江戸末期に幇間(ほうかん)医者、武士、教養層の間で広まっていたと考えられる、としている。

意見を三つ述べるに留めたい。

1)近代日本語の特徴の一つである表現様式の変化がある。主語の省略、これは一人称代名詞の省略と繋がる。

2)標準語政策、国語教育などが考えられる。田中(1999:94)は、東京の中流階層を核として、近代のことばの階層がかたちづくられ、昭和のはじめ頃まではこうした階層差はかなり強く残っていたとしている。このことを考えると、特殊な階層のもの、例えば人称代名詞からはあまりにも上品なもの、あるいは下品なもの(金水敏の言う役割度の高い語)などは人為的に回避した可能性が考えられる。そして、人称代名詞に限って言えば、結局、中流階層の人称代名詞を基盤として標準語の教育が行われたのではなかろうか。

3)明治期に階級制度の崩壊、すなわち四民平等という時代状況があったのだが、とにかく男性より女性の方は社会的に「公の場」に接する機会が少なかったと考えられる。特に、女性の場合は家庭生活が重要視されて、男性より自分の言説・意見などを述べる場が整っていないため、自分の立場を示す一人称代名詞が文学作品の場面(話題)の単調さから単純(しかも女性らしい言葉、待遇価値の高い「わ系」に集中する傾向。)で済んだからであろう[6]。

また、<表7-1>と<表7-2>を見ると、明治40年代の三つの作品『三四郎』(明治41年)、『雁』(明治44年)、『寂しき人々』(明治44年)の調査結果は、明治35年の『社会百面相』(明治35年)の結果とかなり異なっている。一人称代名詞の場合「我輩(わがはい)」「わっし」「お

---

6) このことについては他にも様々な要因が考えられる。例えば、教育の影響(義務教育実施)や作品の性格(啓蒙的な側面)や当時の女性の社会的、身分的な立場の関係、あるいは言文一致運動などがあるだろう。これについて今後の課題としたい。

ら」「拙者(せっしゃ)」などは姿を消している。

　このように見ていくと、明治35年を境目として40年代に入ると、ほとんどの一人称代名詞は現代日本語とほぼ一致していたことが分かる。なお、明治後期の一、二人称代名詞が現代日本語の人称代名詞とだいたい一致していく背景には言文一致の運動と何らかの関連性があると考えられるが、詳しい検証は別の機会に譲ることにする。

4. 用例の考察

4.1 一人称代名詞

　以下、各作品に現れた主な使用者(話者)とその相手を示しておく。ここでは紙面の都合上、それぞれの用例に関する具体的な説明は省略する。用例(1)から用例(16)までは、男性の一人称代名詞である。また、用例(17)から用例(26)までは女性が使用した用例である。

＜男性＞
「わちき」
　(1)「**私(わちき)**を見るとおいらんが野図八さん浮さんと同伴かへと次の間へかけだしてきなすツたから**私(わちき)**がいちばんだまをくらハせてへイ浮さんハいまさめや」　　　　　　　　　　　(安愚楽鍋,野幇間(32,3才)→客)
「わっち」
　(2)「それに**私(わっち)**の方の太夫元さんハめつぼう方寸が広大から顔見世でも仕初でもわき町よりハ一倍気を入れて桜を植えてもしみつれな樹ハ植込まねへからおのづから桜に光りが出てサ」　　　　(安愚楽鍋,芝居者→客)
「おいら」
　(3)「商兵衛さん牛肉は横浜のことだが此家のハずいぶん食えるねへ**おいら**ア知己だけ亭主が並より気をつけて極新しいのを食ハせるからはじめての牛店

なんぞへハめつたにいらねヘヨ」

（安愚楽鍋,商法個(31,32才)→商法家,つれの男)

「僕」

(4)「君牛肉ハ至極御好物とすゐさつのう仕るが**僕(ぼく)**なぞも誠実賞味いたす
でござる」　　　　　　　　　　　　　　（安愚楽鍋,いなか武士→隣のさむらい)

(5)「勿論**僕(ぼく)**は筆で飯を喰ふ考は無い。」

（社会百面相,書生同士(小説家志願者→政治家志願者))

「我輩」

(6)「四民同一自主自立の権を給ハり苗字帯剣袴でも洋服でも馬でも馬車でも勝
手次第たとへ空乏困迫の**我輩(わがはい)**たりとも往時の**我輩**にあらず」

（安愚楽鍋,新聞好きの男→つれの男)

(7)「**我輩(わがはい)**も随分尽力して見たが、何処にも拠ない情実があつてノ
ウ」　　　　　　　　　　　　　　　　　（社会百面相,校長先生→若紳士)

「拙者」

(8)「**拙者(せっしゃ)**はお互いに金子は欲しくないが、」

（社会百面相,代議士同士)

「おれ」

(9)「オイオイ友先生コレサ**おれ**にばかりしやべらして猪口ハどうするのだナ」

（安愚楽鍋,あくぬけした男(34、5才)→二人づれ)

(10)「ハハア、そうか、**おれ**は貴様に親切なのか?」

（小公子,侯爵→フォントルロイ)

(11)「**俺(おれ)**はさる機密筋からの電信で買いに掛かつたのだから請合つて儲け
る。」　　　　　　　　　　　　　　（社会百面相,失意政治家→自分の妻)

「わし」

(12)「そんな奴知つていてたまるものかよ、**わし**の店へでも這つて見るが好い、
どうしてやるか。」　　　　　　　　　（小公子,ホッブツ→セドリック)

(13)「**俺(わし)**なぞは名よりは実を取れで平凡な高等官になるよりは判任官の上
席の方が結構だ。」　　　　　　　　（社会百面相,老俗吏の父親→息子)

「わたくし」

(14)「ヘヘエそれハ結構なことでございます**わたくし**などもよい年になりますま
で肉食ハけがれるものとおぼえましてとんと用いずにおりましたが、」

（安愚楽鍋,町人→士）

(15)「成程、それでは残念ですが、<u>私(わたくし)</u>も散歩は罷めます。散歩は罷め
て是から帰ります。」　　　　　　　　　　　（金色夜叉,若旦那→お宮）

(16)「<u>私(わたくし)</u>も既から淑女会の事を伺ひに出ませうと存じておりまし
た、」　　　　　　　　　　　　　　（社会百面相,雑誌記者→貴婦人）

<女性>
「わちき」

(17)「そりやちつと訳があるのサ今までおまへにもはなさなかツたが<u>私(わち
き)</u>やア十五のとしにちやんが相場とかにまけて母親と**わちき**をおきざりに
して脱走してしまつたらうじやアないか」

（安愚楽鍋,茶店女(18、19才)同士;ころ→ひき）

「わっち」

(18)「おころさん<u>私(わつち)</u>をそんなはすツ葉だとおおもひか此せうばいじやア
人のあらすそをいふのハ極しらうとだハネ」

（安愚楽鍋,茶店女(18、19才)同士;ひき→ひき）

「わたくし」

(19)「<u>私(わたくし)</u>は子供の為に誠に気遣はしく御座り升。」

（小公子,エロル夫人→ハヴィシャム）

(20)「<u>妾(わたく)し</u>、あの課目表を見たら馬鹿々々しくなりましたワ。」

（社会百面相,女学者→若い女(5、6、才年下)）

「わたし」

(21)「ダガネ、おまへと**わたし**は、モウふたり切になつてしまつたのだよ、ふた
り切で、モウ外に何人もいないのだよ。」

（小公子,エロル夫人→セドリック）

(22)「然うでしやうよ、<u>私(わたし)</u>の処なんざア何うせ帰りがけの捌序でなくつ
ちやアお寄りぢやないんだらうよ。」

（左巻,茶屋の娘→魚屋の息子,職人）

(23)「あら、<u>妾(わたし)</u>鱈尾さんと何も関係がありやアしないワ。」

（社会百面相,女中→風俗紳士）

(24)「それんばかりの物を洗ふのはわけが無いから、**わたし**がするよ。」

（雁,高利貸の妾;お玉→女中;お梅）

「あたし」

(25) 「ナニ**あたし**の針箱が通りみちに。オヤ又よぶョ聞こえてゐらア。ドー
　　レ。」　　　　　　　　　　　　　　　　　（薮の鶯,清,下女→お貞,主人）

(26) 「**妾(あたし)**なんぞは姉さん、贅沢ぢやアありませんワ。」

　　　　　　　　　　（社会百面相,おそよ(妹)→織衛(25才),資産家夫人）

4.2 二人称代名詞

　二人称代名詞の場合も一人称代名詞と同様に主な使用者及び用例を
挙げることにする。男性の使用例は用例(27)から用例(38)までであ
る。また、女性の使用例は用例(39)から用例(47)までである。

＜男性＞

「おめへさん」

(27) 「**おめへさん**のめへだが人間は腹がとくなくッちやア人はつかはれやせん」

　　　　　　　　　　　　　　　　　　　　（安愚楽鍋,芝居者→旦那）

「おめへ」

(28) 「どうしたつてかうしたて。**お前(めへ)**のめへだがの。**おめへ**のとこのおは
　　ねさんがの。例の後家の家へきやアがつて。」　　（薮の鶯,車夫→馬丁）

「あなた」

(29) 「殿様え、**貴方(あなた)**はいつ上つても都合が悪いから待てと仰しやいます
　　がね、」　　　　　　　（真景累ヶ淵,宗悦,町人→深見新左衛門,武士）

(30) 「此処で彼様してお目にかかるも**貴女(あなた)**の御願が届くお引き合わせで
　　御座いませう」　　　　（春雨文庫,寅吉,柊屋の主人→書肆屋の妻,お岩）

(31) 「はア、**貴処(あなた)**のやうに熱心に聞いて下さると僕も説教の仕甲斐があ
　　ります。」　　　　　　　　　　　（社会百面相,牧師→青年の信者）

(32) 「**あんた**、此の馬は実に珍しい馬でね、えら一つ起こして、嚔一つした事が
　　ねえ、」　　　　　　　（塩原多助一代記,茶店の爺→お百姓、角右衛門）

「おまい」

(33)「汝(おまい)も永年連添つてるから最う少と貧乏を苦にしないで平気になれ
　さうなもんだナ。」　　　　　　　　　　　（社会百面相,失意政治家→妻）

「きみ」

(34)「オイ愚助さん君(きみ)の処の賢児ハいくツになるネ」
　　　　　　　　　　　　　　　　　　　（安愚楽鍋,新聞好きの男→愚助）
(35)「僕は君(きみ)と別れて行くのは嫌だけれど、僕が侯爵になつたら又た来る
　かも知れないよ。」　　　　　　　　　　　（小公子,セドリック→チック）
(36)「君(きみ)気がついてゐますか。あの建物は中々旨く出来てゐますよ。」
　　　　　　　　　　　　　　　　　　　　　　（三四郎,野々宮→三四郎）

「きこう」

(37)「貴公(きこう)にも種々都合があるぢやろうが、貴公(きこう)と我輩とは二
　十年来の関係ぢやから……」　　　（社会百面相,教育家,校長先生→出版業者）

「きさま」

(38)「汝(きさま)は自慢ばかりしおるが一度当選つた事は無いぞ。」
　　　　　　　　　　（社会百面相,書生同士;政治家志願者→小説家志願者）

<女性>
「おまへさん」

(39)「アラ厭なネ、私(わたし)とお前(まへ)さんと寝れば、人が色だと申しま
　す。」　　　　　　　　　　（真景累ヶ淵,お園,女中→新五郎、使用人;元武士）
(40)「お前(まへ)さんは見附けない女中さんだが、どこから買ひにお出だ、」
　　　　　　　　　　　　　　　　　　　（雁,肴屋のお上さん→女中、梅）

「あなた」

(41)「何を仰しやいます、多助を遣つて良人(あなた)どうなさいますえ。」
　　　　　　　　　　（塩原多助一代記,元武士の妻、お清→夫、塩原）
(42)「妾(あたし)なんか、貴客(あなた)どうせ人三化七ですもの、関係者なんぞ
　有りやアしませんワ。」　　　　　　　　（社会百面相,女中→風通紳士）

「おまへ」

(43)「ネエおはねどん**おまへ**のまへだが伊賀はんといふ人もあんまりひけうなひ
　　とじやアないか」　　（安愚楽鍋,まじりみせの娼妓(おいらん)→お茶屋の女中)

(44)「きいち、**お前(まへ)**先ア何処へ行つたんだい?」

　　　　　　　　　　　　（社会百面相,地方有志夫人、お嶺→きいち、息子)

「おまい」

(45)「奈何してツて**卿(おまい)**、**卿(おまい)**も茫然してゐね……」

　　　　　　　　　　（社会百面相,中学先生の母親→中学先生夫人、娘)

「あんた」

(46)「まことに此間も**あんた**の方へ向けてやつたら、演劇を見せてくれると云ふ
　　から遣つた所が、」　　（塩原多助一代記,茶店の婆さん→お百姓、角右衛門)

(47)「**貴婦(あんた)**また奈何して朝ッぱらからお酒なんぞ飲んだの?」

　　　　　　　　　　　　　　（社会百面相,貴婦人→男爵夫人)

　以下、近代日本語における一、二人称代名詞の変遷について明治期
に刊行された小説資料の用例を列挙、検討してみた。なお、本研究で
は、全体の一、二人称代名詞の変化について統一的に論じるため、個
別的に各人称代名詞について詳細な検討は行わず、論を進めていたこ
とを断っておく。

　上記に示した用例(1)から用例(47)までを、使用者の属性(性別、社
会階層、年齢など)と相手との人間関係、そして使用された場面状況
などを考慮して察した結果、次のような結論が得られた。

　（一）明治初年の『安愚楽鍋』(明治4ー5年)に使われている一、二人
称代名詞の多くは依然として江戸後期のものが多い。明治初期に主に
下層階級で用いられていた「わちき、わっち、おいら、こちとら」
「おめへさん、おめへ」などはその使用が明治30年代ごろには無く
なったのである。

　（二）明治期における一、二人称代名詞はなによりも性差が明らかとなる。具体的には男女による人称代名詞の数と使用した人称代名詞が別れている。例えば、男性専用として「おれ」「おら」「おいら(ほぼ男性)」「わし」「わがはい」「ぼく」「拙者(せっしゃ)」「こちとら」などがある。一方、女性専用の数は少なく「あたくし」「あたし」「わたい」「わちき(ほぼ女性)」などがある。

　（三）待遇表現の観点からみると、女性の場合は「わたくし」「わたし」、「あなた」を中心とした待遇価値の高い人称代名詞に使用の偏りを見せている。一方、男性の場合は待遇価値の高い人称代名詞に集中せず、待遇価値の低い人称代名詞も多く、バラエティーに富んでいる。

　（四）＜表7－2＞から分かるように、女性53名が「わたし」を使用している。これに対して男性は15名が使っており、相対的に女性語であると言える。男性の主たる「わたし」の使用は若い知識人(若い紳士や青年学生が使用する程度)に限られる。

　（五）明治期を通じて男性は「ぼく」(58名)と「おれ」(37名)を幅広い社会階層や年齢層で多用している[7]。これに対して、その他の一人称代名詞は性別による偏り(例えば、「わし」「わがはい」は高年齢層の男性)と、男性の「わたくし」は場面依存型として使用されている点が特徴的である。

　（六）女性の「わたくし」の使用は、社会階層(主に上層の主婦層と下層の女中グループ)による使用傾向が見られる。しかし、男性は場面に強く左右され、女性の使用とは対照的である。

　（七）二人称代名詞の場合、性差も関与するものの、話し手の社会階

---

　7) 例えば、＜表7-1＞を見ると男性の使用者の中、「ぼく」は調査した作品の中でもっとも多く58名が使用している。「おれ」は「ぼく」に続いての37名が用いている。両語の使用者は若い書生、青年階級を始めとした幅広い年齢層や、身分の区別がなく、広い社会階層にわたっている。

層や年齢、話し手と相手との人間関係(上下関係及び親疎関係)などに
よってその使用傾向が強い。ただ、待遇価値の低い二人称代名詞の場
合は男性に偏って使用されたが、その数は明治40年代になると、だん
だん少なくなることが分かる。

　(八)　二人称代名詞は「あなた」「きみ」(男性)「おまへ」の使用が
主であり、「おまへさん」「おめへ」は衰退していくことが分かる。

　(九)　とりわけ、二人称代名詞の場合は、男女ともに「おめへ」の衰
退とともに「あなた」(女性)の多用が目立つ。そして、明治30年代半
ばの内田魯庵の『社会百面相』(明治35年)までは古めかしい言い方を
する高年齢層においては江戸語の痕跡が残っている。しかし、明治40
年代の『三四郎』(明治41年)や『寂しき人々』(明治44年)になると、
江戸語の名残はほとんど廃れてしまう。

5. おわりに

　以上、本研究では明治期を中心とした近代日本語における一、二人
称代名詞について、小説資料を調査し社会言語学的な観点をから考察
を行った。考察の結果、次のような結論が得られた。

　明治初期は江戸後期の一、二人称代名詞が多く使われていたことが
分かった。明治20年代から明治30年代の半ばにかけて近代日本語の
一、二人称代名詞は定着しつつ、明治40年代には江戸後期の痕跡は廃
れてしまい、もはや現代日本語の人称代名詞とほとんど一致している
ことが分かった。

　また、社会階層からみると、明治初期の下層階級で主に使用してい
た一、二人称代名詞、例えば、「わちき」「わっち」「わたい」「お

ら」「おいら」「こちとら」、「おめへさん」「おめへ」「おまい」
などは次第に消滅していく。そして明治30年代ごろの若い知識人階級
(いわゆる中上流層)が中心となって使用していた一、二人称代名詞
「わたくし」「わたし」(主に女性)「おれ」(男性)「ぼく」(男性)、
「あなた」「きみ」(男性)「おまへ」などが現代日本語の人称代名詞
の根幹を形成しているともいえよう。

　性差からみると、男女による使用差が顕著であり、とりわけ女性に
おいて、一、二人称代名詞の数が時代が下るにつれ、減少していくこ
とが指摘でき、性差からも明らかな違いが察せられる。

　待遇表現の観点からみると、女性の場合は「わたくし」「わた
し」、「あなた」を中心とした待遇価値の高い人称代名詞に使用の偏
りを見せている。一方、男性の場合は待遇価値の高い人称代名詞に集
中せず、待遇価値の低い人称代名詞も多く用いられ、バラエティーに
富んでいることが分かった。

　最後に、江戸後期に男女ともに使用していた人称代名詞「おれ」
「わし」などは、なぜ、どのような要因により明治期になると男性だ
けが使うようになったのか、という点を社会言語学的な観点から緻密
に考察していくことが肝腎な課題として残る。

■ 参考文献

金水敏(2000)「役割語探求の提案」『国語論究8.国語史の新視点』明治書院
　　　　pp.311-351

＿＿＿＿(2003)『ヴアーチャル日本語役割語の謎』岩波書店

小島俊夫(1974)『後期江戸ことばの敬語体系』笠間書院

小松寿雄(1996)「江戸東京語のアナタとオマエサン」『国語と国文学』73-10東京
　　　　大学国語国文学会 pp.61-73

＿＿＿＿(1998)「キミとボク-江戸東京語における対使用を中心に-」『東京大学
　　　　国語研究室創設百周年記念国語研究論集』pp.667-685

＿＿＿＿(2000)「オレ・ソチ・ソナタ・ワッチ・ワタイ-明治東京語女性人称形成
　　　　の一考察-」『国語語彙史の研究十九』和泉書院 pp.1-16

小松英雄(2002)「いわゆる敬語の乱れの根源をさぐる―動詞句コンプレックスから
　　　　人称代名詞への移行―『日本研究19号』韓国外国語大学外国学綜合研究
　　　　センター日本研究所 pp.1-10

塩沢和子(1998)「『古今集遠鏡』における一人称代名詞」『文芸言語研究言語
　　　　編』34号 筑波大学文芸・言語学系紀要 pp.1-39

田中章夫(1973)「近世敬語の概観」『近世の敬語・敬語講座4』明治書院 pp. 8-28

＿＿＿＿(1983)『東京語-その成立と展開-』明治書院

＿＿＿＿(1999)『日本語の位相と位相差』明治書院

房極哲(1998)「明治期の一人称代名詞「わたくし・わたし」-『社会百面相』を中
　　　　心に- 」『筑波応用言語学研究』5 筑波大学文芸・言語研究科応用言語
　　　　学コース pp.101-116

＿＿＿＿(2000)「明治期の二人称代名詞「アナタ」「オマヘサン」「オマヘ」-そ
　　　　の諸形と性差との関わり-」『日本語と日本文学』 31号 筑波大学国語国
　　　　文学会 pp.15-26

＿＿＿＿(2001)『明治期における待遇表現の社会言語学的研究』筑波大学大学院
　　　　博士学位論文

＿＿＿＿(2002)「「社会百面相」における一・二人称代名詞―待遇表現の観点か
　　　　ら―『日本学報』第51輯 韓国日本学会 pp.61-72

＿＿＿＿(2003a)「明治期における一人称代名詞「わし」・「おれ」」『日本語文
　　　　学』第16輯 韓国日本語文学会 pp.203-226

＿＿＿＿(2003b)「明治期における一人称代名詞「ボク」と「ワガハイ」」『日本
　　　　学報』第55輯韓国日本学会 pp.63-77

飛田良文(1974)「明治初期作品の敬語」『明治大正時代の敬語・敬語講座5』明治
　　　　書院 pp.37-83

＿＿＿＿(1992)『東京語成立史の研究』東京堂

山崎久之(1963)『国語待遇表現体系の研究近世編』武蔵野書院

<資料一覧>

『安愚楽鍋』(明治4-5)仮名垣魯文著『明治文学全集1』筑摩書房 昭和41

『春雨文庫』(明治9)松村春輔篇 『明治文学全集1』筑摩書房 昭和41

『塩原多助一代記』(明治17)三遊亭圓朝著『圓朝全集巻ノ十二』春陽堂 昭和2

『尋常小学読本』(明治20)(巻一～七)(『日本教科書大系第5巻・近代編』)講談社
　　　　昭和39

『薮の鶯』(明治21)三宅花圃 金港堂 明治21

『五月鯉』(明治21)巌谷小波『明治文学全集20』筑摩書房 昭和43

『都鳥』(明治21)石橋忍月 「女学雑誌」102号-107号 女学雑誌社

『さすがに双子』(明治21)美妙斎主人(山田美妙) 「女学雑誌」116号-136号　女学
　　　　雑誌社

『真景累ヶ淵』(明治21)三遊亭圓朝著『圓朝全集巻ノ一』春陽堂 大正15

『小公子』(明治23)バーネット作若松賎子訳「女学雑誌」227号-299号 明治23

『書記官』(明治28)眉山人(川上眉山) 「太陽」第1巻2号 博文館

『夜の鶴』(明治28)桜痴居士 「太陽」第1巻8号-第1巻9号 博文館

『金色夜叉』(明治30)尾崎紅葉『明治文学全集18』筑摩書房 昭和40

『左巻』(明治34)川上眉山 「太陽」第7巻22号-第7巻23号 博文館

『東京病』(明治34)江見水蔭 「太陽」第7巻7号 博文館

『社会百面相』(明治35)内田魯庵著　東京博文館,東京大学総合図書館蔵本(明治36
　　　　年10月第三版)

『三四郎』(明治41)『漱石全集第四巻』岩波書店 昭和41

『それから』(明治42)『漱石全集第四巻』岩波書店 昭和41

『杯』(明治43)『鴎外全集著作篇第三巻』岩波書店 昭和29

『寂しき人』(明治44)ハウプトマン作森鴎外訳 金尾文淵堂 明治44

『雁』(明治44)森鴎外 籾山書店 大正4

第四部
明治期の女性語について

第1章
女性語の歴史について

1. はじめに

　日本語は男ことばと女ことばの違いが目立つ言語である。このことは、ある作品の会話部分をみても、話し手が男か女かは、その表現によってすぐに見分けられることからも分かるだろう。また、大学生を対象としたアンケート調査(佐竹1998)から「女ことば、男ことば」の規範意識について傾向があることが分かる。すなわち、学生たちが「女ことば、男ことば」規範(女はていねいで上品な話し方をするべきだ、男は乱暴でぞんざいな話し方が許されるといった規範)によって抱かされるイメージに迷わず答えているということは、それだけ「女ことば、男ことば」規範が広く共有され深く内面化されているということだろう。

　現代日本語は対聞き手意識で相手に語り掛ける部分に言葉の性差の物差しが濃厚に作用するようである。話し手、相手の属性により言語形式が著しく異なる日本語では、言語のバリエーションを生出す要素として、年齢、学歴、職業、地域などと並んで性差が社会言語学的、

言語生活の実態調査の中でたびたび扱われてきたのも事実である。[1]

　ここでは、女性語の歴史・変遷を中心に概観してみる。そして明治以降現代の言葉の性差について考えてみることにする。

2. 女性語の歴史

2.1 奈良時代の女性語

　真下(1969:8)は、奈良時代の男女のことばで「一般会話に用いられる言葉に男女の区別があったかどうかはまだ疑問であって、たとひ相違するものがあっても極めて軽微で、従って、強い区別観は男にも女にも起らなかったのであろう」と述べている。ただ、『万葉集』のことばの性差に関して、二人称代名詞「きみ」を調べた佐伯(1936)は、この言葉は女性が男性に対してのみ使い、男性が女性に対しては使わないと述べている。

　このようなことから考えると、少なくとも『万葉集』が成立したごろまでは、日本語に性差ははっきりした形で存在しなかったと言えそうである。しかし、上代語(古代語)の時代にひらがなのことを＜女手＞といったこともあるから、古代から男と女のことばの上での区別(限られた部分ではあるが)があったと思われる。

2.2 平安時代の女性語

　平安時代中期の1017年ごろ成立した、宮廷の女房であった清少納言

の随筆集『枕草子』に性差について言明している。そこには、

　ことことなるもの、法師の詞、男女（をとこをんな）の詞なり。げす（下衆）の詞には必ず文字
　あましたり。

この短文で平安時代にことばの性差があったと認めている人が多い。
清少納言は僧侶のことばを一般の人々のことばとは異なるものとみ
て、男と女のことばに違いを認め、身分の低いの者のことばも貴族た
ちとは異なる言葉遣いだとみている。『枕草子』に見られるように、
同じことでも、「男ことば、女ことば」は違っていたと考えられる。
つまり、平安時代にも程度の違いはあるものの、ことばの性差はあっ
たと解釈できそうである。
　しかし、国田（1964）は、清少納言が『枕草子』に男、女、僧の詞の
違いを述べているのによれば、平安中期ごろにも女詞があったとも解
せられるが、『枕草子』にもその違いについては書いておらず、実際
には女詞がはっきり成立していたとも考え難いのであるという見解を
示している。
　このことから考えると、『枕草子』の時代にはことばの性差があっ
たとみることが可能ではあるものの、女房社会ばかり交わされる詞と
して特別に意識された詞はなかったと言えよう。
　次に『源氏物語』を見てみたい。遠藤（1997:10-11）によれば、『源氏
物語』のある男女の会話からみて、『源氏物語』に登場する人物たちの
ことばの差は上下の待遇の差によるものが多いが、性による差は固定し
ていないと述べている。さらに、遠藤（1997:27-29）は、『源氏物語』
『枕草子』を中心に考え、語彙は文法面からみたことばの性差は見られ
ないが、女性の言葉遣い、話し方についてさまざまなタブーが社会的に
存在していたことがわかるとしている。例えば、平安時代の「女性のこ

とば観」について、当時の社会が女性の話し方はゆったりと落ちづき、小さい声でことばの始めや終りをぼかしていうのがよく、早口ではきはき、理知的なものの言い方はよくないとみていた。なお、女性が男性の話しを聞き返したり、男性と言い争ったりすることはきわめて恥ずべきことだ、未婚の女性のことばは短いのがいいという。

　また、中古においても、漢語を避けることは女ことばとしては規範とされていたようである。『源氏物語』には、漢語を用いる博士の娘のことばを引用して、賢女の女らしからぬ点を批判している。「ははきぎ巻」における五月雨の夜の婦人論には左馬の頭の意見として漢字をすらすらと草書で走り書きするような女性を厭に思うと述べている(堀井1990:31-32)。このことは、女性は仮に漢語を使っていても、それをみだりに使用してはならない。すなわち、ことばの世界ではすさまじい区別意識が存在していたのではないか。漢語が女のものではないというタテマエが、以後長い間女のことばを支配している2)。

　これと関連して、杉本(1997:149)は(つきごろふびやう(病気)おもきにたへかねて、ごくねち(極熱)の草薬を服していとくさきによりなむ)<風病、極熱、草薬、服す>など、女性には好ましくない漢語も用いるわけで、紫式部にしてみれば、学者の娘という特定な女のコトバを語らせようとしたのである、と述べている。つまり、当時も知識人層の人たちは、庶民階級の人たちとは違って、特別にそういう上品だと思われることば、漢語を使ったわけである。

　さて、坪井(2003)は、性差が導入された命名(例えば、平安貴族社会では漢字を真仮名<男手>、仮名(平仮名)による表記様式が<女手>と呼ばれた)は当時の表記様式をめぐる<ジェンダー規範>のあり方をそのまま当時の実態として考えるのは誤りと主張している。つまり、坪

---

2) 寿岳(1979:58-62)による。

井は「漢字、仮名」それぞれを用いる二つの表記様式が当時の平安貴族社会における<男性=公に関わる主たる存在>対<女性=公に関わらない従たる存在>という社会的性差と結びき、その結果として「男手」「女手」のような命名がなされたと述べている。坪井のご指摘通りに、「男手」「女手」という呼称を、当時の社会的性差と関連して考えるのは極めて穏当であろう。社会の中で、男女による役割の違いは何らかの形で<主と従>の区別が存在している訳である。平安時代においても、上品(漢字=男手)とは遠ざかっている女性の場合は、表記様式も漢語を避ける規範意識が社会に内在していたはずである。その結果、自ずと社会的性差が意識され始め、それが言葉の上に現れるのであろう。

2.3 鎌倉室町時代の女性語 －顕在化することばの性差－

12世紀から17世紀初頭までの武士の時代、男時代である中世は、女房詞がこの時期の女言葉をよく反映していると思われる。ここでは、女房詞を中心に当時のことばの性差について考えてみたい。

女房詞に関する先行研究は、国田(1964)、真下(1969)、杉本(1985)(1997)、堀井(1989)、森野(1991)など数多くある。女房詞がいつごろ発生し、用いられるようになったかは、はっきり判明していないようである。しかし、これらの諸研究から考えてみると、少なくとも女房詞は、はじめ室町時代ごろ、御所や仙洞御所に奉仕する女房たちの間に行われた、一般社会の用語とは違った一種特別の言葉に起源を有しているとまとめられよう。

まず、よく引用されている女房詞の最初の文献と考えられる『海人藻芥』(1420年)[3]によると、

　　内裏仙洞ニハ、一切ノ食物ニ異名を付テ召被事也。一向存知不者、当座ニ迷惑スベキ者哉。飯ヲバ供御（ごご）、酒ハ九献（くこん）、餅ハカチン、味噌ヲバムシ、塩ハシロモノ、豆腐ハカベ麦麺ハホソモノ松茸ハマツ、鯉ハコモジ鮒ハフモジ……。

とあり、『海人藻芥（あまのもくず）』の出来た時代には、内裏仙洞の女房のことばが将軍家の女房たちの間にも入ってきていた事が知られる。そして、女房詞は、さらに相当早く内裏仙洞の女房間に発生していたらしいことも推知される。

　杉本（1895:67）によれば、女房たちが作った異名についての記述が見られる。『海人藻芥（あまのもくず）』につづいて、『大上月葛御名之事（おおじょうろうおんなのこと）』4)（大上月葛とは宮廷や公家に仕える女官のこと、女房とも呼ばれる）とか、『お湯殿の上の日記（ゆどの）』5)（宮廷に仕える女官の日記、15世紀後半～17世紀初期までつづく）などをみると、宮廷や将軍家に仕える女官たちが必死になって異名を創作した姿が忍ばれる。

　また、これらの女房詞が大量にかつ組織的に使用されるようになるのは、室町時代からのことであるが、『大上月葛御名之事（おおじょうろうおんなのこと）』は、女房のことばが多数挙げられている。この『大上月葛御名之事（おおじょうろうおんなのこと）』にある女房詞を意味内容の種類によって挙げてみると、次のようになる。以下、真下（1969:81-82）による。

---

3) 応永27年（1420年）恵命院権僧正宣守著。三巻。鎌倉中期弘安以後、室町初期に至る僧俗の故実を記したもので、その巻の下で「女房詞」について触れている。

4) 室町中期足利将軍義政のころの大上月葛が身分の低い女房たちの御名、化粧、態度、服飾、おさな名、女房詞などを記したもの。女房詞は約126語を挙げている。

5) 「御湯殿の間に奉仕する女房の書いた日記」という意味であるが、天皇の御日常を中心としての宮廷の日記である。文明9年（1477）から文政9年（1826）までのおよそ350年間ほどの日記が残されている。筆者が御湯殿の間に奉仕する女房たちであるから、特に女房詞がそのまま書記されていて、その数は数百にのぼり、女房詞研究には欠くことのできない中心資料である。

◎ 食料品79語

1)主食関係31語

飯—おだいぐご・おなか、汗—おしる、菜—おまはり、あへ物—みそみも

餅—かちん、水—おひや、湯—おゆ、塩—しろもの、酒—くこん

2)魚介類27語

鯛—おひら、鯉—こもじ、鮒—ふもじ、海老—かがみもの

3)野菜類19語

茄子—なす、大根—からもの、韮(にら)—ふたもじ、にんにく—にもじ

4)鳥類2語

雀—くろおとり、雉—しろおとり

◎ 家具調度

鍋—くろもの、臼—つくつく、きね—中ぼそ、天目—茶碗

◎ その他

ふじやうなる事—さしあひ

<注> **もじ言葉**: 元来婦人によって言い始められ、しかも婦人によって用い継がれてきたという点で、典型的な婦人語であったといってよい(真下: 1969:94)。

　上に挙げたように食料品関連の語彙がもっとも多く、四分の一を占めているのが特徴的である[6)]。『大上月葛御名之事(おおじょうろうおんなのこと)』に挙げられている女房詞は宮廷の女房たちの用語でもあった。宮廷や将軍家といった限局された上流社会の女性たちは、女房詞ということばの美学を精練し確立した。Genteelisem(上品な言葉遣い)としての女房言葉の創出、洗練、駆使は彼女たち女房集団の教養の誇示であり、その特権的地位の標識であり、つまりは劣位の集団に対する優位を言葉遣いによって

---

6) 食料品に関する語彙が多いのは、食料品名に対する何らかの語感の悪さがあって、品位のある女性にはふさわしくなかった語彙的な側面があったのではないか考えられる。

自己確認する、identityの保証であった(森野1991:234)。

　さて、15世紀の始めごろに、どのような理由で、隠語の性格をもち、婉曲な女房ことばが発生したのであろうか。これに関して、堀井(1990:34-35)は次のように述べている。

　初めは主として食物の異名が多く用いられ、宮中や将軍家の大奥で独有語として普及したのはどうしてであろうか。少なくともその理由の一つは、南北朝時代から、公家階級と庶民階級の接触が多くなり、上下の階級の生活の交流が進むと、庶民の口にする飲食物が貴族階級の食膳にも、供せられるようになった。そこで、貴族たちは庶民の用いる飲食物の名を庶民と同じように呼ぶのははしたないと考え、その名をさけて、異名で飲食物を呼ぶことが多くなったと考えられる。宮中に奉仕する女房たちの間で異名が次第固定的となり、女房ことばを形成していたものであろう。

　上記の堀井の見解が示唆するのは、階級間の交流が進むと、ことばにも影響を及ぼすことは当然考えられる(よくあることだが)が、一方では階級間を区別する動きも出てくるという点であろう。貴族や女房たちは階級間を区別する、つまり庶民と違う言語生活を選択したのであろう。その現れの一つが女房ことばなのである。

　以上見てきたように、鎌倉室町時代は、女房言葉がこの時期の女言葉を反映していることは確かである。しかし、このような女房言葉は、森田(1991)の指摘もあるように性差というよりは、職業差に基づく特殊集団、特殊社会の生出す位相で、それがもっぱら女性による集団、社会に特有のことばということである。

　なお、それらの位相語がむしろ隠語と考えられるのは、性差よりも職業差に基づくものと見られるからであろう。この点は江戸時代の遊里語、郭言葉も同様であろう。

2.4 江戸時代の女性語

　江戸時代には、女房言葉は女性の教養やしつけを説く書物に収められ、次第に女性の間に広まった。17世紀の後半(寛文〜元禄)のころには、女中ことば(女房ことば)は、良家の子女の用いる女性語として発展しつつあった(堀井1989:36)。

　江戸中期に出版された『女重宝記』[7](元禄五年:一六九二)(女房ことば約144語所収)には、「御所方の詞づかひなれ共地下に用事多し」と記されているように、元禄ごろにはすでに御所ことば(女房ことば)地下階級にも用いられていたことが分かる。また、<女のことばはかた言まじりにやわらかなるこそよけれ>といい、<よろづの詞におともじとをつけて言うべし>と教えている。このように、はっきりした規範をうち出して、ことばの使用の枠を定めたことが分かる[8]。

　『女重宝記』は、婦人の徳育ならびに教養に必要と思われる事項を網羅した、一種の教科書(躾書)である。その中に言葉に関する教材として、婦人に基準的な言葉づかいを教え込もうとしたものがある。次に例示するような教育内容が具体的に示されている。(真下1969:108-109による)

　(イ)「おくさま・御内さま」などといふべきを「内儀・内室」などいふはかたし。
　　　「もとより」といふべきを「元来」の「根元」のといふはすさまじ。
　　　「わたくしもおなじ事」といふを「みども同前」といふは男らしし。
　(ロ)「にくいやつ」、「ひどい」、「おもはく」、「さうした事」

---

7) 元禄五年(1692)苗村丈拍著。婦人の徳育ならびに諸芸の学ぶべきもの、すなわち言葉遣い、懐妊中の心得など日常生活に有益な記事を収めた女訓物。巻一の五に「女ことばづかいの事付クリ大和詞」という項があって、婦人語のあるべき姿を説いている。
8) 杉本(1975:98-99)を参照していただきたい。

　(ハ)「子供」をおさない、「子供たち」をお子たち、「おきる」を「おひるなる」
　　「人呼ぶ」を「めす」、「のり物」を「おこし」、「あし」を「おみあし」

　上記の(イ)は男の言葉、(ロ)は流行語、(ハ)は女房詞に当たる。ま
ず、この時代の少女たちは固い言葉の使用をさけねばならなかった。
万一固い言葉が婦人の口から使用したとすれば、「固し」「凄まじ」
「男らしし」などと言って、批判されるのであった。婦人はしたがっ
て、女らしい言葉に立て竜もっていなくてはならない。そこでいわゆ
る(ハ)の女房詞の使用が勧奨せられる。

　このように『女重宝記』では、男の言葉や流行語を排斥して、古典
的な女房詞を勧奨する、婦人は保守的なるべしとする教育的な意図が
窺われる。

　次に女房ことばの宝庫ともいえる『御湯殿上日記』(一四七七～一
八二六)から女房言葉について考えてみたい。『御湯殿上日記』は、
宮中の公的日記である。これには、勿論『海人藻芥』、『大上臈御名
之事』の語彙がそのまま使用されているが、耳慣れないものだけをと
りあげることとする。(国田1964:24～25による)

　酒−「九献」の外に、「くく、こん、くもじ」、
　飯−「供御」の外に、強飯一「御こわくご、御こわ」、あずきがゆ−「あかのお
　　　かゆ」、
　昼食−「御とき」
　餅−「かちん」の外に、焼餅一「御やきかちん」、あづき餅−「へたへたの御か
　　　ちん」

　ここからも食料品の異名が多いことが分かる。　では、宮中の女性た
ちは、なぜこのような言い換えのことばを作ったのか。これも一種の
隠語であることから、職業・職場の言葉であって、それを使うことで
グループ内の関係はより緊密になり、一体感がもてるようになること

が考えられる。

　また、庶民階級とは違う尊い人の前では、もの静かに上品に行動する必要があり、ことばづかいに注意し、特に女性の言葉づかいはたしなみとして優美、上品、婉曲にする必要があったのではないかと考えられる。これら主に食品名によく表れている。さらに、当時の「女房詞」を手本として女訓書が出され、「女らしい」美しい、上品なことばを強制されていくのも関連している可能性があるのではないか。

　以上のようなさまざまな理由の総合的な産物として誕生した女房詞は、室町・江戸時代を代表する女性語であることは事実である。

　最後に女房詞自体について、作られ方を中心に整理しておこう。女房詞の作られ方はいくつかの型に分けられる。遠藤(1997:56～58)によれば、次のように七つが揚げられている。

①本来のことばに敬意を表す接頭辞「お」をつける。「み」を挿入することもある。

　　「いも→おいも」、「湯→お湯」、「さかな→おさかな」、「足→おみあし」

②本来のことばを短縮する。

　　「たけのこ→たけ」、「まったけ→まつ」、「まんじゆう→まん」

③本来のことばの一部に「もじ」をつける。

　　「髪→かもじ」、「すし→すもじ」、「たこ→たもじ」

④本来のことばから連想したことばに「もの」をつける。

　　「菜→青もの」、「うどん→お長もの」、「なべ→くろもの」

⑤色彩・形・性質の特徴をとらえたもの。

　　「いわし→むらさき」、「あずき→あか・おあか」、「豆腐→かべ・おかべ」「みず→おひや・おひやし」、「そうめん→ほそもの・しらいと」

⑥本来のことばの一部や連想によることばを重ねる。

　　「だんご→いしいし」、「にぎやか→にぎにぎ」

⑦漢語を避ける。

　　「火事→あかごと」、「金子（きんす）→こがね」、「銀子（ぎんす）→くろがね」「転居→わたまし」

　これらの項目を見ると、①「お」の多用による丁寧表現と②の省略によるものは、幼児語的で、相手を高く待遇することにはならないから、丁寧な表現ではない。②〜⑥他人には分からない隠語にしたものであって、椀曲の面からみて優美といえる反面、⑤のような連想によるものは、ことば遊び的要素が見られる。したがって、女房詞の実態を捉えるには、女房詞の持つ上品で優美な側面と、稚拙で下品な側面を正確に見るべきである。

　さて、「遊女語・遊里語」について簡単にみておこう。

　遊女の言葉は、生まれた国のなまりを隠すために用いたもので、江戸の吉原では、アリンス(あります)、アチキ(私)のような語が使われた。これらは、女性集団の生み出した職業語、隠語である(堀井1988:256)。すなわち、一般的に「遊女語」は隠語の側面から理解してよい。しかし、江戸時代遊女たちの作った「遊女語」は、遊女が客に対する待遇表現として使用したのが主な用法である。このため、「遊女語」は敬語の使用が特徴の一つであった。遊里ことばと待遇表現との関連に関する山崎(1963:660)を以下で引用してみると、遊里ことばと待遇表現との関わりが理解できる。

　　遊里ことばの待遇表現上の特徴は、客の身分階級の差別によって表現があまり変化していないこと、極めて上位の者に対しても、また多少下位の者に対してもアイマイな表現が行われていることである。これを普通社会の待遇表現の段階とかなり異なった機構になっている。(中略)化政期の特徴である遊里の特別表現も、幕末になると遊里のことばの特性を失って、一般化している。

　　　　　　　　　　　　　　　　　　　　　　　　　　　(下線は筆者)

　山崎に従うと、遊里ことばは、相手の身分にあまり左右されずに用いられ、遊里独特のことばを形成していたが、やはり幕末になると、一般化して民間にも広く用いられるようになったと見受けられよう

(しかし、外山(1977)によると、江戸では市民権を獲得するに至らなかったという)。

さて、一例として自称を見ると、武家の夫人などは「みずから」、富裕な町人の夫人は「わたくし」というのを遊女は「わっち」「おいら」と言い、客に対する二人称としては「ぬし」と言った。上流階層の二人称代名詞に「おぬし」があるが、遊女語では「お」を使わない。遊里では、貴賎に関わらず客を一律に取り扱ったから客の身分に構わず、表現があまり変化しなかったかもしれない。または、遊女は、全国各地からの集まりであるから、敬語のない地方の人や地方語を隠すため、新しい訛を作った可能性も考えられる。

いずれにせよ、江戸時代の遊里語の一般語への影響を見逃すことはできない。外山(1977:158〜159)によれば、一般語への影響について上方語(京・大坂)において著しく江戸語において微弱であった、と述べており、特に江戸語で一般に浸透しにくかったのは、遊里語が遊女の出身地訛を隠すものであり、遊女独特の雰囲気を醸し出すため、様々な位相のことばを取り入れて作った言葉自体の特殊性をあげている。具体的に見ると、「んす」系の尊敬語(「下さんす・さんす・んす・さしゃんす」の類)は、上方で広く用いられた言い方だが、江戸前期上方では、すでに一般女性、遊女ともに使用しており、後期には一般男性も使用するに至った。遊女語出自の語が男女を問わず広く一般に用いられるに至ったわけで、上方における遊里語の影響の大きさが窺える。

一方、江戸の遊里語というと、「ありんす(アリマス)」、「ざます(ゴザイマス)」、「なます」(ナサイマス)などの「ありんす言葉」で知られる吉原の廓言葉で代表されるが、この廓言葉が、一般に広まったことは、ほとんどなかったらしい(幕末に消滅してしまう)。

女房ことばが、「お屋敷ことば」として武家方の女中に用いられる

ようになったことは、式亭三馬の『浮世風呂』(文化9年1812)にも次の
ように記されている。

　　おさめ「オヤオヤ、おしやもじとは杓子の事でございますよ。ヲホホホホ」
　むす「おさめさん。ほんにかへ。私は又おしやべりの事かと思ひました。魚旨
　をすもじ。肴をさもじとお云ひだから、おしやべりもおしやもじでよいガネ」

　このように江戸時代には、女房言葉は女性のしつけや教養を説く書
物に収められ、次第に女性の間に広まったと考えられる。

3. 性差の現状－明治以降及び現代のことばの性差－

　明治維新後の近代化を急ぎ、女性を良妻賢母として育てようとする
明治の新政府の女子教育に、ことばのしつけは一本化して流れこみ、
明治以降の女性全体を縛りつけることになる。
　遠藤・尾崎(1998)には、女性のことばの近代から現代への変遷と現
状の分析が行われている。変遷の部分は、性差が顕著に現れるとされ
ている文末形式に絞って、多くの作品・記事資料から調査し、表現類
型のバリエーションと時間的変化を見ている。また、現状の分析とし
ては、現代の自然談話資料から分析結果とアンケート調査の結果から
考察している。変遷の大きな流れは、「テヨ・タワ」の減退に代表さ
れるように、女性専用とされる語の使用の減少の流れでもあった。こ
こで、一部紹介しておくと、次のとおりである。

　(1) 疑問・問いかけの表現は、江戸期から明治初期にかけて、遊女・芸者たち
　　　が使っていた「え・かえ・だえ」が、家庭内の主婦や年長者が年下の者に
　　　問いかける「かい・だい」に変わっている。

(2) 詠嘆・感動の表現は、疑問・問いかけの表現に比べて衰退した語が少ない。

(3) もともと芸者たち(江戸末期)のことばであった「ダワ」(軽い詠嘆)は、明治から昭和にかけてどの時期の作品の中でもさまざまな女性によって使われている。すなわち、明治期から昭和初期までは女学生・令嬢・地位の高い夫を持つ妻という上流の階層の女性たちであったが、戦後は庶民の女性たちに移っている。

(4) 終助詞「ワ」の使用率は4人に一人程度で低くむしろ不使用の方が多い。

(5) 男性による「ナ」の使用率は低く、むしろ「ネ」の方が優勢である。

　森野(1991:224)は、文末表現形式「……わ」「……よ」「……ね」が女性特有の言葉遣いの標識として生まれ定着するのは、明治時代に入ってからのことである。現代ではごく普通の言葉遣いである「……わ」「……よ」も当初は、女らしからぬ言葉、淑やかさに欠けた生意気な言葉として眉をしかめる向きが多かったらしい、と述べており、『浮雲』の例から、明治二〇年前後「わ」は、主として若い女性たちの間で用いられたようであることを指摘している。このように終助詞の場合、話し手の心情・感覚の表出を担う領域は男女の差がはっきり見えるのである。

　終助詞以外に現代語の性差を把握する時に、人称代名詞が取りあげられる。森田(1991)は、性差が濃厚に語彙選択に反映している分野を、次の五つを取りあげている。

　①人称代名詞 ②感動詞 ③接続詞 ④副詞 ⑤数詞

　しかし、この中①の人称代名詞ぐらいが、男女による絶対的な使い分けと言えそうなもので、その他は、文体や丁寧差が語彙選択に影響している場合がほとんどである、という見解を示している。

　さらに、最近よく指摘されている女性語の男性語化への現象の一側面を人称代名詞から見ることができる。寿岳(1979:78-84)は、最近では女の子でも「ぼく」、「おれ」、「イテッ」、「何言ってんだ」な

どと表現することがあり、言葉の男女差が急速に小さくなっている、という。また、杉戸・尾崎(1997)は、山形の中学生の自称詞として「オレ」「オイ」を女も使っているとの調査結果を出している。

　これらのことから考えると、女性語の男性語化への動きが見られ、特に若い女性の間で次第に使用されているのが事実であり、なおかつ現状である。現在、女性は男性より、より丁寧な言葉遣いをしている、ということは一般によく言われている。この事実に対する答えとして、井出(1982)は、女性の敬語の機能に関する研究を最近の性差研究動向の一つとして紹介している。例えば、女が(一)「お友達」「もとめる(買う)」などの美化語をよく使う(二)丁寧度の高い語、敬語などをより多く使う(三)俗語などをあまり使わない(四)表現を和らげる終助詞(わ)などを多くつかうことなどを総合的に言っているものであろう、としている。

　結局、敬語使用の男女差の解明には、敬語使用の機能分析が必要だが、それは敬語使用の際の、話者の心の中で捉えた社会的、心理的諸要素を分析することで、ある程度可能になるのではないかと考えられる。

　次に、本研究で取り扱う明治期と性差に関する研究の中で、ここでは、とりわけ明治期の終助詞についての各論考を検討し、その問題点について触れておく。

　明治期の終助詞に関する最近の主な先行研究は、小松(1988)、森野(1991)、中野(1991)、鈴木(1998)、遠藤・尾崎(1998)、寺田(2000)(2001)(2002)(2003)などを挙げることができる。これらの研究成果の大きな流れは現代日本語における性差、とりわけ文末表現に見られる性差は明治期に形成され、明治後半ごろ定着したということである。

　小松(1988)は、東京語の男女差が、いつ頃形成されていったかについて終助詞を対象に考察した上で、「東京語の終助詞の男女差は江戸語まではさかのぼらないと、ほぼいえる」としている。しかし、小松

(1988)では、明治30年代に関しては触れておらず、30年代のいつ頃新しい文末辞が定着したのか、という点に関しては依然今後の課題として残っている。

　中野(1991)は、江戸語における終助詞「な」について、女性の使用範囲の狭まりが既に江戸語において認められることを述べている。その後、明治以降の展開については、六つの作品を調査対象とし、ほとんどの用例が命令文に下接する場合に集中しており、現代語に近い状況になっていることを論じている。

　鈴木(1998)は、明治期以降女性がどのように文末詞を用いたか、その変遷を追うとともに、女性の終助詞をどのように体系化するかについて論じている。鈴木は、「明治期に入ると、次第に女性特有のことばづかいが確立されて行き、男性のことばとは違った体系が出来上がる」としており、特に「わ」については「女性の文末詞の中心をなすようになる」、という見解を示している。

　寺田(2000)(2001)(2002)(2003)など一連の研究は夏目漱石の小説を対象とし、文末表現に絶対女性語と絶対男性語(相対男性語、相対女性語もある)に分け、計量的に処理、分類を行っている。これら寺田の研究成果によると、女性語における女性らしさは特定の文末表現に強く依存するし、男性語における男性らしさは特定の文末表現に依存しない傾向があるという。

　以上の先行研究について明治期に限って簡単にまとめてみると、次のようになる。

　① 終助詞については概ね女性語に焦点を当てて議論されている。

　② 東京語の終助詞の男女差は、江戸語まではさかのぼらない。すなわち、明治以降男女差が形成されたといえる。

　③ 明治20年頃女性特有の終助詞「わ」「よ」が形成されている。

　しかし、これらの先行研究の成果では、特に明治30年代以降の終助

詞に関する研究は十分だとはいえないのが現状である。明治30年代が現代日本語の性差の形成において非常に重要な時期であることは言うまでもないが、その時期における性差に関する言語使用の実態について、まだ充分とは言えないので、今後精密に記述していかねばならない。そして、性差の研究には男女の使用差だけでなく、言語形式の意味用法、とりわけ待遇価値との関連について考慮する必要がある。

　以上、性別による言語の違いは、社会言語学的な研究で多くの研究結果が得られている。待遇表現についても性差という観点からアプローチする有効性は大きいと考えられる。性別による言語差・言語変種というものは、社会によって男女の役割が違えば、その社会の中の男女が言語に対して取る態度が異なるところから生まれるのである。では、明治期の社会の中では、性別による言語差・待遇表現の違い(異なる変種)は、例えば、人称代名詞や文末表現形式などの語彙面では具体的にどのような違いが見られるのだろうか。

■ 参考文献

井出祥子(1982)「言語と性差」『言語』11-10 大修館書店

遠藤織枝(1997)『女のことばの文化史』学陽書房

遠藤織枝・尾崎喜光(1998)「女性のことばの変遷」『日本語学』17-5

国田百合子(1964)『女房詞の研究』風間書房

小松寿雄(1988)「東京語における男女差の形成-終助詞を中心として-」『国語と
　　　国文学』65-11

佐伯梅友(1936)『国語史上古編』刀江書院

佐竹久仁子(1998)「「女ことば・男ことば」規範をめぐって」『ことば』19 現代
　　　日本語研究会

寿岳章子(1979)『日本語と女』岩波新書

杉本つとむ(1975)『ことばの文化史』桜楓社

_____(1985)『あそばせとアリンスと江戸の女ことば』創拓社

_____(1997)『女とことば今昔』雄山閣

杉戸清樹・尾崎喜光(1997)「待遇表現の広がりとその意識―中高生の自称表現を
　　　中心に-」『言語』26-6 大修館書店

鈴木英夫(1998)「現代日本語における女性の文末詞」『日本語文末詞の歴史的研
　　　究』三弥井書店

坪井美樹(2003)「男手・女手―「性差」による表記様式の分類―」『筑波日本語研
　　　究』8号 筑波大学日本語学研究室

寺田智美(2000)「明治末期の女性語について-夏目漱石の小説にみえる「絶対女性
　　　語」の考察-」『早稲田大学日本語研究教育センター紀要』13号

_____(2001)「明治末期の男性語について―夏目漱石の小説にみえる「絶対男
　　　性語の考察 」―」『早稲田大学日本語教育研究センター紀要』14号

_____(2002)「夏目漱石の小説にみえる「相対男性語」―女性が使用する場合
　　　を中心に―」『早稲田大学日本語教育研究センター紀要』15号

_____(2003)「夏目漱石の小説にみえる「相対女性語」―男性が使用する場合
　　　を中心に―」『早稲田大学日本語教育研究センター紀要』16号

外山英次(1977)「敬語の変遷2」『岩波講座日本語4 敬語』岩波書店

中野信彦(1991)「江戸語における終助詞の男女差-女性による「な」の使用につい
　　　て-」『国語と国文学』68-4

真下三郎(1969)『婦人語の研究』東京堂出版

森田良行(1991)「語彙現象をめぐる男女差」『国文学解釈と鑑賞 特集ことばと女
　　　性』56-7 至文堂

森野宗明(1991)「女性語の歴史」『講座日本語と日本語教育10』明治書院

堀井令以知(1988)「男性の言葉と女性の言葉」『講座日本語と日本語教育1』明治

書院

_____(1989)『女の言葉』明治書院

山崎久之(1963)『国語待遇表現体系の研究近世編』武蔵野書院

第2章
『薮の鶯』における女性語
-いわゆる情意表現を中心に-

1. はじめに

　日本語は女性語が発達した言語であり、男女差が現代のような形になったのは明治後期になってからであると言われている。

　本研究では、近代日本語の社会言語学的な研究の一環として『薮の鶯』を対象とし、女性語の実態を探ることを目的とする。具体的には性差が明らかに投影されている言語形式のうち、いわゆる情意表現を中心に考察する。田中(1999)によると、現代の話しことばにおいても、情意表現を中心に男女の間の語法・表現の差異は際立っているという。すなわち、感動詞や終助詞・間投助詞などによる、いわゆる情意表現は性差が著しい。さらに、田中(2001)は、終助詞・間投助詞による情意表現の発達は、近代語法を彩るものということができるとしている。鈴木(1998)は、明治期に入ると次第に女性特有のことばづかいが確立されていき、男性のことばとは違った体系が出来上がるとしている。しかし、これまで明治期における情意表現についての研究、とりわけ性差の観点からの感動詞の研究は必ずしも十分ではなかった。

　そこで、本研究では明治期における女性語の実態の把握に好条件を備えている『薮の鶯』を調査対象とし、考察を行う。そして考察の際、田中(1999)(2001)と鈴木(1998)の研究成果を踏まえて考察を進めることにする。

2. 資料・方法

　小説資料『薮の鶯』は、三宅花圃(明治元年～昭和一八年:1868～1943)という女流作家が二十才の女学生の時に著したものである。明治二十一年六月坪内逍遥の校閲を得た処女作『薮の鶯』を金港堂より刊行、出世作となった。この小説は中編小説であり、当時の開花期風俗において注目された女学生たちの生活を中心に描き、浮薄な欧米主義を批判しつつ、伝統を重んじた着実な進歩主義を説こうとした意図が見える[1]。

　ここで、この資料を選んだ主な理由について述べると、若い女性の言葉が生き生きと描かれているという点と、会話性に富んだ作品の性格からである。このような作品の性格を鑑みると、『薮の鶯』は女性語の分析によい条件を備えていることが分かる。

　本研究では、明治期の女性語がどのようなものであったのかを『薮の鶯』の会話文を通して調査し、考察を進める。また、研究の方法は話者の性によって人称代名詞、終助詞、感動詞などの違いがあることから話し手に注目し、いわゆる情意表現のうち、従来の研究で不十分であったと思われる感動詞を中心に詳しく述べる。そして終助詞につ

---

　1) 日本近代文学館編(1977)『日本近代文学大事典 第三巻』講談社 p.306

いても考察を加えたい。

3. 感動詞の男女差

『薮の鶯』に現れる感動詞を話し手の使用傾向を中心に、性別に分けてみると、以下(A)(B)(C)のようになる。

(A) **絶対女性語**:「**アラ**」「**オヤ**」「オヤマア」「サアサア」「オヤオヤ」「ムム」「ヨー」「エ」
(B) **絶対男性語**:「ナアニ」「**オイ**」「**ヤア**」「ヒヤヒヤ」「ウン」「イヤ」
(C) 男女共用語(中立的な語):「アア」「マア」「ナニ」「オオ」「サア」

<表1>「「薮の鶯」における感動詞の男女別使用」
(括弧の中は用例数、外は使用者数.)

感動詞\性別	アラ	オヤ	オヤマア	サアサア	オヤオヤ	ムム	ヨー	エ	ナアニ	オイ	ヤア	ヒヤヒヤ	ウン	イヤ	エエ	アア	マア	ナニ	オオ	サア	合計
女性	3(3)	13(23)	2(2)	1(1)	5(9)	1(1)	2(2)	2(2)							2(3)	6(8)	3(3)	6(6)	1(1)	3(3)	14(67)
男性									2(3)	2(2)	3(3)	1(1)	2(2)	2(3)	2(2)	4(7)	3(6)	2(3)	1(1)	1(1)	12(34)

　『薮の鶯』を調査した限りでは、上記の(A)に示したように絶対女性語の方がやや多い。しかし、同じ時期に発表された他の作品の結果[2]と照らし合わせてみると、絶対女性語は「アラ」「オヤ」の二語だけである。同様に絶対男性語も「オイ」「ヤア」の二語にすぎない。こ

---

2) 調査した作品は『さすがに双紙』(明治21)『都鳥』(明治21)『小公子』(明治23)『寂しき人々』(明治44)など4作品である。

のことは、感動詞における男女の使用において、絶対的な語は少なく、相対的な語の方が多数を占めていることを意味する。すなわち、どちらかというと女性語的な感動詞、あるいは男性語的な感動詞が多いと言えよう。

　<表1>から分かるように、女性は14種類の感動詞67例を使用している。男性は、12種類の感動詞34例を使用する。頻度数は女性の方が約2倍ほど多く使っている。感動詞を女性が多用する主な理由であり、女性語の特徴とも一致する部分3)は以下の通りである。一般的に女性は男性よりも情意的主観的な表現を多く使っていると言われているが、<表1>の『薮の鶯』における情意表現の感動詞の結果とも一致していることが確認できる。

　（あ）情意的主観的な語の多さ。
　（い）誇張表現、強調表現の多さ、多彩さ。
　（う）発想や題材・素材が日常的・身辺的・具体的。

　また、作品『薮の鶯』が持っている性格(え)(お)によって、女性の方に感動詞が多用されたと考えられる。

　（え）会話性に富む傾向。
　（お）若い女学生の言葉が主流。

　以下、具体的な用例を検討しながら、注目に値するそれぞれの感動詞について考察を進める。
　作品に登場する女性のほとんどは「オヤ」を用いている(用例1a,b、

---

3) 高崎みどり(1994)は女性の文章の特徴として13項目を指摘している。これを参照すると、女性が感動詞を多く使用すると思われる理由としては、とりわけ「誇張や強調表現の多さ」が考えられる。

2a、3、4)。<表1>からも「オヤ」の使用が一番多く、13人が23例を使っている。「オヤ」は、基本的に意外なことに出会った時、あるいは少し不審に思った時などに発する語である。「オヤ」が持っているこのような性質を鑑みると、談話の展開上、相手との円滑なコミュニケーションを遂行する際、女性の場合は情意的、感情的な表現を好んで使っていると言えるのではなかろうか。情意的な表現は相手との親しさの反映とも関わってくるので、このような感動詞の適切な使用は談話遂行に好都合な言葉であったと考えられる。しかし、感動詞の使用はあくまでも話し手の相手に対する恣意的な判断によるものなので、適切な選択には十分注意したはずであろう。

(1) a 「**オヤ**なぜでせう。あなたおたのしみでせうにねへ。さうして学校のお下読や何かしておいただき遊ばすにようござりませう。」　　　（乙女→篠原）

　　 b 「**ナニ**わたくしはもう学校へまいりません。アノ父が胃弱で当節は大そうよわりましたし。」　　　　　　　　　　　（篠原浜子・華族の娘→乙女）

(2) a 「**オヤ**葦男さん。今日は大そうおそかつたネ。おつかさまの御命日で。御茶の御ぜんを焚たから。御なかがへつたら。おむすびにでもしてあげようか。」　　　　　　　　　　　　　　　　　　　　　　　（お秀→葦男）

　　 b 「**ナニ**何もいらない。」　　　　　　　　　　　　　　　（葦男→お秀）

(3) 　 「**オヤ**御仲のよいこと。あたしは亭主なんぞは。ほんとに∧∧もちたくないワ」　　　　　　　　　　　　　　　（斎藤→服部：女生徒同士）

(4) 　 「**オヤ**山中は出前でございますが。今日はどなたもお出にはなりません。」　　　　　　　　　　　　　　　　　　　　　　　（下女→お貞）

　次に、男女共に使用する「ナニ」について、男女の意味用法の違いに注目したい。男性の場合は打ち消しと否定する時に発する感動詞として「ナニ」と「ナアニ」がある（用例7、8）。男性の使う「ナニ」には「打ち消し」や「（やや強い）反発する意」を表している文脈にも見える。また、男性の使う「ナアニ」は身分の低い人に使用が見られ、

相手の言葉を軽く否定するときに発しているようである。

　しかし、女性の場合は、「驚き」「軽い打ち消し」や「軽く否定」する際、「ナニ」一つしか使われていない(用例1b)。しかも女性の使う「ナニ」には他の働きがある。すなわち、女性は「ナニ」を「軽い打ち消し」や「軽い否定」の意より、むしろ「驚き」を表す時に多く用いており(用例5、6)、男性の「ナニ」とは質が異っている。男性は、「驚き」、「感動」、「嘆き」を表す時は「イヤ」が使われている(用例9)。

(5)「ェ針箱がどうしたの。」　　　　　　　　　　(主人のお貞→お清)
　　「ナニあたしの針箱が通りみちに。オヤ又よぶヨ聞こえていらア。」
　　　　　　　　　　　　　　　　　　　　　　　(お清→主人のお貞)
(6)「ナニもう十二時ではございませんか。男でさへさう夜ふかしはしませんのに。」
　　　　　　　　　　　　　　　　　　　　　(下女→中働き下女)
(7)「ヤアここから別れるのか。ぢやア君あすさそふぜ。」　(少年書生→葦男)
　　「ナニさそつてくれんでもいい。」　　　　　　　(葦男→少年書生)
(8)「一体それが西洋がつているやつにおほいぢやアねへか。」　(車夫→馬丁)
　　「ナアニそれりやアまだ世がひらけねへからだとよ。」　　(馬丁→車夫)
(9)「誠に左様でござりませうネへ。私も学問を致して道理とやらがしりたうござりますけれど。」
　　「イヤどうも慾の深いお秀さんだハ……」　　　(宮崎一郎→松島秀子)

　なお、女性の場合「オヤオヤ」「サアサア」「オヤマア」などのような、感動詞の「繰り返し・反復型」と「複合」の形が見られる(用例10、11)。これも強調表現を多く使用する女性語の特徴とも考えられる。強勢と誇張とは日本婦人の言語的特性であり、その一例が感動詞である。

　一方、男性に「ヒヤヒヤ」という反復型の特殊な語も見られるが(用例12)、これは相手に賛成する意を表す時に発している。演説に付

きものの「ヒヤヒヤ」という言葉は、明治八、九年頃から始まった。演説でこれを盛んに口にしたところから一般に広まるに至ったのだという[4]。明治期には演説の場には女性より男性の方が接する機会が多かったので、「ヒヤヒヤ」は自然に男性の方に使用されたのである。

(10)「**オヤ**△いけませんネー。あたしはこのショールを一つあむと。」

(お秀:毛糸編の内職→葦男・弟(少年書生))

(11)「**オヤマア**駿河台の若殿様。お久しぶりでございます。」　(女房→篠原勤)

(12)「だから僕は官員になつての功名は。たかがしれた事と悟つて。なんでもフランクリンやレセップにならはうとおもふ。」　(篠原勤→宮崎一郎)

「**ヒヤ**△尤も賛成だ。」　(宮崎一郎→篠原勤)

　ここで、性差の観点から用例(13b、3、4)が注目に値する。「アラ」と「オヤ」についてみると、絶対女性語であるが、これらは女性語的な性格を強く帯びた表現と共に使用されている傾向がある。つまり、終助詞「わ」「こと」、一人称代名詞「あたし」などは当時女性がよく使っている語であり、これらと「アラ」「オヤ」が共起している。そして、待遇価値の高い文末表現形式「ございます」は、どちらかというと女性が主に使っている。また、「お—になる」の敬語形式の使用も女性の方に使用が多く見られる。

(13)a「あんまり相沢さんのやうに。過度に勉強遊ばすと精神がよわつて。よわい子が出来るさうです。」　(服部→相沢:女生徒同士)

　　b「_アラ_いやなこつた _ワ_。だれが御嫁なんかに行もんか。」　(相沢→服部)

(3)　「**オヤ**御仲のよい_こと_。_あたし_は亭主なんぞは。ほんとに△もちたくない ワ」　(斎藤→服部:女生徒同士)

(4)　「**オヤ**山中は出前で_ございます_が。今日はどなたも_お出にはなりません_。」　(下女→お貞)

4) 森銑三(1969)『明治東京逸聞史1』東洋文庫 p.275

　このように見てくると、女性語における「女性語らしさ」は「感動詞」をはじめ、「終助詞」「人称代名詞」「文末表現形式」「敬語表現」と共に使われることによって、全体の文脈にわたって「女性らしさ」を漂わせる表示が男性語より強烈なものであったと思われる。このことは、当時女性語に期待される社会通念が男性語に期待されるものとは違うものであったのではないかということを意味する[5]。

　さて、以上で述べてきた感動詞以外についても短く述べたい。『薮の鶯』に現れている絶対女性語は「アラ」（用例14）があり、絶対男性語は「オイ」「ヤア」（用例15、16）がある。感動詞「アラ」が「女性らしさ」を反映している標識としてごく自然に用いられ、女性同士の間でよく使用が見られる。これは他の作品においても同様のことが言える。例えば、『さすがに双紙』（明治21）『都鳥』（明治21）『寂しき人々』（明治44）にも女性の間で使用されている[6]。そして男女共用の「マア」「オオ」の用例（17、18）を挙げることができる。なお、用例（18）のように話し手が急に思い出したり、思ったりしたときに「オオ」を使っていることが分かる。

---

　5)　ノビン・イレコフ(1975)は、英語の不変化詞(日本語の感動詞にほぼ相当する)の選択には、ものごとに対する感情的反応をどの程度自分に許容するか、また、どの程度抑制するかについての話し手の判断が作用しているのだという。結局、ノビン・イレコフはこのような不変化詞の使用における男女差は感情表出の度合いが男女同じでないことに基づいている。これも社会一般の男性に対する態度(期待)と女性に対する態度(期待)との間に違いがあるからであろう。この点は日本語を含めて他言語社会にも当てはまる普遍的な現象である可能性が高いのではないか。

　6)「アラ」の使用を見ると、『さすがに双紙』では時子と下女・阿三が5例を使用している。『都鳥』では乙女・八重、徳・女が3例を使用しているし、『寂しき人々』では姑(50才ばかり)、主人(陸軍将校28才)の妻(21才)、女学生(24才)が24例を使用している。結局、女性の使う「アラ」は、社会階層や(主に若い女性が使用するが)年齢には関係なく使用されたようである。

(14)「**アラ**いやなネー。真当におききなさるの。ツヒこなひだ婚礼をしまして……。」

(篠原浜子→お貞)

(15)「**オイ**船頭どこへか附て氷を二斤ばかり買てくれんか。」

(篠原勤→宮崎一郎)

(16)「**ヤア**こりやアいい処でお目に懸つて。お二人ぎりかネ。」

(宮崎一郎→葦男)

(17)「**マア**どうも実にあきれちまふよ。だからいはないこツちやアない。」

(お貞→篠原浜子)

(18)「**オオ**なんだ氷が解てもう残りずくなになつた。**マア**一杯やりたまへ。」

(篠原勤→宮崎一郎)

　水谷(2001)によると、会話において日本人は、「あいづち」を多用しながら、相手と共同でひとつの流れをつくるという。また、「聞き手があいづちを入れるのは話し手のほうに休止つまりポーズがあった時である」とし、「あいづち」と「ポーズ」との密接な関わりを指摘している。このように、「あいづち」は談話を展開していく上で重要であり、「あいづち」は円滑な会話の構成に必要であることが分かる。ここで注目したいのは、「あいづち」のうち、概念的表現を除外して話し手の感情を表す「感性的表現」は、本稿でいう感動詞にあたるものであるということである。例えば、発話途中に打たれる「ああ」「あら」「えー」「うん」「おお」などは、感性的な「あいづち」である。このような感性的な「あいづち」には、男女の間でその使用に違いが見られるのではないか。これは談話の展開上、男女の感性的な表示の仕方に違いが存在しており、談話における「あいづち」は様々であり、その働きも男女異っている可能性が高いということなのではないか7)。

---

7) 永田(2004)は、発話途中に打たれるあいづちに着目し、「あいづち」は話し手からの要求に応じて打たれるという受動的・消極的な側面だけではなく、「あいづち」という手段によって自ら談話の展開をコントロールしようとす

4. 終助詞の男女差

　明治期の終助詞については、すでに房(2002)(2004)で述べたことがある。房(2002)(2004)は、終助詞「よ」、「わ」、「な」については性差の観点から詳しく論じているので、参照されたい。

　ここでは、『薮の鶯』に現れる終助詞のうち、男女差の観点から注目される終助詞について述べるに留めたい。

<表2> 『薮の鶯』における終助詞の使用例数

終助詞＼性別	ね	よ	わ	の	な	さ	ぜ	ぞ	え	や	もの	わね	てよ	か	かしら	かい	だい	のよ	こと	ものか
女性	56	53	22	13	6	22	0	0	4	0	4	0	4	35	1	0	0	4	11	0
男性	11	17	0	7	2	25	6	0	0	0	3	0	0	19	3	0	0	0	0	0

　<表2>から分かるように、「終助詞」において、女性専用の絶対女性語の方が男性専用の絶対男性語より多い。すなわち、女性特有のものとして網掛けした部分の「わ」「え」「てよ」「のよ」「こと」などを使っており、男性語は「ぜ」一つしか現れない。

　そして若い女学生たちは「わ」と「さ」を多く使用しているのが特徴的である。男性の場合は語感の強い「ぜ」が男性専用として使われており、自分の主張を表している。また、登場する若い女学生たちが終助詞「わ」を多く使用している傾向が見られる。これも『薮の鶯』の注目される現象の一つである。このように見ていくと、明治二十年前後に若い女学生の間で「わ」が広まったようである[8]。

　る積極的な側面を持つという。
　このような発話途中に打たれる「あいづち」の積極的な性質・働きかけを考えると、本研究で扱っている性別からみた感動詞の働きと「あいづち」の働きとの関わりについても言及する必要はある。

　女学校で流行っていた「てよ」「だわ」言葉が識者たちによって強く批判される。例えば、大槻文彦をはじめ、当時の識者やジャーナリストたちはこれらの言葉は品のよくないもの、下層階級で使ったもので、教養のある女性の間では望ましくないとし、強く批判している。しかし、当時「てよ」「だわ」の使用について知識人の批判はあるものの、田中(1981)の指摘にもあるように、明治期から大正期にかけて著しく発達した、いわゆる「テヨダワ言葉」といった類の情意表現が女性たちの間で流行するようになっていく。「テヨダワ言葉」は流行の際、女学校を媒介として普及していった。これは当時の学校がある意味で影響力のあるメディアでもあったからであろう。女学生の会話が多い『薮の鶯』を見ても若い女学生ことばから始まり、学校を通じて「テヨダワ言葉」が社会の女性たちに広まったと思われる。

　女性語として「てよ」「だわ」(＜表2＞の「わ」の22例中、6例は「だわ」である。)は用例(19)のように親しい女生徒の間で使用が見られる。

(19)「よくつ**てヨ**。あんまりこもつているから。炭素を追出してやるんだ**ワ**。」

（斎藤 →女生徒:女生徒同士）

　一般的に強い断定を避ける、命令的でないという女性語の特徴がある。これは、第3節の感動詞で前述したように明治期の当時、女性の言葉に期待される社会通念と男性の言葉に期待されるものとが異なるものであったためであると思われる。従って、女性語に批判が多いのもある意味で当然である。

　明治期の女性語として使われていた「てよ」「こと」も、戦後はほとんど使われていない。感動、感嘆文で使う「てよ」「こと」を、金水

8）森野(1991)を参照のこと。

敏(2003)は「女性語から出てきた役割語」=<お嬢様言葉の指標>としている。明治期に女性の間で使われていたこの「役割語」も次第に衰退してしまい、戦後の現代日本語ではその姿を消していくのである9)。

5. 他の作品における情意表現

　ここでは、明治20年代とは離れた時期の明治40年代の作品を一つ選んで調査し、考察を加えることにする。時代が下って明治40年代の『寂しき人々』(森鴎外訳、明治44年金尾文淵堂)の調査結果と第3節で述べてきた『薮の鶯』の使用状況とは基本的に一致している。つまり、『薮の鶯』の(A)(B)(C)に分類した感動詞とほぼ同じ結果である。<表1>を参照されたい。

<表3>「『寂しき人々』における感動詞の男女別使用」

(括弧の中は用例数、外は使用者数。空欄は用例無し。)

感動詞＼性別	アラ	オヤ	オヤマア	サアサア	オヤオヤ	ムム	ヨー	エ	ナアニ	オイ	ヤア	ヒヤヒヤ	ウン	イヤ	エエ	アア	マア	ナニ	オオ	サア	合計
女性	3(24)	4(12)	1(1)		5(9)										3(27)	3(12)	3(42)	2(3)		4(10)	9(140)
男性					1(1)				2(3)	3(15)	2(2)		2(3)	4(13)	2(5)	3(10)	4(21)	3(12)		4(7)	11(92)

　ただし、<表3>以外に『寂しき人々』では、「やれやれ」(三人、六例)「いやはや」(二人、五例)「いやいや」(一人、二例)などが主に男性の方に使われている。これらの感動詞を男性が使用している場

9)「てよ」の衰退の原因を金水(2003)は文法に求めている。「てよ」は相手に何らかの事実や考えを伝える表現であるが、時制の区別がないとし、曖昧模糊とした表現で、コミュニケーションには非効率的であるとしている。

合、その話し手を見ると、「舅、主人、画家」などに使用が見られる。すなわち、男性が感動詞を繰り返しの形で使っていることは必ずしも年齢とは相関関係はない。しかし、女性の場合は「やれやれ」（姑が二例使用）「いやいや」（姑が一例使用）などを姑が使用し、年取った女性の古めかしい言い方に限られている。

　そして、女性の場合、寺田(2003)によると、相対男性語(文末表現、終助詞の考察であるが)を女性が使用する時、女性語的性格の強い表現が連接するものが見れらたという。一方、相対女性語を男性が使用する場合に男性語的な性格の強い表現が連接するという現象は見られなかった。このような点を考えると、男女における情意表現においても度合い(社会に期待される度合いと、「女性語らしさ」あるいは「男性語らしさ」の度合い)の違いがあると想像できる。例えば、用例(20)の姑の使う「やれやれ」と用例(21)の画家が使う「やれやれ」との違いは文末表現の違いからも分かる。特に男性の場合は、文末表現には断定の「だ」が用いられている。だが、女性の場合は「ませう」という相手に軽く勧誘する表現を選択している。同様に、用例(22)と(23)においても男女の違いが分かる。「いやいや」を使用する際、女性の方は終助詞「ね」が用いられているが、男性は「ぢゃない」「好い」という断定あるいは形容詞の基本型の形で終了している。このように、男女による感動詞と文末表現との共起の仕方が異っている点も注目すべきである。

(20)「**やれ、やれ**。これからゆつくりと腰を落ち着けて目金でも掛けて、好きな本でも読みませう。」　　　　　　　　　　　　　（姑・母→主人）

(21)「**やれ、やれ**。(立ち留まりて、巻莨入より紙巻一本を取り出す。)責苦もやつと済んだといふものだ。」　　　　（画家→妻:主人の妻・友だちの妻）

(22)「**いや、いや**。塵も積れば山だからね。」　　　　　　　　　　（姑→妻）

(23)「**いやいや**。さうするものぢやない。人の言ふ事を聞くが好い。」（舅→主人）

(24)「**いや、はや**。さうお出でなさるか。溜らないな。」　　　　　　(主人→妻)

　なお、終助詞については、『寂しき人々』における使用例<表4>を参照していただきたい。<表4>を見ると、<表2>の『薮の鶯』の結果とだいたい一致していることが分かる。つまり、各終助詞の細かな用例数は異っているものの、基本的な使用例・流れは変わらないと言えよう。使用の用例は省略する。

<表4>『寂しき人々』における終助詞の使用例数

終助詞 性別	ね	よ	わ	の	な	さ	ぜ	ぞ	え	や	もの	わね	てよ	か	かしら	かい	だい	のよ	こと	ものか
女性	68	62	29	25	3	12	0	0	0	0	6	8	3	25	0	3	4	2	1	0
男性	38	48	0	0	17	8	3	0	0	1	0	0	0	35	0	10	8	0	0	1

6. 結びと今後の課題

　本研究は、三宅花圃(明治元年〜昭和一八年:1868〜1943)という女流作家が二十才の女学生の時に著した小説『薮の鶯』を主たる資料として、明治期の情意表現を性差の観点から考察したものである。考察の結果、男女による情意表現の使い方の実態および情意表現の度合いが同じでないことが指摘できた。また、明治期の女性語がどのようなものであったのかについて、『薮の鶯』の会話文を通して記述的な考察を行った。具体的に男女における感動詞、終助詞などに違いがあることから話し手に注目し、いわゆる情意表現のうち、従来の研究で不十分であったと思われる感動詞を中心に詳しく述べたものである。

　しかし、本研究で考察対象とした『薮の鶯』は、女学生たちの若者

言葉の性格が強いため、明治期の女性語全体にまで言及することは困難であったと思われる。

　今後、調査資料を一層拡大し、さらなる分析・精査を通して明治期の女性語の実態を把握することが今後の課題として残る。また、各感動詞の細かな意味用法の分析はまだ考察が及んでいない部分も少なくない。これも今後、解決すべき課題の一つであるが、別の機会に譲りたい。

■参考文献

金水敏(2003)『ヴァーチャル日本語役割語の謎』岩波書店

鈴木英夫(1998)「現代日本語における女性の文末詞」『日本語文末詞の歴史的研究』三弥井書店 pp.139-164

高崎みどり(1994)「男の文体・女の文体」『言語』23―2 大修舘書店 pp.58-65

田中章夫(1981)「近代語(明治)」『講座日本語学3現代文法との史的対照』明治書院 pp.161-189

_____(1999)『日本語の位相と位相差』明治書院

_____(2001)『近代日本語の文法と表現』明治書院

寺田智美(2003)「夏目漱石の小説にみえる「相対女性語」の考察―男性が使用する場合を中心に―」)『早稲田大学日本語研究教育センター紀要』16 pp.143-159

永田良太(2004)「会話におけるあいづちの機能―発話途中に打たれるあいづちに着目して―」『日本語教育』120 日本語教育学会 pp.53-62

日本近代文学館編(1977)『日本近代文学大事典 第三巻』講談社

水谷信子(2001)「あいづちとポーズの心理学」『言語』30―7 大修舘書店 pp.47-51

森野宗明(1991)「女性語の歴史」『講座日本語と日本語教育10』明治書院 pp.225-248

森銑三(1969)『明治東京逸聞史1』東洋文庫 135

房極哲(2002)「明治期における終助詞「よ」・「な」」『日本近代学研究』5 韓国日本近代学会 pp.15-29

_____(2004)「東京語における終助詞の男女差―「わ」と「な」の使用を中心に―」『日本語文学』20 韓国日本語文学会 pp.29-46

ロビン・レイコフ著 (1975) かつえ・あきば・れいのるず訳『言語と性』有信堂 1997

第3章
『小公子』における女性語について
-終助詞を中心として-

1. はじめに

　日本語の女性語研究は、女房詞や遊女語といった位相語の観点から始まり、現代は社会言語学の影響で幅広い女性語研究へと発展したと考えられる。現代日本語において、性差を論ずる時、ふつう人称代名詞や終助詞を含む文末表現形式における語彙上の差異が挙げられる。使用者の性別によって選択される言語表現(「男性語」「女性語」)があり、「性差マーカー」[1]と呼ばれているものが、位相語の一種としてとらえられている。社会言語学的な研究が盛んに行われている現在、性差は日本語の実態を把握するのに重要な概念であることは明らかな事実である。明治東京語においても、語彙選択上の性差が存在したという事実は当然考えられる。

　日本語の小説では、通常の音声言語(実際の会話)より多くの「性差マーカー」が使用されているという事実[2]を踏まえ、本研究では、明

---

1) 話し手がある言葉を使用することによって、その使用者の性別が分かるような「言語表現」を「性差マーカー」という。例えば、人称代名詞(僕、おれ、あたし)、文末表現(ーわ、わよ、かしら、ぞ、ぜ)等がある。

治期の翻訳小説「小公子」（バーネット作、若松賤子(1864―1896)訳:女学雑誌、227号―299号:明治23年8月―明治25年1月)における終助詞を調査の対象とし、「小公子」における女性語について考察することを目的とする。そして、明治東京語の女性語の実態を探ることも視野に入れながら考察していきたい。なお、「小公子」を調査の対象とした理由は、「小公子」は明治20年代はじめごろの翻訳としては珍しく純然たる口語体の名訳であるからである。

2. 資料「小公子」と研究方法

　ここで、資料「小公子」について述べる。「小公子」はFrances Hodgson Burnettの世界的ベストセラー、"Little Lord Fauntleroy"(1886年刊:ロンドン:明治19年)を明治23年に若松賤子が翻訳したものであり、明治翻訳小説の傑作と言われている。そして、1897年博文舘から単行本「小公子」が出る。それまで漢文体が主流であったのに対し、「小公子」は当時の口語を生かした言文一致体で書かれ、名訳として長く詠み継がれた。本研究で使う資料は、若松賤子訳の「小公子」として明治23年から明治25年にかけて女学雑誌に掲載されたものである。女学雑誌の第300号に掲載された在米の梅馨生が書いた「小公子に就いて」の内容から重要な事柄を紹介しておこう。

　　此書の反訳を企図せる所以のものは固と名を売り利を護んが為に非ず…今世紀に希有と称する此好著の其挙なきを恨み且つ紛々たる彼の俗社会をして少しく此書の如き藹々たる人情の和気を翫味せしめんと願ひたればなり
　　…一日も早く此書の我邦に披露せられたるを喜び更に其の余の如き陋書に依

---

2) Vanbaelen(2003)を参照。

らざるして而かも<u>女流の優美なる筆を借りたる事を満足に思ふ而己。</u>
　…左れば「小公子」は少年文学と冠せられたれども<u>如何なる種類の人々も必読の書にして</u>…(傍線は筆者)

　上記より「小公子」の翻訳の意図や女性が訳したことに対する称讃や、また「小公子」が当時の必読書であったことが分かるだろう。また、「小公子」の読者対象は、むしろ大人であったことも序言や評論集、巻末の書籍広告などから分かる。

　ここで、若松賎子という作家が、どのような言語習得の過程で成長してきたのかについて触れてみたい。彼女は明治3年に6才で生母と死別し、大川甚兵衛の養女となり横浜の「ミス=キダーの学校(現、フェリス女学院)」の生徒となった。明治15年にフェリス女学校を卒業したが、成績優秀であったため、ただちに母校の英語教師となった。明治22年7月には明治女学校の教頭であり「女学雑誌」の主筆であった巌本善治と結婚した。彼女はキリストの精神に徹し、当時の封建主義的な家庭生活に西欧の新しい倫理感を融合させようとした。このような彼女の「女学雑誌」との深い関係や歩んできた身の回りの環境(とりわけ教育の環境)などを考えると、言語習得の環境もキリスト教の影響が強かったと思われる。若松賎子によって翻訳された「小公子」は、キリスト教の愛の精神を大変よく表しており、明治20年のはじめごろの翻訳としては珍しく純然たる口語体の名訳である。したがって、口語体で書かれている「小公子」は「終助詞」の研究に好都合の作品であるに違いないと言えるだろう。

　鈴木英夫(1998)によると、明治期に入ると次第に女性特有のことばづかいが確立されていき、男性のことばとは違った体系が出来あがるとしている。田中章夫(2001:184－185)は、終助詞・間投助詞による情意表現の発達は近代語法を彩るものであるということができるとい

う。いわゆる情意表現は男女差が著しいため、性差の観点から終助詞の分析は非常に有効であると思われる。

　本研究では、明治期の女性語がどのようなものであったのかを明治期に刊行された翻訳小説「小公子」の会話文を通して調査し、考察を進めていく。そして研究の方法は、話者の性別によって、どのような言語要素、語彙、具体的には終助詞が、どのように使い分けられていたのか、また、特に相手と場面による使い分けについて考察していく。従来、明治期の文学作品を対象とした文末表現、主に終助詞の性差についての研究は多いが3)、多くの終助詞の研究の中で、待遇上の使用差についての考察はあまり行われていない。助詞の待遇上の差について、外山英次(1977:162－163)は次のように述べている。

　　同じ助詞でも終助詞になると待遇上の差が比較的はっきりしてくる。終助詞は話し手のさまざまな気持ちを聞き手にもちかけていく働きを持つもので、聞き手を意識して用いる場合の多い助詞である。

　終助詞の待遇価値については、終助詞の用法や文末表現形式(敬語表現)とも密接に関わっているし、話し手と相手との人間関係、場面なども様々な要素と絡み合っているのではないだろうか。本研究では、女性語についての特徴が重要な関心事項であるため、終助詞と文末表現(敬語表現)との使用関係を見て、性別による終助詞の待遇的な働きの違いについても指摘してみたい。

　なお、小説の言語は現実の世界で使われている言語と掛け離れている可能性がある。現実ではあまり使わない女性性(相対的女性が使用)の強い表現、男性性の強い表現が、小説では平気・頻繁に使用されて

---

3) 例えば、石田(1972)、小松(1988)、森野(1991)、遠藤・尾崎(1998)、鈴木(1998)、寺田(2001)(2002)(2003)。任利(2005)など主に女性語に焦点を当てて論じている。

いることも考えられるが、これは社会観念上のステレオタイプが小説の世界では反映されやすいからであろう。このような事実を念頭に置きながら、「小公子」における終助詞について考察を進める。

3.「小公子」における終助詞

　「小公子」における終助詞を性別に分けて調査し、使用者数と使用例数別に示すと、次の<表1>と<表2>のようになる。

<表1>「小公子」における終助詞の使用者数

終助詞	よ	だよ	ね	だね	わ	だわ	な	だな	なあ	さ	さあ	ぜ	ぞ	の	のよ	てよ	こと	とも	もの	かしら	わね	かへ	か	かな
男性	9	3	5	1	6	2	6	3	6	4	3	4	8	2	2	2	2	2	4	2	1	2	8	2
女性	10	2	6	0	1	0	1	0	0	1	0	0	0	0	0	0	3	1	5	0	0	0	6	0

<表2>「小公子」における終助詞の使用例数

終助詞	よ	だよ	ね	だね	わ	だわ	な	だな	なあ	さ	さあ	ぜ	ぞ	の	のよ	てよ	こと	とも	もの	かしら	わね	かへ	か	かな
男性	153	18	86	3	26	2	48	5	17	7	8	12	12	10	3	2	4	5	60	2	3	8	139	7
女性	68	19	13	0	1	0	1	0	0	1	0	0	0	0	0	0	3	1	7	0	0	0	14	0

　上記の<表1>と<表2>から[4]、男性の使う終助詞は29語(「ーい」

---

4) 上記の<表1、2>には示していないが、男性がくだけた調子で使う待遇価値の低い男性語として、「い」(親しみの意をこめて使う)と「や」(促す気持ちを表す)がある。とりわけ、「い」の場合は「ねい」(2人(23例))「わい」

「や」を含む)あるのに対して、女性の使う終助詞は10語に過ぎない。そして、女性のみ使用している、いわゆる絶対女性語と言われる終助詞は現れていないことが分かる。これに対して、男性だけが使用する終助詞(絶対男性語)は<表1>で見るように、その数が多いのが特徴的である。しかし、これはその当時の他の作品の調査結果と比較して検討する必要がある。ことばの男女差は、男と女が社会で異なる位置、役割を持つ限り、それに伴ってことばの使用頻度の差が存在するものと言えよう。絶対男性語・女性語は基本的に話し手の性により異なる語形がある。人称代名詞の場合は話し手と聞き手との性別により異なる語形のタイプがあるが、終助詞の場合は話し手の性により異なってくる性質が強い。

　そこで、本研究では、まず話し手の性に注目する。次に相手と場面との関わり(待遇の観点から)から主な終助詞を検討し、考察を進めたい[5]。

3.1「よ」(男用例1-5、女用例6-12)

　現代日本語では終助詞「よ」を述語の普通体につけると、男性語的表現になる。明治期の「小公子」で、話し手の性からみて、男性の使う「よ」は次の用例1ー5を見れば分かるように、用例2を除き普通体に「よ」が接続している。一方、女性が使う「よ」は「普通体+よ」の用例6以外は、「丁寧体+よ」が使用され(用例7-12)、男女によって使用の違いがあるようである。次の用例を見られたい。

　　(1人(1例))「べい」(1人(2例))「だい」(1人(1例))などの形がある。
　5) 終助詞「ね」は現代日本語と同様、男女による差異があまり見られないため、本研究では取上げないことにする。ただ、「だね」の場合、男性にだけ使用が観察されるし、「わね」の男性使用は特殊である(セドリック・使用者の女性語的な使用法である)ことを指摘しておきたい。

(1) かあさん、僕は侯爵になり度ない**よ、**ダッテ僕の友だちに侯爵なんかになるものは一人もないんだもの、

(セドリック・小公子→エロル夫人、2回、上)

(2) 今の家はみんな倒してしまはなくつちやネ、かあさんもさう言い升た**よ、**ア、おぢいさん、あした、二人で行つてみんな崩させてしまいませう、

(セドリック→侯爵、10回、乙)

(3) サア、モウ家へ帰ろう、そうして、貴様が侯爵になつたら、をれよりも上等のにならんじやいかん**よ**　(侯爵→セドリック、10回、乙)

(4) おめへ、勝手に食ふが好い**よ。**　(ホツブス→チツク、12回、乙)

(5) 家兄とわしと其小坊主と三人して、イヤ大騒ぎをやらかしましたつけ**よ。**

(チツク→ホツブス、12回、丙)

(6) セデーや、わたしの家といふは、お城から大して遠いのではない**よ、**

(エロル夫人、母→セドリック、4回、下)

(7) わたくしはどうも云つて聞かせぬ方が好かと思い升**よ、**

(エロル夫人→ハ氏、4回、下)

(8) 若様、何でも御用を仰しやれば、ドウソンが致します**よ。**

(取締のメロン夫人→セドリック、7回、甲)

(9) なんのマア、始めは少し変なお心持がなさるかも知れませんが、直つきにお慣れ遊ばし升**よ、**　(ドウソン(侍女)→セドリック、7回、甲)

(10) 坊ッちやま、お帰りなさい**よ、**かあさまが御用です**よ、**

(下女のメレ→セドリック、1回、下)

(11) わたくし、なんぞは可愛そうで仕方がございません**よ。**

(ドウソン(侍女)→メロン夫人7回、甲))

(12) わたくしは早速エロル夫人を訪問する積りですから、若しあなた御異存があるなら、おつしやつて頂戴したう御座い升**よ。**

(ロリデール夫人→侯爵、11回、丙)

　終助詞「よ」は<表1>に示したように、男女共に使用者数及び用例が多い。そのうえ「よ」は様々な場面で使用され、使用する相手も目上・目下に関係なく、親しい者同士で親愛を表す表現として頻繁に用いられる。しかし、注目したいことは、「よ」の使用が全くない相手、あるいは他の場面に比べて、「よ」の使用頻度がきわめて低い場

面があるということである。この点に着目すると、終助詞「よ」が何らかの形で待遇上の働きをしているのではないかと考えられる。

　場面別に見ると、男女共に相手に打ち解けていない場面では「よ」が用いられていない。例えば、心優しい慈悲深い人柄の「エロル夫人」は利己的で気難しい老人「ドリンコート侯爵」に対して、「よ」を用いていない。もちろん、相手に改まって話す改まった場合も「よ」の使用が見られない。男性の「ドリンコート侯爵」も「よ」をあまり使用していない。その使用場面を見ると、相手の「セドリック」に対して、親愛の気持ちを表す時(用例3)と、「ハ氏」に「エロル夫人」のことを言う時(怒りの場面)だけである。

　また、「よ」を一番多く使用する人物「セドリック」は、<表1>の「よ」の用例153例のうち、127例も「よ」を使用しているが、これは「セドリック」が全ての人に人懐っこい性格(物おじしない性格、純真さと思いやりのある優しい心を持っている性格、つまり話し手の性格による)を表すためではなかろうか(用例1,2)。しかし、「セドリック」も初めて人と会った対面直後の対話では「よ」の使用が少ない。ここから考えると、この当時「よ」は相手と親しくなるとよく使う終助詞であり、打ち解けた場面(用例4,5)でよく使われていたと言えよう。したがって、「親疎関係」が「よ」の使用に大きく働いていると考えられる。

　一方、女性の場合は、親疎関係も重要な使用の尺度の一つである。そして、「よ」は「敬語表現」、つまり「丁寧体」に接続する場合(用例7一12)が男性に比べて遥かに多いことから、女性が使う「よ」は待遇的な働きも男性よりは強いようである。女性が「丁寧体」に接続して「よ」を使うことで、自分の主張を和らげる働きがあったのであろう。また、女性に「丁寧体」+「よ」が多用されたということは、対話ストラテジーにおける性差の反映とも考えらよう。女性がより丁

寧な言葉を使っている現象が終助詞「よ」からも言えそうである。

3.2 「わ」（男用例13-17、女用例18）

「小公子」では、現代日本語とは異なっており、＜表1＞から分かる
ように男性6人に終助詞「わ」の使用がある。これに対して、女性は
「ロリデール夫人」（セドリックの大叔母)が「侯爵」に対しての使用
が一例に過ぎない(用例18)。次の用例を見られたい。

(13) さうか、そんなら伯でも、子でも好い**ワ**。　　（ホッブス→番頭、12回、乙）
(14) ソレ、あそこにあるのが、あれの蹴た跡**だワ**、まがひもねいあれの靴の跡
なんだ。　　　　　　　　　　　　　　　（ホッブス→ヂック、12回、乙）
(15) あの女のことおもふても胸がわるい**わ**。チヨツ、舌長い、貪欲なアメリカ
女め!見度もない**わ**。　　　　　　　　　　（侯爵→ハ氏、5回、下）
(16) そうして雨が降る日には毎でも一圓ヅ、遣り升**ワ**、そうすれば店を出さず
と家にいられ升もの、　　　　　　　　　（セドリック→ホッブス、3回、上）
(17) あんな、ア、めつたにねヘナア、それにハキ〴〵物をいつて、心持が好い
ワ、　　　　　　　　　　　　　　　　（領内の職人同士、11回、乙）
(18) 私はロリデールへ呼とらうかと思ひ升**ワ**。
（ロリデール夫人→侯爵、11回、丙）

上記の用例18は、ロリデール夫人・「侯爵の妹」（ロリデール夫人
はハキハキと物を言う人物として描かれている)が「侯爵」に対して
使っている。親しい間柄で「わ」を使用しているため、親疎関係が大
きな使用の要因であろう。女性が使用する「わ」の接続の仕方は、
「ます+ワ」の形を取っているものの、身内の間で使用しており、必
ずしも待遇価値が高いとは言えない。

一方、男性の「わ」の使用を見ると、「ドリンコート侯爵→セド
リック、ドリンコート侯爵→ハ氏」「ホッブス→セドリック、ホッブ

ス→ヂック、ホッブス→番頭」「ヂック→セドリック」「職人同士」
などは「基本型+ワ」の形である。このことから、男性の使う「わ」に
おいても女性と同様、待遇的には高くないことが言える。男性の使う
「わ」は非丁寧体に接続することが多く、この場合「わ」に特別な表現
効果・詠嘆のニュアンスがあるのではないか6)。用例16を除き、年配の
人が対等関係や目下に対して用いており、話し手の軽い主張や意見など
を言い表しているが、これが男性の「わ」の主たる用法である。

　明治20年代に若い女学生の間で「わ」が広まり、その結果、「基本
型+わ」が多く使用され、女らしからぬ言葉、淑やかさに欠けた生意
気な言葉として非難の的になった7)。既に先行研究で指摘したよう
に、明治20年代においては、「わ」の持つ待遇価値は相当低かったよ
うに見受けられる。しかし、男性の使用者において、「わ」の使用は
非難の対象にはならなかったと考えられる。女学雑誌が啓蒙的な性格
を持つ雑誌であるが故に、女性のことばは当時の社会風潮の良妻賢母
といった教養性を意識した可能性がある。したがって、翻訳者若松賎
子が人為的な意図(回避)によって、女性の「わ」の使用を控えめにし
たために、その使用例が少なかったと考えられる。もう一つは、「小
公子」には女学生のような若い女性の人物がいないことにも「わ」の
女性の使用例が少なかったことと関連があるだろう。

　また、「セドリック」(子供)による「侯爵」(お祖父さん)や「ホッ
ブス」(知り合いのおじさん)に対しての使用、用例16は「丁寧体+ワ」
の形を取っているが、これは女性語的な使用法ではないかと考えられ
る(女性語には幼児語が残っているようである)。「わ」を男性が使用
する場合は、接続の仕方(基本型+ワ)や相手との関係から、やや品の低

---

6) 房極哲(2004)では、終助詞「わ」の男性使用について明治30年代に一時期に流
　行って使用され、明治40年代には衰退した推移が読み取れると述べている。
7) 森野(1991)参照。

い表現(目上から目下へ、親しい対等関係)が主流である。これに対し、女性は終助詞「わ」用例18のように親しい目上の相手(身内)に用いており、親しみの意を込めているという違いが見られる。

3.3 「な」、「なあ」(男用例19-23、女用例24)

女性が使う「な」は用例24の一例のみで、綺麗で高尚な風采のヴィヴィアン、ヘルベルトという若い婦人がセドリックに対して使っている。接続の仕方は「ます」の「命令形(まし)+な」の形を取っている。明治期の女性の「な」使用は、その使用が制限的であり、敬語表現+な(お+動詞連用形+な、敬体の命令表現+な)という形で使われることが多い[8]。同じ時期の他の作品を見ると、例えば、「そんならこれからは岡村さんにさらつて**おもらいナ**」(「五月鯉(明治21)」)のように、女学生の仙子が妹に対して用いている。

一方、男性の「な」の用法は女性に比べて広いことが分かる。使用者は「侯爵」「ホッブス」「番頭」といった年配の人であり、禁止(用例20)、感動、感嘆、詠嘆(用例20-23)などを表し、接続は「基本型+な(なあ)」の形が多い。用例19は「侯爵」が代言人の「ハヴィシヤム」に対して、当惑した顔をして粗暴な声で言う場面である。

(19) イヤ、ハヴィシヤム、何事だ?何か新しく起つたの**だナ**、
(侯爵→ハ氏:ハヴィシヤム、12回、戊)

(20) 中\深(ママ)切なことをいふ**な**、　　　(侯爵→セドリック、10回、甲)

(21) おれも知らない様だ、アメリカの遊びだろう**な**、クリケツトに似て居るか?
(侯爵→セドリック、7回、乙)

(22) サア、これであれを祝はふ。それでどうかしてあれが行つた為に、侯だの伯だのといふ奴たちをすつかり、改良しれば好い**ナア**。

---

8) 房極哲(2004)参照。

（23）どふもおあいにくです**ナ**。　　　　　　（ホッブス→ヂック、12回、乙）
　　　　　　　　　　　　　　　　　　　　（番頭→ホッブス、12回、乙）
（24）フォントルロイの若様、一寸こちらへ入らつしやいまし**な**、そして、あなたがこんなにヂット私を見て入して、何を考えて入つしやるか伺ませう、
　　　　　　（ヴィヴィアン、ヘルベルト（若い婦人）→セドリック、11回、丁）

　このように女性において、「な」の使用は男性とは異なっており、敬語表現と共に使われていることが特徴的である。さらに、女性は「基本型+な」の形をほとんど使用していない。そして、女性の使う終助詞「な」は、男性のような感動、詠嘆・感嘆、禁止などの用法は見られず、男性とは違う待遇的な働きがあって、終助詞「な」には命令を和らげる働きがあったと考えられる。

3.4「さ」、「さあ」（男用例25-27、女用例28）

　「さ」の女性使用を見てみよう。用例28の一例のみで、ロリデール夫人が夫に対して、親しみを込めて軽く言い放している場面で使っている。しかし、明治20年代の「薮の鶯」（明治21）では、「さ」を若い女学生同士で多く使っている。女性「さ」の頻度の少なさは、若い女性が登場していない「小公子」の作品の性格による現象であろう。ところが、男性の場合は次の用例26、27を見ると分かるように、「さあ」は親しい関係（ヂック→ホッブス）、「さ」は同僚関係（給仕仲間）で気軽に使っている。

（25）おれを此上もない気の好い、慈善家だと思つて居るの**さ**、それはさうと、
　　　　　　　　　　　　　　　（侯爵→ロリデール夫人、11回、丙）
（26）そうして、いつだつて、おこつて居ない時はねいんで**さア**。
　　　　　　　　　　　　　　　（ヂック→ホッブス、12回、丙）

(27) ナニあんまり外聞の好い方じやあるめいつて心配してるの**さ**、

（給仕のダマス→給仕仲間、7回、丙）

(28) マア、あの子が亦た虚の様に懐いて居るのですよ、座つてる椅子のそばだ
の、膝だのへ 靠れ掛つたりしまして**さ**。 （ロリデール夫人→夫、11回、丙）

　また、やや砕けた調子でいう「さあ」も女性には使用が見られない
ことから、終助詞からみる女性語においても、丁寧なことばづかいは
女性により敏感であったことが窺えるだろう。結局、「さ」の主たる
使用は、親しい関係で相手に注意を引きつけようとして、一方的に言
い放つ場面で使われると言えよう。ここから考えると、女学雑誌に掲
載された「小公子」の教養のある女性の場合は、「さ」を使いにくい
要素・環境にあったとも考えられよう。

3.5「かしら」、「わね」、「のよ」、「てよ」（男用例29-34）

　「かしら」、「わね」、「のよ」などは現代日本語では、主に女性
が使用している[9]。しかし、「小公子」では女性に使用が見られず、
むしろ男性に使用があることに注目すべきである。なぜ、これらの終
助詞は女性の使用が見られないのか。その理由について素朴な見解を
述べてみたい。まず、「てよ」「だわ」「わ」などの若い女性による
使用は当時有識者・知識人の間で非難されていた[10]。したがって、
「小公子」を訳す時に若松賤子は社会で非難を受けていた言葉を人為
的に回避した可能性がある。その結果、翻訳小説では女性の終助詞に

---

9) 井出(1979)を参照すると、「かしら」「わね」は100％女子大学生が使用す
　るし、「のよ」は97.2％が使用するという報告がある。
10) 詳しくは遠藤・尾崎(1998)を参照されたいが、「女学雑誌」の中でも「て
　よ」「だわ」の女性の使用を戒め、非難している。これらの終助詞に対し
　て、女性(特に女学生)の使用は品が悪いとか聞きにくいとかという有識者た
　ちの非難は「女学生コトバ」に対する批判である。

ある程度制限があったのであろう。しかし、他の小説ではこれらの
「終助詞」が女性の間で使用され[11]、「かしら」「のよ」「てよ」な
どが明治期には男性語であったということが言えないだろう。

(29) 兎に角貴様のになる時は来るは……貴様はいつ**かしら**
　　　　　　　　　　　　　　　（侯爵→セドリック、10回、甲）
(30) お祖父様ですネ、お祖父様に決まつて升**はネ**。
　　　　　　　　　　　　　（セドリック→ドウソン、7回、乙）
(31) お祖父さんと僕ほど仲の好い人はどこへ行たつて有りやアしません**わネ**、
　　　　　　　　　　　　　　（セドリック→侯爵、11回、乙）
(32) マア、なんちつたつて聞ね**へのよ**、　ジァア、わたくし下りませう
　　　　　　　　　（ウィルキンス、馬夫→セドリック、9回、乙）
(33) 其傷ッていふナア、こいつの拵えた**のよ**。　（ヂック→ホップス、14回、乙）
(34) イヤ、おや玉は今日は、余計八釜しい様だぜ、こんだ来るつていふ孫ど
　　　 のこと考げ**へてよ**、　　　　　（給仕のダマス→給仕仲間、7回、丙）

　さて、男性に使用が見られたこれらの終助詞については、例えば、
「かしら」（用例29）、「のよ」（用例32）などがあり、子供に向けて話
している。「わね(はね)」の場合は、用例30、31のように、使用者が
セドリックという主人公の子供・小公子であるという話し手に左右さ
れた側面が強いのではなかろうか。「のよ」用例32、33は、使用者と
相手との人間関係を見ると、仲が良い関係である。また用例33のよう
に、「のよ」は靴磨きのヂックがホップス（パン屋のおじさん）に呆れ
た場面で呆れた声で言う時もある。
　なお、任利(2003)によると、小説の世界では、「かしら」が大正

11) 房極哲(2004)を参照されたいが、ここでは、「のよ」「てよ」などは明治期
　　小説（例えば、「薮の鶯」（明治21）「社会百面相」（明治35）「三四郎」（明治
　　41)）では、主に女性に使用が多く見られたという調査結果を報告している。
　　ただし、「かしら」の場合は、相対的に男性にも使用が多く見られた。

期、昭和期をへて現在に至り、女性的表現[12]として定着してきたとしている。明治20年代「小公子」が翻訳される時期に「かしら」は必ずしも女性的表現であるとは言い難い。男女共に使用していた「かしら」が、昭和初期に徐々に女性語として使用され、丁寧体と接続して使用する用例が女性の発話に多くなる。

3.6「こと」(男35-36,女37)、「とも」(男38-,女39)、「もの」(男40-41,女42)

「こと」は軽い感動を表す、軽く問いかける気持を表す、断定を和らげるなどの働きがある。「とも」は強い断定を表すため、女性の場合、敬語表現に接続して使われている。しかし、男性は「基本型+とも」の形で使用される。

「もの」は、女性は「ですもの、ますもの」の形で使用される(用例42)。すなわち、終助詞「もの」は丁寧語に接続する。男性の「もの」は砕けた場面・呆れた場面での言い訳・理由を述べる時に使用されている(用例41)。従って、「もの」の使用では、性別によって待遇的な働きが違うのではないか。

(35) 誠に夢の様です**こと**、　　　　　　　　　　　　(貴族同士、11回、丙)

(36) どうも面白いんです**こと**、　　　　　　　(セドリック→侯爵、7回、乙)

(37) 若様、よくお入りで御座いました、マアお見事な若様でいらしやいます**こと**!
　　　　　　　　　　　　　　　(町のある女(母らしい女)→セドリック)

(38) さう**とも**。わしはどこまでも加勢する気なんです。
　　　　　　　　　　　　　　　(ヂック→ホッブス、14回、甲)

---

12) 益岡・田窪(1989:201)によると、一般に、女性的な表現は、断定を避け、命令的でなく、自分の考えを相手に押しつけずに述べるといった特徴を持つという。

(39) いたします<u>とも</u>、へ、何でもいたします。

（ドウソン→セドリック、7回、甲）

(40) ダガ、あたりめへだ、仕方があるもんか、矢つぱり、自分がわりいんだ<u>もの</u>、

（給仕のダマス→給仕仲間、7回、丙）

(41) ダッテ、いつでも悪戯斗りして居やがつた<u>もの、</u>

（ヂック→ホッブス、14回、乙）

(42) 御領内の民たちも神様が何かの様に尊敬しているといふ噂が、ロリデール、パークに居てさへ聞え升<u>もの</u>。　　（ロリデール夫人→侯爵、11回、丙）

　上記の女性の用例(37、39、42)などを見ると分かるように、「こと」「とも」「もの」などが女性的な表現として使う場合は、いずれも「です」、「ます」に付いていて、敬語表現と共に使うことによって、断定的な文の意味合いを適切に緩和したのではなかろうか。ところが、男性の場合は、用例41のように「一やがる」という卑俗の語感を持つ語に接続して用いられたりする。これは対話のストラテジーにおける男女差の反映の一つであるとも考えられる。

3.7「ぜ」、「ぞ」(男用例43-45)

　「ぜ」「ぞ」は男性にしか使用が見られない。ふつう、女性は男性との対話で自分の考えや主張などを相手に強く押し付けずに述べたり、相手に対してより柔らかい婉曲的な言い方をするべきだと意識している。これは、女性の対話ストラテジーとして、女性は間接的なより丁寧な言葉遣いをしなければならないという考え方が社会の中で共通認識として存在するからである。終助詞を始めとする文末表現がこれにもっともふさわしい言語表現であることは事実である。このように考えてみると、「ぜ」「ぞ」は小松(1988)で述べられているとおり、「大変はっきりした男性語」ということができる。「ぜ」「ぞ」

は現代日本語と同様、「小公子」においても、もっぱら男性だけが
使っている。

(43) 今どんなことになつてるか知れやしない**ゼ**。

（ホップス→ヂック、12回、乙）

(44) ダガネ、今切り廻をしてるナア、この女じやないんです**ゼ**。

（ヂック→ホップス、12回、乙）

(45) 誰れだつて、危なくねへ者はねい**ゾ**。　（ホップス→ヂック、12回、乙）

　明治期は女性の言葉づかいに対する規範意識が強い時期でもある。
女性の言葉づかいに対する規範意識の方が男性に対する批判よりも強
かった。したがって、強い主張を表す「ぜ」「ぞ」などは、女性には
使いにくい環境であったはずである。「小公子」でも女性の使用は一
例も見られず、これら「ぜ」「ぞ」は明治20年代ごろには、いわゆる
絶対男性語として位置づけられよう[13]。

3.8 まとめ

　以上、「小公子」における終助詞について性差から分析・検討し
た。以上述べてきたことをまとめると、次のようなことが言える。
　男性の使う「よ」は普通体に「よ」が接続している。一方、女性
が使う「よ」はほとんど「丁寧体+よ」が使用され、男女によって使
用の違いがある。場面別に見ると、男女共に相手に打ち解けていな
い場面では「よ」が用いられていない。そして、相手に改まって話

---

13) 小松(1988)を参照していただきたい。小松によると、江戸時代「浮世風呂」
　　で女性の「ゼ」の使用6例、「ゼエ」2例ある。そして、女性の「ゾ」の使用
　　もあるという。つまり、江戸後期までは女性にも「ぜ」「ぞ」の使用があっ
　　たことが窺える。

す改まった場合も「よ」の使用が見られない。とりわけ女性の「よ」は「敬語表現」、つまり「丁寧体」に接続する場合が男性に比べて遥かに多いことから、女性が使う「よ」は待遇的な働きも男性よりは強いようである。

　「わ」を男性が使用する場合は、非丁寧体に接続することが多く、接続の仕方(基本型+ワ)や相手との関係から、やや品の低い表現(目上から目下へ、親しい対等関係)が主流である。これに対し、女性は親しい目上の相手(身内)に用いており、親しみの意を込めているという違いが見られる。女性の「な」使用は、その使用が制限的であり、「敬語表現+な」という形で使われる。男性の「な」の用法は女性に比べて広く、当惑した顔をして粗暴な声で言う場面もある。女性の「さ」は親しみを込めて軽く言い放している場面で使っている。また、女性「さ」の頻度の少なさは、「わ」と同様に若い女性が登場していない「小公子」の作品の性格による現象であろう。ところが、男性の場合は「さあ」は親しい関係、「さ」は同僚関係(給仕仲間)で気軽に使っている。「かしら」、「わね」、「のよ」などは現代日本語では、主に女性が使用している。しかし、「小公子」では女性に使用が見られず、むしろ男性に使用があることに注目すべきである。男性に使用が見られたこれらの終助詞は、例えば、「かしら」、「のよ」などがあり、子供に向けて話しているのが特徴的である。

　「こと」「とも」「もの」などが女性的な表現として使う場合は、いずれも「です」、「ます」に付いていて、敬語表現と共に使うことによって、断定的な文の意味合いを適切に緩和したと考えられよう。ところが、男性の場合は、「―やがる」という卑俗の語感を持つ語に接続して用いられたりする。これは対話のストラテジーにおける男女差の反映の一つであるとも考えられる。また、強い主張を表す「ぜ」「ぞ」などは、当時の言語規範・女性の言葉づかいに対する規範意識

から鑑みて、女性において使いにくい環境であったはずである。「小公子」でも女性の使用は一例も見られず、これら「ぜ」「ぞ」は明治20年代ごろには、いわゆる絶対男性語として位置づけられる。

4. 結びと今後の課題

　本研究は、明治期の翻訳小説「小公子」における終助詞を調査の対象とし、「小公子」における女性語について考察したものである。研究の方法は、話者の性別によって、どのような終助詞が、どのように使い分けられていたのか。また、相手と場面による使い分けについて考察を行い、性別による終助詞の待遇的な違いについても考察を試みた。さらに、従来の研究で、終助詞における待遇上の使用差についての考察はあまり行われていない点に着目し、終助詞における男女の待遇上の差について考察を試みた。

　その結果、明治20年代の「小公子」の女性語について述べてきたことをごくかいつまんでいうと、大きく次の三点に集約できる。

　第一に、肝腎なのは「小公子」の翻訳者が当時の様々な時代相、例えば、男女の社会で異なる位置、つまり時代背景や女学雑誌の啓蒙的な性質や作品の性格などを考慮し、女性の言葉づかいに工夫したことが考えられる。女性語の場合は、終助詞「わ」の少なさ、「よ」「な」「こと」「とも」「もの」などは敬語表現に接続して使われていること、そして当時有識者の間で非難の的になった言葉・終助詞「わ」「だわ」「てよ」などを人為的に避けた可能性が考えられる。

　第二に、社会風潮と翻訳者の翻訳意図による指針に女性語・終助詞は制限があったのに比べて、男性語・終助詞そういう制約に比較的自

由であったことが考えられる。例えば、女性が使う終助詞は10語に過ぎないが、男性が使っている終助詞は29語もあり、このような事実を物語ってくれる。

　第三に、談話のストラテジーにおける男女差が反映され、断定的な言い方を避けたり、敬語表現に配慮せざるを得なかった環境は女性語が男性語より敏感であったようである。そのため、情意表現の一つである終助詞においても、男女による待遇的な意味合いが異なっているのではなかろうか。また、強い主張を表す「ぜ」「ぞ」などは、「小公子」当時の言語規範・女性の言葉づかいに対する規範意識から鑑みて、女性において使いにくい環境であったことが言える。

　本研究は、「小公子」における終助詞の分析の結果である。この結果に基づき、明治期東京語における女性語の実態を探ることを視野に入れながら、資料を拡大し、考察を行いたい。今後、さらなる分析を通して、明治期の女性語の実態を社会言語学的な観点から研究を発展させていく考えである。

■ 参考文献

井出祥子(1979)「大学生の話しことばにみられる男女差異」『文部省科学研究費
　　　特定研究「言語」ベンダ班中間報告昭和54』

石田禎紀(1972)「近代女性語の語尾―てよ・だわ・のよ―」『解釈』18-9 解釈学
　　　会 pp.22-27

遠藤織枝・尾崎喜光(1998)「女性のことばの変遷―文末・コト・テヨ・ダワを中
　　　心に―」『日本語学』17-5 明治書院 pp.56-79

小松寿雄(1988)「東京語における男女差の形成―終助詞を中心として―」『国語
　　　と国文学』65-11東京大学国語国文学会 pp.94-106

鈴木英夫(1998)「現代日本語における女性の文末詞」『日本語文末詞の歴史的研
　　　究』佐々木峻・藤原与一編 三弥井書店 pp.139-164

田中章夫(2001)「第9章近代の文体」『近代日本語の文法と表現』明治書院 pp.749-78

寺田智美(2001)「明治末期の男性語について―夏目漱石の小説にみえる「絶対男
　　　性語の考察―」『早稲田大学日本語教育研究センター紀要』14号
　　　pp.201-219

＿＿＿＿＿(2002)「夏目漱石の小説にみえる「相対男性語」―女性が使用する場合
　　　を中心に―」
　　　　　　　　　『早稲田大学日本語教育研究センター紀要』15号 pp.179-197

＿＿＿＿＿(2003)「夏目漱石の小説にみえる「相対女性語」―男性が使用する場合を
　　　中心に―」『早稲田大学日本語教育研究センター紀要』16号 pp.143- 159

外山映次(1977)「敬語の変遷(2)」『岩波講座日本語4 敬語』岩波書店 pp.135-167

益岡隆志・田窪行則(1989)『基礎日本語文法』くろしお出版

森野宗明(1991)「女性語の歴史」『講座日本語と日本語教育10』 明治書院 pp.225-
　　　248

Vanbaelen,Ruth 　(2003)「性差マーカーの「自然さ」―小説文の会話文と実際の会話
　　　との比較―」『日本語と日本文学』36号 筑波大学国語国文学会 pp.54-67

任利(2003)「終助詞「かしら」における男女差の形成」『筑波日本語研究』8号
　　　筑波大学 人文社会学研究学科 日本語学研究室 pp.72-89

＿＿＿＿(2005)「明治30年代の小説における性差と文末表現」『日本語と日本文学』
　　　40号 筑波大学国語国文学会 pp.1-15

房極哲(2004)「東京語における終助詞の男女差―「わ」と「な」の使用を中心に
　　　―」『日本語文学』20輯 韓国日本語文学会 　pp.29-46

第4章
東京語における終助詞の男女差
-「わ」と「な」の使用を中心に-

1. はじめに

　本研究では、明治期の東京語における終助詞[1]の男女差について考察する。具体的には終助詞「わ」「な」の使用を中心に考察を行い、男女の間でどのように使い分けられているのか、男女の使用においてどのような点で相違するのか、性差の観点から考察を進める。なお、このような考察により、当時の東京語における終助詞の男女差の形成過程についてその実態・様子をより明らかにすることを目的とする。

　先行研究と問題の所在について簡単に述べる。田中(1981:184—185)によると、終助詞・間投助詞による情意表現の発達は、明治期の近代語法を彩るものという。例えば、明治期から大正期にかけて著しく発達した、いわゆる「テヨダワ言葉」(とりわけ明治30年頃から急に始まったようである)といった類の情意表現が女性たちの間で広く流行するようになっていく。

---

1) 終助詞「わ」「ぞ」「ぜ」は間投性のないものであり、「な(なあ)」「さ」「よ」「ね(ねえ)」などは間投性のあるものである。本研究では、間投用法と文末の用法とは異った意味を持つものなので、間投用法は外すことにする。

　ここで、明治期の終助詞に関して主な先行の論考を紹介しておく。小松(1988)、森野(1991)、中野(1991)、鈴木(1998a,b)、遠藤・尾崎(1998)、寺田(2000)などから、大きく次のように分けてまとめることができる。

(1) 女性語に焦点を当てて終助詞を論じている。
(2) 東京語の終助詞の男女差は江戸語までは遡らず、明治以降30年代までに男女差が形成された。
　　そして、「わ」「な」についてみると、
(3) 明治20年代頃女性特有の終助詞「わ」が形成された。
(4) 終助詞「な」については、既に江戸語において女性の使用範囲の狭まりが認められ、男女差は明治期より早く始まった。

　本研究では、先行研究で不十分であったと思われる明治30年代以降いつ頃新しい終助詞の男女差が形成されたのか。なおかつ終助詞の男女差の形成において重要な意味を持っていると思われる「わ」「な」はどのように使われていたのかという点を問題の所在として捉える。既に小松(1988)が指摘したように幕末、明治初期の終助詞の状態は『浮世風呂』の頃とほとんど変らないことが言えるだろう[2]。
　本研究では、このような先行研究の成果を踏まえつつ、終助詞の男女差の形成過程において重要な時期だと考えられる明治20年代から明治の終り頃までに絞り、終助詞「わ」と「な」の男性使用を中心に性差の観点から詳細に考察していくことにする。

---

2) また鈴木(1998a)では、明治初期の作品『安愚楽鍋』の文末詞(終助詞)ついて言及しており、江戸後期の用法と基本的に変っていないことを述べている。

2. 資料及び調査の概要

2.1 資料

本研究で、調査対象とした資料は次に示した十の作品である。そして、『金色夜叉』は初編(中編と続編は時期がやや異るので対象外とした)、『社会百面相』は短編30編、『寂しき人々』(第1幕)を調査対象とした。とりわけ、『社会百面相』は男女ともに多様な社会階層の人物が登場している。なおかつ登場人物の年齢層が広いことから、終助詞が性、社会階層、年齢といった位相の差と深い関連性を持っていることなどを考え合わせると、明治30年代の終助詞を分析するのに好条件を備えているといえよう。以下、各作品を示しておく。

明治20年代: 1) 巌谷小波『五月鯉』明治21,『明治文学全集20』筑摩書房, 昭和43 →(五)

2) 三宅花圃『藪の鶯』明治21,金港堂,明治21 →(藪)

3) 石橋忍月『都鳥』明治21,「女学雑誌」102号-107号, 女学雑誌社 →(都)

4) 美妙斎主人(山田美妙)『さすがに双紙』明治21,「女学雑誌」116号-136号, 女学雑誌社 →(さ)

明治30年代: 5) 尾崎紅葉『金色夜叉』(初編)明治30,『明治文学全集18』筑摩書房,昭和40 →(金)

6) 川上眉山『左巻』明治34,「太陽」第7巻22号-第7巻23号, 博文館 →(左)

7) 内田魯庵『社会百面相』(短編30編)明治35,東京博文館,東京大学総合図書館蔵本(明治36年10月第三版) →(社)

明治40年代: 8) 夏目漱石『三四郎』明治41,『漱石全集第4巻』岩波書店,昭和 41 →(三)

9) 森鴎外『雁』明治44,籾山書店,大正4 →(雁)

10) 森鴎外訳(ハウプトマン原作)『寂しき人々』(第1幕)明治44,金尾文淵堂,明治44→(寂)

2.2 調査の概要

まず、調査の概要を次の<表1>と<表2>に示す。

<表1>【資料別の主な終助詞の出現状況(用例数)】

終助詞		よ		わ		な		さ		の		ね	
時期	資料	女	男	女	男	女	男	女	男	女	男	女	男
明治20年代	(五)	31	6	4	0	4	14	2	7	10	1	22	6
	(薮)	53	17	22	0	5	3	22	25	13	7	51	5
	(都)	14	2	4	0	1	3	1	2	1	0	3	9
	(さ)	15	14	10	1	4	14	2	4	9	1	24	22
明治30年代	(金)	14	38	25	1	7	19	1	7	9	11	6	26
	(左)	41	18	8	4	7	54	9	7	13	0	35	3
	(社)	62	37	58	18	7	289	19	48	26	25	77	64
明治40年代	(三)	8	42	15	0	0	65	0	19	28	3	31	138
	(雁)	21	26	16	0	2	34	1	5	20	0	22	18
	(寂)	64	48	29	0	3	17	12	8	25	0	68	38
明治20年代		113	39	40	1	14	34	27	38	33	9	100	42
明治30年代		117	93	91	23	20	362	29	62	48	36	118	93
明治40年代		93	116	60	0	5	116	13	32	73	3	121	194

<表2>【三つの資料の全体終助詞の出現状況(用例数)】
<表2-1>「薮の鶯」における終助詞の出現状況(用例数)

終助詞 / 性別	よ	ね	さ	わ	の	こと	な(なあ)	ねえ	てよ	のよ	もの	え	ぜ	か	かしら	合計
女性の場合	53	51	22	22	13	11	5	5	4	4	4	4	1	35	1	235
男性の場合	17	5	25	0	7	0	3	6	0	0	3	0	5	19	3	93

<表2-2>「社会百面相」における終助詞の出現状況(用例数)

終助詞 / 性別	ね	よ	わ	の	ねえ	さ	もの	のう	かい	のよ	な(なあ)	だい	てよ	もの(んか)	わい	ぜ	ぞ	や	か	かしら	合計
女性の場合	77	62	58	26	25	19	14	8	8	7	6	2	2	2	1	0	0	0	31	0	348
男性の場合	64	37	18	25	3	48	6	18	27	1	289	14	0	9	6	32	31	3	104	1	736

<表2-3> 「三四郎」における終助詞の出現状況(用例数)

終助詞／性別	ね	の	わ	もの	よ	わね	てよ	こと	のよ	な(なあ)	さ	ぜ	ぞ	もの(ん)か	かい	や	か	かしら	合計
女性の場合	31	28	15	11	8	4	4	4	3	0	0	0	0	0	0	0	32	1	141
男性の場合	138	3	0	4	42	0	0	0	0	65	19	9	0	10	3	2	251	5	552

　上記の<表1>から、男女差の観点から注目される終助詞について検討してみよう。終助詞「わ」は全体を通して女性語的であるが、明治30年代の『社会百面相』には男性が比較的多く使用している。しかし、明治40年代になると男性の「わ」使用は一例も見られない。また、明治40年代には、<表2―3>に示したように『三四郎』に登場する女性たちは「な」「さ」「ぜ」「ぞ」など男性語的な終助詞を用いていない。とりわけ『三四郎』に登場する若い知識人女性たちは男性語的な終助詞「な」を全く使用していないことに注目に値する。

　また、明治20年代<表2―1>の『薮の鶯』の女性(主に女学生)に多かった「さ」を40年代の『三四郎』に登場する女性たちは使用しない点も注目される。終助詞「な」も全体期間を通して男性語的な傾向が強いし、とりわけ<表2―2>の『社会百面相』を見ると、男性による「な」の使用が圧倒的に多い。そのような背景について作品の性格に起因する現象なのか、それとも、終助詞「な」のどのような側面・性質によった現象なのかについて考えなければならないと思う。

　なお、終助詞「の」の場合は<表1>を見ると男性が使用していないのが四つの作品を有する。このような事実から考えると終助詞「の」は明治期には女性語的な傾向が強い終助詞であるともいえよう。このように調査の結果を分析してみると明治の終りの頃には様々な終助詞が男女による使用の違い・変化が起きてくることが分かる。

　以上見てきたように、明治期の終り頃には終助詞に性差が明らかと

なる点を念頭に置きながら考察を進めていく。

　そこで、以下の節では明治35年の作品『社会百面相』に「わ」の男性使用(男性14人が18例を使用する)が比較的多く現れていることと、男性による「な」の使用が目立つ点に着目する。では、『社会百面相』の前後の作品と比較しつつ、終助詞「わ」と「な」における男女差の形成過程について詳細に論じる。

3. 終助詞「わ」

3.1 男性の使う終助詞「わ」

　明治20年代頃女性特有の終助詞「わ」「よ」が形成されたが、明治35年『社会百面相』を調査した限り、<表1>と<表2—2>に示した通りに終助詞「わ」を男性が使用する場合も少なくない。では、男性は終助詞「わ」をどのように使用していたのか、男性の使用が現れる用例を検討してみよう。以下、次の用例を見られたい。

(1)「時子だってざんげん(讒言)を見分ける見識は持って居る**わ**。」

　　　　　　　　　　　　　　（「さすがに双紙」花房,若紳士の独り言)

(2)「何かに就けて誠に心細い**わ**、」

　　　　　　　　　　　（「金色夜叉」隆三,主人(おじさん) →貫一,学士)

(3)a「ええ那様事は貴様の知った事ではない**わ**。」

　　　　　　　　　　　　　　（「左巻」銃一郎,兄→鈴子,妹)

(3)b「ちょッ、何うでも可い**わ**。」　　　　（「左巻」銃一郎,兄→鈴子,妹)

　上記の用例の中、明治21年の『さすがに双紙』は独り言(用例1)なので特殊の場合として考えられる。明治30年の『金色夜叉』(用例2)、明

治34年『左巻』(用例3a,3b)を見ると、年配の人と若い人が「わ」をわ
ずかに使用しているに止まっている。例えば、用例3a、3bは若年層の
銑一郎が身内の妹に対して終助詞「わ」を用いており、相手の妹に対
する話し手の兄の軽い主張を表現したと考えられる。このように終助
詞「わ」は明治20年代から30年代始めの頃には男性の中で稀に使用さ
れ、使用範囲が狭いことが分かるだろう。しかし、次に示す明治35年
の『社会百面相』の使用例を見ると、男性の使う終助詞「わ」の使用
範囲が拡大したかのように見える。

(4)「はッはッ、复た邪推を廻しおるナ、俺(わし)ア花と何の関係も無いワ。」
   (「社会百面相」精神家→妻)
(5)「之から実地の処世学問が中々難しいワ。」
   (「社会百面相」老俗吏→書生の息子)
(6)「筆で飯を喰ふ考は無い?ふうむ、夫ぢやア汝(きさま)は一生涯新聞配達を
   する気か。跣足で号外を飛んで売つた処で一夜の豪遊の足にもならぬ
   ワ。」 (「社会百面相」書生,政治家志願者→書生,小説家志願者)
(7)「先ア好いワ。春だから道路へ酔潰れる位は社会(せけん)が寛大(おほめ)に
   見て呉れるワ。」 (「社会百面相」勧人官→青年)
(8)「だから貰はないといふのだ。我輩餓死しても伯爵輩のお転婆娘は決して娶
   らんワ。」 (「社会百面相」高等官学士→洋服紳士)
(9)「なに、書く段になると自慢ぢやないがかういふ類の戯文はお手の物でが
   すから、今の若い先生方に決して負けませんワー。」
   (「社会百面相」老作者→若い客人)
(10)「如何にも新聞記者は無学のやうに思はれて我輩が皐月に合はす顔が無い
   ワ。」 (「社会百面相」主筆記者→新入記者)

　上記の用例からも窺えるが、明治35年の『社会百面相』には若い人
の使用は言うまでもなく、年取った年配の人に使用(用例4、5、9、10
のように)が目立つ。例えば、『社会百面相』では、14人の男性に
「わ」の使用例が18例も見られる(用例4～用例10)。ここでその使用者

を列挙すると、若い人のグループは「書生」(2例)「新学士」(1例)「高等館学士」(2例)「勅人館」(1例)「青年事業化」(1例)がある。この中で年配の人のグループ「代議士」、「牧師」、「教育家」、「主筆記者」、「失意政治家」、「精神家」、「老伯爵」、「老作者」などは皆1例ずつ使っている。ただ「老俗吏」のみ「わ」を2例使っている。

　男性の使う終助詞「わ」の使用状況を詳しく見ると、若い人の間(用例6、7)では親しい対等関係で軽い主張や軽い確認の気持ちを表示している。これに対して、年配の人の場合(用例5、9、10)は目下の相手に対して「わ」を使用するのがほとんどである。また、用例9の「老作者」が「若い客人」に対して使う終助詞「わ」には目下の相手(聞き手)を押しのける態度をとっており、基本的に話し手の主張、意見などが確かだとう態度を表すので聞き手に対する軽い働きかけを含んでいる。また、男性が使用していた「わ」は次の3.2で後述する女性のような目上への使用が一例も見られず、すべてが対等か目下への使用である。

　明治20年代には「わ」を若い女学生から使用され、当時の識者の顰蹙を買ったこと[3]もあり、当時の男性たちはまだ使用を控えるようになったであろう。しかし、明治30年代半ば以降になると、『社会百面相』の調査結果から確認できるように年配の人を中心に「わ」が使用されるようになる。しかし、それも長くは続かず、明治の40年代になると、調査した作品から終助詞「わ」を男性が使用したのは一例も現れない。

　いずれにしても明治30年代『社会百面相』に登場する男性は終助詞「わ」を一人が多用することはなく、なおかつ待遇価値の低い場面でしか使っていない。以上述べてきたように男性の使う「わ」は明治の

---

3) 当時「だわ」や「てよ」などが品が悪いとか聞きにくいとかという識者たちの非難は女学生コトバに対する批判であろう。

30年代に一時期に流行って使用され、明治40年代には衰退した推移が読みとれる。この明治30年代男性の使っていた終助詞「わ」と現代日本語の男性(年配の男性、主に方言などで使用)が使っている終助詞「わ」と何らかの形で影響していたのではなかろうか。

3.2 女性の使う終助詞「わ」

終助詞「わ」は森野(1991)が指摘したように明治20年前後に若い女学生の間で広まったようである。鈴木(1998a)によれば、『金色夜叉』(前編と中編)のお宮の文末詞として「わ」「よ」「の」が上位3位を占めていることから、女性の文末詞として「わ」の優位が確立される時期をこの明治30年代始めの頃だと判断している。先行の論考から考えると、「わ」が女性の間で一般化したことはだいたい明治20年から明治30年にかけてであろう。では、明治20年代の使用と明治30年代、明治40年代の使用において具体的にどのような違いが見られるのか。まず、明治20年代の作品に現れた「わ」と明治30年代の『社会百面相』における終助詞「わ」を比較しつつ、検討してみよう。以下、次の用例を見られたい。

(11) 「ナニよくってョ……お母さんに叱られやしない<u>ワ</u>……」
　　　　　　　　　　　　　（「五月鯉」錦子,女学生→酒井光一,元食客）
(12) 「オヤ御仲のよいこと。あたしは亭主なんぞは。ほんとに／＼もちたくな
　　　<u>ワ</u>」　　　　　　　　　（「薮の鶯」斎藤,女学生→服部,女学生）
(13) 「余り邪推が過ぎるわ、余り酷い<u>わ</u>。」　　　（「金色夜叉」お宮→貫一）
(14) 「真個に妾(わたし)だつてトツチて了つた<u>ワ</u>。」
　　　　　　　　　　　　　（「社会百面相」男爵夫人→貴婦人）
(15) 「平日を御覧なすッたら矢張りお侠だと仰しやるに違ひない<u>ワ</u>。」
　　　　　　　　　　　　　（「社会百面相」高等官夫人→姑）

(16)「妾(わたくし)、あの課目表を見たら馬鹿々々しくなりました<u>ワ</u>。」

　　　　　　　　　　　　　　　　　　（「社会百面相」女学者→若い女）

(17)「あら、妾(わたし)鱈尾さんと何も関係がありやアしない<u>ワ</u>。」

　　　　　　　　　　　　　　　　　　（「社会百面相」女中→風通紳士）

(18)「毎日〳〵人の来る度に差配人ぢやアないかと慄々します<u>ワ</u>。」

　　　　　　　　　　　　　　　　　　（「社会百面相」失意政治家夫人→夫）

　上記の用例から使用者を中心に見ると、終助詞「わ」は明治20年代の若い女性（女学生）が中心であって、森野(1991)が指摘したように「わ」も当初は女らしからぬ言葉、淑やかさに欠けた生意気な言葉として眉をしかめる向きが多かったらしい。このような現状も明治30年代になると次第に変り、上流の婦人層にも浸透したのであろう。このことから考えると、終助詞「わ」は明治20年代とは違う趣きを示すようになり、一般に定着していくようになる。例えば、『社会百面相』の女性の「わ」58例を内訳すると、高等館夫人(13例)、男爵夫人(10例)、貴婦人(8例)、女学者(7例)「中学校先生夫人(4例)」など上層の女性が多く使用している。その他に、「女中(4例)」「若い主婦(3例)」「伯爵令嬢(2例)」「失意政治家夫人(2例)」「中学校先生の母親(2例)」「精神家夫人(1例)」「裏小路夫人(1例)」「若い女(1例)」がある。具体的に使用状況(人間関係)を察すると上層の親しい女性の間で「わ」を多用している。すなわち、「男爵夫人」と「貴婦人」との対話で18例、「高等官夫人」と「若い主婦」（友達関係）との間で8例が用いられている。このように女性の間で使われている終助詞「わ」は、最初は一種のはやり言葉であったのだが、次第に上流の婦人層に浸透したものであると考えられる。次に明治40年代の用例を見よう。

(19)「よくつてよ。知らない<u>わ</u>。」　　　　　　（「三四郎」、よし子→野々宮）

(20)「あら、あなたお手がよごれています<u>わ</u>。」

（「雁」、お玉,高利貸しの妾→岡田,書生）

(21)「お相撲さんでございます**わ**。」　　（「寂しき人々」（第1幕）、乳母→姑）

(22)「ええ、ええ。それにあの位な事を仰やつたつて牧師さんもそんなに悪く
はお思ひなさいません**わ**。

（「寂しき人々」（第1幕）、妻→主人(陸軍予備士官)）

(23)「どんな詰まらない事をでも、あなたは、これは愉快だと仰やるのだ
わ。」　　　　　　　　（「寂しき人々」（第1幕）、女学生→画家）

　基本的に明治40年代は明治30年代とは変っておらず、若い女性(用
例19)から年取った乳母(用例21)まで幅広い年齢層で使用が見られ、
「わ」の使用領域の拡大が一層進行したといえよう。

　ここで、「わ」の使用状況を男女の違いに注目して比較してみる。
女性の場合の使用相手を見ると、男性とは違っており、身内の親しい
目上の人に対しても「わ」を使用する点が特徴的である。例えば、
「高等官夫人」が「姑」に対して終助詞「わ」を5例も使用してい
る。さらに、承接関係を比較してみると、男性の場合は「基本形+
わ」が用例18例中16例を占めている(その他は「です、ます体+わ」;1
例,「敬語動詞+わ」;1例)。これに対して、女性の場合は「です、ます
形+わ」の使用率が相対的に高い(調査58例の中、「基本形+わ」38　例
(このうち、助動詞「だ」+終助詞「わ」の形「ダワ」4)の用例数は10
例もある。その他に「です、ます体+わ」は20例あるが、「敬語動詞+
わ」は0例。

　また、女性に比べて男性は終助詞「わ」を一人が同じ文脈・対話の
中で多用することはなく、1例もしくは2例くらいしか使用していな
い。そして「わ」の使用自体も待遇価値の低い場面(目上への使用が

---

4) 尾崎紅葉や「女学雑誌」の中でも「ダワ」の使用を戒め、非難している
　　が、明治から昭和まで様々な女性によって軽い詠嘆を表現しようと使ってい
　　る。尾崎(1998:61—62)を参照。また、山本(1971)を参照すると、「ダワ」の
　　詳しい歴史的な説明がある。

ない点をも含む)でしか使えない場面の制約がある。すなわち、男性の終助詞「わ」の使用環境は特殊な場面効果を狙った文脈で、皮肉や諷刺や反語など話し手の微妙な気持ちを表す場合に限定的に使っているようである。

4. 終助詞「な」

4.1 男性の使う終助詞「な」

終助詞「な」は現代日本語でははっきりした男性語である。明治の終り頃まで女性が使用する用例は＜表1＞から分かるようにごくわずかに使われているに過ぎない。終助詞「な」は明治期を通じて全体的には男性の使用が圧倒的に多い(「な」の全体用例は男性512例、女性39例)。では、男性が使っていた「な」の用例を挙げながら見ていこう。

(24)「英国あたりでは資本が市場に溢れてるから見越輸入が非常なんもでがすから**ナ**。」　　　　　　　　(「社会百面相」、小野里代議士→商人代表)

(25)「欲張つてる**ナ**。汝(おまい)は身身体は細ッこいが欲の皮は中々突張つてる**ナ**。」　　　　　　　　　　　「社会百面相」、洋服紳士→女中)

(26)「さうさね。降服したとも申し兼ねるて。(妻に。)おい。食事はどうだ**な**。」　　　　　　(「寂しき人々」(第1幕)、主人(陸軍予備士官)→妻)

(27)「ぢや余程御悪いんです**な**。」　　　　　(「三四郎」、三四郎→野々宮)

(28)「なぜ、君の名が出ないで、僕の名が出たのだらう**な**。」

(「三四郎」、三四郎→与次郎)

(29)「西鶴々々とあの位評判したくせに未だ西鶴の本名も西鶴の身分も調べたものは無エやうでがす**ナ**。」　　　　(「社会百面相」、老作者→若い客人)

(30)「手前のは出所伝来の極確かなもので中々以て元禄屋の喰はせ物と一緒になりません**ナ**。」　　　　(「社会百面相」、古物家→客・愚得大人)

(31)「また何か下らない事を考へている**な**。」（「雁」、末造,高利貸→妻,お常）
(32)「いや、いや。まだこれから説教の下調がありますから**な**。」
　　　　　　　　　（「寂しき人々」(第1幕)、牧師(73才)→主人(陸軍予備士官)）

　男性の場合、接続の仕方から検討してみると、命令表現形式以外の「基本形式(常体)＋な」(512例中、358例:69.9％)と「です・ます体(敬体)＋な」(512例中、123例:24.2％)の使用例が「代議士」「老作者」「古物家」「牧師」のような年配の男性に多く見られる(用例(24)(29)(30)(32))。すなわち、年配の目上の人が目下の相手に向けて自分の感情や感想を述べる時「な」が多く用いられる。用例(24)(26)(28)(32)のように話し手の主観的な判断に関わる「だ」あるいは「だろう」「から」に「な」が下接することによって自分の感じたことや思ったこと(つまり、主観的な表現に下接するのが多いこと)を述べている。特に終助詞「な」が「から」に下接することが多いのは主観的な判断に基づいて原因や理由を述べることが普通であることによる。

　このように見ていくと、男性の終助詞「な」の中心的な働きは詠嘆・感動であり、話し手の相手に対する「問いかけ」あるいは「同意を求める」気持ちを表している点が女性とは異なっている。男性の使う「な」は自分の主張を相手に押しつけることにもなるが、相手に対する働きかけは弱いようである。

　また、終助詞「な」は4.2で後述する女性のような命令表現形式「お＋動詞連用形＋な」の用例が見られない。その代わりに「動詞連用形＋な」、「常体の命令表現＋な」、「終止形(常体)＋な(禁止)」の用例がある(用例(33)～(35))。そして30年代始めの『金色夜叉』以降は命令表現形式に付く「な」はほとんど廃れてしまい、禁止の命令に「な」が稀に使用されている。特に『社会百面相』の男性の「な」289例の中、禁止の

用例は7例(2.4%)しか見られない。次に明治40年代『寂しき人々』は17例の中、禁止の用例(用例37)は一例しかない。このように明治後半には男性の使う終助詞「な」は話し手の主観を表すのが主流であり、ほとんどは詠嘆、感嘆、感動、疑問などであることが分かる。

(33)「彼女の手の柔かさ、じんじやうな事鳥渡見**な**。」

（「都鳥」、町人風の男→同僚）

(34)「けふはあんまりあついから。その宮崎と涼みに出かける約束だから今にくるだらう。屋根を一艘支度してくん**な**。」

（「薮の鶯」、篠原勤・若紳士→遊船宿の女房）

(35)「いつまでも其様な愚痴を覆す**勿(な)**。実は内々の話だが汝(おまい)が余り愚痴を覆すから話して聞かせる、」

（「社会百面相」、失意政治家・夫→妻）

(36)「馬鹿を云ふ**勿(な)**、お情けの地方高等官よりは中央官街の筆頭判任官の方が資格が好いのだ。」　　（「社会百面相」、老俗吏→息子）

(37) そんなに云ひ給ふ**な**。のべつに泣面をしはしない。

（「寂しき人々」、主人→画家）

4.2 女性の使う終助詞「な」

<表1>の用例数から分かるように、終助詞「な」の女性の使用は時代が下ると、少なくなることがいえる。終助詞「な」は明治30年代から男性の使用が圧倒的に多く、明治40年代になると「な」の使用が一例も無い作品も現れ、全体的には5例しか見られず、女性の使用は無くなりつつある。とりわけ主に若い知識人女性が登場する『三四郎』には「な」の使用は皆無である。これに関しては、中野(1991)は江戸語においてすでに女性の「な」の使用範囲が限定されていることを言及[5]している。本研究で調査した限り、明治後期(40年代)になると女

---

5) 中野(1991)では、江戸の早い時期の作品においては、かなり広い範囲にわ

性の「な」は使用範囲の狭まりがさらに進行し、主に命令表現にのみ付くようになる。これは寺田(2000)が指摘した、明治末期には男性が使用する終助詞「な」のついた表現の種類が遥かに多いことからも理解できよう。このように明治の終わり頃になると、「な」は女性の使用は衰退するようになったという推移が見てとれる。以下、女性の使う終助詞「な」の用例を見られたい。

(38)「ちゃんと其の訳をおいい**ナ**」　　　　（「五月鯉」、お萩,母→光一,息子）

(39)「そんならこれからは岡村さんにさらつておもらい**ナ**」

　　　　　　　　　　　　（「五月鯉3」、仙子・女学生・姉→錦子・妹）

(40)「御仏壇へ御線香でもあげておいで**ナ**。」　（「薮の鶯」、お秀→葦男,書生）

(41)「そんなことをおつしやり升**ナ**。あの方々は中々教育も有升から。」

　　　　　　　　　　　　（「薮の鶯」、服部・女学生→宮崎）

(42)「然う云ふ都合にして下さい**な**。」

　　　　　　　　　　　　（「金色夜叉」、お宮・貫一の許嫁→母親）

(43)「ではお前(まい)お共をおし**な**。」　　　　（「金色夜叉」、母親→お宮）

(44)「また儲け口出、妾(わたし)も太鼓を叩くから半口乗せて頂戴**な**。」

　　　　　　　　　　　　（「社会百面相」、女中→洋服紳士）

(45)「縄はあるから上げますよ。それにちよつと待つてゐて下さい**な**。」

　　　　　　　　　　　　（「雁」お玉・高利貸の妾→酒屋の小僧）

(46)「あなた一寸あちらへ向いてゐて下さいまし**な**。」

　　　　　　　　　　　　（「雁」、お玉・高利貸の妾→末造,夫）

(47)「ほんとに可笑しうございますわ。入らつしやい**な**。」

　　　　　　　　　　　（「寂しき人々」(第1幕)、妻→主人(陸軍予備士官)」）

(48)「一寸こちらへ入らつしやつて、あの赤さんを御覧なさい**な**。」

　　　　　　　　　　　（「寂しき人々」(第1幕)、妻→主人(陸軍予備士官)」）

たって、女性の「な」の使用が見られる。しかし、文化、文政期以降(江戸後期)の作品になると、喧嘩の場面など相手をののしるような非常にぞんざいな発言等を除けば、命令文、反語の疑問文、非難の疑問文などに下接する場合に限られるようになり、女性の「な」の狭まりを主張している。

　上記に示した用例から分かるが、女性の終助詞「な」の使用例は、ほとんどが「お+動詞連用形+な」と「敬体の命令表現+な」であった。しかし、「お+動詞連用形+な」の「な」は『左巻』以降は一例も見られない。そして明治35年以降は『社会百面相』（用例(44)）、『雁』（用例(45)）『寂しき人々』（用例(47、48)）に「なさいな」「くださいな」のような形でわずかに残っているに過ぎない。また、女性の場合には終助詞「な」を命令の意味として使用する場合、敬語表現・待遇価値の高い表現に結びついて使用された。なぜ、丁寧な命令表現にだけ終助詞「な」が使用されたのであろうか。これは待遇価値の高い表現であるがゆえに終助詞「な」が文末についても相手に失礼にならなかったからであろう。

　命令表現形式以外では、20年代の『都鳥』（咲子・母親→波之助・書生の息子(用例49)）と『さすがに双紙』に「堀時子」（淑女）の独言2例(用例52、53)と、「堀時子」が父親に対してくだけた言い方をする時の感動・詠嘆の用法の2例(用例50、51)がある。明治30年代の『社会百面相』では「女学者」の独言で1例見られた。このような独言のような（心内語に用いるという他の終助詞には見られない用法がある）感動・詠嘆を表す用例がわずかに観察される。

(49)「あの子も自分で双親がないと思へばこそ他人の妾(わたし)にハイ／＼と…真実に若いに似合ず、いかい苦労を重ねる**な**。」
　　　　　　　　　　　　　（「都鳥」、咲子・母親→波之助・書生の息子）

(50)「あんまり阿父さんも甲斐が無い**な**。」
　　　　　　　　　　　　　　　　（「さすがに双紙」、堀時子→父親）

(51)「あんまり其筋でも不深切だ**な**。」　　（「さすがに双紙」、堀時子→父親）

(52)「ま、どうしてあんな優い方が…今の人は何だらう、　是ぢャアどうしても此事が世間へ伝らずには居まい。はて大変になった**なア**。」
　　　　　　　　　　　　　　（「さすがに双紙」、堀時子・淑女の独言）

(53)「場合に因っては宜いかも知れないが…まずあの人の瑕だ**なァ**。」

（「さすがに双紙」、堀時子・淑女の独言）

　なお、明治40年代の『三四郎』に登場する若い知識人女性は終助詞
「な」を使用していないことが注目される。『雁』や『寂しき人々』
に「な」を使用する女性を見ると、主婦層の間で「敬体の命令表現+
な」の形で用いているものの、明治20年代『都鳥』『さすがに双紙』
に見られる感動や詠嘆の用法は一例もない。結局、明治40年代頃にな
ると女性の「な」使用自体の減少とともに感動や詠嘆の用法が主であ
る男性の「な」とはその性質を異にすることが分かる。

5. 結び

　以上、終助詞の男女差の形成過程において重要な時期だと考えられ
る明治20年代から明治の終り頃までに絞り、終助詞「わ」と「な」の
男性使用を中心に性差の観点から詳しく述べた。
　本研究は、明治期の東京標準語における終助詞の男女差について考
察したものである。具体的には終助詞「わ」と「な」を対象に性差の
観点から分析した。
　考察の結果、終助詞「わ」は男性の場合、明治30年代に一時的に年
配の人を中心に流行って使用され、明治40年代には次第に衰退した推
移が読みとれる。また、男性の使う「わ」には場面、文脈に使用制限
があり、対話の中で多用することはなく、特殊な場面効果を狙って使
用している。一方、女性の使う「わ」は明治20年代は流行りことばで
あったが、明治30、40年代には上層の婦人層にまで浸透し幅広く使用
されるようになる。さらに男性のような人間関係の制約もなく、親し

い女性の間では目上の人に対しても「わ」が用いられる。

　次に、男性の使う「な」は、中心的な働きは詠嘆、感動、疑問など話し手の主観を表すのが主である。明治期を通じて「な」は男性の使用が圧倒的に多いことから、男性語的な終助詞であるといえよう。女性の「な」の使用は時代が下るにつれ、使用範囲の狭まりがさらに進行に明治40年代になると若い知識人女性たちは「な」を使用していない。また、年配の女性たちが稀に使用する終助詞「な」も主に丁寧な命令表現形式にのみ付くようになり、「な」の使用が限られることが男性と対比される。

　以上のような考察により東京標準語における終助詞の男女差の形成過程についてその実態をより明らかにすることができたと思う。しかし、一部の終助詞にだけ扱ったことと、主な分析対象とした小説『社会百面相』が当時の時事批評小説であることから資料の性質が他の作品とは異る可能性があるかもしれない。このように資料の性質から考えて「わ」と「な」を作家内田魯庵が意図的に多く使った可能性もあるだろう。このような点を視野に入れて今後、終助詞の対象・種類の拡大とともにさらなる調査を行い、明治期における終助詞の男女差の形成過程について精密に考察していくことが課題として残る。

■参考文献

遠藤織枝・尾崎喜光(1998)「女性のことばの変遷−文末・コト・テヨ・ダワを中心に−」『日本語学』 17-5 明治書院 pp.56-79

金水敏(1991)「伝達の発話行為と日本語の文末形式」『神戸大学文学部紀要』18 pp.23-41

小松寿雄(1988)「東京語における男女差の形成−終助詞を中心として−」『国語と国文学』65-11 pp.94-106

佐治圭三(1991)「第1章　　終助詞の機能」『日本語の文法の研究』ひつじ書房 pp.13-25

白川博之(1992)「終助詞「よ」の機能」『日本語教育』77 pp.36-48

鈴木英夫(1976)「現代日本語における終助詞の働きとその相互承接について」『国語と国文学』53—11 pp.58-70

＿＿＿＿(1998a)「現代日本語における女性の文末詞」『日本語文末詞の歴史的研究』佐々木峻・藤原与一編 三弥井書店 pp.139-164

＿＿＿＿(1998b)「現代日本語の終助詞—「な」を中心として—」『東京大学国語国文学研究室 創設百周年記念国語研究論集』pp.961-981

田中章夫(1973b)「終助詞と間投助詞」『品詞別日本文法講座9 助詞』明治書院 pp.210-247

＿＿＿＿(1981)「近代語(明治)」『講座日本語学3 現代文法との史的対照』明治書院 pp.161-189

寺田智美(2000)「明治末期の女性語について−夏目漱石の小説にみえる「絶対女性語」の考察−」『早稲田大学日本語研究教育センター紀要』13号 pp.169-187

中野信彦(1991)「江戸語における終助詞の男女差−女性による「な」の使用について−」『国語と国文学』68-4 pp.44-58

房極哲(2001)「明治期における待遇表現の社会言語学的研究」 筑波大学大学院 博士学位論文

森野宗明(1991)「女性語の歴史」『講座日本語と日本語教育10』明治書院 pp.225-248

第5章
明治期における終助詞「よ」と「な」
-性差を中心として-

1. はじめに

　本研究の目的は、明治期の終助詞「よ」・「な」について性差の観点から考察することである[1]。具体的には終助詞「よ」・「な」の相互承接関係を出がかりとして、男女の間でどのように使い分けられているのか、どのような点で相違するのか、性差の観点から考察を行う。

　明治期の終助詞に関する主な先行研究は、小松(1988)、森野(1991)、中野(1991)、鈴木(1998a,b)、遠藤・尾崎(1998)、寺田(2000)などを挙げることができる。これらの先行の論考からまとめると、大きく次の三つに集約できよう。

　(一) 終助詞については概ね女性語に焦点を当てて論じている。
　(二) 東京語の終助詞の男女差は、江戸語まではさかのぼらない。明治以降男女差が形成された。
　(三) 明治20年代頃女性特有の終助詞「わ」、「よ」が形成された。

---

1) すでに田中(1973)、鈴木(1976)などでは、終助詞を性差(男女差)の観点からアプローチすることの有効性は大きいという見解を示している。

　本研究では、先行研究の成果を踏まえつつ、終助詞の変化過程にお
いて重要な時期だと考えられる明治20年代から40年代までにしぼり、
終助詞「よ」・「な」の変遷について性差の観点から考察を進める。

　なお、ここでは会話文を対象とし、「間投助詞」や「呼かけ」など
は外すことにする。特に、終助詞「よ」・「な」にだけ取り上げる理
由は終助詞「よ」・「な」が命令、禁止表現に下接する点(この点は
待遇表現と密接な関係がある)で共通するからである。

2. 調査資料

　本研究で、調査対象とした小説資料は次に示した九つの作品であ
る。ここで選んだ作品の刊行時期は言文一致以降を考慮したのであ
る。そして、『金色夜叉』は初編(中編と続編は時期がやや異るので
対象外とした)、『社会百面相』は短編30編だけを調査対象とした[2]。
とりわけ、男女ともに多様な社会階層の人物が登場する『社会百面
相』は待遇表現を分析するのに好条件を備えており、待遇表現と関
わっていると思われる終助詞「よ」・「な」を性差の視点から把握す
るに当たって重要である。以下、各作品を示しておく。

　明治20年代: ① 巌谷小波『五月鯉』明治21,『明治文学全集20』筑摩書房，昭和
　　　　　　　43 →(五)
　　　　　　② 三宅花圃『薮の鶯』明治21,金港堂,明治21 →(薮)
　　　　　　③ 石橋忍月『都鳥』明治21,「女学雑誌」102号-107号, 女学雑誌社
　　　　　　　→(都)

---

2) 調査対象としたそれぞれの作品が必ずしも同じ文量及び刊行年度が均一で
　はない。例えば、40年代は二つしか取り上げなかったが、今後このような資
　料の偏りを補いつつ、さらに作品を加える必要がある。

④ 美妙斎主人(山田美妙)『さすがに双紙』明治21,「女学雑誌」116号-136号, 女学雑誌社 →(さ)

明治30年代: ⑤ 尾崎紅葉『金色夜叉』(初編)明治30,『明治文学全集18』筑摩書房, 昭和40 →(金)

⑥ 川上眉山『左巻』明治34,「太陽」第7巻22号-第7巻 23号, 博文館 →(左)

⑦ 内田魯庵『社会百面相』(短編30編)明治35,東京博文館,東京大学総合図書館蔵本(明治36年10月第三版)→(社)

明治40年代: ⑧ 夏目漱石『三四郎』明治41,『漱石全集第4巻』岩波書店,昭和 41 →(三)

⑨ 森鴎外『雁』明治44,籾山書店,大正4 →(雁)

<表1>[資料別の主な終助詞の出現状況]3)

終助詞		よ		わ		な		さ		の		ね	
時期	資料	女	男	女	男	女	男	女	男	女	男	女	男
明治20年代	(五)	31	6	4	0	4	14	2	7	10	1	22	6
	(薮)	53	17	22	0	5	3	22	25	13	7	51	5
	(都)	14	2	4	0	1	3	1	2	1	0	3	9
	(さ)	15	14	10	1	4	14	2	4	9	1	24	22
明治30年代	(金)	14	38	25	1	7	19	1	7	9	11	6	26
	(左)	41	18	8	4	7	54	9	7	13	0	35	3
	(社)	62	37	57	18	6	289	19	48	26	25	77	64
明治40年代	(三)	8	42	15	0	0	65	0	19	28	3	31	138
	(雁)	21	26	16	0	2	34	1	5	20	0	22	18
明治20年代		113	39	40	1	14	34	27	38	33	9	100	42
明治30年代		117	93	90	23	20	362	29	62	48	36	118	93
明治40年代		29	68	31	0	2	99	1	24	48	3	53	156

---

3) 終助詞が続いたもの(例えば、「なよ」、「かよ」、「わよ」、「のよ」、「ことよ」など)は用例数は少ないが、続かないものと何らかの点で機能が違うと思われるので、ここではひとまず保留しておく。これらを含めた研究は今後の課題としたい。

2.1 終助詞「よ」・「な」の出現状況

　終助詞「よ」・「な」は相互承接関係と働き（機能）の両面におい
て、男女別にどのように使われているのか。とりわけ待遇表現と関わ
りのある命令や禁止表現という点では、具体的にどのような相違があ
るのかを見ていく。終助詞「よ」・「な」の全用例数を年代別に分け
て示すと、＜表1＞のようになる。なお、参考として用例が多い他の終
助詞と合わせて考えると、女性は40年代に「な」「さ」の使用減少が
見受けられる。これに対して、終助詞「わ」、「ね」は大きな変化が
見られない。ところが、男性の場合は全体的に作品による偏りが見ら
れない。

　上記の＜表1＞の結果から、「よ」・「な」に限定してみると、終助
詞「よ」は明治20年代に女性の使用が多く、40年代には使用例が少な
い作品が現れる。一方、男性には女性のような「よ」の使用例全体の
変化は見当たらない。また、女性は40年代に「な」の使用減少が見受
けられる。ところが、男性の場合は全体的に「な」の使用が多く、と
りわけ30年代の作品『社会百面相』に多いことが確認できる。このよ
うな統計の結果を踏まえ、次の節ではこの期間において男女別にどの
ような変化があり、どのような使い分けがあるのか、具体的に終助詞
「よ」・「な」が使用された会話文を取り上げながら、詳しく考察を
進める。

　以下、終助詞「よ」・「な」が付いた用例を大きく命令（禁止の命
令も含む）表現形式に付く場合と、それ以外の形式に付く場合に分け
て考える。

3. 終助詞「よ」

　終助詞「よ」を相互承接関係からまとめたのが、<表2>の女性の場合と<表3>の男性の場合である。次の<表2>と<表3>を見られたい。

　<表>の空欄は使用例の無いことを意味する。それぞれの<表>は、上段の3段までが「命令表現形式」である。それ以下の4段は「非命令表現形式」に該当する。

<表2>［終助詞「よ」の相互承接の状況<女性の場合>］

時期・資料 / 形式	明治20年代				明治30年代			明治40年代		小計	合計比率(%)
	五	薮	都	さ	金	左	社	三	雁		
お+動詞連用形+よ	3	2	1		1	5			2	14	46
敬体の命令表現+よ	11	7		1	2	2	7		2	32	18.4%
常体の命令表現+よ										0	
です・ます体(敬体)+よ	6	19	5	11	1	14	39	5	4	104	
基本形式(常体)だ有り+よ	4	2	4			4	5		5	24	204
基本形式(常体)だ無し+よ	7	23	1	2	8	16	8	3	8	76	81.6%
その他										0	

<表3>［終助詞「よ」の相互承接の状況<男性の場合>］

時期・資料 / 形式	明治20年代				明治30年代			明治40年代		小計	合計比率(%)
	五	薮	都	さ	金	左	社	三	雁		
お+動詞連用形+よ										0	7
敬体の命令表現+よ		1		1	3					5	3.7%
常体の命令表現+よ			1						1	2	
です・ます体(敬体)+よ	2	1		9	5	5	2	14	4	42	
基本形式(常体)だ有り+よ	1	2		1	10	3	6	13	6	42	180
基本形式(常体)だ無し+よ	2	11	1	3	18	11	25	12	11	94	96.3%
その他		2								2	

3.1 終助詞「よ」

　終助詞「よ」を相互承接の関係からまとめたのが、上記の＜表2＞と＜表3＞である。上記の＜表2＞と＜表3＞の結果から、男女間における目立つ傾向としては命令表現形式に付いた場合が挙げられる。

　女性には命令表現形式に付く「よ」が比較的多く(合計46例18.4%)現れた。相互承接形式の中では、「お+動詞連用形+よ」「敬体の命令表現+よ」(「お+動詞連用形・敬体+よ」も含む)といった待遇価値の高い命令表現形式とともに「よ」が使用された。これらの命令表現は、次の用例(1)～(4)で分かるように、文末に「よ」を伴うことによって文全体の命令の意図を和らげる働きがあったと考えられる。すなわち、終助詞「よ」が付くことによって、「よ」が付かない場合に比して、相手に伝達する意図を適切に伝えながら、コミュニケーションが円滑に取れたと考えられよう。

(1) 「エ〻行きましやう、お錦ちやんもお出でヨ。」
　　　　　　　　　　　　　（「五月鯉10」、仙子・女学生・姉→錦子・妹）
(2) a「それじや酒井さん、待つて入らつしやいヨ 」
　　　　　　　　　　　（「五月鯉11」、錦子・女学生→酒井光一・元食客）
　　b「けれどもあんまり表立てないでくださいヨ」
　　　　　　　　　　　（「五月鯉5」、仙子の母・書記官の妻→岡村・執事）
(3) 「モウおよしなさいヨ。あなたは磊落だからおかまひならないけれど。ヨ－もうよして頂戴。」　　　　　　（「薮の鶯6」、宮崎・女学生→斎藤）
(4) 「あら、貫一さん、這麼所に寐ちや困るわ。さあ、早くお上りなさいよ。」
　　　　　　　　　　　　　（「金色夜叉4」、お宮・貫一の許嫁→貫一）

　また、「お+動詞連用形+よ」で表す用例は『左巻』(34年)では5例があった(用例(5))。

(5)「あれさ急しない。これから話す処なんぢやないか。　まアお聞き**よ**。」
（「左巻1」、お幾・世話女房→金公・鋳屋(夫)）

　しかし、『社会百面相』(35年)と『三四郎』(41年)にはこの形式が一例も現れないことから、時代が下るにしたがって使用頻度が減少した可能性が考えられる。

　なお、『社会百面相』に7例あった「敬体の命令表現+よ」(用例(6))も40年代になると用例が少なくなる。特に『三四郎』に登場する若い女性は、命令表現形式に付く「よ」を全く使用していない。例えば、「美禰子」と「よし子」は「よ」を付加しないで(ハダカの命令表現)、敬体の命令表現のみで使用する傾向が窺える。

　・「さつきの御金を御遣ひなさい。」　　　　（「三四郎8」、美禰子→三四郎）
　・「寐て入らつしやい。」　　　　　　　　（「三四郎12」、よし子→三四郎）

　ただし、『雁』では、「末造」(高利貸し)の世話をする婆さんのような、古めかしい言い方をする年配女性(用例(7))や、「お玉」(高利貸しの妾)のような、社会的に下層に位置すると思われる人が使用している(用例(8))。

(6)「お謝んなさい**よ**、書生役者なんか、会の名誉にも係りまさアね。」
（「社、貴婦人(下)」、貴婦人→裏小路夫人）
(7)「さあ、ずつとお這入なさい**よ**。檀那はさばけた方だから、遠慮なんぞなさらないが好い。」
（「雁7」、末造(高利貸し)の世話をする婆さん→飴屋の爺さんと娘・お玉）
(8)「本当に早く血をふいておしまひ**よ**。」
（「雁19」、お玉・高利貸の妾→女中・お梅）

　このように同じ40年代の『三四郎』と『雁』では、命令表現形式+

「よ」の使用において、相反する結果となった。つまり、知識人女性が主に登場する『三四郎』には使用例が見られないのに対して、『三四郎』に比べて多少年齢が高い女性が登場する『雁』では使用例が見られる。このことは、話し手の年代が違う(年齢差がある)両作品の性質の違いによるのではないかと考えられる[4]。

　次に男性(<表3>)では、命令表現形式に7例(3.7%)しか「よ」が現れない。さらに「お+動詞連用形+よ」が無いことからも分かるように、命令表現形式+「よ」はほとんど使われていないことが分かる。ただ、30年代始めごろまでは、『金色夜叉』に見られるように、かなり改まった丁寧な命令・依頼の場面で命令を弱めるために使用されたようである(用例(9))。これは、「よ」が付かない場合に比して考えると、話し手の相手に対する命令の意図を伝えながら、強い命令の印象を与えないように、もしくは「勧誘」のような印象を与えている言い方として捉えることが許されるであろう。

(9)「成程、それでは残念ですが、私(わたくし)も散歩は罷めます。散歩は罷めて是から帰ります。帰つてお待申して居ますから、後に是非お出下さい**よ**。」　　　　　　　　　(「金色夜叉7」、富山唯継・若旦那→お宮)

　つまり、男性は女性とは異なり、非常に婉曲的な言い方が必要な場合に限って、終助詞「よ」を付けて話し手の軽い主張の気持ちを伝えていたのではなかろうか。

　次に命令表現以外の場合を考えてみる。「です・ます体(敬体も含む)+よ」は女性では104例(全体250例中、104例:41.6%)が出現してお

---

4) 同じ40年代の夏目漱石の作品「それから」(明治42年)には、命令表現形式+「よ」が見られる。例えば、「其所へ御掛けなさい**よ**」(梅子,兄嫁→代助)のように。この用例は年齢が上の女性「梅子」が「代助」に対して使っているものである。

り、一番多く用いられている。そして用例の多くは、話し手の相手に
対する軽い主張や念押しの気持ちを表す場合のようである（用例
(10)(11)(12)）。

(10) 「去年の夏良人と一緒に阿姑さんを伴れて風月堂へ氷菓子を喰べに行つた
　　ンです**よ**。」（「社、新妻君(上)」、高等官夫人→若い主婦・女学校同窓）
(11) 「私(わたくし)共も爾う思ひます**よ**」
　　　　　　　　　　　　　　　（「社、貴婦人(上)」、貴婦人→雑誌記者）
(12) 「御風邪はもう好いの。大事になさらないと、ぶり返します**よ**。まだ顔色
　　が好くない様ね」　　　　　　　（「三四郎12」、美禰子→三四郎）

　これに対して、男性では女性より使用比率が下がって42例(187例
中、42例:22.4%)に留まっている。男性の場合も女性と同様、待遇価値
のある「です・ます体(敬体を含む)」に「よ」が結びつくことによっ
て話し手の主張を弱めていたものと考えられる(用例(13))。したがっ
て、機能の点からは、男女の違いはあまり見られない。

(13) 「君気が付いてゐますか。あの建物は中々旨く出来てゐます**よ**。工科もよ
　　く出来てるが此方が旨いですね」　　（「三四郎12」、野々宮→三四郎）

　なお、断定の「ダ」とともに終助詞「よ」が使用された場合、男女
ともに「よ」が「ダ」が持っていたと思われる断定を多少和らげてい
るとも考えられるのではないか。この「ダ」有り+「よ」(用例(14)〜
(16))は、女性ではわずか24例(全体250例中、24例:9.6%)であったのに
比べ、男性では42例(全体187例中、42例:22.4%)を占めている。また
「ダ」無し+「よ」の場合、男女ともに比較的強い主張・意志を表し
ているが、こちらは男性の使用比率が高い。ただし、「よ」の働き自
体は男女でほぼ同様でる(用例(17)(18))。

(14) 「あのお前(まへ)さん、先刻は忙がしさうだつたからつい聞かなんだが
　　　ね、(中略)私(わたし)彼の方の事で少し聞きたい事があるんだ**よ**。」
　　　　　　　　　　　　　　　　　（「左巻1」、お幾・世話女房→金公・錺屋(夫))

(15) 「然うでしやうよ、私(わたし)の処なんざア何うせ帰りがけの捌序でなく
　　　つちやアお寄りぢやないんだらう**よ**。」
　　　　　　　　　　　　　　　　　（「左巻7」、茶屋の娘→魚屋の息子・職人)

(16) 「僕(ぼく)は駄目だ**よ**。小西の財産家とは一緒にならない。」
　　　　　　　　　　　　　（「社、官吏」、財産家・才東先生→若い官吏・喜多山・同窓)

(17) 「それんばかりの物を洗ふのはわけが無いから、わたしがする**よ**。」
　　　　　　　　　　　　　　　　　（「雁21」、お玉・高利貸の妾→女中・お梅)

(18) 「渠奴の話だと逓信の官房長に決つたやうだが、虚喝を吹くから恃になら
　　　ん**よ**。」
　　　　　　　　　　　　　　　　（「社、猟官(中)」、中学校先生・夫→妻)

　以上、見てきたように命令表現形式に付く「よ」については、男女
の間で使用比率の違いが観察された。さらに、女性では「命令表現形
式」に付く「よ」の使用の減少が指摘できる。また、非命令表現で
は、女性では「です・ます体」に付く「よ」の使用比率が高い。その
働きとしては男女ともに現代日本語の「よ」とほぼ同じく、佐治
(1991)が指摘したように話し手の聞き手に対する「押しつける」よう
な気持ちを表すという働きが中心のようである。

4. 終助詞「な」

　終助詞「な」が付いた用例を大きく命令(禁止)表現形式に付く場合
と、それ以外の形式に付く場合に分けて考える。終助詞「な」を相互
承接の関係からまとめたのが、<表4>と<表5>である。

<表4> ［終助詞「な」の相互承接の状況<女性の場合>］

時期・資料 / 形式	明治20年代				明治30年代			明治40年代		小計	合計比率(%)
	五	薮	都	さ	金	左	社	三	雁		
お+動詞連用形+な	2	2			2	7				13	29
動詞連用形+な										0	80.6%
敬体の命令表現+な	2	2			5		5		2	16	
常体の命令表現+な										0	
終止形(敬体)+な(禁止)		1								1	1
終止形(常体)+な(禁止)										0	2.8%
です・ます体(敬体)+な										0	6
基本形式(常体)+な			1	4			1			6	16.6%

<表5> ［終助詞「な」の相互承接の状況<男性の場合>］

時期・資料 / 形式	明治20年代				明治30年代			明治40年代		小計	合計比率(%)
	五	薮	都	さ	金	左	社	三	雁		
お+動詞連用形+な										0	11
動詞連用形+な	1		1		1					3	2.2%
敬体の命令表現+な	1	1	1		3			1		7	
常体の命令表現+な		1								1	
終止形(敬体)+な(禁止)	2	1				1	1			5	19
終止形(常体)+な(禁止)			1		1	3	6		3	14	3.9%
です・ます体(敬体)+な	1				3	1	104	10	1	120	465
基本形式(常体)+な	9			14	11	49	178	54	30	345	93.9%

4.1　終助詞「な」

　<表4>の女性と<表5>の男性の結果から、次のようなことがいえる。
　女性の終助詞「な」の使用例は、ほとんどが「お+動詞連用形+な」
と「敬体の命令表現+な」であった(用例(19)(20)、(21)は(禁止))。
「お+動詞連用形+な」の「な」は『左巻』以降は一例も見られない。
そして明治35年以降は『社会百面相』(用例(22))と『雁』(用例(23))に
「なさいな」「くださいな」のような形でわずかに残っているに過ぎ
ない。

> (19)「そんならこれからは岡村さんにさらつておもらい**ナ**」
> (「五月鯉3」、仙子・女学生・姉→錦子・妹)
> (20)「御母さんも一処に御出なさい**な**。」
> (「金色夜叉7」、お宮・貫一の許嫁→母親)
> (21)「そんなことをおつしやり升**ナ**。あの方々は中々教育も有升から。」
> (「薮の鶯6」、服部・女学生→宮崎)
> (22)「撮つてお遣んなさい**ナ**。貴婦(あなた)の写真が出ると婦人雑誌が売れる
> から功徳になりますワ。」　　　(社、貴婦人(下)、貴婦人→男爵夫人)
> (23)「縄はあるから上げますよ。それにちよつと待つてゐて下さい**な**。」
> (「雁19」、お玉・高利貸の妾→酒屋の小僧)

　このように女性の場合には終助詞「な」を命令の意味として使用す
る場合、敬語表現・待遇価値の高い表現に結びついて使用された。な
ぜ、丁寧な命令表現にだけ終助詞「な」が使用されたのであろうか。
これに関しては、中野(1991)は江戸語においてすでに女性の「な」の
使用範囲が限定されている点5)を指摘しているが、明治期になると女

---

　5) 中野(1991)では、江戸の早い時期の作品においては、かなり広い範囲にわ
　　たって、女性の「な」の使用が見られる。しかし、文化,文政期以降(江戸後
　　期)の作品になると、喧嘩の場面など相手をののしるような非常にぞんざい

性の「な」は使用範囲の狭まりがさらに進行し、主に命令表現にのみ付くようになる6)。

一方、命令表現形式以外では、20年代の『都鳥』(咲子・母親→波之助・書生の息子)と『さすがに双紙』に「堀時子」(淑女)の独言2例(用例(24a))と、「堀時子」が父親に対してくだけた言い方をする時の感動・詠嘆の用法の2例がある。30年代の『社会百面相』では「女学者」の独言で1例見られた(用例(24b))。このような独言のような(心内語に用いるという他の終助詞には見られない用法がある)感動・詠嘆を表す用例がわずかに観察される。

(24) a「ま、どうしてあンな優い方が…今の人は何だらう、　是ぢゃアどうしても此事が世間へ伝らずには居まい。はて大変になった**なア**。」
　　　　　　　　　　　　　　　(「さすがに双紙7(上)」、堀時子・淑女の独言)
(24) b「困つて了う**ナ**」　　　　　　　(「社、女学者(下)」、女学者の独言)

次に男性の場合には、終助詞「な」は女性のような命令表現形式「お+動詞連用形+な」の用例が見られない。その代わりに「動詞連用形+な」、「常体の命令表現+な」、「終止形(常体)+な(禁止)」の用例がある(用例(25)～(27))。そして30年代始めの『金色夜叉』以降は命令表現形式に付く「な」はほとんど廃れてしまい、禁止の命令に「な」が稀に使用されるのみである。

な発言等を除けば、命令文、反語の疑問文、非難の疑問文などに下接する場合に限られるようになり、女性の「な」の狭まりを主張している。
6) 寺田(2000)が指摘したように、明治末期には男性が使用する終助詞「な」のついた表現の種類が遥かに多いことから、「な」は男性語的性格の強い語であることを窺わせる。

(25)「彼女の手の柔かさ、じんじやうな事鳥渡見**な**。」

　　　　　　　　　　　　　　（「都鳥(2回下)」、町人風の男→同僚）

(26)「けふはあんまりあついから。その宮崎と涼みに出かける約束だから今に

　　くるだらう。屋根を一艘支度してくん**な**。」

　　　　　　　　　　　　　（「薮の鶯8」、篠原勤・若紳士→遊船宿の女房）

(27)「いつまでも其様な愚痴を覆す**勿(な)**。実は内々の話だが汝(おまい)が余り

　　愚痴を覆すから話して聞かせる、」

　　　　　　　　　　　　（「社、失意政治家(下)」、失意政治家・夫→妻）

　また、＜表5＞から分かるように、命令表現形式以外の「基本形式
(常体)+な」(495例中、345例:69.6%)と「です・ます体(敬体)+な」(495
例中、120例:24.2%)の使用例が「代議士」「老作者」「古物家」のよ
うな年配の男性に多く見られる点に注目にしたい(用例(28)～(31))。
すなわち、年配の目上の人が目下の相手に向けて自分の感情や感想を
述べる時「な」が多く用いられる。用例(28)のように話し手の主観的
な判断に関わる「だ」あるいは「だろう」に「な」が下接することに
よって自分の感じたことや思ったこと(つまり、主観的な表現に下接
するのが多いこと)を述べている。

(28)「一井伯に金子を喰はしたンだ**ナ**?」

　　　　　　　　　　　　（「社、増税(下)」、小野里代議士→商人代表）

(29)「ぢや余程御悪いんです**な**。」　　　　（「三四郎3」、三四郎→野々宮）

(30)「六七年前に西鶴だの其碩だの近松だのと大騒ぎやりました**ナ**。」

　　　　　　　　　　　　　　（「社、老作者」、老作者→若い客人）

(31)「時にお話は飛びますが、今度の翫物会には是非御出席を願ひたいもので

　　す**ナ**」　　　　　　　　（「社、古物家」、古物家→客・愚得大人）

　ここで＜表4＞と＜表5＞を比べてみると、終助詞「な」は、女性の場
合は敬語表現とともにごく限られて使用されていたことから、ほぼ男
性専用の終助詞のように見受けられる。男性の終助詞「な」の中心的

な働きは詠嘆・感動であり、話し手の相手に対する「問いかけ」あるいは「同意を求める」気持ちを表す点が女性とは異なっている。

5. おわりに

　本研究では、相互承接関係を手がかりとして、明治20年代から明治40年代にかけての終助詞「よ」・「な」の変遷を、性差の観点から考察した。終助詞「よ」・「な」の変遷には男女の間で差が見られる。命令表現形式に「よ」・「な」が付く形の使用比率が女性で高く男性で低い。さらにこの期間での変遷を見ると、男性では大きな変化が見られないのに対して、女性では「よ」・「な」の使用の減少傾向が「お+動詞連用形+よ(な)」と「敬体の命令表現+よ(な)」のような命令表現形式に観察される。

　しかし、本研究では、終助詞が続いたもの(例えば、「わよ」「なよ」「かよ」「のよ」など用例数は少ないが)については言及することができなかったが、今後、さらなる調査で考察を進めていきたい。特に他の終助詞との関連を含め、終助詞が続いたもの(例えば、「なよ」(念を押す時に使う)や、非命令表現形式をより細分化して考察することなど究明すべき点は数多く残されている。今後多様な角度からさらなる調査で検討・考察する必要がある。そして、明治30年代後半と明治40年代の他の資料を加えて考察したい。

■ 参考文献

遠藤織枝・尾崎喜光(1998)「女性のことばの変遷-文末・コト・テヨ・ダワを中心に-」『日本語学』 17-5 明治書院

金水敏(1991)「伝達の発話行為と日本語の文末形式」『神戸大学文学部紀要』18

小松寿雄(1988)「東京語における男女差の形成-終助詞を中心として-」『国語と国文学』65-11

佐治圭三(1991)「第1章 終助詞の機能」『日本語の文法の研究』ひつじ書房

白川博之(1992)「終助詞「よ」の機能」『日本語教育』77

鈴木英夫(1976)「現代日本語における終助詞の働きとその相互承接について」『国語と国文学』53-11

_____(1998a)「現代日本語における女性の文末詞」『日本語文末詞の歴史的研究』佐々木峻・藤原与一編 三弥井書店

_____(1998b)「現代日本語の終助詞ー「な」を中心としてー」『東京大学国語国文学研究室創設百周年記念国語研究論集』

田中章夫(1973)「終助詞と間投助詞」『品詞別日本文法講座9.・助詞』明治書院

寺田智美(2000)「明治末期の女性語について-夏目漱石の小説にみえる「絶対女性語」の考察-」『早稲田大学日本語研究教育センター紀要』13号

中野信彦(1991)「江戸語における終助詞の男女差-女性による「な」の使用について-」『国語と国文学』68-4

房極哲(2001)「明治期における待遇表現の社会言語学的研究」 筑波大学大学院 博士学位論文

森野宗明(1991)「女性語の歴史」『講座日本語と日本語教育10』明治書院

第五部
韓日両言語の対照研究

第1章
20世紀初期の韓日両言語における
待遇表現の対照研究

1. はじめに

　本研究は、20世紀初期の韓日両言語における待遇表現の対照研究を
目的とする。韓日両言語の待遇表現・敬語に対する対照研究は現代語
が中心であり、最近では社会言語学的な方法を通じての対照研究の成
果が多く見られる[1]。しかし、歴史的な研究、とりわけ20世紀の初期
の待遇表現について両言語の対照研究はあまり行われていないようで
ある。

　そこで、本研究では、日本の明治末期と韓国開化期[2](1876—1910)
末期を対象とし、その当時に発表された小説を調査する。具体的には
待遇表現の根幹をなしている文末表現形式を分析・対照することにす

---

1) 代表的な研究は、서정수(1974)、梅田博之(1977)、荻野綱男他(1990、199
　1)、홍사만(1993、2002)などの研究成果がある。最近の社会言語学的な方法
　の敬語の対照研究は人称代名詞、呼称などが多い。例えば、金淑美(1995)、
　홍민표(1996)、金順任(2005)などがある。
2) 韓国の開化期は、従来の封建的な社会を打破し、近代的な社会へ開化した
　時期(1876—1910)を指す。

る。この時期の文末表現形式の使用実態を調査することによって、両言語の待遇表現の歴史の一部分を明らかにし、待遇表現の対照研究に寄与するのが本研究の目的である。

2. 資料と研究方法

資料については、ほぼ同時期に書かれた小説を対象とする。日本の小説に関しては明治期に刊行された小説(明治35年(1902)、明治41年(1908))、2編と劇の翻訳作品・脚本(明治44(1911))を1編調査する。韓国の小説に関しては1906年—1911年に刊行された新小説を5編調査する。それぞれの作品の性格について詳しくは触れないが、小説の口語体と社会階層など待遇表現の研究に好条件を備えていると思われる作品を選択した。そして調査対象とする資料の詳細は以下の通りである。

本研究では、韓国語の調査対象として開化期の新小説を選んだ。この新小説を選んだ理由は作品の刊行年度が明らかであり、古典小説とは異なり会話体の文が多く、待遇表現の考察に適しているからである。

　＜日本の小説資料＞
　(1) 社会百面相[3]、明治35年、内田魯庵、東京博文舘
　(2) 三四郎、明治41年、夏目漱石、漱石全集4、岩波書店
　(3) 寂しき人々(第一幕)、明治44年、森鴎外訳(ハウプトマン作)、金尾文淵堂

---

3) 社会百面相は、短編小説30編と7編の中・短編そして附録の評論を収めているので、作品の文量が豊富である。

　　＜韓国の小説資料＞4)

　　(1) 鬼의(ノ)声、1906年、李人稙 韓国開化期文学叢書(1)

　　(2) 血의(ノ)涙、1906年、李人稙 韓国開化期文学叢書(1)

　　(3) 鬢上雪、1908年、李海朝 韓国開化期文学叢書(1)

　　(4) 紅桃花(上)、1910年、李海朝 韓国開化期文学叢書(3)

　　(5) 牧丹花、1911年、金教済 韓国開化期文学叢書(4)

　　ここで、作品の性格を登場人物の社会的な等分及び特徴を中心に述べる。まず、韓国資料『鬼의(ノ)声』は身分関係が明瞭であり、夫婦間の待遇表現の使用が目立つ。『血의(ノ)涙』は、血縁関係の待遇表現の使用がよく現れている。『鬢上雪』は、階層関係と年齢関係が特徴であり、『紅桃花(上)』は家族間の対話、夫婦間の使用即ち血縁関係の使用が特徴的である。『牧丹花』は階層関係からみる待遇表現の研究によい作品である。

　　日本の資料についてみると、『社会百面相』は、様々な社会階層間の対話及び血縁関係、夫婦関係、年齢関係など多様な要素を含んでおり、待遇表現の研究によい条件を備えている。『三四郎』は、年齢関係を見せている作品として、とりわけ若い知識人の言語生活を理解するのに適切な資料である。『寂しき人々』は舞台上演を目的とした劇として、夫婦間の対話、社会階層間の対話を多く占めている。以上の文献は20世紀初期の韓日両言語における待遇表現の対照研究に非常に適した条件を具備していると考えられる。

　　なお、研究方法については、文末表現の等級によって、用例を提示し、その使用状況および待遇的な機能・用法について考察していく。さらに、話し手と聞き手との人間関係、社会的な地位の上下関係(社

---

　4) 韓国の資料は、韓国開化期文学叢書 新小説・翻案(訳)小説、亜細亜文化社 1978年である。

会階層)と内外関係(ウチ・ソト関係)に注目しながら、両言語の文末表現形式の(韓国はふつう終結語尾という)考察を進めていく。

　ここで、韓国の開化期と新小説の特徴について述べておきたい。開化期はまだ朝鮮時代の階級制度の影響が色濃く残っている時期でもあり、現代社会への転換期である。開化期の新小説に登場する人物の社会的な地位は現代のそれとは異なっており、ほとんど朝鮮時代と変わらない。そして、新小説に登場する人物は上位階層(両班:ヤンバン)、中間階層(中人(중인:ジュンイン)、商人(상인:サンイン))下位階層(노비:ノビ)の三つに分けることができる。日本の場合、明治期の身分制度は四民平等という思想があったが、法律の上では、平等とはいえ、実生活では身分制度は残っていて、言葉の違いは身分によって違っていたことが分かるだろう。

3. 韓日両言語の文末表現形式と終結語尾

　韓日両言語の待遇表現の研究において、相手に対する待遇は主に呼称と文の文末表現形式、終結語尾などを通して行われている。その中で、文末表現形式に対する聞き手待遇は複雑で、かつ多様な形で現れ、待遇表現の論点で中心となってくる。韓国語の場合、聞き手待遇は終結語尾の等分(或は「話階」)と関連づけながら研究が行われた。終結語尾と関連する研究は「반말:バンマル」と「ー요(yo)」体に対する解釈が根幹をなしている。韓国語の20世紀初期の場合、終結語尾の等分を七つに分けることができる[5]。現代韓国語は学者によって異見があるものの、だいたい四つの等分に分けられており、20世紀初期の

---

5) 이경우(1998)を参照のこと。

場合とその数が異なる[6]。

　日本語の場合、文末表現形式(終助詞を含む)は多様であり、時代の変遷を重ね、現在に至っている。明治期に焦点を当ててみると、明治初年は「安愚楽鍋」の17種の文末表現形式の使用から分かるように、江戸後期の影響が残っている状態である。しかし、明治20年代に全体的に文末表現形式の簡素化傾向が始まり、明治の終りごろには現代日本語と同様になっている。その主流は「だ」「です」「でございます」が中心である[7]。

　以下の節では、それぞれの文末表現形式の用例の調査結果を基に等分を示し、両言語の待遇表現の対照研究を行いたい。

3.1 日本語の文末表現形式

　本節では、調査した作品から各文末表現形式の用例を示す(用例1-40)。明治期の文末表現形式について、房(2000)(2006)では、性別と社会階層との関わりから考察しているので参照されたい。明治期日本語の文末表現について、すでに小松(1988)では、終助詞について男女差を中心に考察している。また、寺田(2000)、任利(2005)などの研究では、小説に見える文末表現(主に終助詞)を性差の観点から考察し、研究成果を挙げている。しかし、これらの先行研究では文末表現形式(指定表現)について、詳しい論究は行っていない。

---

6) 성기철(1970)、서정수(1984)を参照のこと。例えば、성기철(1970)では、4等文に分けている。非常に高く待遇する(하십시오,하소서)、やや高く待遇する(하오)、やや低く待遇する(하게)、非常に低く待遇する(해라)などのように分けている。
　서정수(1984)もほぼ同じであるが、格式体と非格式体とに分け、さらに格式体は尊待と非尊待に分けている。
7) 房極哲(2006)を参照のこと。

　従って、ここでは、韓国語との対照研究を念頭に置きながら、文末表現形式に焦点を当てて、調査した明治後期の用例を中心に示し、見ていくことにする。よって終助詞の具体的な用法については、触れないことにする。

(1) 巧く云つてるぜ。君の家の財のあるのは誰でも知つてる。財があつて娘が別品 だから其見立に預かつた君は古今の幸福者<u>だ</u>。

(社、官吏(下):若い官吏→同窓の才東)

(2) 在来の教科書を作る奴は大抵和漢文を生齧りしただけで教育の意義を辨へん青書生<u>ぢや</u>から碌なものの無いのは当然<u>ぢや</u>。

(社、教育家(上):教育家→出版業者主人)

(3) 足下(そこ)は今年何歳になりおる。二十一歳<u>ぢや</u>、橋本左内が西郷吉之助と天下統一の策を立てた齢<u>ぢやナ</u>。　(社、精神家(上):精神家→書生)

(4) イヤ、此頃は奇妙にお若い方の頭髪が真白<u>でムる</u>。

(社、投機(4)老僧→近親の一座:書生夫婦、姉、妹)

(5) まだ／＼日本には税を取るべき物が沢山あるが、日本国民として無能政府に一銭も献ずる事ではないのは当然<u>である</u>。

(社、失意政治家(上):失意政治家→客・当世の豪傑)

(6) ヘエー、中々解らぬもの<u>でごはすナ</u>― 時にお話は飛びますが、今度の贋物会には是非御出席を願ひたいもの<u>ですナ</u>、手前の手から頗る珍なる元禄物を一と揃ひ出品致す筈<u>でごはすから</u>……

(社、古物家:古物家→六十代客・愚得大人)

(7) 此方は淑女会の幹事横道男爵<u>でムり</u>ます。

(社、貴婦人(上):貴婦人→雑誌記者)

(8) <u>でムい</u>ますと、お楽みを兼ねて社会の利益をお計りになる、誠に結構な御趣意<u>でムい</u>ますナ。　(社、貴婦人(上):訪問雑誌記者→貴婦人)

(9) ですから実は会員中には余り香ばしくない奥さん方も随分ありますが、爾ういふ香ばしくない方を追々に導かうといふのが目的<u>でムい</u>ます。

(社、貴婦人上):貴婦人→訪問雑誌記者)

(10) 真実<u>です</u>よ。ですから阿母さん、――かういふ偏人ですからね、妾(わたし)は最う出世出来る気遣いは無いと断念めてるン<u>です</u>。

(社、猟官(上):中学校先生夫人→母親)

(11) 坤一は貴母(あなた)、奈何な運が向いて来たツて出世するやうな人ぢや<u>ア</u>
　　 ありませんよ、　　　　　　　　　　　　(社、猟官(上):中学校先生夫人→母親)

(12) 帰朝後最う五年になる今日、依然中学校の先生てのは余り情けないぢやあ
　　 <u>りませんか</u>。ですから父も貴郎(あなた)の御身分を心配して高砂伯爵に願
　　 つた<u>位で</u>ムいます。　　　　　　　　(社、猟官(中):中学校先生夫人→夫)

(13) お気の毒さま<u>です</u>ネ、妾(わたし)口喧しう<u>ござんす</u>から。お花が帰つて来
　　 たらシンネコに鳥の突つ合でもなさいまし、妾はお湯にでも行つて外して
　　 <u>上げませう</u>。　　　　　　　　　　　　(社、~~精神家~~精神家婦人→夫)

(14) えエ／＼御勘定なんぞは何時でも宜しうムいます。あら、最う帰り？、憎ら
　　 しいよ、玉突へ行らッしやるん<u>でせう</u>。
　　　　　　　　　　　　　　(社、新学士:煙草屋の女、富ちやん→二人の新学士)

(15) はッはッ、復た邪推を廻しおるナ、俺(わし)ア花と何の関係も無い<u>ワ</u>。
　　　　　　　　　　　　　　　　　　　　　　　　　　(社、精神家→妻)

(16) 平日を御覧なすッたら矢張りお侠だと仰しやるに違ひない<u>ワ</u>。
　　　　　　　　　　　　　　　　　　　　　　　　(社、高等官夫人→姑)

(17) 妾(わたくし)、あの課目表を見たら馬鹿々々しくなりました<u>ワ</u>。
　　　　　　　　　　　　　　　　　　　　　　　(社、女学者→若い女)

(18) あら、妾(わたし)鱈尾さんと何も関係がありやしない<u>ワ</u>。
　　　　　　　　　　　　　　　　　　　　　　(社、女中→風通紳士)

(19) 毎日／＼人の来る度に差配人ぢやアないかと慄々します<u>ワ</u>。
　　　　　　　　　　　　　　　　　　　(社、失意政治家夫人→夫)

(20) いつまでも其様な愚痴を覆す<u>勿(な)</u>。実は内々の話だが汝(おまい)が余り
　　 愚痴を覆すから話して聞かせる、　　　　(社、失意政治家(夫)→妻)

(21) よくつ<u>てよ</u>。知らない<u>わ</u>。　　　　　　(三、よし子→野々宮)

(22) なぜ、君の名が出ないで、僕の名が出たのだらう<u>な</u>。
　　　　　　　　　　　　　　　　　　　　　(三、三四郎→与次郎)

(23) ぢや余程御悪いんです<u>な</u>。　　　　　　(三、三四郎→野々宮)

(24) 欲張つてる<u>ナ</u>。汝(おまい)は身身体は細ッこいが欲の皮は中々突張つてる
　　 <u>ナ</u>。　　　　　　　　　　　　　　　　(社、洋服紳士→女中)

(25) あなたは余つ程度胸のない方です<u>ね</u>。　(三、列車の主婦→三四郎)

(26) どうも好きなものには自然と手が出るもので<u>ね</u>。(三、広田先生→三四郎)

(27) あの建物は中々旨く出来ています<u>よ</u>。　(三、野々宮→三四郎)

(28) 雪ぢや詰まらない<u>わね</u>。　　　　　　　(三、美禰子→三四郎)

(29) 掃除に頼まれて来た<u>のです</u>。　　　　　　　（三、美禰子→三四郎）

(30) まだ御移りにならないんで御座います<u>か</u>。　　（三、美禰子→三四郎）

(31) あなたには御目に掛りました<u>な</u>。　　　　　　（三、三四郎→美禰子）

(32) 能く忘れずに持つて来ました<u>ね</u>。　　　　　　（三、與次郎→美禰子）

(33) お相撲さん<u>でございますわ</u>。　　　　　　　　　（寂、乳母→姑）

(34) どうぞ神のお恵みでさういたしたいもの<u>でございます</u>。　（寂、舅→主人）

(35) なんの著述<u>でございますの</u>。　　　　　　　　　（寂、女学生→画家）

(36) 今に何か言い出しはしないかと思って、気が気ではなかった<u>のですよ</u>。

　　　　　　　　　　　　　　（寂、画家ブラウン→主人(友人)の妻）

(37) ほんとに御面倒でした事ね。これは少しばかり<u>ですが</u>。

　　　　　　　　　　　　　　　　　　　（寂、女学生→洗濯女）

(38) それは僕も知ってゐるよ。僕にたって神聖ではない。詰まり君も同じ事<u>だ</u>。

　　　　　　　　　　　　（寂、主人・陸軍の予備士官→画家）

(39) ほんとにお前(まへ)は妙な子<u>だね</u>。（姑・お母さん→息子・陸軍の予備士官）

(40) ねえ、あなた洗礼なんて只形式<u>ぢゃありませんか</u>。

　　　　　　　　　　　　　　（寂、妻→主人・陸軍の予備士官）

　以上の用例を見ると、だいたい次のようにまとめられよう。用例
(4)(6)(7)(13)のような文末表現形式は現代日本語では使うことはな
い。すなわち、「でござる」「でごはす」「でござります」「ござん
す」などは明治30年代半ばごろまで使われているようである。その他
の用例は、現代日本語と同様に使われていることが分かる。要する
に、「だ」「です」「であります」「ございます」などは文末表現形
式の中心となっている。日本語では様々な終助詞が基本型(常体)と一
緒に用いられる場合が多い。つまり、対等関係や目下に対しての砕け
た場面に終助詞は相手へ話者の適切な気持を伝えるのに都合よく使わ
れている。この場合、性差と社会階層、年齢による違いがあるし、個
人差もあるであろう。いずれにしても、日本語の明治期の文末表現形
式は明治40年代に入ると、作品『寂しき人々』(明治44)から分かるよ
うに、文末表現形式の簡素化が指摘できる。

3.2 韓国語の終結語尾

　近代及び開化期における韓国語の終結語尾の等分と移行過程[8]につい
ては、まだ不十分な点が多いが、だいたい「합쇼(hap-syo),하오(ha-o),
하게(ha-ge),해라(hae-ra)体」の4等分の体系が存在する。しかし、開
化期の新小説を調査した結果、次の7つの等分に分けることができる。
すなわち、4等分に加えて「하소서(hasoseo),해요(haeyo),해(hae)」体
が存在していたことが分かる。7つの等分のうち、いちばん待遇価値の
高い「하소서(hasoseo)体」は、上位階層の婦人(上層の婦人が夫に対し
て用いている、手紙文)と上位階層の娘が父に対して使用しているが、
その使用例は非常に少なく、だんだん無くなってしまう[9]。次に、それ
ぞれの終結語尾の7等分について、一部の用例を示しておく。

3.2.1 「하소서体(hasoseo)」(-ㄴ이다(naida),-옵ㄴ이다 (opnaida),-습ㄴ이다(sapnaida),-소이다(soida),-수오리 다(saorida),-오이다(oida),-외다(oeda),-왼다(oenda))

(41) 아버지게셔는 쏠 싱ᄀ마르시고 쏠더신 사위의 공부ㄴ 잘ᄒ도록 학비ㄴ잘
　　　더여주시를 바람ㄴ이다.
　　　　(血,32) (최씨부인 딸・チェ氏婦人の娘 →아버지최쥬ᄉ・チェ主事:父))
(42) 더강 소식이ㄴ 아르시도록 말삼ᄒ압ㄴ이다.
　　　　　　　　(血,82)(옥년모(オクネンの母→옥년부・オクネンの父):

---

8) 심재기(1999)は、開化期教科書の文体について述べている。その中で、外見
　　上口語形を表す終結語尾の修辞的な伝統は伝来の漢文体に基づいていると
　　し、このような事実は開化期の文章の終結語尾が口語体か文語体か言い切れ
　　ない過渡的な二重性を表すとしている。また、開化期教科書の幅広い終結語
　　尾の利用は口語の色彩を高くしたと指摘している。
9) 이경우(1998)によると、平叙法に現れた開化期の終結語尾の「하소서
　　(hasoseo)」体の比率は2%使用があるという。

上層婦人が夫に書いた手紙)

(43) 긔화세상에 더불것무엇잇<u>소</u>.(중략) 무졍한남편을맛나 일평셩을 셔름으로보
너는사람은 텬치즁상뎐치<u>왼</u>다. 자-그러지말고 너쳥으로 입에대엿다라도
쎄시<u>오</u>.　　　　　　　　(鬢82)(황은률·中間階層→리씨부인·上層階層)

3.2.2「합쇼体(hapsyo)」(-ㅂ니다(ㅂnida),-습니다(seupnida),- 습디다 (seupdida),-ㅂ지오(ㅂjio),-ㅂ디다(ㅂdida),-ㅂ듸다(ㅂdeida),-올시다(olsida),*-ㅂ시다(請誘法))

(44) 월급은 더바라지아니하거니와 (演劇場)연희장구경이ㄴ 자쥬시겨쥬시면 좃
케<u>습니다</u>.　　　　　(血,40)(셜자·下女→졍상부인·上層階層の軍医婦人)

(45) 나리게셔도 무엇을 좀 사다가 잡습고 쥬무시면 좃케<u>습니다</u>.
　　　　　　　　　　　　(血,26)(막동·下人→최쥬사·チェ主事)

(46) 니가 오늘 아침에 전동가서 김승지 령감을 만ㄴ뵈왓소.그 령감이 흐도 이를
쓰시니 보기에 민망<u>합듸다</u>.　(鬼,47)(박참봉·朴參奉:上層階層→츈천집:
김승지(金ソンジ)의 소실 (小室·妾):中間階層)

(47) 엇덧타 말슴할 길이 업<u>습니다</u>.
　　　　　　　　　(鬼,45)(朴參奉→김승지·金ソンジ):上層階層

(48) 네 소인이 뫼시고 갑<u>지오</u>.　(ᄌ근돌·下人→셔씨부인·上層婦人(牧299))

(49) 서소문밧이<u>올시다</u>.　　(ᄌ근돌·下人→졍숙·上層婦人の娘(牧299))

3.2.3「하오体(hao)」(-소(so),-오(o),-소그려(sogeuryeo),-오 그려(ogeuryeo),-리다(rida))

(50) 여보 자식의게,저몹슬노르슬하고,걱졍이 아니된단 몰이<u>오</u>.나는,우리 길슌
의 싱각을 ᄒ면,쎄가 녹는듯ᄒ<u>오</u>.
　　　　　(鬼,3)(강동지부인·カンドンジ婦人 →강동지·夫·カンドンジ)
　　　　　　　　　　　(中間階層: カンドンジの婦人が夫に)

(51) 여보 마누라,ㄴ는잇쩌까지 아침밥도 아니먹엇<u>소</u>.
　　　　(鬼,63)(김승지·金ソンジ→부인·婦人)(上層階層の金ソンジが婦人に)

(52) 날을 도로 우리집에 보내줄것ᄌ흐면 아무데라도 가고 아무것을 시기더리도

하깃소.　　　　(血,34)(옥련・オクレン →일본군의 소좌・日本軍の少佐)

3.2.4 「해요体(haeyo)」(-어요(eoyo),-지요(jiyo),-구요(guyo),-아요(ayo))

(53) 글세말이<u>지요</u>.(鬼,84) (하녀점순・下女→ 중간계층 침모・中間階層の針母)
(54) 침모 ᄆ누라님은 격거 보셧<u>지오</u>.
　　　　　　　　　　(鬼,85) (하녀점순・下女→ 중간계층 침모・針母)
(55) ᄂ라는 양반님네가 다망ᄒ야 노섯<u>지오</u>.(鬼,27)
　　　　　　　　　　(막동・下人→최쥬사・チェ主事)

3.2.5 「하게体(hage)」(-네(ne),-데(de)-이(i),-데그려(degeuryeo),네그려(ngeuryeoe),-ᄂ베(nabe))

(56) 그것참,이상ᄒ일일세<u>그려</u>. ᄌ네딕 마님이,도라가시려고 환장하섯<u>ᄂ베</u>.
　　　　　　　　　　(鬼,84)(침모・針母・中間階層→점순・下女)
(57) 너가 읍니를 드러가면 동지님 동지님 ᄒ고 어더를 가던지 뇩회접시 술잔이
　　 ᄯ날 ᄯ가 업섯<u>네</u>. 　(鬼,4) (강동지・カンドンジ・中間階層→아내・妻)
(58) 혼쳐 혼쳐는 더고를것업<u>네</u>. 드러보면 자네도익숙히 ᄋ는사롬이니.
　　 紅(上)45 (김참서・上層階層→리직각・上層階層:親戚関係=김참서는 리직
　　 각 부인 오빠)
(59) 세 만은자네를 누가 감히들큰디 자네읍에ᄂ녀자식 가지고도 말을 못ᄒ겟<u>네</u>
　　 <u>그려</u>. 　　　　　　　(贅,11)복단어미・下層階層→금분・下層階層)

3.2.6 「해라体(haera)」(-노라(nora),-로다(roda),-다(da),-라(ra),-어라(eora),-더라(deora))

(60) 셜자야 네가 옥련이를 말도ᄀ르치고(仮名) 언문도 잘 가라쳐쥬<u>어라</u>. 말을
　　 아라듯거든 하로밧비 학교에 보ᄂ깃<u>다</u>.
　　　　　　　　　(血,40)(정상부인・上層階層の軍医婦人→셜자・下女)

(61) 너를 보면 덕단히 귀이홀것이니 너의 어머니로 알고 가셔 잇거라.

　　　　　　　　　　　　　(血,34)(日本軍の少佐→옥련・オクレン)

(62) 마당집에 가셔 밥이느 사셔먹고 이집 힝능방에셔 즈거라.

　　　　　　　　　　　　　(血,26)(최쥬사:チェ主事→막동・下人)

(63) 우이 인제, 왓소　　　　　　(鬼,82) (점순・下女 →작은돌・夫)

3.2.7 「해体(hae)」 (－아(a),－어(eo),－지(ji),－게(ge))

(64) 글셰말일셰 남의 자식을 위하야 이 고셩을 흐고 잇는 것이 너가 병신이지.

　　　　　　　(졍샹부인(血,51)(上層階層の軍医婦人→노파・年取った下女)

(65) 김승지령감이 츈쳔군수로 내려와서 우리 길순이를 쳡으로 돌라흐니 참 농

　　 쑴 꾸엇지.　　　　　　(鬼,4)(강동지・カンドンジ→아내・妻)

(66) 제 아비말을안이듯고 남의집까지 결단닉아노홀것을 즈식이라고 살녀두어

　　 무엇홀구. 그 쓰짓것 업는심치고 진작닉손으로 죽여버리고말지.

　　　　　　　　　紅(上)12(리직각・父:上層階層) →티희・娘))

(67) 누가 쑛어먹는다고힝소 불너오라시닛가 물어보앗지 복단어머니는 공연히

　　 남을 볼젹 마다 들큰 들큰흐네

　　　　　　(鬢,11)금분・女性の下層階層→복단어 미・女性の下層階層)

　以上、挙げた用例を大まかに分析してみると、現代韓国語との違いが分かる。例えば、現代韓国語では、高年齢層や格式ばった場合を除いては、ほとんど使用されなかった「하오(hao)」体(3.2.3)と「하게(hage)」体(3.2.5)が開化期の新小説では、よく使われている。そして、中世韓国語に存在していた「하소서(hasoseo)」体(3.2.1)がわずかながら、使用されていたことが分かる。

　また、今日改まった場面に使用される「합쇼(hapsyo)」体(3.2.2)は、20世紀初にはごく一般的に使用される形式であったことが分かった。さらに、「해요(haeyo)」体(3.2.4)は現代韓国語では、頻繁に使用する形式であるが、開化期には稀に使用される形式であったことも注目に値する。このように見ていくと、20世紀初期の終結語尾の使用傾向は

時代が下るにつれて、その大半が変化してきたが、命令形式の「해라(haera)」体(3.2.6)だけが変化せずに、現代に至っていると言える。

また、用例43の主たる文体「hao体」(하오체=「です・ます体に相当」)に「hasoseo体」(하소서체=「でございます体」に相当)が入った場合や、用例67のように女性の下層階層の間で、「hao体」(하오체)、「hae体」(해체=「だ体に相当」)、「hage体」(하게체=「だ体及び基本型+終助詞に相当」)が共存する場合がある。このように話し手は場面変化によって、敬体の中で、待遇度合いの違いに応じて文末表現を変えることができる。例えば、用例43の場面は、황은률(黄ウンユル)が리씨부인(李氏婦人)を誘う場面(結婚を求める、求婚する場面)である。さらに、用例67のように、話し手の細かな心理的な描写・感情の激しい変化と流れ(主に下層階層の対話である)を表すため、敬体(hao体)と常体(hage体、hae体)とのコードの切り換え(code switching)も見られる[10]。

4. 韓日両言語の文末表現形式の対照分析

次の<表1>から<表4>を見てみよう。<表1>は韓国語の終結語尾を調査した先行研究である。日本語の<表2>と<表3>は、房(2006)の調査結果を改めて、作成したものである。そして<表4>は、第3節で挙げた日本語と韓国語の用例と分析を基に、韓国語と日本語の文末表現形式の対応関係を大まかにまとめたものである。

---

10) 野田尚史(1998)は、ていねい体と普通体の文が混ぜて使われている文章・談話を材料に、「ていねいさ」の観点から現代日本語の文章・談話の構造を分析している。

<表1>「開化期における新小説(16作品)の平叙法に現れる終結語尾の比率」

(이경우(1998))

等分	하소서체 hasoseo	합쇼체 hapsyo	하오체 hao	해요체 haeyo	하게체 hage	해라체 haera	해체 hae
百分率(%)	2	22	15	9	10	22	20

<表2>「社会百面相(明治35年)における文末表現形式の比率」

文末表現	ダ	ヂャ	デアル	デアリマス	デゴザル	デゴザリマス	デゴザイマス	デゴザンス	デガス、デガス	デゴハス、デゴアス	デス
用例数 (894齣)	327	180	12	29	10	3	44	4	24	39	222
百分率 (100%)	36.6	20.1	1.3	3.2	1.1	0.3	4.9	0.5	2.7	4.4	24.9

<表3>「寂しき人々(明治44)における文末表現形式の比率」

文末表現	ダ	ヂャ	デアル	デアリマス	デゴザル	デゴザリマス	デゴザイマス	デゴザンス	デガス、デガス	デゴハス、デゴアス	デス
用例数 (389齣)	124	22	0	9	0	0	64	0	0	0	170
百分率 (100%)	31.9	5.7	0	2.3	0	0	16.4	0	0	0	43.7

<表4>「20世紀初期における韓国語と日本語の文末表現形式の対応関係」

スタイル	韓国語	日本語
敬体 (改まった表現)	하소서체(hasoseo体)	-ござります体
	합쇼체(hapsyo体)	-ございます体
	하오체(hao体11))	(-でござる系体、でげす、でがす体等)
	해요체(haeyo体)	-です体、ます体 基本型+終助詞
常体 (砕けた表現)	하게체(hage体)	-だ体、基本型+終助詞
	해라체(haera体12))	
	해체(hae体)	

　以下、上記<表4>にまとめた韓国語と日本語の文末表現形式の対応
関係について述べる。韓国語の中で待遇価値が一番高い「hasoseo
体」(用例42、上層婦人が夫に使用する:ウチ関係)は「ござります体」
(用例7、貴婦人→雑誌記者:ソト関係)に相当するが、その使用はきわ
めて少なく、両形式共に衰退していく形式であることが分かる。そし
て、改まった表現の代表的な形式として「hapsyo体」は、日本語の
「ございます体」が当り、両形式共にその使用も多い。次に、韓国語
の「hao体」が当時、一般的に使用(とりわけ、社会の各階層で妻が夫
に対して多く使用する)され、日本語の「です・ます体」がこれに対
応できそうである。韓国語の「hage体」、「haera体」、「hae体」は
日本語の常体「だ体」と「基本型+終助詞」に該当するのではなかろ
うか。一般的に現代韓国語の「hapsyo体」、「hao体」、「hage
体」、「hae体」などの4等分に簡素化の傾向があると言えるが、現代
日本語に当てはめると、だいたい「ございます体」は「hapsyo体」、
「です・ます体」は「hao体」、「だ体」は「hage体」、「hae体」体
と考えることができる。

　日本語の場合、夫が妻に対して、「です・ます体、だ体」を中心に
使用している。しかし、妻は夫に「ございます体、です・ます体」を
主に使用しており、女性の方が男性により高い文末表現・待遇表現を
選択していることが分かる。

　一方、韓国語の場合を見ると、上層階層では夫が妻に対して、

---

11) 現代韓国語で、「hao体」を敬体(格式体)と見なしている研究は、서정수
　　(1984)があるが、박영순(1976)では「hao体」を常体(非格式体)として捉えて
　　いる。なお、서정수(1984)では、「hage体」も敬体として捉えているのが特
　　徴的である。
12) 유송영(1994)では、命令の「haera」体と命令の「hae」体を区分し、力
　　(power)と親近感や新密度(solidarity)の概念を導入し、「hae」体が「haer
　　a」体より力(power)からは優勢であり、親近感や新密度(solidarity)からは
　　「haera」体が「hae」体より優勢すると指摘し、体系化ている。

「hapsyo体」の使用が見られるなど相当高い文末表現を用いてい
る[13]。韓国人の上層男性の場合は高い待遇表現(自分の妻に対しても
hapsyo体)を選択し、夫婦関係の言葉遣いは比較的に対等に使用され
ている。この点が日本語との大きな違いである。しかし、韓国語の場
合においても、下層階層では夫婦の間で夫が妻に対して、砕けた言い
方で妻を低く待遇している。

　常体の韓国語「hage体」、「haera体」、「hae体」などは、砕けた
言い方として親近感や新密度(solidarity)の高い相手に使用されるし、
とりわけ命令の「haera体」、「hae体」は社会的な地位が使用の物差
しとなっており、上下関係や主従関係が関わっている。

　また、次の<図1>は調査した用例の対照分析に基づいて作ったもの
で、社会階層からみる韓日両言語の文末表現形式である。

<図1>「社会階層からみる韓日両言語の文末表現形式」

　　<韓国語>　　　　　　　　　　　<日本語>

<上層階層> hasoseo体、hapsyo体、hao体、 haeyo体、hage体、haera体、 hae体	<上層階層> ございります体、ございます体、 です・ます体、だ体
<中間階層> 　hao体、hage体、hae体	<中間階層> ございます体、です・ます体、 だ体
<下層階層> 　hapsyo体、haeyo体、 haera体、hae体	<下層階層> ございます体、です・ます体、 だ体

13) 例えば、김승지(キンソンジ)が妻に対して、「여보,지는일이야,말ᄒᆞ여쓸
　　써잇소 욥일이ᄂ,의논합시ᄃ」(鬼、66)

　ここでは、夫婦関係の使用に注目してまとめてみたい。両言語共に夫が妻に対して待遇価値の低い文末表現を使用している。韓国語の場合、下層では妻が夫に対して「hao体」を、夫は妻に対して砕けた「haera体」を使用する。中間階層では、下層と同様に妻が夫に「hao体」を用いているが、夫は妻に親近感を表す「hage体」を主に用いている。上層では、夫婦関係でお互いに「hao体」を用いている。上層階層では、夫婦の間で文末表現からは対等関係が見受けられる。女性の場合は社会階層とは関係なく、夫に敬体の「hao体」で待遇しているが、男性は「haera体」「hage体」「hao体」などの違いを見せている。

　一方、日本語の場合、基本的には韓国語と同じ傾向が指摘できるが、各階層に関係なく、妻が夫に対しては「です・ます体」が中心となっており、文脈によって「でございます体」が使用される場合もある。しかし、夫は妻に対して、社会階層の上下に関係なく、主に「だ」(です・ます体)体を使用している。このように見ていくと、日本人の男性・夫は韓国人の男性・夫より、妻に対して低い文末表現を使っていることが分かる。また、上層の妻を見ると、両言語共に改まった文末表現を使用する。韓国語の場合、妻が夫に主に「hao体」を用いているが、「hasoseo体」と「hapsyo体」も場面によって使用している。日本語の場合は、妻が夫に「です・ます体」と「ございます体」を使用するが、「hasoseo体」に当る「でござります体」はその使用が見られない。

5. 結びと今後の課題

　以上、述べてきた内容をまとめると、(調査した資料の範囲内で限

定して言えば)文末表現形式の整理現象という観点から指摘できる。

　本研究は、20世紀初期の韓日両言語における待遇表現の対照研究を行ったものである。韓日両言語の待遇表現・敬語に対する対照研究は現代語が中心であり、歴史的な研究、とりわけ20世紀初期の待遇表現について両言語の対照研究はあまり行われていない。そこで、本研究では、日本の明治末期と韓国開化期(1876─1910)末期を対象とし、その当時に発表された小説の中、とりわけ待遇表現の根幹をなしている文末表現形式を分析・対照を試みた。分析の結果、次のようなことが言える。

　文末表現形式の整理現象という観点から指摘できる。20世紀初期における韓日両言語の中、文末表現形式からは、韓国語が日本語より相対的に多様であることが言える。韓国語の開化期の文末表現(終結語尾)の等分が多様である。開化期の新小説を調査した結果、7つの等分に分けることができる。すなわち、4等分(「합쇼(hap-syo),하오(ha-o),하게(ha-ge),해라(hae-ra)体」)に加えて「하소서(ha-so-seo),해요(hae-yo),해(hae)」体が存在していたことが分かる。

　日本語の場合はとりわけ明治末期になると、文体の簡素化が進み、「ございます体」「です・ます体」「だ」体など現代日本語の文末表現形式とほとんど一致していることが分かる。韓国語の場合、20世紀はじめのごろには文体の整理現象はまだ始まっていないと言えよう。しかし、日本語の場合は、それと同時期である明治期の終わりごろには文体の整理現象が既に起こり、簡素化が早く進行・定着したと考えられる。

　なお、日本人の男性・夫は韓国人の男性・夫より、妻に対して低い文末表現を使っていることが分かる。韓国人の上層男性の場合は高い待遇表現(自分の妻に対してもhap-syo体)を選択し、夫婦関係の言葉遣いは比較的に対等に使用されている。この点が日本語との大きな違

いである。

　両言語の文末表現形式の機能の違い(日本語の終助詞が絡むので複雑であろう)がどのくらいあるのか、それから文末表現形式の変化の度合いの違いについては、今後さらなる分析をしていかねばならない。今後、このような点を視野に入れつつ、対照研究を続ける考えである。

■参考文献

金順任(2005)『日本語と韓国語の第三者敬語の対照研究』東京外国語大学大学院
　　　　博士論文

金淑美(1995)「韓日敬語用法の対照研究-話題の人物の待遇を中心に-」『日本語
　　　　教育』85 日本語教育学会

朴栄順(1976)'국어 경어법의 사회언어학적 연구'『국어국문학』72-73

서정수(1974)'韓日 両国語의 敬語法 比較研究'『수도여사대 논문집』5

＿＿＿＿(1984)『존대법의 연구--현행대우법의 체계와 문제점』 한신문화사

성기철(1970)'国語 尊待法 研究'『충북대 논문집』4

심재기(1999))'開化期의 문체(1)-교과서 문체를 중심으로-'『국어 문체 변천사』
　　　　집문당

유송영(1994)'국어 청자 대우법에서의 힘(power)과 유대(solidarity)(Ⅰ)-불특정
　　　　청자 대우를 중심으로'『국어학』24 국어학회

이경우(1998)『최근세국어 경어법연구』태학사

홍민표(1996)'한일대학생의 언어생활의 비교연구'『일본학보』37집 한국일본학회

홍사만(1993)『한・일어대조어학/논고』탑출판사

＿＿＿＿(2002)『한・일어 대조분석』도서출판 역락

梅田博之(1977)「朝鮮語における敬語」『岩波講座日本語4敬語』岩波書店

荻野綱男・金東俊・梅田博之・羅聖淑・廬顕松（1990）「日本語と韓国語の聞き手
　　　　に対する敬語用法の比較対照」『朝鮮学報』136　朝鮮学会

荻野綱男・金東俊・梅田博之・羅聖淑・廬顕松（1991）「日本語と韓国語の第三者
　　　　に対する敬語用法の比較対照」『朝鮮学報』141 朝鮮学会

小松寿雄(1988)「東京語における男女差の形成-終助詞を中心として-」『国語と
　　　　国文学』65-11 東京大学 国語国文学会 pp.94-106

寺田智美(2000)「明治末期の女性語について-夏目漱石の小説にみえる「絶対女性語」
　　　　の考察-」『早稲田大学日本語研究教育センター紀要』13号 pp.169-187

野田尚史(1998)「ていねいさ」からみた文章・談話の構造」『国語学』194集 国語
　　　　学会 pp.1-14

房極哲(2000)「社会百面相」における文末表現形式―諸形式と社会階層との関わ
　　　　り」『日本学報』45輯 韓国日本学会 pp.73-83

＿＿＿＿(2006)'近代日本語 待遇表現의 社会言語学的 研究-文末表形式을 중심으로
　　　　-'『日本語学研究』第15輯 韓国日本語学会 pp.81-97

任 利(2005)「明治30年代の小説における性差と文末表現」『日本語と日本文
　　　　学』40号 筑波大学 国語国文学会 pp.1-15

第2章
韓·日 大学生의 敬語使用 実態調査
-敬語教育의 観点에서-

1. 들어가기

　본 연구의 목적은 최근 한일 대학생들의 경어사용 실태조사(앙케트 조사)를 통하여, 특히, 한국인 일본어 학습자에게　현대일본어 경어 운용에 도움을 주는데 있다. 그리고 한국인 일본어 학습자들의 경어에 대한 운용 능력을 바탕으로 그 문제점을 파악하여, 궁극적으로 교수자에게 경어교육의 올바른 방향을 제시하는 등 경어교육에 응용을 도모하고자 한다.

　한국에서 대학생 일본어 학습자들의 경어습득 대부분은 학교교육에 의존하고 있는 것이 주지의 사실이다. 개인적인 일본생활의 체험이나 유학경험은 극소수 학생에게는 주어지나, 대부분의 학생들은 최근의 자연스런 경어 습득 조건이 구비되어 있지 않고, 사회경험의 기회가 주어지기 어려운 환경이다. 따라서 교수자들은 교육현장의 실태와 최근의 경어사용 실태파악이 필요하며, 그 실태파악에 근거한 문제점의 해결, 다시 말해서 한국인 일본어 학습자들의 올바른 경어운용의 지도야말로 교수자에게 매우 중요한 과제가 될 것이다.

2. 선행연구 및 본 연구의 입장

최근에 사회언어학적인 관점에서 한일 양언어의 대조연구가 많이 이루어지고 있다[1]. 호칭이나 문말표현에 의한 경어사용, 대우표현에 관한 연구와 언어행동과 宇佐美まゆみ(2001)의 연구처럼 대인(対人) 커뮤니케이션에 관한 연구가 있다[2]. 그리고 대조연구의 대부분이 경어사용 실태에 주목한 것이 많다. 본 연구에서도 선행연구의 흐름을 이어받아 적절한 사용에 어려움이 있는 경어표현의 사용 실태에 주목하고자 한다.

본 연구에서는 특히 젊은 대학생들의 언어, 젊은이 언어에 주목하고자 한다. 이것은 최근 젊은이들의 경어운용이 불충한 점과도 연관이 있다. 소위 경어의 혼란·'ゆれ' 현상이 생기고 있는 현실을 교육현장에서 적절히 대처할 필요가 있으며, 혼란의 정도는 아니더라도 경어사용의 방향에 대한 바른 지적이 요구된다. 여기에 현재 일본 학생들의 경어사용 실태조사가 필요하고, 한국인 일본어 학습자들의 경어 사용 현황과 경어 이해도를 대조 분석하는 것은 경어교육 응용에 시사하는 바가 클 것으로 기대된다[3].

3. 조사대상 및 조사방법

본 연구에서는 제한적인 경어사용의 실태조사를 통해서, 경어사용의 경

---

1) 예들 들어, 사회언어학적인 방법으로 한일 양 언어 경어의 대조연구로 荻野他(1991),金淑美(1995),홍민표(1996), 姜錫祐(2001),金順任(2005)등의 연구가 있다.
2) 宇佐美まゆみ(2001)는 최근에 '담화 Politeness'라는 관점을 도입하여, 화화문의 스타일이 '담화 Politeness'속에서 어떠한 対人 커뮤니케이션상의 기능을 담당하고 있는가를 고찰하고 있다.
3) 예를 들어, 李善姫(2004,2006)에서는 한국인 일본어 학습자(대학생)의 불만표명에 대해서 일본인 모어화자와 상이점 및 특징에 대해서 논하고, 일본어 교육에 응용의 필요성을 제시하고 있다.

향을 지적하고 한국인 일본어 학습자들의 경어교육에 응용을 염두하고 조사를 실시하였다. 조사대상 및 조사방법 조사기간 조사내용 등은 아래와 같다.

3.1 조사대상

3.1.1 <일본의 경우> 전체 조사 참가자: 37명 (남:16명 여:21명)

○信州大学: 21명(남:10명 여:11명)

　　　남:(인문, 경제학부1학년), 여:(인문학부 1학년)

○宮崎大学: 16명(남6명: 여:10명)

　　　교육문화학부 8명, 농학부 1명, 공학부 1명.

　　(대학원 일본어지원 교육 專修生 5명, 미야자키 대학 졸업 유학생1명 포함)

3.1.2 <한국의 경우> 전체 조사 참가자: 23명(남:3명, 여:20명)

○순천대학교 일어일문학 전공 21명 (2학년4명,3학년8명,4학년 9명)

　기타 2명 (조교1 및 교육대학원생 1명 포함)

　*앙케트 조사 기준은 일본어 능력 고려, 능력시험1,2급과 JPT성적을 고려.

　*일본어 능력시험(JLPT) 1급 10명, 2급 11명. JPT성적 고려 2명.

　*JPT시험 성적은 일본어능력시험 1급 상당수준 (750점 1명,670점 1명)임.

　*대학생활 중 6개월 이상의 유학 경험자 3명,

　　　　　　6개월 이상 장기체재 경험자 1명임이 포함되어 있음.

3.2 조사방법 및 실시기간

　　　○조사방법: 앙케트 조사를 실시. 자유기입 후 회수.

　　　○실시기간: 2005년12월1일-2006년 5월31일까지[4].

---

4) 특히, 미야자키대학의 경우는 순천대학교에 한국학 프로그램(2005년 11월28
　일-12월4일)에 참가한 학생10명과 미야자키대학의 교육문화학부 교육학연구

3.3 조사내용

본 연구의 조사 내용은 크게 4가지 항목으로 나누어 실시하였다. ① 경어동사「いらっしゃる」의 사용실태 ② 종조사의 사용실태 ③ 인칭대명사 및 호칭의 사용실태 ④ 이중경어 및 미화어의 사용실태. 상기의 항목을 선정한 이유는 한국인 일본어 학습자들이 경어사용과 일본 학생들 사이에 경어사용의 차이가 예상되며, 경어교육시 주의를 요하는 핵심 내용으로 판단하였기 때문이다. 본 연구의 조사 내용이 다소 많아 논지의 초점이 분산될 염려는 있지만, 한국인 일본어 학습자에게 경어교육의 활용을 염두 해 두고 다양하게 조사하였음을 밝혀 둔다.

4. 대학생 앙케트 조사 결과 및 고찰

4.1 경어동사「いらっしゃる」의 사용실태

「居る」「来る」「行く」의 존경어인「いらっしゃる」조사 결과는 다음과 같다. 장면은 평상시 접하는 윗사람(학교 선생님, 직장상사 등)에 대해서 아래의 밑줄 친 부분을 경어로 어떻게 말하는지 조사하였다[5]. 1) (선생님의 연구실에 전화를 걸고) 今日学校に<u>いる</u>か。2)明日も学校へ<u>来る</u>か。3)これから、食堂に<u>行く</u>のか。한편, 경어동사 전체에서 분석할 필요가 있으나, 본 연구에서는 존경어만 조사대상으로 하여, 겸양어 등은

과 일본어지원 대학원생들의 순천대학교에서 교육실습기간(2006년 5월 22일 -5월31일까지)에 앙케트 조사를 실시하였음.

5) 장면설정은 水谷美保(2005)를 참조하였다. 그리고 水谷의 장면을 참고한 것은「いらっしゃる」의 조사에 적절한 장면이고, 한국인 일본인 학습자에게 어떻게 적용이 되는지 비교하기 위해서 같은 장면을 설정하였다.

조사항목에서 제외하였음을 밝혀둔다.

「居る」의 존경어로 일본인 조사자 전체 37명 중 29명이 사용하여, 78.3%가 사용하고 있다. 「来る」의 존경어로는 37명 중 12명이 사용하여 34.2%이다. 반면, 「行く」의 존경어로는 37명 중 1명만이 사용하고 2.7%에 지나지 않는다. 즉, 일본 대학생들은 윗사람인 선생님에 대해서 경어표현을 사용할 경우, 존경의 경어동사 「いらっしゃる」는 「居る」 「来る」의 의미로는 사용하고 있으나, 「行く」의 의미로는 거의 사용하지 않는다는 점을 알 수 있다. 이는 현대일본어에서 「いらっしゃる」의 의미영역에서 「行く」의 존경어로는 거의 사용되고 있지 않다는 사실을 반영하고 있다고 볼 수 있다6).

반면, 한국 학생들의 앙케트 조사를 분석하면, 존경어 「いらっしゃる」의 경우는 「居る」 「来る」 「行く」 모두 높은 비율로 사용하고 있음을 알 수 있다. 특히 「居る」의 경우, 응답자 전원이 「いらっしゃる」를 사용하고 있어, 거의 정형화된 형태로 「いらっしゃる」는 「居る」의 존경표현의 대표적 형식으로 한국인 일본어 학습자들이 인식하고 있다. 또한, 한국 학생들이 선생님에 대한 경어표현으로 가장 경의도가 높은 표현을 선택한 것으로 보인다. 그리고 이러한 결과는 다른 경어표현에 대한 경어지식이 상대적으로 높지 않음의 반영이기도 하다.

「来る」의 의미로 사용하는 경우도 선생님에 대한 경어표현으로 「いらっしゃる」가 한국 학생 23명 중 15명인 65.2%로 많이 선택되어, 일본

---

6) 水谷美保(2005)参照. 水谷는 관동지방(東京都、神奈川県、千葉県、埼玉県)의 생육 및 거주의 20세이상 146명의 앙케트 조사와 동경출신 작가 76명의 소설 76작품을 조사하여, 「いらっしゃる」의 의미영역의 축소(특히 「行く」의 존경어 사용비율 축소)를 밝히고 있다. 「行く」의 형식에 연령차가 두드러져 대체로 50대 이상에서는 「いらっしゃる」가, 그 이하의 세대는 「行かれる」가 앙케트 조사에서 선택되었다. 또한, 소설에서도 1940년대 이후 출생작가는 「いらっしゃる」를 「行く」의 존경어로 사용하는 경우는 이전의 작가에 비해서 확연히 줄어든 점을 지적하고 있다. 그리고 이러한 이유를 조동사 「れる」 정착의 시기와 연관하여 생각하고 있다.

학생들이 「いらっしゃる」의 37명 중 12명인 32.4%인 점과 차이가 있다. 반면, 일본학생의 13명인 35.1%가 「こられますか」를 선택하고 있으나, 한국 학생의 경우 5명인 21.7% 정도가 선택하고 있어 선생님에 대한 한일 양국 학생들의 경어표현 「来る」의 선택에 다소 차이를 보여주고 있다.

「行く」의 의미로 사용되는 「いらっしゃる」는 한일 양국의 차이가 가장 두드러지며, 이는 한국인 일본어 학습자들이 유의해야 할 사항이다. <표1>에서 확인할 수 있듯이 일본 학생의 경우,1명(2.7%·여학생)만이 「行く」의 의미로 「いらっしゃる」를 사용하고 있다. 그러나 한국의 응답자는 23명 중 18명인 78.2%가 「行く」의 의미로 「いらっしゃる」를 사용하고 있다. 따라서 이러한 차이점을 교수자는 인식하고 경어교육에 적용·응용하도록 해야 할 것이다.

이상의 내용을 <표>로 정리하면, 다음<표1>과 같다.

<표1> 「경어동사 「いらっしゃる」의 사용현황」

敬語動詞	意味	敬語表現	日本 (37명)	韓国 (23명)
いらっしゃる	居る	いらっしゃいますか	29	23
		おられますか	6	0
		いられますか	1	0
		おいでになりますか	0	0
		その他	1	0
	来る	いらっしゃいますか	12	15
		こられますか	13	5
		おいでになりますか	7	3
		おみえになりますか	4	0
		その他	1	0
	行く	いらっしゃるの(ん)ですか	1	18
		いかれるの(ん)ですか	33	4
		おいきになるの(ん)ですか	1	1
		おいでになるの(ん)ですか	0	0
		その他(いかれますか)	2	0

　이상 살펴본 것처럼, 한일 양국에서 큰 차이를 보이는 항목은 「行く」에 관련된 내용이다. 일본인 학생들이 「いらっしゃる」를 「行く」의 존경의미로 거의 사용하지 않는다. 반면, 한국인 일본어 학습자・한국 학생이 「いらっしゃる」를 「行く」의 존경의미로 많이 사용하고 있는데, 이는 올바른 경어교육을 위해서 주목해야 할 부분이다. 이하, 왜 이러한 현상이 발생하는지 그 이유・배경을 생각해 보기로 하자.

　첫째, 한국 학생들은 「いらっしゃる」라는 경어동사의 의미를 「居る」 「来る」 「行く」의 3가지가 있다고 학습・이해하고 있다. 따라서 3가지의 의미가 정중한 경어표현이 요구되는 상황에서는 자연스럽게 선택할 수 있다고 판단하고 있다. 이러한 현상의 원인은 (초급교과서의 문제도 생각할 수 있으나)교수자가 학습자에게 경어교육의 현장에서 교육시킨 결과로 해석할 수 있겠다.

　둘째, 일본 학생들의 대부분은 「いらっしゃる」를 「行く」의 존경어로 인식하고 있지 않다. 그 결과, 「行く」을 사용할 경우 존경표현으로는 「いらっしゃる」를 선택하지 않고, 그 대신 「いかれる」의 「―れる」 존경 형태를 사용하고 있다. 일본어 경어에서 경어동사의 사용보다 「―れる」 「―られる」의 사용이 많이 이루어지고 있는 사실과 연동(連動)하여, 일본 학생들은 「―れる、―られる」의 존경표현의 사용으로 충분하다고 판단하고 있다. 그러나 한국 학생은 「―れる、―られる」의 존경표현 자체는 이해하고 있으나, 실질적인 사용상황은 상당히 주저하고 있기 때문으로 해석이 가능하다. 그리고 「―れる、―られる」의 경의의 정도에 대해서도 확신이 부족하고, 높임말에 너무 민감하고 상대방인 선생님을 지나치게 의식한 결과 「いらっしゃる」를 스스럼없이 선택하고 있는 듯하다.

　또한, 「どこに行くのか」의 경어로 「どこにいらっしゃるの(ん)ですか」의 물음에 아래와 같은 내용의 설문을 실시하였다.

(a) 사용한다.(使う)

(b) 자신은 사용하지 않지만, 이상하지 않다.(自分は使わないが、おかしくない)

(c) 자신은 사용하지 않지만, 위화감이 있다.(自分は使わないし、違和感がある)

(d) 자신은 사용하지 않고, 매우 위화감이 있다.

(自分は使わないし、非常に違和感がある)

(e) 모르겠다.(わからない)

「どこに行くのか」의 경어표현으로 「どこにいらっしゃるの(ん)ですか」에 대한 앙케트에 일본인 학생은 37명 중 30명으로 81%는 '자신은 사용하지 않고 위화감이 있다, 혹은 매우 위화감이 있다'라는 응답c)d)를 보였다. 그러나 37명 중 여학생 2명인 5.4%만이 이 경어표현을 사용한다는 응답a)을 보이고 있다. 여기에서도 일본인 학생은 「行く」의 존경표현으로 「いらっしゃる」는 거의 사용하지 않는다는 사실을 확인할 수 있다.

반면, 한국인 학생들은 상기 설문에 23명 중 10명으로 43.4%가 사용한다는 응답a)를 보이고 있으며, 사용하지 않으나 이상하지 않다는 응답b)의 8명을 포함하면 총23명 중 18명으로 78.2%가 「行く」의 존경표현인 「いらっしゃる」에 대하여 저항감 없이 받아들이고 있다. 그리고 한국인 23명 중 4명(응답c)만이 17.3%가 자신은 사용하지 않고, 위화감이 있다는 결과를 보여주고 있다. 이러한 사실은 상기 언급한 일본인 81%와 매우 상반된 결과이다. 따라서 일본어 교수자가 한국인 일본어 학습자에게 경어교육시 주의·배려해야 할 부분이라고 생각된다. 이 부분에 대한 응답결과의 차이는 한일 양국의 언어행동의 언어 문화적인 차이가 있을 수 있다고 판단되나, 보다 구체적인 분석은 향후 과제로 삼고 싶다.

4.2 종조사의 사용실태

일본어 종조사, 文末詞에 관한 연구는 매우 많고, 性差와 관련된 고찰이

주류를 이루고 있다. 최근에는 小川早百合(2006)의 연구에서 알 수 있듯이 현재 여성도가 높은 전통의 종조사가 모두 실제생활에서는 거의 사용되지 않고 있다는 점이 주목할 만하다7). 또한, 水本光美(2006)에서 TV드라마와 실제 사회생활에서 여성의 文末詞・종조사의 사용 차이를 지적하고 있다. TV드라마에서는 여성어(예를 들면 종조사「わ」)가 많이 사용되나, 실제 생활에서는 사용비율이 극히 낮다. 20대 30대 여성의 사용이 거의 없는「わ系」의 文末詞・종조사를 동세대 남성들의 대부분은 여성들이 사용하기를 기대하고 있다는 점이 주목된다. 현실 사회생활에서 전형적인 남녀차이를 나타내는 종조사가 거의 사용되지 않게 된 실태는 현대의 사회가 남녀 역할 구분을 강조하지 않는 사회적 풍조의 반영이기도 하다. 이러한 점을 염두해 두고서 외국인 일본어 학습자에게 종조사 교육시 접근할 필요가 있다고 본다.

종조사는 특성상 화자와 상대방간의 인간관계를 전제로 하여 사용되므로 종조사를 자칫 잘못 사용하면 상당히 커뮤니케이션에 지장을 초래하고 화자는 신경이 쓰인다. 그리고 외국인이 일본어 종조사의 적확한 용법을 이해하고 일상 언어생활에서 자연스럽게 사용하기에는 상당히 어려움이 있다. 현대 일본어 종조사에 관한 연구는 다수가 존재하고, 특히 性差가 명확히 존재하는데, 외국인의 종조사 사용에 대한 연구는 그다지 보이지 않는다8). 종조사의 경우는 화자의 적절한 판단을 나타내는 넓은 의미의 모달리티의 범주에 속하므로 상급일본어 학습자에게도 틀리기 쉬운 것이 주지의 사실이고, 성별에 맞는 종조사의 올바른 사용이 요구된다. 이러한 사실을 염두 해 두고서 본 조사를 실시하였다.

여기에서는 종조사의 경우, 친한 친구사이에 어떠한 종조사를 사용하는

---

7) 小川早百合(2006)에서는 많은 사전에서 여성도가 높은 종조사로「わ、かしら、てよ、て、こと」등 상위 5語 모두가 실제는 거의 사용되고 있지 않다고 지적하고 있다.

8) 예를 들면, 李善雅(2002)에서 토론장의 언어행동 고찰에서 일본인 모어 화자와 한국인 일본어 학습자의 언어행동 차이에서 종조사를 다루고 있다.

지 조사하였다. 전화로 하이킹이 예정되어 있는 친구에게 내일은 비가 올 것 같다는 일기예보를 전하는 장면이다. 당신은 자신이 아래의 표현을 사용하는가?(a), 사용하지 않는가?(b), 잘 모르겠다(c).라는 항목을 조사하였다. 한편, 여기에서는 종조사의 사용 경향을 파악하기 위한 조사이므로, 종조사의 순서는 편의상의 구분이고, 기능별로 구별하지 않았음을 밝혀 둔다.

    (1) あしたは<u>雨だよ</u>。
    (2) あしたは雨<u>だぞ</u>。
    (3) あしたは雨<u>だぜ</u>。
    (4) あしたは雨<u>よ</u>。
    (5) あしたは雨<u>だわよ</u>。
    (6) あしたは雨がふる<u>よ</u>。
    (7) あしたは雨がふる<u>わよ</u>。
    (8) あしたは雨<u>だね</u>。
    (9) あしたは雨<u>ね</u>。

그 결과, 한일 양국의 차이점을 살펴보면 다음과 같다.

<표2>「종조사의 사용현황」

일련번호	항목	일본(남16)	일본(여21)	한국(남3)	한국(여20)
1	a	15	19	3	19
	b	1	2	0	1
2	a	10	3	1	5
	b	6	18	2	15
3	a	6	0	1	3
	b	10	21	2	16 c:1
4	a	3	8	2	14
	b	13	13	1	4 c:2
5	a	1	3	0	11
	b	15	18	3	8 c:1

6	a	14	18	1	16
	b	2	3	2	4
7	a	1	4	1	13
	b	15	14 c:3	2	6 c:1
8	a	9	15	2	11
	b	5 c:2	6	1	9
9	a	2	3	3	6
	b	14	15 c:3	0	12 c:2

(＊) 짙은 숫자 표시부분이 양국의 相異点으로 생각할 수 있다.

　한일 양국 비슷한 사용 경향을 보인 종조사로「だよ、だぞ、だね、よ」등은 남녀 사용에서 양국 모두 유사한 결과를 보이고 있다. 특히, 2)번의 용례「だぞ」의 경우, 여성의 사용(일본3명, 한국5명)이 있어 종래의 절대 남성어로서 종조사「ぞ」의 변화를 엿볼 수 있다.

　양국에서 사용의 차이를 보이는 부분(<표2>에서 숫자가 짙은 표시부분)을 보면,「だぜ」의 경우 여성의 사용이 없는 절대 남성어이다. 그러나 한국 여학생 3명이 사용에 응답을 보이고 있다. 이것은 다른 언어 환경·매체의 영향보다는 학습자의 학습 부족인 것으로 생각된다. 4번 물음인「あしたは雨よ」의 체언·명사(雨)+「よ」에 관한 응답에서 일본 여학생은 사용하지 않는다는 응답이 사용하는 응답보다 많았다. 그러나 한국 여학생은 사용한다가 14명으로 사용하지 않는다는 4명에 지나지 않는다. 이러한 결과는 일본 학생은 남녀모두「명사(雨)+よ」의 전문표현으로서 사용시 상당히 회피하는 것을 알 수 있다. 이것은 종조사「よ」가 지니고 있는 강한 주장의 용법이 있기 때문으로 생각되며, 5번의 물음도 마찬가지로 이해할 수 있다. 반면, 한국학생은 거리낌 없이 사용하고 있다는 응답이 많다. 이 부분에 대해서 일본어 교수자는 전문 용법에「よ」「だわよ」의 사용 지도에 주의할 필요가 있다.

　종조사「ね」의 사용은「だね」「ね」모두 양국 비슷한 결과를 나타내

고 있어 큰 문제는 없어 보인다. 다만, 본 연구에서 조사하지 않았지만,「よ
ね」의 사용에 한국인 일본어 학습자는 학습이 되어 있지 않아「ね」만 사
용하는 문제를 지적하고 있듯이 이 부분도 주의가 요망된다9).

4.3 인칭대명사 및 호칭 사용실태

인칭대명사의 사용에 대한 응답 결과는 다음과 같다. 설문내용은 '당신
은 친한 친구에 대해서 (잡담할 때) 자신을 무어라고 칭합니까?'이다. 먼저,
일본 남학생들은 친한 친구사이에「わたし」의 사용이 없고,「おれ」
(75%)「ぼく」(12.5%)「わし」(6.25%)「自分」(6.25%)의 순서로 나타
났다. 한국인 남학생은 피조사자의 숫자가 적기 때문에 단정하기 어려우
나, 3명이 다양하게 「わたし」,「ぼく」,「おれ」의 응답을 보이고 있다.
이것은 일본인 남학생이 친한 사이에「わたし」를 사용하지 않는 점, (설
문자의 숫자가 적어 좀 더 보완자료가 필요한 부분이나)「わし」「自分」
의 사용이 한국인 남학생에 응답이 보이지 않는 점은 일본어 교육상에
주의해야 할 부분으로 생각된다. 이러한 현상은 일본어의 대표적인 일인
칭대명사에「わたし」의 존재를 한국 학생들이 초기 학습단계에서 교수자
로부터 강하게 영향을 받았기 때문으로 생각된다. 또한, 성차에 대한 인칭
대명사의 사용구별과 상대방과의 인간관계에 따른 인칭대명사의 사용 환
경에 대해서 교수자 및 학습자 모두 그다지 주의를 기울이지 않고 있는
사실과도 연관이 있을 것이다10).

---

9) 大曾美惠子(2005)参照. 예를 들면,「よね」의 사용은 일본어 모어화자인 경우
　자신의 입장을 명확히 상대에게 제시하면서, 상대의 이해와 공감을 얻는 형태
　로 담화를 전개한다. 그러나 한국인 일본어 학습자의 경우,「よね」의 학습이
　되어 있지 않아「ね」만 사용하여 상대방의 동의를 당연하게 말하는 상대 배
　려가 불충분한 점을 지적하고 있다.

10) 인칭대명사의 한일 양국의 사용 환경의 차이로 예를 들어, 李善姬(2006)을
　참조하면 불만표명의 경우, 한국인 일본인 학습자는 일본어 모어화자에 비해
　서「私」「俺」「あなた」「あんた」등을 다용하고 있다고 지적하고 있다.

또한, 정중한 장면(설문내용: 당신은 선생님에 대해서 (상담할 때) 자신을 무어라 칭합니까?))에서 한일 양국의 인칭대명사 사용의 차이가 보인다. 일본 남학생들은 선생님과 상담시 자신을 지칭하는 일인칭대명사로 「ぼく」(16중 8명)를 사용하고 있다. 예상과는 달리 「わたくし」(1명) 「わたし」(3명)로 나타났다. 반면, 한국인 학생은 「ぼく」의 응답이 나타나지 않았다. 한국 학생들이 선생님에 대한 일인칭대명사로 「ぼく」를 사용한다는 것 자체에 상당히 주저한 것으로 보인다. 따라서 이 부분에 대해서도 적절한 교육이 필요하다. 상기 조사 결과에서 알 수 있듯이 최근 일본 대학생들은 선생님에 대해서 자신을 칭할 때 「ぼく」로 충분하다는 의식이 있는 듯하다.

여학생의 일인칭대명사는 한일 양국에서 큰 차이점이 없다. 이것은 일인칭대명사 「わたし」의 역할이 여성에게는 절대적이기 때문에 양국에서 큰 차이를 보이지 않고 있다. 단지, 선생님과 상담시 일본 여학생의 경우, 전체 20명 중 3명이 「あたし」라는 다소 친밀한 사이에 사용하는 일인칭대명사를 선택하였다. 그러나 한국인 여학생 21명은 「あたし」를 선생님과 대화에서 전혀 사용하고 있지 않다. 친구사이에 일본 여학생은 「うち」를 20명 중 3명이 사용하고 있고, 이름도 1명이 사용하지만, 한국 여학생은 「あたし」「わたし」의 사용밖에 없다. 결국 일본 여학생들은 한국인 학생에 비해서 다양하게 자신을 지칭하게 있음을 알 수 있다.

가정에서 어머니, 아버지에 대한 호칭에 관한 설문 응답의 차이를 살펴보자11). 자유기입형식(2개 이상 기입한 경우도 있음)으로 부모에 대한 호

그리고 불만표명과 같은 상대의 체면(face)을 위협하는 발화행위를 일본어로 적절히 구사하는 것의 어려움과 이를 해결하기 위해서 일본어 교육에 도입의 필요성을 역설하고 있다.

11) 홍민표(2003)에서는 한일 양국의 직장인을 대상으로 직장 내 호칭 사용의 차이를 지적하고 있다. 예를 들어 일본인은 직장상사에 대하여 「성+직급명(木村部長)」으로 부르는 경향이 있는데 비해, 한국인은 「직급명+님(부장님)」으로 부르는 차이가 있다. 한편, 한일 부부호칭에 관한 대조연구로 홍민표(1999)의 연구 성과가 있다. 예를 들어 부부 호칭에도 차이가 있으며, 한국인이 많이

칭의 차이를 확인하기 위해서 실시하였다. 설문은 내용은 '당신은 집에서 어머니,아버지(お母さん,お父さん)를 어떻게 부르는가?' 그 결과, 양국 응답자 모두「お母さん」「お父さん」의 응답이 가장 많았고, 한국인 남학생이 1명, 일본인 남학생 5명이「おやじ」를 선택하였다. 일본인 남학생에게「おふくろ」(1명)「母親」(1명)「おおかん」(2명)「かあちゃん」(1명)등의 응답이 낮은 비율로 나타나고 있으나, 한국인 학생은 그러한 응답이 전혀 없다. 한편, 여학생은 일본인의 경우,「お母さん」(20명)「おかあ」(1)「おかっつあん」(1)「ママ」(1)「マミー」(1)「おかん」(1)등의 다양한 응답이 나타났다. 한국인 여학생도 다양한 응답이 나타나기는 하지만, 일본인 학생들의 응답 결과와는 차이를 보여준다. 한국인 여학생은「お母さん」(9명)「かあさん」(5명)「かあちゃん」(4명)「ママ」(1명)등이 나타나서,「かあさん」「かあちゃん」의 사용이 일본인 학생 응답과는 차이가 있다.

이상 언급한 부분도 향후 일본어 교육현장에서 한국인 학습자에게 주지시킬 필요가 있다고 판단된다. 상급일본어 학습자들이 일본의 드라마나 영화 등의 매체를 통해서 호칭에 대한 다소의 지식이 있는 것으로 생각할 수 있으나, 폭넓고 적절한 사용이 되지 못하고 있다는 점을 생각하면, 인칭대명사 및 호칭에 대한 보다 적절한 경어교육의 필요성이 요구된다. 그리고 호칭에 대한 경어 교육은 연령 및 표준어와 방언의 특성도 고려할 필요가 있다고 생각된다.

4.4 이중경어 및 미화어 사용실태

이중경어에 대한 조사는 겸양표현을 대상으로 실시한 결과이다. 겸양어「伺う」를 겸양표현「お―する」와 함께 사용하는 경우를 조사한 결과이

사용하는 호칭은 '○○엄마"○○아빠'인데, 일본인은「おかあさん」,「おとうさん」이다. 상세한 것은 홍민표(1999)를 참조.

다. 菊地康人(1997:255-269)는 겸양어A의 性質을 主語를 補語보다도 낮게 위치시킨다고 설명하는 것이 적절하다고 보고 있다[12]. 현대 일본어 겸양어A의 대표적 형태인「お(ご)—する」는 메이지 30년대 사용이 보이기 시작하고 일반적 규범적으로 인정된 것은 戦後의 일이다. 겸양어A의 特定形인「伺う」는 논리적으로「お(ご)—する」와 함께 사용하기 어려운 환경이다[13]. 그러나 최근에 일본에서 많이 사용되고 있는데, 여기에서 그 사용실태를 조사하여 한국인 일본어 학습자와 일본인 모어화자와의 사용실태의 차이점을 확인하기로 한다.

정중한 장면에서 질문할 때「お伺いしたいことがあるのですが」에 대해서 어떻게 생각하는가?

    a) 使うし、自然である。
    b) 自分は使わないが、おかしくない。
    c) 自分は使わないし、違和感がある。
    d) 自分は使わないし、非常に違和感がある。
    e) わからない。

응답 결과를 보면, 일본 여학생 21명 중 15명인 71.4%가 a)의 항목에 대답하였다. 즉 대부분의 일본 여학생은 오류가 아니고 자연스런 표현으로 사용하고 있음을 알 수 있다. 그러나 한국 여학생은 경우는 실제 a)의 응답자는 20명 중 3명에 불과하다. 사용하지 않지만 이상하지 않다는 b)의

---

12) 菊地康人(1997:255-256)에서「謙讓語Aは、話手が補語を高め、主語を低める(補語よりも低く位置づける)表現である」라고 정의하고 있다. 대표적 어형은 일반형으로「お(ご)—する」「お(ご)—申し上げる」,특정형으로「伺う」「申し上げる」「存じ上げる」「さしあげる」등이 있다. 渡辺氏는 菊地의 겸양어A를「受手尊敬」으로 부르고 있다.

13) 菊地康人(1997:286)에서는「お(ご)—する」의 형태에「伺う」를 넣어「お伺いする」라고 말할 수 있으며, 이것은 이중경어이지만 오류가 아닌 경우로 敬度가 높은 표현이 된다는 견해를 제시하고 있다.

응답이 8명으로 가장 많았고, 그 다음으로 잘 모르겠다는 응답이 6명으로 많았다. 결국 한국 여학생들은「お伺いする」의 이중경어 형태를 거의 사용하지 않으며, 잘 모르겠다는 응답이 의외로 많았다14). 그리고 사용하고 자연스럽다는 응답이 일본 여학생에 비해 현저히 낮은 점 등 전반적으로 이중경어에 대한 이해가 부족한 결과라고 생각된다.

또한, 이중경어에 대한 성차가 보인다. 일본 남학생의 경우는 일본 여학생만큼 자연스럽게 사용하지 않는다. 즉, 남학생은 16명 중 10명이 사용하지는 않지만, 이상하지 않다는 b) 의 응답이 많았다. 자신은 사용하고 자연스럽다는 전체 16명 중 4명(25%)에 불과하여, 여학생의 결과 (21명중 15명 사용:71.4%) 와는 상반된다. 이렇게 보면 이중경어 문제는 일본의 젊은 여학생들에 보이는 현상으로 젊은 여학생들이 보다 높은 경어도를 의식한 결과이기 보다는 이중경어에 대해서 그다지 의식하지 않고 자연스러운 경어표현으로 받아들이는 있다는 반증이 된다. 한편, 대부분의 일본 남학생은「お伺いする」가 표현으로는 이상하다고 여기지 않지만, 실제 사용은 꺼리고 있는 것으로 해석할 수 있다.

한편, 미화어(美化語)에 대해서 한일 양국 대학생간에 큰 차이는 보이지 않는다. 외래어의 경우는「お」가 붙기 어렵고 和語에는 붙기 쉬운 종래의 선행연구의 결과와 거의 일치하였다15). 본 조사에서「コーヒー、にんじん(人参)、めがね(眼鏡)、はな(花)」를 선정・조사하였다. 설문 내용은「お」를 붙이는 편이 좋습니까? 붙이지 않는 편이 좋습니까? 로 응답을 요구하였다. 그 결과, 일본인 학생은「コーヒー、にんじん(人参)、めがね

14) 본 앙케트 조사가 부분적인 조사로 이중경어 문제 설명에는 한계가 있다고 생각하며, 이러한 전제하에 자의적인 견해를 언급하고자 한다. 이중경어의 문제는 학교 경어교육의 영향일 수 있으나, 잘 모르겠다는 학생이 의외로 많아 전반적으로 한국 여학생들이 경어가 어렵다는 인식과 정확한 사용에 대한 확신이 부족한 듯하다. 따라서 이 부분도 향후 경어교육에서 주의해야 할 필요가 있다.
15) 柴田武(1978)参照.

(眼鏡)」에는「お」를 붙이지 않는다는 응답이 대부분이다. 특히 외래어 「コーヒー」는 응답자 전원이「お」를 붙이지 않았다.

반면「はな(花)」의 경우는 거의 대부분의 응답자(여성 16명 중 15명, 남성 21명 중 17명)가「お」를 붙이는 편이 좋다고 대답하였다. 한국 학생들도 거의 일본 학생과 유사한 결과이다. 그러나「はな(花)」의 경우, 한국 학생 20명의 응답자 가운데 10명이「お」를 붙이는 편이 좋다는 응답이고, 7명이나「お」를 붙이지 않는 편이 좋다는 응답이 나타났다. 이러한 결과는 일본어「はな」를 일본인 학생은「おはな」로 인식하고 일반적으로 사용하지만, 한국 학생들은「はな」와「おはな」를 그다지 구별하지 않으며, 미화어「お」의 사용의식이 일본인 학생에 비해서 다소 희박한 듯하다.

5. 맺음말

본 연구는 소수의 한일 대학생들의 앙케트 조사 결과에 근거한 결과이며, 이러한 결과를 일반화하기에는 향후 더 많은 장면과 조사대상 (특히 대학생 이외의 계층 포함)의 고찰이 요구된다. 본 연구에서 조사한 4가지 항목 ① 경어동사「いらっしゃる」의 사용실태 ② 종조사의 사용실태 ③ 인칭대명사 및 호칭의 사용실태 ④ 이중경어 및 미화어의 사용실태 등에 대해서도 조사 참가자(특히 남학생)를 충분히 확보한 보완 분석이 요구된다.

앞으로 한국인 일본어 학습자의 경어교육에 응용을 도모하기 위해서, 일본어 모어 화자와 한국인 일본어 학습자의 경어사용의 분명한 차이점을 규명하고자 한다. 그리고 이러한 차이점의 원인·배경이 일본어 운용능력 (목표언어인 일본어 습득의 부족함)에 의한 현상인지, 모국어(한국어)의 영향에 의한 것인지 등의 철저한 분석이 향후의 과제로 남는다.

또한, 본 연구는 경어교육의 활용에 시사하는 바가 크다고 사료되지만,

조사대상 학습자의 구체적인 경어교육이 어떻게 이루어져야 하는지에 관한
해결방안의 상세하고 체계적인 분석이 과제로 남는다. 이것은 학습상 문제
가 되는 장면과 조사내용을 구체적으로 선정하여 분석하면 될 것이다. 향후
상기에서 언급한 내용을 시야에 두고서 조사·고찰을 계속할 생각이다.

■ 参考文献

姜錫祐(2001)「話題にのぼる上位人物に対する敬語運用―市役所職員を対象にした調査結果から―」『社会言語科学』4―1 社会言語科学会

金淑美(1995)「韓日敬語用法の対照研究-話題の人物の待遇を中心に-」『日本語教育』85 日本語教育学会

金順任(2005)『日本語と韓国語の第三者敬語の対照研究』東京外国語大学大学院博士論文

홍민표(1996)「한일대학생의 언어생활의 비교연구」『日本学報』37輯 韓国日本学会

_____(1999)「한일 부부호칭의 대조언어학적 연구」『日本学報』43輯 韓国日本学会

_____(2003)「한일 양국인의 직장 내 호칭에 관한 사회언어학적 연구」『日語日文学研究』45輯 韓国日語日文学会

李善姫(2004)「韓国人日本語学習者の「不満表明」について」『日本語教育』123号 日本語教育学会

_____(2006)「韓国人日本語学習者の「不満表明」の特徴―日本語教育への示唆―」『日本語文学』29輯 韓国日本語文学会

李善雅(2002)『議論の場における言語行動―日本語母語話者と韓国人学習者の相違―』名古屋大学大学院博士論文

宇佐美まゆみ(2001)「対人コミュニケーションの社会心理学」言語30―7大修舘書店

小川早百合(2006)「話しことばの終助詞の男女差の実際と意識―日本語教育での活用に向けて―」『日本語とジェンダー』ひつじ書房

荻野綱男・金東俊・梅田博之・羅聖淑・盧顕松（1991)「日本語と韓国語の第三者に対する敬語用法の比較対照」『朝鮮学報』141 朝鮮学会

大曾美恵子(2005)「終助詞の意味・機能と使用実態―コーパスに基づく考察―」『日語教育』34輯 韓国日本語教育学

菊地康人(1997) 『敬語』講談社学術文庫

柴田武(1978)「「お」を使う人・使わない人」『社会言語学の課題』三省堂

水谷美保(2005)「「イラッシャル」に生じている意味領域の縮小」『日本語の研究第1巻4号(国語学通巻223号)』日本語学会

水本光美(2006)「テレビドラマと実社会における女性文末詞使用のずれにみるジェンダーフィルタ」『日本語とジェンダー』ひつじ書房

参考文献一覧

青山なを(1966)『女学雑誌解説』臨川書店

池上秋彦(1963)「人情本に現れた一・二人称代名詞について(1)」『鶴見女子大学
　　　紀要』1号

李徳培(1999)「明治時代の「ちゃう」使用実態に関する社会言語学的研究」『日
　　　本学報』43 韓国日本学会

李善姫(2004)「韓国人日本語学習者の「不満表明」について」『日本語教育』123
　　　号 日本語教育学会

＿＿＿＿(2006)「韓国人日本語学習者の「不満表明」の特徴—日本語教育への示唆
　　　—」『日本語文学』29輯 韓国日本語文学会

李善雅(2002)『議論の場における言語行動—日本語母語話者と韓国人学習者の相
　　　違—』名古屋大学大学院博士論文

井口佳重(2009)「明治・大正期における新聞の仮名遣い改革」『日本語の研究』第
　　　5巻2号(『国語学』通巻237号)

石井庄司(1941)「中等学校の国語教育」『国語文化講座 第3巻 国語教育編』朝日
　　　新聞社

石坂正蔵(1944)『敬語史論考』大八洲出版

井出祥子(1979)「大学生の話しことばにみられる男女差異」『文部省科学研究費
　　　特定研究「言語」ベンダ班中間報告昭和54』

＿＿＿＿＿＿(1982a)「言語と性差」『月刊言語』11-10大修館書店

＿＿＿＿＿＿(1982b)「待遇表現の男女差の比較」『日英語比較講座5・文化と社会』
　　　大修館書店

＿＿＿＿＿＿(1987)「現代の敬語理論」『月刊言語』16-8 大修館書店

＿＿＿＿＿＿(1990)「待遇表現」『講座日本語と日本語教育12』明治書院

＿＿＿＿＿＿(1992)「日本人のウチ・ソト認知とわきまえの言語使用」『月刊言語』
　　　21-12 大修館書店

＿＿＿＿＿＿(2006)『わきまえの語用論』大修舘書店

石田禎紀(1972)「近代女性語の語尾—てよ・だわ・のよー」『解釈』18-9 解釈学会

上田万年(明治28:1895)「標準語に就きて」『帝国文学』1

宇佐美まゆみ(2001a)「対人コミュニケーションの社会心理学」言語30ー7大修舘
　　　書店

＿＿＿＿＿＿＿＿(2001b)「二一世紀の社会と日本語—ポライトネスのゆくえを中心に-」
　　　『月刊言語』30-1 大修館書店

梅田博之(1977)「朝鮮語における敬語」『岩波講座日本語4敬語』岩波書店

遠藤織枝(1997)『女のことばの文化史』学陽書房

遠藤織枝編(2001)「1章 女の子の「ボク・オレ」はおかしくない」『女とこと
　　　ば』明石書店

遠藤織枝・尾崎喜光(1998)「女性のことばの変遷ー文末・コト・テヨ・ダワを中
　　　心にー」『日本語学』17-5 明治書院

岡満男(1981)『婦人雑誌ジャーナリズム』現代ジャーナリズム出版会

小川早百合(2006)「話しことばの終助詞の男女差の実際と意識―日本語教育での活用に向けて―」『日本語とジェンダー』ひつじ書房

荻野綱男(1980)「敬語における丁寧さの数量化-札幌における敬語調査から(2)-」『国語学』120集

＿＿＿＿(1997)「敬語の現在-1997」『月刊言語』26-6 大修館書店

荻野綱男・金東俊・梅田博之・羅聖淑・盧顕松(1990)「日本語と韓国語の聞き手に対する敬語用法の比較対照」『朝鮮学報』136 朝鮮学会

荻野綱男・金東俊・梅田博之・羅聖淑・盧顕松(1991)「日本語と韓国語の第三者に対する敬語用法の比較対照」『朝鮮学報』141 朝鮮学会

大曾美恵子(2005)「終助詞の意味・機能と使用実態―コーパスに基づく考察―」『日語教育』34輯 韓国日本語教育学会

大石初太郎(1974)「敬語の本質と現代敬語の展望」『敬語の体系・敬語講座1』明治書院

＿＿＿＿＿(1977)「敬語の研究史」『岩波講座日本語4・敬語』岩波書店

＿＿＿＿＿(1983)『現代敬語研究』筑摩書房

尾崎喜光(2001)「日本語の世代差はなくなるか」『月刊言語』大修館書店

鹿野正直(1961)「『太陽』-主として明治期における-」『思想』450号 岩波書店

金井保三(明治34:1901)『日本俗語文典』宝永舘

姜錫祐(2001)「話題にのぼる上位人物に対する敬語運用―市役所職員を対象にした調査結果から―」『社会言語科学』4―1　社会言語科学会

蒲谷宏他(1998)『敬語表現』大修館書店

樺島忠夫(1966)「ことばの男女差についての意識」『遠藤博士還暦記念国語学論集特集』京都大学国文学会

亀井孝他(1965)『日本語の歴史6・新しい国語への歩み』平凡社

川口容子(1987)「まじり合う男女のことば-実態調査による現状-」『言語生活』429-8

菊地康人(1989)「待遇表現-敬語を中心に-」『講座日本語と日本語教育1』明治書院

＿＿＿＿(1994)『敬語』角川書店

＿＿＿＿(1997)『敬語』講談社学術文庫

掬汀生(田口掬汀)(明治35:1902)「「社会百面相」を読む」『新声』8-2

金順任(2005)『日本語と韓国語の第三者敬語の対照研究』東京外国語大学大学院博士論文

金淑美(1995)「韓日敬語用法の対照研究-話題の人物の待遇を中心に-」『日本語教育』85 日本語教育学会

金水敏(1991)「伝達の発話行為と日本語の文末形式」『神戸大学文学部紀要』18

＿＿＿＿(2000)「役割語探求の提案」『国語論究8・国語史の新視点』佐藤喜代治編

　　　　明治書院

_____(2003)『ヴァーチャル日本語役割語の謎』岩波書店

金水敏編(2007)『役割語研究の地平』くろしお出版

北原保雄(1969)「敬語の構文論的考察-動詞の敬語法とそのアスペクト-」『佐伯
　　　　梅友博士古希記念国語学論集』表現社

北原保雄編(1978)『論集日本語研究9・敬語』有精堂

金田一京助(1959)「日本の敬語」『金田一京助全集3・国語学Ⅱ』三省堂1992年所収

国田百合子(1964)『女房詞の研究』風間書房

熊井浩子(1988)「現代日本語における「敬語誘発」について」『国語学』152集

_____(2001)「敬語研究の視点-包括的な待遇表現理論の構築を目指して-」
　　　　『国文学解釈と教材の研究』46-2

黒岩比佐子(2008)『明治のお嬢さま』角川選書 441

国語審議会報告(1995)「新しい時代に応じた国語施策について」『国語年鑑』
　　　　1995年版所収

国立国語研究所編(1957)『敬語と敬語意識』秀英出版

_____(1959)『明治初期の新聞の用語』国立国語研究所報告15

_____(1971)『待遇表現の実態-松江24時間調査資料から-』秀英出版

_____(1990)『場面と場面意識-国立国語研究所報告102-』三省堂

紅野敏郎(1996)「解説『魯庵随筆読書放浪』の魅力」『魯庵随筆読書放浪』東洋
　　　　文庫603 平凡社

小島俊夫(1974)『後期江戸ことばの敬語体系』笠間書院

_____(1998)『日本敬語史研究後期中世以降』笠間書院

_____(2001)「後期江戸語敬語体系における言語行動の<場>」『日本語と日本
　　　　文学』33 筑波大学国語国文学会

小松寿雄(1963)「待遇表現の分類」『言語と文芸』27

_____(1971)「近代の敬語Ⅱ」『講座国語史5・敬語史』大修館書店

_____(1988)「東京語における男女差の形成一終助詞を中心として一」『国語
　　　　と国文学』65-11

_____(1996)「江戸東京語のアナタとオマエサン」『国語と国文学』73-10

_____(1998)「キミとボク-江戸東京語における対使用を中心に-」『東京大学
　　　　国語研究室創設百周年記念国語研究論集』

_____(2000)「オレ・ソチ・ソナタ・ワッチ・ワタイ-明治東京語女性人称形成
　　　　の一考察-」『国語語彙史の研究 十九』国語語彙史研究会編 和泉書院

小松英雄(1999)『日本語はなぜ変化するか-母語としての日本語の歴史-』笠間書院

_____(2002)「いわゆる敬語の乱れの根源をさぐる一動詞句コンプレッスから
　　　　人称代名詞への移行-『日本研究19号』韓国外国語大学外国学綜合研究
　　　　センター日本研究所

佐伯梅友(1936)『国語史上古編』刀江書院

坂梨隆三(1987)『江戸時代の国語上方語』東京堂出版

坂梨隆三他(1997)『日本語の歴史』東京大学出版会

佐治圭三(1991)「第1章終助詞の機能」『日本語の文法の研究』ひつじ書房

佐竹久仁子(1998)「「女ことば・男ことば」規範をめぐって」『ことば』19 現代
　　　日本語研究会

佐藤亨(1992)『近代語の成立』桜楓社

笹淵友一(1973)『女学雑誌・文学界集明治文学全集32』筑摩書房

真田信治(1973)「越中五ケ山郷における待遇表現の実態」『国語学』93集

_____(1991)『標準語はいかに成立したか-近代日本語の発展の歴史-』創拓社

_____(1998)「江戸語はいつ共通語になったか」『月刊言語』27-1 大修館書店

真田信治他(1992)『社会言語学』桜楓社

塩沢和子(1998)「『古今集遠鏡』における一人称代名詞」『文芸言語研究言語
　　　編』34筑波大学文芸・言語学系紀要

_____(2001a)「古今集遠鏡におけるワシ・オレ」『文芸言語研究言語篇』39 筑波
　　　大学 文芸・言語学系

_____(2001b)「『古今集遠鏡』に於けるワシ・オレ(2)」『文芸言語研究言語
　　　編』40筑波大学文芸・言語学系紀要

鹿野正直(1961)「『太陽』-主として明治期における-」『思想』450号 岩波書店

柴田武(1978)「「お」を使う人・使わない人」『社会言語学の課題』三省堂

_____(1979)「敬語と敬語研究」『月刊言語』8-6大修館書店

島村抱月(明治33:1900)「言文一致と敬語」『中央公論』15-2

白川博之(1992)「終助詞「よ」の機能」『日本語教育』77

寿岳章子(1979)『日本語と女』岩波新書

進藤咲子(1974)「紅葉・露伴・一葉の敬語」『敬語講座5・明治大正時代の敬語』
　　　明治書院

_____(1981)『明治時代語の研究—語彙と文章—』明治書院

杉戸清樹(1983)「<待遇表現>気配りの言語行動」『講座日本語の表現3・話しこ
　　　とばの表現』筑摩書房

杉戸清樹・尾崎喜光(1997)「待遇表現の広がりとその意識一中高生の自称表現を
　　　中心に-」『言語』26-6 大修館書店

杉本つとむ(1960)『近代日本語の成立』桜楓社

_____(1965)「転換期の日本語-江戸から東京へ-」『近代語研究』1武蔵野
　　　書院

_____(1975)『ことばの文化史』桜楓社

_____(1985)『あそばせとアリンスと江戸の女ことば』創拓社

_____(1988a)『東京語の歴史』中公新書

_____(1988b)『江戸—東京語一一八話—』早稲田大学出版部

_____(1997)『女とことば今昔』雄山間

鈴木貞美(1996)「創刊期『太陽』論説欄をめぐって」『日本研究』13集 国際日本
　　　文化研究センター紀要
鈴木英夫(1976)「現代日本語における終助詞の働きとその相互承接について」
　　　『国語と国文学』53－11
　＿＿＿＿(1998a)「現代日本語における女性の文末詞」『日本語文末詞の歴史的研
　　　究』佐々木 峻・藤原与一編 三弥井書店
　＿＿＿＿(1998b)「現代日本語の終助詞―「な」を中心として―」『東京大学国語
　　　国文学研究室創設百周年記念国語研究論集』
鈴木正節(1979)『博文館「太陽」の研究』アジア経済研究所
高崎みどり(1994)「男の文体・女の文体」『言語』23－2 大修舘書店
滝浦真人(2005)『日本の敬語論 ―ポライトネス理論からの再検討-』 大修舘書店
竹内久一(1906)「東京婦人の通用語」『趣味』2-11
田口掬汀(1902)「「社会百面相」を読む」『新声』8-2
田原圭子他(1966)「敬語法研究文献総覧」『国文学解釈と教材の研究』11-8学灯社
田中章夫(1966)「階層と敬語」『国文学解釈と教材の研究』11-8 学灯社
　＿＿＿＿(1973a)「近世敬語の概観」『近世の敬語・敬語講座4』明治書院
　＿＿＿＿(1973b)「終助詞と間投助詞」『品詞別日本文法講座9.・助詞』明治書院
　＿＿＿＿(1978)『国語語彙論』明治書院
　＿＿＿＿(1981)「近代語(明治)」『講座日本語学3現代文法との史的対照』明治書院
　＿＿＿＿(1983)『東京語-その成立と展開-』明治書院
　＿＿＿＿(1998)「特集:近代語から現代語へ-敬語表現の変化」『日本語学』17-6
　　　明治書院
　＿＿＿＿(1999)『日本語位相と位相差』明治書院
　＿＿＿＿(2001)「第9章近代の文体」『近代日本語の文法と表現』明治書院
　＿＿＿＿(2002)『近代日本語の語彙と語法』東京堂出版
田中和子·諸橋泰樹(1996)『ジェンダーからみた新聞のうら·おもて-新聞女性学入
　　　門-』現代書館
辻村敏樹(1961)「敬語研究の歴史」『国語国文学研究史大成15・国語学』三省堂
　＿＿＿＿(1963)「敬語の分類について」『言語と文芸』27
　＿＿＿＿(1968)『敬語の史的研究』東京堂
　＿＿＿＿(1974)「明治大正時代の敬語概観」『明治大正時代の敬語・敬語講座5』
　　　明治書院
　＿＿＿＿(1984)「待遇表現」『研究資料日本文法9・敬語法編』明治書院
　＿＿＿＿(1991)『敬語の用法』角川書店
　＿＿＿＿(1992)『敬語論考』明治書院
土屋信一(1974)「江戸語の「れる・られる」敬語小考」『国語学』96集
土屋礼子(1992)「明治初期小新聞にみる投書とコミュニケーション」『新聞学評
　　　論41』

_____(2002)『大衆紙の源流 ─明治期小新聞の研究─』世界思想社

坪井美樹(1978)「敬語研究の歴史」『増補国語国文学研究史大成15・国語学』三省堂

_____(2003)「男手・女手─「性差」による表記様式の分類─」『筑波日本語研究』8号 筑波大学日本語学研究室

坪内逍遥(明治39:1906)「言文一致について」『文章世界』1-4

寺田智美(2000)「明治末期の女性語について-夏目漱石の小説にみえる「絶対女性語」の考察-」『早稲田大学日本語研究教育センター紀要』13号

_____(2001)「明治末期の男性語について─夏目漱石の小説にみえる「絶対男性語の考察 」─」『早稲田大学日本語教育研究センター紀要』14号

_____(2002)「夏目漱石の小説にみえる「相対男性語」─女性が使用する場合を中心に─」『早稲田大学日本語教育研究センター紀要』15号

_____(2003)「夏目漱石の小説にみえる「相対女性語」─男性が使用する場合を中心に─」『早稲田大学日本語教育研究センター紀要』16号

時枝誠記(1950)『日本文法口語篇』岩波書店

外山英次(1977)「敬語の変遷2」『岩波講座日本語4 敬語』岩波書店

中野信彦(1991)「江戸語における終助詞の男女差-女性による「な」の使用について-」『国語と国文学』68-4

中村通夫(1948)『東京語の性格』川田書房

_____(1963)「である小考」『中央大学文学部紀要』13

中村桃子(2007)『「女ことば」はつくられる』ひつじ書房

永田良太(2004)「会話におけるあいづちの機能─発話途中に打たれるあいづちに着目して─」『日本語教育』120 日本語教育学会

西田直敏(1998)『日本人の敬語生活史』翰林書房

仁田義雄(1991)「言表態度の要素としての<丁寧さ>」『日本語学』10-2明治書院

日本語教育振興会編(1944)『現代敬語法』日本語教育振興会

野田尚史(1998)「「ていねいさ」からみた文章・談話の構造」『国語学』194集 国語学会

野辺地清江(1984)『女性解放思想の源流-巌本善治と『女学雑誌』-』校倉書房

橋本文寿(明治45:1912)『実際的口語法』明誠舘

林四郎・南不二男編(1974)『敬語の体系・敬語講座1』明治書院

_____(1974)『明治大正時代の敬語・敬語講座5』明治書院

_____(1973)『行動の中の敬語・敬語講座7』明治書院

房極哲(1998)「明治期の一人称代名詞「わたくし・わたし」-『社会百面相』を中心に-」『筑波応用言語学研究』5 筑波大学文芸・言語研究科 応用言語学コース

_____(2000a)「明治期の二人称代名詞「アナタ」「オマヘサン」「オマヘ」-その諸形と性差との関わり-」『日本語と日本文学』31号 筑波大学国語国

文学会

_____(2000b)「『社会百面相』における文末表現形式-諸形式と社会階層との関わり-」『日本学報』45 韓国日本学会

_____(2001a)「明治期における終助詞「よ」・「な」-性差を中心として-」『184回近代語研究会春季大会発表要旨集』於:神戸山手大学)(2001年5月)

_____(2001b)『明治期における待遇表現の社会言語学的研究』筑波大学大学院博士学位論文

_____(2002a)「『社会百面相』における一、二人称代名詞―待遇表現の観点から―」『日本学報』51 韓国日本学会

_____(2002b)「『社会百面相』における待遇表現―社会階層と性差との関わり―」『日語日文学研究』42-1 韓国日語日文学会

_____(2002c)「明治期における終助詞「よ」・「な」」『日本近代学研究』5 韓国日本近代学会

_____(2003a)「明治期における一人称代名詞「わし」・「おれ」」『日本語文学』第16輯 韓国日本語文学会

_____(2003b)「明治期における一人称代名詞「ボク」と「ワガハイ」」『日本学報』第55輯 韓国日本学会

_____(2004)「東京語における終助詞の男女差―「わ」と「な」の使用を中心に―」『日本語文学』20 韓国日本語文学会

_____(2005)「近代語における一、二人称代名詞の変遷について」『日本文化学報』第21輯 韓国日本文化学会

_____(2006a)「『小公子』における女性語について―終助詞の用法を中心として―」『日本学報』69輯 韓国日本学会

_____(2006b)「明治期における一人称代名詞の社会言語学的研究」『日本語文学』第30輯 韓国日本語文学会

_____(2006c)「20世紀初期の日韓両言語における文末表現形式の対照研究」『韓国日本近代学会発表要旨集』於:麗沢大学)(2006年10月)

_____(2007)「「小公子」における一、二人称代名詞」『日本研究』7 高麗大学日本学研究センター

_____(2008a)「ジェンダーの視点からみる明治期小新聞」『韓国日本語教育学会第48回(2008年度春季)大会要旨集』韓国 Sangmyung University (天安)

_____(2008b)「20世紀初期の韓日両言語における待遇表現の対照研究」『日本近代学研究』21 韓国日本近代学会

房極哲・李夏子(2005)「『薮の鴬』における女性語-いわゆる情意表現を中心に-」『日本語文学』24 韓国日本語文学会

飛田良文(1970)「明治初期東京語の指定表現体系-方言と社会構造との関係-」『方言研究の問題点』明治書院

_____(1974)「明治初期作品の敬語」『明治大正時代の敬語・敬語講座5』明治

書院

_____(1992)『東京語成立史の研究』東京堂

福沢諭吉(1966)『福沢諭吉集・明治文学全集8』筑摩書房

二葉亭四迷(明治39:1906)「余が言文一致の由来」『文章世界』1-3

古田東朔(1966)「近代敬語の特質」『国文学解釈と教材の研究』11-8学灯社

_____(1969)「ます<現代語>」松村　明編『古典語現代語助詞助動詞詳説』所
　　　　収　学灯社

文化庁(1971)『待遇表現・日本語教育指導参考書2』大蔵省印刷局

保科孝一(明治43:1910)『日本口語法』同文舘

_____(1936)「婦人の言葉と子供の言葉」『国語と日本精神』実業之日本社

堀井令以知(1988)「男性の言葉と女性の言葉」『講座日本語と日本語教育1』明治
　　　　書院

_____(1989)『女の言葉』明治書院

堀素子(1988)『日本語の敬意表現』城西大学女子短期大学部

松下大三朗(1901)『日本俗語文典』誠之堂

松村明(1957)『江戸東京語の研究』東京堂

_____(1977)『近代の国語-江戸から現代へ-』桜楓社

_____(1986)『日本語の世界2、日本語の展開』中央公論社

_____(1998)『増補江戸語東京語の研究』東京堂出版

水谷信子(2001)「あいづちとポーズの心理学」『言語』30-7　大修舘書店

水谷美保(2005)「「イラッシャル」に生じている意味領域の縮小」『日本語の研
　　　　究第1巻4号(国語学通巻223号)』日本語学会

水本光美(2006)「テレビドラマと実社会における女性文末詞使用のずれにみる
　　　　ジェンダーフィルタ」『日本語とジェンダー』ひつじ書房

南不二男(1973)「行動の中の敬語」『行動の中の敬語・敬語講座7』明治書院

_____(1974a)「現代敬語の意味構造」『国語学』96集

_____(1974b)「敬語」『現代日本語の構造』大修館書店

_____(1976)「敬語」『現代日本語』朝日新聞社

_____(1977)「敬語の機能と敬語行動」『岩波講座日本語4・敬語』岩波書店

_____(1984)「場面論の問題点」『言語のダイナミックス言語社会学シリーズ6 』
　　　　文化評論出版社

_____(1987a)『敬語』岩波新書

_____(1987b)「敬語表現の構造」『月刊言語』16-8大修館書店

南不二男他(1974)「敬語行動の諸条件」『敬語の体系/敬語講座1』明治書院

三矢重松(1908)『高等日本文法』明治書院

峰高久明(1976)「漱石の敬意-『三四郎』の場合-」『国文学研究』60集

宮地裕(1976)「待遇表現」『日本語と日本語教育(文字・表現編)』国立国語研究所

真下三郎(1969)『婦人語の研究』東京堂出版

益岡隆志・田窪行則(1989)『基礎日本語文法』くろしお出版

物集高見(明治19:1886)『言文一致』十一堂

森岡健二(1988)「言文一致と東京語」『国語と国文学』65-11

_____(1991)『近代語の成立文体編』明治書院

森銑三(1969)『明治東京逸聞史1』平凡社 東洋文庫135

_____(1969)『明治東京逸聞史2』平凡社　東洋文庫142

森田良行(1991)「語彙現象をめぐる男女差」『国文学解釈と鑑賞　特集ことばと女
　　　　性』56-7至文堂

森野宗明(1991)「女性語の歴史」『講座日本語と日本語教育10』明治書院

文部省(1952)「これからの敬語」昭和27年4月14日、第一期国語審議会建議14回総
　　　　会文化庁編「ことばシリーズ1敬語」1974年所収　大蔵省印刷局

山崎久之(1963)『国語待遇表現体系の研究近世編』武蔵野書院

山田孝雄(1922)『日本口語法講義』宝文館

_____(1924)『敬語法の研究』宝文館

山本武利(1981)『近代日本の新聞読者層』法政大学出版局

山本正秀(1965)「第9章　小新聞談話体文章の実態と言文一致」『近代文体発生の
　　　　史的研究』岩波書店

_____(1979)『近代文体形成史料集成成立編』桜楓社

山西正子他(1974)「敬語研究文献解説(日本1.2.外国)」『敬語研究の方法・敬語講
　　　　座10』明治書院

湯沢幸吉郎(1954)『増訂江戸言葉の研究』明治書院

吉田澄夫(1952)「東京語の特色」『論集日本語研究15・現代語』土屋信一編
　　　　(1983) 有精堂所収

任　利(2003)「終助詞「かしら」における男女差の形成」『筑波日本語研究』8号
　　　　筑波大学　人文社会学研究学科　日本語学研究室

_____(2005)「明治30年代の小説における性差と文末表現」『日本語と日本文
　　　　学』40号 筑波大学国語国文学会

_____(2006)『現代日本語性差表現の成立に関する研究』筑波大学大学院博士学
　　　　位請求論文

ロビン・レイコフ著(1975) かつえ・あきば・れいのるず訳『言語と性』有信堂
　　　　1997

渡辺友左(1977)「階層と言語」『岩波講座日本語2・言語生活』岩波書店

渡辺実(2000)「近代文章の流れ」(2000年度(第174回)近代語研究会春季大会発表
　　　　要旨、於:東京共立女子大学)

Aston,W.G(明治21/1888)" A Grammar of the Japanese Spoken Language" 4版

Brown, P.and S.Levinson(1987) Politeness, SomeUniversalsofLanguageUsage,
　　　　Cambridge UP

Chamberlain,B.H(明治22/1889) "A handbook of colloquial Japanese" 2版

F.C.パン編(1981)『日本語の男女差』東亜受話学会

J,V.ネウストプニー(1983)「敬語回避のストラテジ-について」『日本語学』2-1 明治書院

Lakoff,R(1975) Language and Woman'sPlace, 『言語と性』かつえ・あきば・れいのるず訳1985 有信堂

Leech,G.N(1983) Principles of Pragmatics,『語用論』池上和彦・河上誓作1987 紀伊国屋書店

Romaine,S(1994) LanguageinSociety,AnIntroductiontoSociolinguistics, OxfordUniversity Press Inc ,1994 『社会のなかの言語』土田滋・高橋留美訳 1997 三省堂

Trudgill,P(1974) Sociolinguistics:An Introduction,Penguin Books Ltd

Vanbaelen,Ruth(2003)「性差マーカーの「自然さ」―小説文の会話文と実際の会話との比較―」『日本語と日本文学』36号 筑波大学国語国文学会

Wardhaugh,R(1986) An Introduction to Sociolinguistics,Basil Blackwell Ltd

<韓国語の参考文献>

박영순(1976) '국어 경어법의 사회언어학적 연구' 『국어국문학』 72-73

방극철(2006d)'근대일본어 대우표현의 사회언어학적 연구-문말표형식을 중심으로-' 『日本語学研究』第15輯 韓国日本語学会

_____(2006e) '韓日 大学生의 敬語使用 実態調査 -敬語教育의 観点에서- '『日語教育』38 韓国日本語教育学会

서정수(1974) '韓日 両国語의 敬語法 比較研究'『수도여사대 논문집』5

_____(1984)『존대법의 연구--현행대우법의 체계와 문제점』 한신문화사

성기철(1970) '国語 尊待法 研究'『충북대 논문집』4

심재기(1999)) '開化期의 문체(1)-교과서 문체를 중심으로-'『국어 문체 변천사』 집문당

유송영(1994) '국어 청자 대우법에서의 힘(power)과 유대(solidarity)(Ⅰ)-불특정 청자 대우를 중심으로'『국어학』24 국어학회

이경우(1998)『최근세국어 경어법연구』태학사

홍민표(1996)「한일대학생의 언어생활의 비교연구」『日本学報』37輯 韓国日本学会

_____(1999)「한일 부부호칭의 대조언어학적 연구」『日本学報』43輯 韓国日本学会

_____(2003)「한일 양국인의 직장 내 호칭에 관한 사회언어학적 연구」『日語日文学研究』45輯 韓国日語日文学会

홍사만(1993)『한・일어대조어학/논고』탑출판사

_____(2002)『한・일어 대조분석』도서출판 역락

<辞典など>

『江戸語大辞典』前田 勇 講談社 1974

『言語学大辞典第6巻・術語編』亀井 孝 河野六郎 千野栄一編 三省堂 1996

『国語学研究事典』佐藤喜代治編 明治書院 1977

『国語学大辞典』国語学会編 東京堂 1982

『日本近代文学大事典』日本近代文学館編 講談社 1984

『日本近代文学大辞典・第五 新聞・雑誌』講談社 1977

『日本語教育事典』日本語教育学会編 大修館書店 1982

『作家用語索引森鴎外別巻』近代作家用語研究会編 教育社 1985

『作家用語索引夏目漱石別巻』 近代作家用語研究会編 教育社 1986

『増補本居宣長全集・第七』吉川公文館 1927

<資料一覧>

『西洋道中膝栗毛(初編)』(明治3年)仮名垣魯文編『明治文学全集1』筑摩書房　昭和41

『安愚楽鍋』(明治4-5)仮名垣魯文編『明治文学全集1』筑摩書房　昭和41

『春雨文庫』(明治9)松村春輔篇 『明治文学全集1』筑摩書房 昭和41

『蝶鳥紫山裾模様』(明治16年ー17年) 高畠藍泉編『明治文学全集2』筑′摩書房 昭和42

『塩原多助一代記』(明治17)三遊亭圓朝著『圓朝全集巻ノ十二』春陽堂 昭和2

『当世書生気質』(明治18年ー19年) 坪内逍遥編『明治文学全集16』筑摩書房 昭和44

『尋常小学読本』(明治20)(巻一～七)(『日本教科書大系第5巻近代編』)講談社 昭和39

『真景累ヶ淵』(明治21)三遊亭圓朝著『圓朝全集巻ノ一』春陽堂 大正15 (真)

『薮の鶯』(明治21)三宅花圃著 金港堂 明治21

『さすがに双紙』(明治21) 山田美妙「女学雑誌」116号ー136号 女学雑誌社 明治21

『都鳥』(明治21年) 石橋忍月「女学雑誌」102号ー107号 女学雑誌社 明治21

『五月鯉』(明治21)巌谷小波『明治文学全集20』筑摩書房 昭和43

『小公子』(明治23)バーネット作 若松賤子訳「女学雑誌」227号-299号 明治23

『書記官』(明治28)眉山人(川上眉山)「太陽」第1巻2号 博文館

『夜の鶴』(明治28) 桜痴居士「太陽」第1巻8号-第1巻9号 博文館

『金色夜叉(前編)』(明治30)尾崎紅葉『明治文学全集18』筑摩書房 昭和40

『左巻』(明治34)川上眉山「太陽」第7巻22号-第7巻23号 博文館

「東京病」(明治34) 江見水陰 太陽所収

『社会百面相』(明治35)内田魯庵著東京博文館、東京大学総合図書館蔵本8(明治36年10月第三版)

『三四郎』(明治41)『漱石全集第四巻』岩波書店 昭和41

『それから』(明治42)『漱石全集第四巻』岩波書店 昭和41
『杯』(明治43)鴎外全集著作篇第三巻 岩波書店 1954(→杯)
『寂しき人々』(明治44)ハウプトマン作森鴎外訳 金尾文淵堂 明治44
『雁』(明治44)森鴎外 籾山書店 大正4

<落語資料一覧>

『口演速記明治大正落語集成第一巻』講談社 1980
『古典落語第一巻』筑摩書房 1968
「乾物箱」(明治22)『百花園』1巻2号
「鼻毛」(明治22)『百花園』1巻3号
「鰍沢雪の酒宴」(明治22)『百花園』1巻4号
「思案の他幇間の当込み」(明治22)『百花園』1巻5号
「木火土金水」(明治35)『文芸倶楽部』8巻3号
「年ほめ」(明治36)『文芸倶楽部』9巻12号

<本研究の構成と初出一覧>

<序章> 新規執筆

第一部
第1章 新規執筆

第2章,3章,4章 房極哲(2001b)『明治期における待遇表現の社会言語学的研究』筑波大学大学院博士学位論文

第二部
第1章 房極哲(2001b)『明治期における待遇表現の社会言語学的研究』筑波大学大学院博士学位論文

第2章 房極哲(2000b) 「『社会百面相』における文末表現形式―諸形式と社会階層との関わり―」『日本学報』45輯 韓国日本学会

第3章 房極哲(2002a) 「『社会百面相』における一、二人称代名詞―待遇表現の観点から―」『日本学報』51 韓国日本学会

第4章 房極哲(2002b)「『社会百面相』における待遇表現―社会階層と性差との関わり―」『日語日文学研究』42-1 韓国日語日文学会

第三部
第1章 新規執筆

第2章 房極哲(1998) 「明治期の一人称代名詞「わたくし・わたし」―『社会百面相』を中心に―」『筑波応用言語学研究』5 筑波大学文芸・言語研究科 応用言語学コース

第3章 房極哲(2003b)「明治期における一人称代名詞「ボク」と「ワガハイ」」『日本学報』第55輯 韓国日本学会

第4章 房極哲(2003a)「明治期における一人称代名詞「わし」・「おれ」」『日本語文学』第16輯 韓国日本語文学会

第5章　房極哲(2006b)「明治期における一人称代名詞の社会言語学的研究」『日本語文学』第30輯 韓国日本語文学会

第6章　房極哲(2000a)「明治期の二人称代名詞「アナタ」「オマヘサン」「オマヘ」―その諸形と性差との関わり―」『日本語と日本文学』31号 筑波大学国語国文学会

第7章　房極哲(2007)「「小公子」における一、二人称代名詞」『日本研究』7 韓国高麗大学日本学研究センター

第8章　房極哲(2005)「近代語における一、二人称代名詞の変遷について」『日本文化学報』第21輯 韓国日本文化学会

第四部

第1章　新規執筆

第2章　房極哲·李 夏子(2005)「『薮の鶯』における女性語―いわゆる情意表現を中心に―」『日本語文学』24 韓国日本語文学会

第3章　房極哲(2006a)「『小公子』における女性語について―終助詞の用法を中心として―」『日本学報』69輯 韓国日本学会

第4章　房極哲(2004)「東京語における終助詞の男女差―「わ」と「な」の使用を中心に―」『日本語文学』20 韓国日本語文学会

第5章　房極哲(2001a)「明治期における終助詞「よ」・「な」―性差を中心として―」『2001年度(第184回)近代語研究会春季大会発表要旨集』於:神戸山手大学)(2001年5月)

第五部

第1章　房極哲(2008b)「20世紀初期の韓日両言語における待遇表現の対照研究」『日本近代学研究』21 韓国日本近代学会

　　　　房極哲(2006c)「20世紀初期の日韓両言語における文末表現形式の対照研究」『韓国日本近代学会発表要旨集』於:麗沢大学)(2006年10月)

第2章　房極哲(2006e)'韓日 大学生의 敬語使用 実態調査 ―敬語教育의 観点에서― '『日語教育』38 韓国日本語教育学会

<索引>

<あとがき>

　明治という時代が終わったのが約百年前。明治期は言葉の上でも
様々な変貌を遂げたいわゆる近代国家の成立した時期である。急速に
近代化を進めていった日本の社会で、とりわけ日本語の歴史的研究の
中で、待遇表現はどういう姿だったのか。江戸語との関係はどうなっ
ていたのか。明治から現代までどのようにつながっているのか。筆者
の興味は、現代日本語の源流ともいうべき明治期の日本語に注目し、
近代日本語における待遇表現の真相を探ることにある。

　「近代日本語の待遇表現の研究」というテーマを考察するにあた
り、本書では社会言語学的な観点から待遇表現を考察することにし
た。従来の待遇表現の研究は、江戸語の延長線上で明治期を研究対象
とすることが多く、必ずしもその激変する時代の中での変遷自体は明
らかにされてこなかった。そこで、本書では今から百年ほど遡った明
治に焦点を絞り、従来の日本語史研究であまり注目されなかった文献
資料『社会百面相』(明治35年)より、当時の待遇表現の動態を把握す
ることにした。

　本書では、日本語待遇表現の歴史的考察において、社会言語学的な
方法の有効性について実証を試みた。社会言語学的観点を歴史的研究
に適用した例は少なかったが、本書はこの点において意欲的に取り組

んだものと自負するものである。

　この本書を読まれる方、近代日本語の待遇表現と明治という時代の言葉、そして20世紀初期の韓国語を感じ、少しでもご興味とご理解を頂ければ幸いである。

　本書は筆者の待遇表現の研究成果を集約したものである。まだ追究すべき点は多くあると思うが、これについては別の機会に論文などを発表しつつ補うこととしたい。筆者は執筆の過程で力量の不足を痛感するとともに歴史的研究の奥深さをしみじみ感じさせられた。ここに収めた論文は恩師の指導と学恩を受けて、勇気を出して書いたものである。これから先学と研究者たちの批判及び叱正を受けて、不十分な事実は改めて補充する考えである。

　本書の執筆にあたり、今まで多くの方々から大変お世話になった。筑波大学大学院の人文社会科学研究科長の坪井美樹教授、人文社会科学研究科の文芸言語専攻長の大倉浩教授、筑波大学の湯沢質幸名誉教授に心より御礼を申し上げる。そして、筑波大学の名誉教授の犬井善寿教授と文芸言語学専攻の応用言語学の先生方々にも感謝を申し上げる。

　筆者の指導教官の坪井美樹教授には1995年9月の留学当時から、筑波大学外国人受託研究員(2009年2月-2010年2月)まで、長い間大変お世話になった。坪井先生には研究方法や研究に対する姿勢、研究のありかた、教育観など多大な教えを賜った。ここに改めて感謝申し上げる次第である。

　本書の出版を快く受け入れてくださったJ&C出版者の尹錫山社長と編集の担当者に感謝を申し上げる。最後に、いつも心の支えとなった妻·朴善子と順天大学の日本語日本文化学科及び漢陽大学の日本言語文化学科の先生方々にも御礼を申し上げる。

2010年 春　房 極哲

저자 房極哲(Bang, Geug-Chol)

1966年1月 韓国 全北南原生まれ
1992年2月 韓国漢陽大学の日語日文学科卒
2002年3月 筑波大学大学院 博士(言語学)
現在、韓国 順天大学の日本語日本文化学科副教授
　　　韓国: 韓国日本語教育学会 学術理事, 編集委員 日本: 日本語学会の会員
　　　専攻、日本語学, 日本語史(近代日本語)

主な論文
(2000) 「「社会百面相」における文末表現形式─諸形式と社会階層との関わり─」
　　　 「日本学報」45輯 韓国日本学会
(2000) 「明治期の二人称代名詞「アナタ」「オマヘサン」「オマヘ」─その諸形と性差
　　　 との関わり─」日本語と日本文学 31号 筑波大学国語国文学会
(2004) 「東京語における終助詞の男女差─「わ」と「な」の使用を中心に─」日本語
　　　 文学 20 韓国日本語文学会
(2008) 「20世紀初期の韓日両言語における待遇表現の対照研究」日本近代学研究
　　　 21 韓国日本近代学会 など多数。

신일본어학총서 30
近代日本語の待遇表現の研究
-社会言語学的な観点から-

초판인쇄 2010년 3월 30일 / 초판발행 2010년 4월 7일

저자 방극철 / 발행처 제이앤씨 / 등록 제7-220호

주소 서울시 도봉구 창동 624-1 현대홈시티 102-1206
전화 (02)992-3253(대) / 팩스 (02)991-1285
전자우편 jncbook@hanmail.net / 홈페이지 http://www.jncbook.co.kr
책임편집 이혜영